Sweet Tooth

Ian McEwan

甘美なる作戦

イアン・マキューアン
村松 潔 訳

CREST BOOKS
Shinchosha

クリストファー・ヒチンズ（一九四九―二〇一一）へ

SWEET TOOTH

by

Ian McEwan

Illustration by Kozue Himi

Design by Shinchosha Book Design Division

甘美なる作戦

この調査の過程で、たったひとりでもはっきりと悪意を抱いている人間に出会っていたらよかったのだが。

――ティモシー・ガートン・アッシュ『ザ・ファイル』

1

わたしの名前はセリーナ・フルーム（羽根《ブルーム》と韻を踏む）。ほぼ四十年ちかくまえ、わたしはイギリス内務省保安局（ＭＩ５）の秘密任務を帯びて送り出されたが、その任務から無事には帰還できなかった。入局してから十八カ月も経たないうちにクビになり、わが身の恥をさらして、恋人を破滅させてしまったのだ。その破滅には本人が一枚嚙んでいたにちがいなかったけれど。

自分のこども時代や十代のころについては、あまり時間を浪費するつもりはない。わたしは英国国教会の主教の娘で、イギリス東部に位置する魅力的な小さな町の教会の構内で、妹といっしょに育った。わが家は温かく、上品で、整理整頓され、至るところに本があった。両親はたがいに相手がけっこう気にいっていて、わたしを愛してくれ、わたしも両親を愛していた。妹のルーシーとは思春期には金切り声で喧嘩をしたけれど、禍根の残るようなものではなく、大人になってからは以前より親密になった。父の信仰心は密やかかつ穏当で、わたしたちの生活に深く立ち入ることはなく、聖職の階級を順調によじ登って、わたしたちを快適なアン女王様式の館に住まわせるのにちょうど充分なくらいだった。この館から見下ろすと、植物に詳しい人たちにはよく知られていた、いまでもよく知られている、非常に古い草本性の植えこみで囲われた庭を見渡せた。つまり、すべてがじつに安定した、人から羨ましがられる、牧歌的とさえ言える環境だった。わたしたちは壁に囲われた庭の内側で、そのあらゆる快適さと制約とともに育ったのである。

六〇年代後半という時代はわたしたちを浮き浮きさせたが、それまでの暮らしが断ち切られたわけではなかった。わたしは病気以外では地元のグラマー・スクールを一日も休まなかった。十代後半には、庭の塀越しに、当時の言い方で言えば、ヘビー・ペッティングなるものが入りこんできたり、煙草やお酒、ハシッシュをちょっと、ロックンロールのレコードや派手な色彩やいろんな意味で濃密な関係を試してみたりもした。十七歳のとき、友人たちやわたしは怖がりながらも嬉々として反抗的態度をとっていたが、それでも学校の宿題はやっていたし、不規則動詞の活用や方程式や小説の登場人物の動機を暗記して頭に詰めこんだりもしていた。わたしたちは自分たちを不良少女だと思いたがっていたが、実際にはむしろ優等生だった。一九六九年のわくわくするような空気がわたしたちにはうれしかった。それはまもなく故郷を離れて、どこかほかの場所の大学に行くのだという期待感と切り離せなかった。十八の歳になるまでは奇妙なことや恐ろしいことはなにひとつ起こらなかった。だから、この時期のことについてはこのくらいにしておきたい。

自分自身で決められたとすれば、わたしは故郷から遠く北か西に隔たった地方の大学で、怠惰な英文科の学生になることを選んだにちがいなかった。わたしは小説を読むのが好きだった。読むスピードが速かった——週に二、三冊は読めた——ので、三年間それをつづけるのも悪くないと思っていた。しかし、その当時は、わたしは造化のいたずら——女の子なのに数学の天才《トップ》——だと見なされていた。わたし自身は数学には興味はなく、楽しいとも思っていなかったが、首席になるのは、たいして努力もせずにそうなれるのは悪い気はしなかった。自分でもどうやったのかわからないうちに、問題の答えが出せた。友人たちが苦労してこつこつ計算しているあいだに、わたしは——なかば視覚的、なかば直感的な――ふわふわしたいくつかのステップをたどって答えにたどり着いてしまうのだった。どうして答えがわかるのかは説明できなかった。当然ながら、数学の試験は英文学の試験よりずっと楽だった。最終学年のとき、わたしは学校のチェス・チームのキャプテンになった。あの当時、近所の高校に出かけて、小ばかにした薄笑いを浮かべる生意気な男子生徒をたたきのめすのが、ひとりの少女にとって何を意味していたかを理解するには、多少の歴史的想像力が必要かもしれない。とはいっても、数学やチェスは、ホッケーやプリーツスカートや賛美歌の斉唱とおなじく、学校での瑣事にすぎなかった。大学のことを考えはじめたとき、そういうこどもじみたことからはもう卒業すべきだろうとわたしは考えた。だが、そう考えたのはわたしだけで、母はそう思ってはいなかった。

わたしの母は教会区牧師の、のちには主教の、妻のエッセンスあるいはパロディみたいな人だった――教会区の信徒の名前と顔と不平に関する恐るべき記憶力をもち、エルメスのスカーフをなびかせて通りをしずしずと闊歩し、お手伝いさんや庭師には思いやりはあるが毅然たる態度をくずさなかった。どんな社会階層の人が相手でも、どんな口調のときにも、母は文句なく人を惹きつけた。教会の地下室での〈母親と乳児の会〉にやってくる、こわばった顔をしたチェーンスモーカーの団地の女たちと、どんなに如才なく本音を語り合えたか。自宅の客間で自分の足下に集まるバーナードー孤児院のこどもたちに、どんなに感動的にクリスマス・イヴの物語を読み聞かせられたことか。あるとき、カンタベリー大主教が、大聖堂の正面の修復を祝福したあと、お茶とジャッファケーキのために立ち寄ったことがあったが、そういうときにもなんと自然な威厳をもって大主教をくつろがせたことか。大主教が訪ねてきているあいだ、ルーシーとわたしは二階に追い払われていた。そういうすべてが――ここがわかりにくいところなのだが――父の大義へのまったき献身と従属とひとつに結びついていた。母は父を鼓舞し、父に仕え、事あるごとに父が我意を通しやすくなるように取り計らった。箱入りの靴下や衣装ダンスに吊されたアイロンがけされた白衣《サープリス》から、埃ひとつない書斎、父が説教の原稿を書くときの、土曜日のわが家の深甚なる静けさまで。その見返りとして母が要求したのは——もちろん、これはわたしの推測だが——父が愛してくれること、あるいは、少なくとも、けっして自分を見捨てないことだけだった。

　しかし、母のことでわたしが理解していなかったのは、そういう因習的な外面の奥底にフェミニストの強靭な小さい核が埋もれていたことだった。母の唇からそんな言葉が洩れたことは一度としてないのは確かだが、だからといってなにが変わるわけでもない。母の確信はわたしを怯えさせた。ケンブリッジに行って数学を勉強するのが女としてのわたしの義務だ、と母は言った。女としての？　あの当時、わたしの周囲では、そんな言い方をする人はひとりもいなかった。どんな女性も〝女として〟なにかをしたりはしなかった。わたしが自分の才能を浪費することは許さない、と母は言った。わたしは衆に抜きん出た特別な存在になるべきで、自然科学か工学か経済学の分野でふさわしい仕事に就かなければならない。世界はあなたの思うままになる、という常套句さえ母はあえて口にした。わたしが頭がよくてきれいなのは、そのどちらでもない妹に対して不公平なのに、わたしが高い望みをもたなければ、その不公平を倍加することになるという。そんな論法は納得できなかったけれど、わたしはなにも言わなかった。わたしが英文科に行って、自分よりちょっとだけ教育のある主婦にしかならなかったら、けっしてわたしを許せないし、自分自身も許せないだろう、と母は言った。わたしは自分の人生を無駄にする危険を冒している。そう、母は言ったが、それは一種の告白でもあった。母が自分の人生について不満を洩らした、あるいは仄めかしたのはそのときただ一度きりだった。

それから、母は父――〝主教〟と妹とわたしは呼んでいた――を味方に引き入れた。ある午後、学校から帰ってくると、父が書斎でわたしを待っている、と母が言った。ニシ・ドミヌス・ワーヌム（主がおわしませねば、すべては空しい）というモットーが記された紋章付きの緑色のブレザーのまま、わたしはクラブ風の革製の肘掛け椅子にふてくされてだらりと坐りこんだ。机の後ろに鎮座している父は、考えをまとめていたのだろう、鼻歌をうたいながら書類をめくっていた。またもや才能についてのお説教が繰り返されるのだろうと思っていたが、父は驚いたことにもっと実際的な路線を採った。ちょっと調べてみたが、ケンブリッジは「現代的な平等主義の世界に門戸を開放しようとしている」と見なされることを切望している。グラマー・スクール卒で、女で、男しかいない分野という三重の不幸を背負わされているわたしは、確実に入学を認められるだろう。しかし、ケンブリッジの英文科を志願するなら（わたしはそんなことは考えてもいなかったが、主教はいつも細部については詳らかでなかった）、はるかに苦労することになるだろう。一週間もしないうちに、母は学校の校長に話をもっていき、いくつかの教科の教師が戦闘配備されて、両親の論拠をすべて並べ立てたうえ、自分たちの意見も付け加えた。もちろん、わたしは屈服するしかなかった。

というわけで、ダラム大学かアベリストウィス大学の英文科で読書に耽る――そうできれば幸せだったにちがいないが――という野心を捨てて、わたしはケンブリッジ大学のニューナム・カレッジに入り、トリニティ・カレッジで行なわれた最初の個別指導《チュートーリアル》の授業で、自分が数学ではいかに凡人でしかないかを思い知らされた。最初の一学期のうちに意気阻喪して、わたしはもうすこしで退学するところだった。ぶざまな男の子たち――魅力もなければ共感力や生得的な言語能力といったそのほかの人間的属性にも恵まれていないが、わたしがチェスで粉砕した阿呆どもよりは頭がいいその従兄弟たち――が、彼らにとっては当たり前の概念と苦闘しているわたしをあざ笑った。「ああ、やんごとなきミス・フルーム」と、毎週火曜日の朝、わたしが教室に入っていくと、ある教師は大声で言ったものだった。「妃殿下《セレニッシマ》。青い瞳の乙女よ！　さあ、入ってきて、わたしたちに教えてくれたまえ！」教師や同級生にとって、わたしの出来がよくないのはわかりきったことだった。カールした金髪を肩胛骨の下まで垂らしたミニスカートの美少女だったからである。だが、実際には、わたしの出来が悪かったのはわたしがほかの人類の大半と似たようなものだったから――数学は、このレベルの数学は、あまり得意ではなかったからだ。英文科か仏文科、さもなければ人類学科でもいいから、移れないかと精一杯画策したが、どこも受けいれてくれなかった。当時は規則が厳密に守られていたのである。長い不幸な顛末を一口で言うなら、わたしは最後までがんばって、三級（卒業試験の成績で五段階の下から二番目）の成績でなんとか卒業した。

こども時代と十代を駆け抜けたとすれば、大学時代は圧縮することになるだろう。わたしは、蓄音機を持ってあるいは持たずに平底舟《パント》に乗ったことはなかったし、劇場に足を向けたこともなく――芝居はわたしを困惑させた――、ガーデン・ハウス・ホテル騒乱事件（一九七〇年にケンブリッジの同ホテルで起きた学生による騒乱事件）で逮捕されることもなかった。それでも、最初の学期に処女を喪失した。どの場合にもまったく無言で、ひどくぎごちなかったので、何度も喪失したような気がしたものだった。それから、九学期のあいだに次々と、肉欲行為をどう定義するかにもよるが、六人か七人か八人のボーイフレンドと楽しくやった。ニューナムの女子学生の何人かとも仲よくなった。テニスをやって、本を読んだ。母のおかげで、間違った科目を勉強していたが、読書をやめたわけではなかった。学校でたくさん詩を読んだこともなければ、戯曲などひとつも読んだことはなかったけれど、毎週『ミドルマーチ』や『虚栄の市』に関するエッセイで苦労させられている大学の友人たちよりも、小説から楽しみを引き出していたと思う。わたしもおなじ本をさっと読んで、まわりにわたしの会話の基本的なレベルを許容できる人がいれば、それについておしゃべりすることもあったが、すぐに次の本に移った。読書は数学のことを考えないようにするための方便だった。いや、それだけではなく（もっと悪いことに？）、それは物事を考えないでいるための方途だった。

前にも言ったように、わたしは読むのが速かった。トロロープの『当世風の暮らしかた』は午後ベッドに寝転がって、四日間で読みおえた！ わたしは一まとまりの文章やパラグラフ全体を一目で呑みこめたのである。目と頭を蠟みたいに柔らかくしておいて、ページからじかに版面を取り込んでしまうことができた。周囲の人たちの苛立ちをよそに、わたしは手首のスナップをきかせて数秒ごとにもどかしげにページをめくった。わたしが必要としていたのは単純なことだった。テーマや文章の巧みさはどうでもよく、天候や風景や室内の細かい描写は読みとばした。わたしが求めていたのは存在が信じられる登場人物であり、彼らに何が起こるか好奇心をそそられることだった。ふつうは、人々が恋に落ちたり恋から醒めたりするほうがよかったが、なにかほかのことをやるというなら、それでもべつにかまわなかった。そして、低俗な望みではあるけれど、最後にだれかが「結婚してください」という結末になるのが好きだった。女性の登場人物のいない小説は、生命のない砂漠のようなものだった。コンラッドは言うまでもなく、キプリングやヘミングウェイの大部分の物語も問題外だった。わたしは世間の評判にも心を動かされなかった。身近にころがっているものを目に留まり次第なんでも読んだ。低俗雑誌《パルプ・フィクション》も、偉大な文学も、そのふたつのあいだのあらゆるものも読んで——すべておなじように手荒に扱った。

「彼女が到着した日、気温は九十度（摂氏三十二度）に達した」。こんなに簡潔な書き出しではじまる有名小説があるだろうか？ じつにパンチが効いているではないか？ あなたは知らないのだろうか？ わたしはニューナムの英文学専攻の友人たちを面白がらせた。ジャクリーン・スーザンの『人形の谷』はジェイン・オースティンのどんな作品にも負けないくらいいいと言ったからだ。彼女たちは笑い、何カ月ものあいだわたしをからかった。それでいて、彼女たちはスーザンの作品など一行も読んだことがなかった。しかし、だれがそんなことを気にかけるだろう？　数学科の劣等生の未熟な意見など、だれも本気で気にするはずもなかった。わたし自身も気にしなかったし、友人たちもそうだった。そういう意味では、少なくともわたしは自由だった。

大学時代のわたしの読書習慣について話したのは脱線ではない。そういう本を読んでいたおかげで、わたしは諜報活動の仕事をすることになったのだから。学部の最終学年に、友人のローナ・ケンプが『¿クイス？』という週刊誌をはじめた。こういう企画は何十となく立ち上がっては消えていったが、彼女の雑誌は高級と低級を織り交ぜたという意味で時代に一歩先んじていた。詩とポップミュージック、政治理論とゴシップ、弦楽四重奏団と学生ファッション、ヌーベルバーグとサッカー。十年後には、こういうやり方がそこらじゅうに広がっていた。ローナはそれを発案したわけではなかったかもしれないが、その魅力を最初に理解したひとりだった。彼女はのちに『ＴＬＳ』（タイムズ文芸付録）を経て『ヴォーグ』に行き、それからマンハッタンやリオで新雑誌を創刊して、火を噴くような興亡盛衰を繰り返した。彼女の最初の雑誌では、タイトルの二重のクエスチョンマークという新機軸が、十一号まで発行しつづける助けになった。わたしがスーザンについてまくし立てたときのことを覚えていて、彼女は連載コラム〈先週何を読んだか？〉を書かないかと言ってくれた。「おしゃべりする調子で、何でもかんでも取り上げる」短い記事にしたいという。お安いご用だった！　わたしはしゃべる調子で書いた。たいていは読んだばかりの本の筋を駆け足で要約しただけで、意識的な自己諷刺として、ときおり下す審判に感嘆符を連ねて誇張したりした。わたしの軽々しい、非文学的な文章は評判がよかった。何度か、通りで見知らぬ人に話しかけられて、そう言われたことがあった。おどけ者の数学の教師でさえわたしに褒め言葉を言った。それはわたしが有名学生になるという、あの心地よい濃厚な霊薬を味わえるところにいちばん近づいたときだった。

六回ほど元気のいい記事を書いたあと、わたしは道を踏み誤った。ちょっとした成功に恵まれた多くの物書きのように、うぬぼれだしたのである。わたしは正式な教育で美的センスを磨いたこともなく、なにも考えていなかったので、いつ何に心を乗っ取られてもおかしくなかった。そのころよく読んでいた小説のなかで言われていたように、理想の男性が現れて、陶然とさせてくれるのを待っていた。わたしの理想の男性は厳格なロシア人だった。わたしはひとりの作家とテーマを発見して、それに夢中になった。突然テーマができ、説得する任務ができた。わたしは長々と時間をかけて書きなおすことに没頭した。じかにページに語りかける代わりに、草稿に二度も三度も手を入れた。自分の慎ましい意見では、わたしのコラムはきわめて重要な公共サービスになっていた。夜中に起きてパラグラフ全体を削ったり、そこらじゅうに矢印や吹き出しを書きこんだりした。わたしは重要な夢想に耽る散歩に出かけた。大衆的な人気がなくなるのはわかっていたが、気にかけなかった。人気の凋落はわたしの正しさの証拠であり、支払わなければならない英雄的な代価だった。わたしは読むべき人に読まれていないだけのことなのだ。ローナから忠告されても、わたしは意に介しなかった。というより、自分の正しさが証明されたと感じた。「これではおしゃべりという感じではないわ」と、ある午後、〈コッパー・ケトル〉で原稿を突き返すと、彼女は冷やかに言った。「わたしたちが取り決めたものとは違う」。彼女の言うとおりだった。快活さや感嘆符は影をひそめ、怒りや切迫感で興味が狭まり、文章のスタイルが台無しになっていた。

わたしの凋落のきっかけは、アレクサンドル・ソルジェニーツィンの『イワン・デニーソヴィチの一日』をジロン・エイトケンの新訳で読んだ五十分だった。イアン・フレミングの『オクトパシー』を読んだあと、つづけてすぐ読みはじめたのである。その変化はすさまじかった。わたしはソビエトの強制収容所のことはなにも知らなかったし、〝グラーグ〟などという言葉は聞いたこともなかった。教会の構内で育ったわたしが、共産主義の残酷な不条理について、立派な男女が荒涼たる辺境の流刑地で来る日も来る日もいかに自分自身が生き延びることしか考えられない状態に貶められていたかについて、何を知っていただろう？　何十万人という人々が、外国で自国のために戦ったという理由で、あるいは、戦争の捕虜になった、党幹部を怒らせた、党幹部になった、眼鏡をかけている、ユダヤ人や同性愛者や牛を所有する農民や詩人だという理由でシベリアの未開地に送られていた。この忘れられた人々すべての代わりに、だれが声をあげようとしているのか？　わたしはそれまで政治に頭を煩わせたことはなかった。年上の世代の主張や幻滅についてはなにも知らなかったし、〝左翼の反対勢力〟という言葉を聞いたこともなかった。学校以外では、わたしの教育は多少の数学の特別クラスと山のようなペーパーバックの小説に限定されていた。わたしは天真爛漫であり、わたしの憤激は倫理的なものだった。〝全体主義〟という用語は使わなかったし、耳にしたことさえなかった。聞いても、たぶん、禁欲主義の一種かなにかだと想像したにちがいない。それでも、わたしはヴェールを見透かして、人知れぬ最前線から特報を送り、処女地に鍬を入れているのだと思っていた。

一週間もしないうちに、わたしはソルジェニーツィンの『煉獄のなかで』（原題は『第一圏にて』）を読んだ。これはダンテに由来するタイトルだった。ダンテの地獄の第一圏はギリシャの哲学者に割り当てられており、地獄の苦難に取り巻かれてはいるが、快適な壁に囲われた庭になっている。ただ、そこから逃げだすことや天国に出入りすることが禁じられているだけだった。熱狂した人間にはありがちなことだが、わたしはだれもが以前の自分みたいに無知なのだと思いこんでいた。わたしのコラムは大演説になった。乙に澄ましたケンブリッジの学生は、三千マイル東方で何が行なわれたか、いまでも行なわれているか知っているのか？　食糧配給の行列があり、ひどい衣類しかなく、旅行は制限されているこの逆ユートピアが、人間の精神をどんなふうに蝕んでいるか？　何をしなければならないか？

『¿クイス？』は四回までわたしの反共産主義の記事を許容した。わたしの関心はケストラーの『真昼の暗黒』やナボコフの『ベンドシニスター』、チェスワフ・ミウォシュによるすぐれた評論『囚われの魂』にまで広がった。わたしはまたオーウェルの『一九八四年』を世界で最初に理解した人間だった。しかし、わたしの心はいつまでも初恋の人、ソルジェニーツィンを離れることはなかった。正教会のドームみたいに秀でた額、山岳地帯の牧者みたいなくさび形のあごひげ、いかめしいグラーグ譲りの威厳、政治家にけっして動かされることのない頑強さ。彼の宗教的信念でさえわたしを思い止まらせることはなかった。人間は神を忘れたのだと彼が言ったとき、わたしは彼を大目に見た。彼が神だったのだから。だれが彼に太刀打ちできるだろう？　だれが彼にノーベル賞を与えるのを拒否できるだろう？　彼の写真を見つめながら、わたしは愛人になりたいと思った。わたしの母が父に仕えたように、わたしは彼に仕えただろう。彼の靴下までたたんだだろうか？　わたしはひざまずいて彼の足をきれいにしただろう。自分の舌を使って！

あの当時は、ソビエト体制の不公正を長々とあげつらうのが西側の政治家や大部分の新聞の社説の常套手段だった。学生生活や政治という文脈では、それはちょっとだけ不愉快だった。ＣＩＡが共産主義に反対するなら、なにか言うべきことがあるはずだった。労働党のいくつかの派は、年老いてきた四角い顎のクレムリンの獣やその恐ろしい計画に依然として荷担していたし、年次総会では相変わらず『インターナショナル』をうたい、依然として学生たちを親善交換に送り出していた。二者択一的思考の冷戦時代、ベトナムで戦争を遂行しているアメリカ大統領のソ連に関する考え方に賛同していることになるのはいい気分ではなかった。〈コッパー・ケトル〉でティータイムに落ち合ったとき、そのころでさえ洗練され、香水を漂わせ、はっきりとした物言いをしたローナは、彼女を悩ませているのはわたしのコラムの政治性ではないと言った。問題なのは熱烈すぎることなのだという。彼女の雑誌の次の号にはわたしの署名入り記事は載らなかった。空いたスペースはインクレディブル・ストリング・バンドへのインタビューで埋められていた。それから、『¿クイス?』は廃刊になった。

クビになってから数日もしないうちに、わたしのコレット（「性の解放」を叫んだフランスの女性作家）期がはじまり、数カ月のあいだわたしはすっかり夢中になった。ほかにも差し迫った問題があった。卒業試験が数週間後に迫っており、しかも、新しいボーイフレンドができたばかりだった。ジェレミー・モットという歴史専攻の学生で、ある種の古風なタイプに属していた――体がひょろ長く、鼻が大きくて、喉仏が異様なサイズだった。服はよれよれで、目立つほどではなかったが頭はよく、極端に礼儀正しかった。周囲には彼のようなタイプが大勢いることにわたしは気づいていた。全員がおなじ家系の血をひいていて、イギリス北部のパブリック・スクール出身で、そこで支給されたおなじ服を着ているように見えた。肘に革のパッチを当て、袖口に装飾を施したハリスツイードの上着を着ている地上最後の男たち。ジェレミー本人から聞いたわけではないが、彼は卒業試験で一級の成績を取るだろうとされ、すでに十六世紀研究の学術誌に論文が掲載されたことがあるということだった。

彼はやさしくて思いやりのある恋人であることがわかったが、残念なことに恥骨がひどく尖っていて、初めてのときには猛烈に痛かった。彼は頭のおかしい遠い親戚のことを詫びるような口調でそのことをあやまった。つまり、とくに恥ずかしいことだとは思っていないらしかった。問題はセックスをするときふたりのあいだにたたんだタオルを挟むことで解決したが、どうやら以前にもこの解決策をよく使っていたようだった。ほんとうに気配りがきき、テクニックも巧みで、わたしが望むだけいくらでも、いや、それ以上に、もう耐えられなくなるまで長くつづけられた。けれども、わたしの努力にもかかわらず、彼自身のオーガズムははっきりとせず、ひょっとすると、なにかわたしに言ってもらいたいかやってもらいたいことがあるのではないか、とわたしは疑りだした。それが何なのかを彼は言おうとしなかった。というか、言うべきことはなにもないと彼は主張した。そんなことは信じられなかった。わたしは彼が秘密を、わたしだけが満たしてあげられる恥ずかしい欲望をもっていてほしかった。この気位の高い、礼儀正しい男をすっかり自分のものにしたかったのだ。彼はわたしのお尻をたたきたかったのか、それともわたしにお尻をたたかれたかったのか？　彼から離れているとき、この疑問がわたしの頭に取り憑いて、数学に集中しなければならないときにも、ますます彼のことを考えずにはいられなくなった。コレットはそんなわたしの逃げ道だった。

四月初めのある午後、ジェレミーの部屋でたたんだタオルを使って一儀に及んだあと、わたしたちは古めかしい穀物取引所《コーン・エクスチェンジ》の近くで道路を横断しようとしていた。わたしは満足感とそれと無縁ではない背中のくびれのあたりをひねった痛みでぼうっとしており、彼は――そう、彼がどう感じていたのかはよくわからなかった。歩きながら、わたしは例の問題をもう一度持ち出すべきかどうか考えていた。彼はとても感じがよく、わたしの肩にずっしりとした腕をまわして、星室《せいしつ》裁判所に関する自分の小論について説明していた。彼はほんとうは満足していないにちがいない、とわたしは確信していた。声にこわばったところがあり、歩き方もせわしなかったからだ。もう何度も寝ていたのに、彼は一度としてオーガズムの恩恵に浴していなかった。わたしは彼に協力したかったし、その理由を心から知りたいと思っていたし、もしかすると、自分が彼を失望させているのかもしれないという考えに悩まされてもいた。わたしは彼を性的に興奮させていた。それははっきりしていた。けれども、わたしに対する彼の欲望はそんなに強くないのかもしれなかった。湿っぽい春の黄昏の肌寒さのなか、わたしたちはコーン・エクスチェンジの前を通りすぎた。恋人の腕はキツネの襟巻きみたいだった。わたしの幸福感をかすかに損なっていたのは筋肉の痛みと、それよりちょっとだけ余分にだが、このジェレミーの欲望の謎だった。

そのとき突然、横道からわたしたちの目の前に、薄暗い街灯の明かりのなかに現れたのがジェレミーの歴史の教師、トニー・キャニングだった。紹介されると、彼はわたしの手をにぎり、いつまでも放そうとしなかった――とわたしは感じた。五十代の初め――わたしの父の年齢――で、わたしが彼について知っていたのはジェレミーからすでに聞かされたことだけだった。彼は教授で、かつておなじ学寮に食事に来ていた内大臣レジー・モードリングの友人だった。酒に酔いしれたある晩、ふたりは北アイルランドにおける裁判抜きの政治犯収容をめぐって仲違いをしたのだという。キャニング教授は史跡に関する委員会の委員長で、ほかのさまざまな諮問委員会にも名をつらね、大英博物館の理事でもあり、ウィーン会議に関する高く評価されている著書があった。

トニー・キャニングは好人物で大物という、わたしにはなんとなく馴染みのあるタイプだった。彼みたいな男たちがときどき主教を訪ねて、わが家にやってきたからである。もちろん、六〇年代以降の二十五歳以下の若者にとっては煩わしい人種でしかなかったが、わたしはかすかに好感を抱いてもいた。そういう男たちには魅力的なところがあったり、機知に富んでいることさえあって、彼らが漂わせる葉巻やブランデーの匂いにはこの世界を秩序ある豊かなものだと思わせるところがあった。彼らは自信満々ではあったが、不正直ではなく、強い公共心をもっているか、少なくとも外見的にはそう見えて、自分の楽しみ（ワイン、食事、釣り、ブリッジなど）を大切にし、面白い戦争で戦った人たちもいた。こどものときのクリスマスには、そういう男のひとりかふたりが、わたしや妹に十シリング札をくれたのを覚えている。こういう男たちに世界を支配させるがいい、とわたしは思ったものだった。もっとずっと悪辣な連中もいるのだから。

キャニングの格式張った態度がやや控えめだったのは、彼が果たしている公的な役割が限られたものでしかなかったからだろう。わたしの目についたのはきちんと分けられたウェーブのかかった髪、湿っぽい肉厚の唇、それと顎のまんなかの小さな割れ目だった。わたしはそれがちょっとかわいらしいと思った。というのも、薄暗い光のなかでも、そこのひげがうまく剃れていないことがわかり、その垂直な谷間から始末に負えない黒い毛が突き出していたからである。

紹介が終わると、キャニングはわたしにいくつかの質問をした。礼儀正しい、無害な質問ばかりだった――わたしの学位、ニューナム、彼の親しい友人であることがわかった学長、わたしの出身地、教会のこと。ジェレミーが割りこんで話しだすと、キャニングがそれをさえぎって、最後の三回分のわたしの『¿クイス?』の記事を見せてくれたことの礼を言った。

それから彼はあらためてわたしの顔を見た。「じつにいい記事だった。きみは非常に才能がある。ジャーナリズムに進むつもりかい？」

『¿クイス?』は学生向けの雑誌で、本格的な批評眼を意識したものではなかった。わたしは褒められて満足だったが、若すぎて褒め言葉の受け取り方を知らなかった。謙遜の言葉を口ごもったが、素っ気ない答え方だという気がして、それを不器用に言いつくろおうとして狼狽した。教授はわたしを憐れんで、わたしたちをお茶に誘い、わたしたちは、というより、ジェレミーがそれを受けいれた。というわけで、わたしたちはキャニングのあとに付いて引き返し、取引所の前を通って、彼の学寮へ向かった。

彼の部屋は思ったより狭く、薄汚れていて、乱雑だった。しかも、彼がでたらめなやり方でお茶をいれるのを見て驚いた。茶色い染みのある分厚いマグをちょっとゆすいだだけで、不潔な電気ポットから書類や本の上に撥ねかしながら湯をそそいだ。それはのちにわたしが知ることになったこの男のイメージとはすこしも相容れなかった。彼は机の背後に坐り、わたしたちは肘掛け椅子に坐って、質問がつづいた。個別指導の授業みたいだった。いまやフォートナム・アンド・メイソンのチョコレート・ビスケットをかじっていたからには、わたしは質問にもっときちんと答える義務があると感じた。ジェレミーは、わたしがなにか言うたびにばかみたいにうなずいて、先をつづけるように促した。教授はわたしの両親のことや「教会の影のなかで育つのはどんな感じか」を尋ねた。わたしはウィットをきかせて――と自分では思ったのだが――、教会は家の北側にあったから、影はなかったと答えた。ふたりの男は声をあげて笑い、わたしは自分のジョークに意図した以上の意味が含まれていたのかもしれないと思った。話題は核兵器や労働党の一方的軍縮の呼びかけのことになった。わたしはどこかで読んだ文句をそのまま言ったが、あとでそれが月並みな決まり文句であることを悟った。〈聖霊を瓶のなかに押し戻すことはできない〉とわたしは言った。核兵器は禁止するのではなく、管理すべきだと。若者の理想主義とはまあそんなものだろう。実際には、わたしはその問題について特別な意見はもっていなかった。ほかの文脈だったら、核兵器の廃絶を擁護したかもしれなかった。わたしはそれを否定したかもしれないが、それはただ相手を喜ばせたかったから、正しい答えを、面白いことを言いたいからだった。わたしがなにか言うとき、トニー・キャニングが身を乗り出すようにするのが好きだった。彼が賛同して浮かべるかすかな笑みが、豊かな唇が横に伸びるがひらくまでには至らないその笑みが、わたしが口をつぐむたびに「なるほど」とか「たしかに……」とかいう言い方がわたしに自信を与えた。

これが結局はどういうことになるのか、わたしにはわかっていて当然だったのかもしれない。学生ジャーナリズムの小さな温室のなかで、わたしは冷戦の戦士の訓練生を名乗っていた。だから、わかりきったことだったのだ。何と言っても、これはケンブリッジだったのだから。そうでなければ、なぜこの出会いを物語ろうとするだろう？　わたしたちは本屋へ行こうとしていたが、その代わり、ジェレミーの教師とお茶を飲んだ。それはとくに奇妙なことではなかった。あの当時、新人補充の方法は変わりつつあったが、変わったのはほんのわずかでしかなかった。西側の世界は着実に変化を遂げつつあるように見え、若者は新しい話し方を発見したと信じていたし、古臭い障壁は根底から崩壊しかけていると言われていた。けれども、かの有名な〝肩に手を置く〟というやり方は、それまでほど頻繁ではなく、強力ではなかったかもしれないが、依然として行なわれていた。大学という場所では、ある種の教師が相変わらず有望な人材を捜しており、名前を伝えて面接を受けさせていたし、公務員試験の合格者がわきに連れていかれ、〝別の〟部門で働くことを考えたことはないかと尋ねられたりした。しかし、大部分の場合、社会に出て数年してからひそかに話が持ちかけられるのだった。あらためて言うまでもないが、素姓は旧態依然として重視されており、わたしが主教の家系だということは不利にはならなかった。何度も指摘されていることだが、バージェス、マクリーン、フィルビーのケンブリッジ・スパイ事件で、ある社会階級の人間のほうがほかの人たちより祖国に忠実である可能性が高いとする前提が崩れ去るまでに、どれだけ長くかかったことか。七〇年代には、この有名な裏切り行為はまだ声高に語られていたが、むかしからの人材獲得方法が揺らいでいたわけではなかった。

ふつうは、肩に手を置くのも置かれるのも男だった。よく引き合いに出されるこの古くからのやり方で、女性に声がかけられることはめったになかった。トニー・キャニングがわたしをＭＩ５に送りこむことになったのは紛れもない事実だが、その動機には複雑なものがあり、彼は当局に公式に認められていたわけではなかった。わたしが若くて魅力的だったという事実が彼にとっては重要だったのかもしれないが、その哀しさがほんとうにわかるようになるまでにはかなり時間がかかった（いまでは鏡はそうは言わないから、わたしはそう言って平然としていられるのだが、わたしはほんとうにきれいだった。いや、それ以上だった。めったに感情をあらわにしないジェレミーが、あるとき手紙のなかで言ったように、わたしは「ほんとうにはっとするほどの美人」だった）。わたしが勤務していた短い期間には一度も紹介されたこともなく、姿を見かけることも稀だった六階の灰色のひげの高官たちでさえ、なぜわたしが彼らの下に送りこまれたのかすこしもわかっていなかった。あれこれ推測はしてみても、みずから老練なＭＩ５職員だったキャニング教授が罪滅ぼしのつもりで贈り物をしたのだとは想像してもみなかった。彼のケースはだれが知っているよりも複雑で、哀しいものだった。帰れる見込みのない旅に出る支度をしているとき、彼は私欲を抑えて残酷に振る舞うことで、わたしの人生を変えてしまった。わたしがいま彼のことをほんのすこししか知らないのは、わたしたちがいっしょに歩いたのはごくわずかな道のりだったからである。

2

トニー・キャニングとの関係は数ヵ月つづいた。初めのころはジェレミーとも会っていたが、六月末、卒業試験が終わると、彼は博士課程の勉強をするためエディンバラに移っていった。わたしの胸のつかえは和らいだが、出発するまで彼の秘密を解き明かすことができず、彼を満足させられなかったことがずっと気になっていた。彼が不満を洩らしたり落胆した顔をしたことは一度もなかったのだけれど。数週間後、やさしさと悔悟に満ちた手紙が届いた。ある晩、アッシャー・ホールでマックス・ブルッフのバイオリン協奏曲を演奏したバイオリニストと恋に落ちた。デュッセルドルフから来た若いドイツ人で、とりわけゆっくりしたテンポでは、絶妙な音色なのだという。名前はマンフレートだった。さもありなん。わたしの考え方がもうすこし旧式だったら、察しがついていただろう。どんな男のセックスの問題も原因はただひとつだった時代もあったのだから。

なんと好都合だったことか。謎は解明され、わたしはジェレミーの幸せについて頭を悩まさずに済むことになった。彼は親切にもわたしの感情を気づかってくれ、わざわざこちらへ出向いて、わたしに会って説明したいとまで言っていた。わたしは彼を祝福する返事を書いて、彼のためにわたしがどんなに喜んでいるかを誇張しながら、自分も大人になったものだと感じていた。そういう関係が合法化されたのはわずか五年前で、それはわたしにとっては目新しいことだった。べつにはるばるケンブリッジまで来る必要はない、あなたとのことはいつまでも大切な思い出になるだろうし、あなたはいままででいちばんすてきな男性だった、そのうちいつかマンフレートに会えるのを楽しみにしている、おたがいに連絡を保つようにしましょう、さようなら！　わたしをトニーに紹介してくれたお礼を言いたかったが、いたずらに猜疑心を刺激するには及ばないと思った。トニーも彼の以前の学生についてはなにも言わず、だれもが幸せになるのに必要なことだけを知っていた。

そして、わたしたちは幸せだった。毎週末に、サフォーク州のベリー・セント・エドマンズにほど近い、人里離れた小別荘《コテージ》で密会をつづけた。静かな狭い田舎道から野原を横切るあるかないかの踏み分け道に入り、高さを切りつめられた古い樹木の森の外れで車を停めると、絡み合うセイヨウサンザシの藪に隠された白い柵の小門がある。曲がりくねる敷石の小道をたどって、植物(ルピナス、タチアオイ、巨大なケシ)が繁茂しすぎた田舎風の庭を抜け、飾り鋲だか釘だかが打ちこまれた重たいオークのドアの前へ。ドアをあけると、ダイニングルームだった。巨大な板石の床、虫食い穴のある梁が半分漆喰に埋まっている。反対側の壁には、白壁の家並みと洗濯ロープに干されたシーツが描かれた、明るい地中海の風景画があった。ウィンストン・チャーチルの水彩で、一九四三年の会談の合間にマラケシュで描いたものだという。それがどうしてトニーの所有物になったのかは結局知らずじまいだったけれど。

フリーダ・キャニングは、国外に出かけることがかなり多い画商で、ここに来るのは好きではなかった。彼女は湿気や白カビの匂い、二軒目の家に伴う無数の仕事が不満だった。さいわい、家が暖まれば、かび臭さは消えたし、いろんな雑用をこなすのはすべて彼女の夫だったけれど。その雑用には特別な知識と技術が必要だった。強情なレイバーン社製レンジに点火するやり方や、キッチンの窓をむりやりあける方法、バスルームの給排水系統の動かし方や、ネズミ捕りの背骨の折れたネズミの処理の仕方。わたしはほとんど料理をする必要さえなかった。ひどくぞんざいなお茶のいれ方をしたにもかかわらず、トニーは料理の腕を自慢にしていて、わたしはときどきシェフの助手を務めて、いろんなことを教えてもらった。彼の料理はイタリアン・スタイルで、シエナの協会で講師をしていた四年間に覚えたものだった。彼は腰痛持ちだったので、別荘に到着するとまず最初に、わたしが食料とワインの麻袋を背負って、野原に停めた古びたMGAから庭づたいに運びこんだものだった。

その年はイギリスとしてはまずまずの夏で、トニーはおごそかなペースで一日を過ごした。わたしたちはしばしば庭のコトネアスターの古木の下で昼食をとった。ふつうは、昼食後の昼寝から目を覚ますと、彼は風呂に入り、それから、暖かい日には、二本のカバノキのあいだに吊したハンモックで本を読む。ほんとうに暑い日には、彼は鼻血を出すことがあり、そういうときにはネルのタオルとアイスキューブを顔に当てて室内で横にならなければならなかった。ときには、夕方、弁当を持って森に出かけることもあった。白ワインのボトルを清潔な布巾にくるみ、ワイングラスはシーダー材の木箱に入れ、コーヒーを魔法瓶に入れて。それこそまさに草の上《シュル・レルブ》の特等席だった。カップと受け皿《ソーサー》、ダマスク織りのテーブルクロス、アルミ製でキャンバス地の折りたたみ椅子——わたしは文句も言わずにすべてを運んだ。夏の後半には、小道のあまり奥までは行かなくなった。トニーがすぐに疲れるようになって、歩くのがつらいと言いだしたからである。夜には、彼は古い蓄音機でオペラを聴くのが好きで、『アイーダ』や『コジ・ファン・トゥッテ』や『愛の妙薬』の登場人物や筋をしつこく説明してくれたが、その甲高い切々たる歌声はわたしにはたいした意味をもたなかった。レコードの歪みとともに静かに上下する鈍い針のシューシューパチパチいうかすかな音はエーテルで、そのなかから死者たちが死に物狂いで呼びかけているみたいにしか聞こえなかったからである。

彼はこども時代のことを話すのが好きだった。彼の父は第一次大戦のとき海軍中佐で、優秀なヨットマンだった。二〇年代後半には、一家の休暇はバルト海の島づたいの航海で、そうしているうちに彼の両親は遠く離れたクムリンゲの島に石造りの小屋を見つけて買いとった。そこはノスタルジアで輝きを増すこども時代の天国のひとつになった。トニーと兄は島を自由に歩きまわり、海岸で焚き火をしたり野宿をしたり、ボートで近くの小さな無人島に渡って、海鳥の卵を盗んだりした。その夢が現実であることを証明するために、彼はボックスカメラでスナップを撮ったものだという。

　八月末のある午後、わたしたちは森へ行った。森へは何度も行ったけれど、このときはトニーは小道からそれて歩きだし、わたしは訳もわからずにあとを追った。わたしたちは下生えを押し分けて進み、彼は自分しか知らない秘密の場所で愛しあうつもりなのだろうと思った。草の葉は充分乾いていたからだ。けれども、彼の頭にあったのはキノコのこと、セープのことだけだった。わたしは失望を隠して、キノコを見分ける方法を学んだ——ひだの代わりに管孔があり、柄に細い線状の模様があって、親指で肉を押しても指が染まらないこと。その夜、彼は大きな平鍋いっぱいのポルチーニ——というイタリア語の名前のほうを彼は好んだが——をオリーヴオイルと塩、胡椒、生のベーコン《パンチェッタ》で調理し、わたしたちはそれをトウモロコシ粥《ポレンタ》、サラダ、イタリアワインの王と呼ばれる赤ワインのバローロといっしょに賞味した。七〇年代にはこれはまだエキゾチックな食べ物だった。わたしはすべてをよく覚えている——拭きこまれたパインのテーブルは褪せた淡い緑青色の脚にへこみがあり、大きな陶器のボウルに盛られたセープはつるつるしていた。釉薬《うわぐすり》のひび割れた薄緑色の皿には、円盤状のポレンタが小さな太陽みたいに光っていた。黒ずんだ埃っぽいワイン・ボトル、欠けた白いボウルのなかのルッコラ、トニーはサラダをテーブルに運びながら、オイルを振りかけ半切りのレモンを——手でにぎりつぶしているように見えたが——絞って、一瞬のうちにドレッシングを作った（わたしの母は、まるで工業化学者みたいに、目の高さでドレッシングを調合したものだったけれど）。トニーとわたしはそのテーブルで何度も似たような食事をしたが、なんといってもこのときが最高だった。なんというシンプルさ、なんという味、そして、なんと世故に長けた男だったことか！　その夜は風が出て、トネリコの大枝が藁葺きの屋根をたたいたり引っかいたりした。夕食のあとは読書になり、それからもちろんおしゃべりになったが、それは愛しあったあとのことで、それももう一杯ワインを飲んでからのことだった。

ベッドでは？　そう、もちろん、彼はジェレミーほどエネルギッシュではなかったし、疲れを知らないわけでもなかった。トニーは年齢のわりには若かったが、五十四年という歳月が体にどんな影響を与えるかを初めて目にしたときには、ちょっぴり困惑させられた。彼はベッドの縁に腰かけて、靴下を脱ごうとしてかがんでいた。哀れな剝きだしの足は擦りきれた古靴みたいだったし、信じられないような場所に、たとえば腕の下側の皮膚にさえしわが寄っているのが見えた。わたしは自分の驚きをとっさに隠したけれど、じつは自分の将来の姿を見ているのだとは思ってもみなかった――いまから思えばじつに不思議なことではあるが。わたしは二十一だった。それが当たり前だと思っていたこと――張りがあり、すべすべしていて、柔軟性がある――は若いという過渡的な、特殊な状態でしかなかった。わたしにとって老人は、スズメやキツネみたいに、別の種類の生き物だった。それがいまでは、もう一度五十四歳に戻れるならどんなことでもするにちがいない！　攻撃の矢面に立たされるのは体の最大の器官、皮膚であり、老人は自分の体をもはや皮膚にぴったり合わせられない。成長のためにサイズにゆとりをもたせた制服やパジャマみたいに、皮膚がだぶついている。寝室のカーテンの色のせいかもしれなかったが、光の加減によっては、トニーは黄ばんでいるように見えた。古いペーパーバックみたいに。いろんな災難が刻みこまれているのがわかった――食べ過ぎ、膝の怪我、盲腸の手術跡、犬に嚙まれた傷、岩登りの事故。こどものとき朝食のフライパンで災難に見舞われ、陰毛の一部がなくなっていた。胸の右側に喉元まで伸びる白い傷痕があったが、彼はそれについてはけっして語ろうとしなかった。ちょっぴり……黄ばんでいて、教会の構内の家に残してきたわたしの擦りきれたクマさんに似ているところがあったけれど、それでも世馴れた、紳士的な愛人でもあった。彼の立ち居振る舞いは優雅だった。わたしの服を脱がせるとき、プールの係員みたいに、前腕に掛けるやり方は、わたしを温かい気持ちにさせたし、ときおり自分の顔にまたがってほしい——これはわたしにはルッコラのサラダとおなじくらい新しい経験だった——と頼まれるときもそうだった。

ちょっと首をかしげたくなることもあった。彼はときとして性急になり、早く次のことをやりたくてじりじりすることがあった——彼の最大の楽しみは飲むこととしゃべることだった。やがて、ときおり、彼は利己的なのではないかと思うようになった。まさに古いタイプの男の典型で、自分の頂点めざして驀進し、いつもゼイゼイいう叫び声をあげてそこに達する。しかも、わたしの胸に夢中になりすぎていた。あのころ、わたしの胸はたしかにうっとりするほどきれいだったけれど、主教の歳にもなる男がほとんど幼児的なまでに執着して、鼻を鳴らすような奇妙な音を立てながら乳首をすするのはまともだとは思えなかった。彼は七歳のときに母親から引き離されて、感覚を麻痺させる寄宿学校という流刑地に送りこまれたイギリス人男性のひとりだった。彼らはけっしてその心の傷を認めようとはせず、あわれなことに、ただじっと耐え忍んでいるだけだった。だが、こういうことはごくささいな不満にすぎず、わたしにとっては、すべてが新しく、自分が大人になったことを証明する冒険だった。酸いも甘いも嚙み分けた年配の男がわたしに夢中になっていた。わたしは彼のすべてを赦し、あのふんわりと柔らかい唇を愛した。彼のキスはとてもすてきだった。

それでも、わたしはふたたび服を着た彼のほうが好きだった。髪にはもとどおり細い分け目をつけ（彼はヘアオイルと鉄の櫛を使っていた）、ふたたび好人物の大物になって、わたしを肘掛け椅子に坐らせ、ピノ・グリージョの栓を手際よく抜いて、わたしの読書を指導する彼のほうが。その後何年も経ってから気づいたのだが、裸の男と服を着た男のあいだには山脈ほどの隔たりがある。ひとつのパスポートにふたりの男。だが、そんなことはどうでもよかった。すべてはひとつだったのだから――セックスと料理、ワインと短い散歩、そしておしゃべりも。わたしたちはよく勉強もした。最初のころ、その年の春から初夏にかけて、わたしは卒業試験のための勉強をしていた。トニーはすこしもその助けにはならず、部屋の反対側に坐って、錬金術師ジョン・ディーに関する小論を書いていた。

彼には友人がたくさんいたが、当然のことながら、わたしがいるときには、彼はだれも呼ばなかった。人が訪ねてきたのは一度だけだった。ある午後、運転手付きの車で、ダークスーツの男がふたりやってきた。たぶん四十代だろう、とわたしは推測した。ちょっぴり乱暴すぎる口調で、トニーは森に長めの散歩に行ってこないかとわたしに言った。一時間半後にわたしが戻ると、男たちは立ち去っていた。トニーはなんの説明もせず、わたしたちはその夜ケンブリッジに戻った。

わたしたちが会うのはその別荘でだけだった。ケンブリッジは小さな村みたいなもので、トニーは顔を知られすぎていた。わたしはホールドールバッグを抱えて、団地の外れの人通りの少ない片隅まで歩き、バスの待合所で彼が調子の悪いスポーツカーで迎えに来るのを待たなければならなかった。車はコンバーティブルのはずだったが、キャンバス地の幌を支える金属部品がひどく錆びついていて、幌を折りたためなかった。その古いMGAは、クロム鍍金《めっき》のステムの先にマップライトが付いていて、計器類の文字盤がブルブル震え、一九四〇年代のスピットファイアさながら、エンジンオイルと摩擦熱の匂いがして、足の下の温かいブリキ製の床が震えるのがわかった。バスの行列のなかから歩み出て、ふつうの乗客が恨みがましく見守るなか、カエルからプリンセスに変身したわたしが、身をかがめて教授の横に乗りこむのは、ぞくっとする経験だった。カバンを背後の狭いスペースに押しこんで、シートの革のひび割れが――彼がリバティで買ってくれた――シルクのブラウスに擦れるのを感じながら、わたしは身を乗り出してキスをしたものだった。

試験が終わると、これからは自分がわたしの読書の監督をする、とトニーは言った。小説はもう充分だろう！　トニーは彼の言う「わが祖国の歴史」なるものに関するわたしの無知に驚き呆れていた。呆れるのも無理はなく、十四歳以降、わたしは学校で歴史を習ったことがなかったのだ。いま、わたしは二十一歳で、特権的な教育を受けてはいたが、アジャンクールとか、王権神授説とか、百年戦争はわたしには単なる言葉にすぎず、「歴史」という言葉そのものが退屈な連綿たる玉座のつらなりや血なまぐさい聖職者の諍《いさか》いを思い出させるだけだった。けれども、わたしは従順に個別指導を受けた。この科目は数学よりも面白かったし、読書リストは短かった――ウィンストン・チャーチルとG・M・トレヴェリアンだけだった。そのほかはわたしの先生がじかに講義してくれることになっていた。

最初の授業は庭のコトネアスターの木陰で行なわれた。わたしが学んだのは、十六世紀以来、イングランドのちにはグレート・ブリテンのヨーロッパ政策のベースは勢力の均衡だったことで、一八一五年のウィーン会議について調べるように言われた。国家間の勢力均衡が法に基づく国際的な平和外交の土台になる、とトニーはしつこいくらいに強調した。諸国が相互に相手を抑えあうことがきわめて重要なのだという。

しばしば昼食後、トニーが昼寝をしているあいだに――夏の終わりが近づくにつれて、眠る時間が長くなっていたことに、わたしは注意をはらうべきだった――、わたしはひとりで読書をした。初めのころ、わたしの速読は彼を感嘆させた。二、三時間で二百ページも読んだのだ！　それから、わたしは彼を失望させた。内容をよく覚えておらず、質問に答えられなかったからである。彼はわたしにチャーチル版の名誉革命の歴史を読みなおさせ、テストをして、芝居がかったうめき声を洩らし——なんというザル頭なんだ！——、もう一度読ませて、さらに質問した。この口頭試問が行なわれたのは森を散歩しているときや、彼が用意した夕食のあと、ワインを飲んでいるときだった。質問に答えられないとき、わたしは自分にも彼にも腹を立てた。それでも、不平たらたらのやりとりを何度か繰り返したあと、ちょっぴり誇らしい気分になったのは、自分の成績がよくなったからだけではなかった。物語そのものに目が向くようになったのだ。そこにはかけがえのないなにかがあり、わたしはそれを、たとえばソビエトの圧制を、自分で発見したような気になった。十七世紀末には、イギリスはこの世界でかつてなかったほど自由で好奇心旺盛な社会だったのではないか？イギリスの啓蒙思想はフランスのそれより大きな影響を与えたのではないか？　大陸におけるカトリックの独裁と闘うために、イギリスがそれと袂を分かったのは正しかったのではないか？　そして、もちろん、わたしたちはその自由の後継者なのだった。

わたしをその気にさせるのは簡単だった。九月に行なわれる最初の面接のために、彼はわたしを仕込もうとしていたのである。彼らが——そして自分が——どんなイギリス人女性を採用したがっているかははっきりしており、わたしの教養のなさが不採用の理由になるのではないかと案じていた。彼は自分の教え子が面接官のひとりになると思っていたが、あとで、それは思い違いだと判明した。わたしには新聞を毎日読むことを強く勧めた。それはもちろん『タイムズ』紙を読めという意味で、当時はまだ威厳にみちた確実な新聞だったのである。わたしはそれまで新聞にはあまり関心がなく、社説などという言葉は聞いたことさえなかったが、どうやらそれが新聞の〈心臓部〉らしかった。社説の文章は、一見したところ、チェスの問題に似ていて、わたしはたちまちそれにはまった。社会的に重要な諸問題についてのあの仰々しい、尊大な意見表明がなんとも言えなかった。

表明されている意見はやや不透明で、タキトゥスやウェルギリウスの引用を出ることはなかったが、なんと熟考されていたことか！　こういう匿名の書き手ならだれでも世界政府の大統領にふさわしいだろう、とわたしは思った。

ところで、当時の諸問題とは何だったのか？　社説では、きらびやかな主動詞のまわりを長大な従属節がグルグルまわって意味不分明になっていたが、投書欄ではだれひとり疑いを抱いていなかった。世界はどこか狂っており、この国が絶望と憤激とやけっぱちの自己破壊へ突き進もうとしていることをみんなが知っていて心配していた。連合王国は意志薄弱《アクレージア》の発作に屈服した、とある投書家は断じていた。アクレージアというのは、頭のなかの良識と反対の行動をしてしまうという意味のギリシャ語だ、とトニーが教えてくれた（プラトンの『プロタゴラス』を読んだことがないのかね？）。役に立ちそうな言葉だと思ったので、わたしは覚えておくことにした。しかし、頭のなかには良識などなかった。良識はどこを捜してもなかった。みんなが狂っている、とだれもが言っていた。あの騒々しい時代には、〝抗争〟という古風な言葉がやたらと使われていた。ストライキを誘発するインフレ、インフレをあおる賃金交渉、昼間からワインを二本もあけるランチを取る鈍物の経営陣、隙あらば暴動を起こそうとしている流血好きの労働組合、弱体化した政府、エネルギー危機や停電、スキンヘッド、ゴミだらけの街路、北アイルランド紛争、核兵器、退廃、腐敗、衰退、のろのろした効率の悪さや終末論……。

『タイムズ』の投書欄を賑わしていた問題は炭鉱労働者、〝労働者の国家〟、イノック・パウエルとトニー・ベンの両極世界、機動ピケ隊、ソールトリーの戦いなどだった。ある退役海軍少将は、わが国は喫水線下に穴のあいた、錆びついた戦艦に似ていると言っていた。トニーは朝食の席でその投書を読み上げ、ガサガサと音を立ててその新聞を振ってみせた――あのころ、新聞はガサガサとうるさい音を立てたものだった。

「戦艦だって？」と彼は息巻いた。「コルベット艦でさえないね。沈没しかけたちゃちな手漕ぎボートでしかない！」

その年、一九七二年はまだ始まりにすぎなかった。わたしが新聞を読みだしたころには、週三日労働制や、次の停電、政府による五回目の非常事態宣言がそんなに遠い将来のことではなかった。わたしは読んだことを信じたが、なんだか遠い場所の出来事みたいな気がした。ケンブリッジも似たようなものだったし、キャニングの別荘のまわりの森もそうだった。歴史の授業にもかかわらず、自分は国家の命運とはなんの関わりもないとわたしは感じていた。わたしの所有物はと言えば、スーツケース一個分の衣類、五十冊にも満たない本、実家のベッドルームにあるこども時代のものくらいだった。そして、わたしを崇め、わたしのために料理をしてくれ、妻と別れると脅したりすることのない愛人。わたしの義務はただひとつ、就職の面接を受けることだったが、それはまだ何週間も先だった。わたしは自由だった。それなのに、この病める国家を、ヨーロッパの病人を持ちこたえさせるためにMI5への就職を志願して、わたしは何をするつもりだったのだろう？　なにも。わたしは何をするつもりもなかった。わたしはなにも知らなかった。たまたまチャンスが与えられたので、やってみることにしただけだった。トニーがそれを望んだから、そうすることにしたのである。わたしにはほかにはなにもすることがなかった。それなのに、やってみてはいけない理由があったのだろうか？

しかも、わたしはまだ親に自分のことを説明する義務があると思っていた。わたしが保健・社会保障省のきちんとした公務員になろうと思っていると聞くと、両親は喜んだ。それは母が思い描いていた原子破壊ではなかったかもしれないが、激動の時代のなかでの堅実さは慰めになったにちががいない。卒業試験が終わってもわたしが家に戻ろうとしない理由を母は知りたがったが、親切な年配の教授が「就職試験」のために特別指導をしてくれているのだとわたしは説明した。だから、もちろん、ジーザス・グリーン公園の近くに安い小さな部屋を借りて、週末でさえ「猛勉強する」のは理にかなっていたのである。

その夏、妹のルーシーがとんでもないトラブルに巻きこまれて注意をそらされなかったら、母は懐疑を口にしたかもしれないけれど。ルーシーはむかしから騒々しくて、血の気が多く、大きなリスクを厭わない娘で、いまやよろめきながら次の十年に入りこんだ解放的な六〇年代をわたしよりはるかに信奉していた。彼女はいまではわたしより二インチも背が高く、わたしが〝カットオフ〟ジーンズを穿いているのを初めて見たのもこの妹だった。楽にしなさいよ、セリーナ、自由になろうよ！　旅に出よう！　彼女がヒッピーの世界に入りこんだのはそれが流行遅れになりかけたころだったが、定期市の立つ地方の町ではだいたいそんなものだった。妹はまた自分の人生のただひとつの目標は医者になること、一般の開業医か、小児科医になることだと公言していた。

妹はその野心を追求してはいたが、かなり回り道をした。その年の七月、カレー＝ドーヴァー間のフェリーに車なしの乗客として乗船したとき、彼女は税関吏に——というよりはその犬に——引き留められた。彼女のバックパックの芳香に突然興奮したブラッドハウンドが吠え立てたのである。なかには洗濯していないTシャツと犬避けのビニールで幾重にもくるんだ半ポンドのトルコ産ハシッシュがあった。しかも、ルーシーの体内には、これもやはり申告されていなかったし、父親の名前もはっきりしなかったが、発育途上の胎児がいた。

それからの数カ月、母は毎日のかなり多くの時間を四つの任務に注ぎこまなければならなかった。第一の任務はルーシーを刑務所入りから救うこと、第二はこの話が新聞に載らないようにすること、第三は彼女が医学部の二年生だったマンチェスター大学から退学させられないようにすること、そして第四は、あまり悩まずにそうすることに決まったのだが、中絶の手配をすることだった。家族の危機に際してわたしが家に戻ってみると（ルーシーはパチョリの匂いを漂わせ、泣きじゃくりながら、日焼けした腕でわたしをギュッと抱きしめた）、主教は頭を垂れて、天が与えた運命をすべて受けいれる気になっていた。けれども、母がすでに操縦席に着き、どこの十二世紀の大聖堂からでも国の内外に張り巡らされているネットワークを凄まじい勢いで作動させていた。たとえば、わたしたちの州の警察本部長は定期的な平信徒の説教師で、おなじ地位にあるケント州の警察本部長を古くから知っていた。保守協会の友人のひとりが、ルーシーが最初に出頭したドーヴァー市の治安判事と知り合いだった。地方新聞の主筆は音痴の双子の息子を教会の聖歌隊に入れたがっていた。もちろんあまり強引なやり方はできなかったし、なにひとつ当たり前だとは言えず、〈何もかもとても大変だった〉と母はわたしに告白したが、ほかのなによりも大変だったのが中絶で、医学的にはありふれたことだったが、ルーシーが驚いたことに、母はひどく動揺していた。結局、妹は六カ月の宣告猶予になり、新聞の紙面にはなにも出ず、マンチェスター大学の学長かだれか似たような地位にある人が、次の英国国教会総会で父の支持を保証されることになった。そして、彼女は九月に大学に戻ったが、その二カ月後に中退した。

というわけで、わたしは七月から八月にかけてだれに邪魔されることもなく、ジーザス・グリーン公園をぶらついて、チャーチルを読んで退屈し、週末に町外れのバス停まで歩いていくのを待っていた。それから何年もしないうちに、わたしはこの七二年の夏を自分の黄金時代、貴重な牧歌的時代として胸に刻むことになるが、楽しめたのは金曜から日曜の夜にかけてだけだった。週末はいかに生きるか、何をどんなふうに食べて飲むか、新聞をどう読み、自分の意見をいかに維持するか、そしてどうやって本の〝要点をつかむ〟かに関する延長個別指導だった。就職の面接が迫っているのはわかっていたが、トニーがなぜそんなにわたしに労力をそそごうとするのか疑問に思ったことは一度もなかった。仮に疑問を抱いたとしても、たぶん、年配の男と関係をもつということはそういうことなのだろうと考えたにちがいなかった。

もちろん、この状態がずっとつづくことはありえなかった。ロンドンでの面接の二日前、交通量の多い大通りの道路際での嵐のような三十分のあいだに、それは完全に崩壊した。その事の次第は記録しておくに値するだろう。事の起こりはシルクのブラウスだった。前にも言った、七月初めにトニーが買ってくれたブラウスである。暖かい晩には、わたしはその高級な肌ざわりが気にいっていたし、ゆったりしたシンプルなカットがとてもよく似合うと、トニーは一度ならず褒めてくれた。わたしは心を動かされた。彼は人生で初めてわたしに服を買ってくれた男、まさにやさしいパパ《シュガー・ダディ》だった(わたしの父の主教はそんな店に足を踏み入れたことさえなかっただろうが)。このプレゼントは、ちょっとキッチュなところのある古臭いデザインで、恐ろしく少女っぽかったが、わたしは気にいっていた。それを着ると、彼に抱かれている気分になり、ラベルの淡いブルーのカッパープレート体の文字――〈野蚕絹《ワイルド・シルク》手洗い〉――がひどくエロチックに見えた。首と袖口のまわりにはイギリス刺繍《ブロドゥリー・アングレーズ》の帯が付き、肩の二本のプリーツに合わせて背中に二本のタックがあった。このプレゼントは紋章みたいなものだった。彼のそばから帰ってくるとき、わたしはそれをアパートに持ち帰り、洗面台で洗濯して、アイロンをかけ、次の訪問にそなえて――わたし自身みたいに――そっとしまっておいた。

九月のその事件が起こったとき、わたしたちはベッドルームにいて、わたしは自分の荷物を詰めていた。すると、トニーが話を――彼はウガンダのイディ・アミン大統領のことを話していたのだが――中断して、そのブラウスを彼のシャツといっしょに洗濯かごに放りこむように言った。それは理にかなっていた。わたしたちはすぐに戻ってくるはずだったし、翌日には家政婦のミセス・トラヴァーズが来て、すべて片付けてくれることになっており、ミセス・キャニングは十日間ウィーンに滞在中だった。わたしがそのときのことをよく覚えているのは、とてもうれしかったからである。わたしたちの愛が日常的な、当たり前なものになり、この次がすぐ三、四日後を意味するのがうれしかった。ケンブリッジでは、しばしば寂しい思いをしながら、廊下の公衆電話にトニーからの電話がかかってくるのを待っていたからだ。束の間、妻の資格を与えられたかのように、わたしはヤナギ細工のふたを上げ、彼のシャツの上に自分のブラウスを落として、それっきりそのことは忘れていた。セーラ・トラヴァーズは週に三回、すぐ近くの村から通ってきた。一度キッチン・テーブルでエンドウ豆の莢《さや》を剝きながら三十分ほど楽しいおしゃべりをしたことがあり、彼女はアフガニスタンでヒッピーになるために出ていった息子の話をした。まるで避けがたい危険な戦争のために軍隊に入隊したみたいに誇らしげな話しぶりだった。そういうことについてはあまり深く考えたくはなかったが、彼女はこの別荘を通りすぎていったトニーの一連の女友だちを見てきたはずだった。給料が支払われているかぎり、そんなことは気にかけないのだろう。

ジーザス・グリーンに戻って四日経っても、なんの音沙汰もなかった。わたしは従順にも労働法や穀物法について調べたり、新聞を熟読したりしていた。近くまで来た友だちに会ったりはしたが、電話から遠くへは離れなかった。五日目になると、トニーの学寮まで行って、受付にメモを残し、留守のあいだに電話がかかってきたかもしれないと心配しながら、急いで戻った。こちらからは電話できなかった――わたしの恋人は用心深く、自宅の電話番号はけっして教えなかったからだ。その晩、電話がかかってきた。平板な声だった。挨拶もなしに、翌朝十時にバス停に来るように言われた。わたしが泣き声で質問しかけたとき、電話が切れた。当然ながら、その夜はほとんど眠れなかった。愚かな心のなかではお払い箱になるだろうと知りながら、彼のことを心配して眠れなかったなんて、考えてみると驚きである。

夜が明けると、風呂に入って、香水をつけた。七時には、準備ができていた。彼の好みの下着（もちろん黒、それから紫）と森を散歩するためのスニーカーをバッグに詰めた。なんと希望に満ちた間抜けだったことか。彼が早めに来て、わたしがいなくてがっかりするのが心配で、九時二十五分にはバス停に着いていた。彼が来たのは十時十五分ごろだった。彼が助手席側のドアを押しあけ、わたしは車に乗りこんだが、キスはなく、彼は両手でハンドルをにぎったまま、乱暴に車を出した。十マイルくらい走るあいだ、彼は口をきこうともしなかった。こぶしが白くなるほどハンドルをきつくにぎって、じっと前をにらんでいるだけだった。どうしたのだろう？　彼は理由《わけ》を言おうともしなかった。わたしは気も狂わんばかりになり、彼の運転の仕方に怯えていた。まるで間近に迫った嵐を警告するかのように、小さな車を車線から跳び出させ、上り坂やカーブでも容赦なく追い越しをかけた。

あるロータリーで車をUターンさせ、ケンブリッジ方向に戻りだして、まもなくA45号線わきのパーキングエリアに車を入れた。すり減った剝きだしの地面に油で汚れた芝生がちらばり、トラック運転手にホットドッグやバーガーを売る売店がある場所だった。午前中のこの時刻には売店にはシャッターが下りて鍵がかかっており、ほかには駐車している車は一台もなかった。わたしたちは車から降りた。夏の終わりによくある最悪の天気で、日は出ていたが、風が強くて埃っぽかった。右手には日に焼かれたシカモアの若木が大きく間隔を空けて立ち並び、その反対側では車が轟音を上げてビュンビュン行き交っていた。まるでレース場の端に立っているようだった。パーキングエリアの長さは二、三百ヤードで、彼はそれに沿って歩きだし、わたしはその横に並んで付いていった。話をするためにはほとんど怒鳴らなければならなかった。

彼がまず最初に言ったのは、「ふん、きみの策略はうまくいかなかったな」だった。

「何の策略？」

わたしは大急ぎで近い過去を振り返ってみた。どんな策略を弄したこともなかったので、ふいに数秒で誤解を正せる簡単な問題なのかもしれないという希望を抱いた。これはすぐに笑い話になるだろう。正午までには、わたしたちはいっしょにベッドに入っているかもしれないとさえ思った。パーキングエリアから道路へ出る地点に着いた。「はっきり言っておくが」と、足を止めると、彼が言った。「フリーダとわたしを引き離すことはできないぞ」

「トニー、どんな策略なの？」

彼は車のほうに引き返しはじめ、わたしはあとを追った。「悪夢にうなされたようなものだ」と彼は独り言を言っていた。

わたしは騒音に負けないように声を張り上げた。「トニー。教えて！」

「喜んでるんじゃないのかね？　ゆうべ、わたしたちはこの二十五年で最悪の喧嘩をした。まんまと成功して、きみはわくわくしてるんじゃないか？」

わたしは経験もなく、困惑し、怯えていたが、そのわたしにさえそれが理不尽であることはわかっていた。けれども、彼は自分のやり方で語るつもりらしかったので、わたしはなにも言わずに待った。わたしたちは車と閉店中の売店のそばを通りすぎた。右手には埃だらけのサンザシの高い垣根があり、派手な色の菓子の包み紙やカサカサいう袋が棘のある枝に引っかかっていた。使用済みの、とんでもなく長いコンドームが草の上に落ちていた。情事を終わらせるには申し分のない場所だろう。

「セリーナ、きみはどうしてそんなにばかなんだ?」

実際、わたしは自分がばかだと感じていた。ふたたび立ち止まったとき、わたしは震えを抑えきれない声で言った。「ほんとうに何のことかわからないの」

「自分のブラウスを彼女が見つければいいと思っていたんだろう。そうさ、彼女はたしかにきみのブラウスを見つけた。かんかんになると思っていたのだろうが、たしかにそのとおりだったよ。それでわたしたちが離婚して、自分が後釜にすわれると思ったのだろうが、そうはいかない」

あまりの理不尽さに呆然として、わたしは口もきけなかった。舌の根のすぐ後ろの上のほうで、喉が引きつりかけていた。涙がこぼれるといけないので、さっと顔をそむけた。彼には涙を見せたくなかった。

「もちろん、きみはまだ若い。だが、恥を知るべきだ」

ようやく声が出たものの、しゃがれた、哀願口調の、ひどくいやな声だった。「トニー、あれはあなたが洗濯かごに入れろと言ったのよ」

「まさか。わたしがそんなことを言ってないのはよくわかっているはずだ」

彼の言い方はやさしかった。ほとんど愛おしげな口調だった。思いやりのある父親、わたしが失おうとしている父親みたいだった。大喧嘩すべきだった。彼とフリーダのどんな喧嘩よりも激しい喧嘩をして、彼に跳びかかるべきだった。けれども、都合の悪いことに、わたしは泣きだしそうになっており、涙だけは見せたくないと思っていた。わたしはめったに泣かなかったし、泣くときはひとりでいたかった。彼の柔らかい、ゆたかな低音の、権威ある声が身に沁みた。あまりにも自信に満ちた、親切な声だったので、彼が言っていることを信じそうになった。もはや前の日曜日に関する彼の記憶を改めさせることも、わたしを捨てるのを思い止まらせることもできないだろう、とわたしはすでに感じていた。しかも、下手をすれば、捕まったことで安心して泣きだす万引き犯みたいに、自分に罪があるかのように振る舞ってしまう危険さえあった。あまりにも不公平で、あまりにも望みがなかった。わたしは自分の正しさを証明するために口をひらけなかった。電話のそばで待ちつづけた長い時間と眠れぬ夜のせいで、魂の抜け殻みたいになっていた。喉の奥が引きつったまま、もっと奥の筋肉までが引きつって、唇を引っ張り、歯を剝き出させようとしていた。いまにも堰が切れそうだったが、そんなところは、そんな醜態は彼の前では演じたくなかった。こんなに理不尽な彼の前では。それを抑えつけて、威厳を保つ方法はただひとつ、黙っていることだった。口をきけば、すべてがあふれ出そうだった。わたしは死ぬほどしゃべりたかった。彼がどんなに不公平な態度を取っているか、ちょっとした記憶違いのために、いかにわたしたちのあいだのすべてを危険にさらしているか。言ってやりたくてたまらなかった。試験の最中にセックスをしたくなるとか、結婚式のさなかに吐きたくなるとか、心はあることを要求するが、体は別のことを要求することがあるけれど、このときがまさにそうだった。なにも言わずに感情を抑えつけようとすればするほど、わたしは自分がいやになり、彼はますます冷静になっていった。

「陰険なやり方だったな、セリーナ。きみはもっとマシな人間だと思っていたよ。こんなことを言いたくはないが、きみにはほんとうに失望した」

わたしが背中を向けているあいだ、彼はずっとこの調子でつづけた。わたしをどんなに信用し、励まし、大きな期待を抱いていたか、わたしがどんなに期待を裏切ったか。わたしの目を見る必要なしに、後頭部に向かってしゃべるほうが、ずっと楽だったにちがいない。もしかすると、これは単純な思い違いではないのかもしれない、忙しい、重要な、年配の男によくある記憶違いではないのかもしれない、とわたしは疑いはじめていた。すべてがはっきりと目に浮かんだ。フリーダがウィーンから早めに戻ってきた。そして、なんらかの理由で、たとえばいやな予感がして、別荘に行ってみた。それとも、ふたりでいっしょに別荘へ行ったのかもしれない。ベッドルームに洗濯済みのわたしのブラウスがあった。それからサフォークかロンドンで大喧嘩になり、彼女が最後通牒を突きつけた――その娘と手を切るか、さもなければ出ていって。というわけで、トニーはわかりきった決断をくだしたのだ。けれども、問題は彼がもうひとつの選択をしたことだった。彼は犠牲者の、不当に扱われ、欺されて、激昂するのも無理はない男の役を演ずることに決めた。そして、自分は洗濯かごのことなどなにも言わなかったと信じこんだのである。記憶は消去されたが、それにはひとつの理由があった。そして、いまや、自分が記憶を消去したことさえ覚えていなかった。彼は忘れたふりをしているわけですらなかった。実際に自分が失望したと信じていた。わたしが狡猾で卑劣なことをやったと本気で考えていた。自分に選択の余地があったのだという考えから自分を保護しているのだろう。弱さからか、自己欺瞞か、尊大さからか？　そのすべてだろうが、とりわけ、論理的思考力の減退からだ。教授という地位も、研究論文も、政府の委員会の委員であることも――なんの意味もなかった。彼には論理的思考力がなくなっていた。わたしが見たところ、キャニング教授は著しい知的機能不全に陥っていた。

きついジーンズのポケットを探ってティッシュを取り出し、悲しいチーンという音を立てて鼻をかんだ。依然としてまともに話せる自信はなかった。

トニーが言っていた。「こういうすべてが結局はどういうことにつながるか、きみにはわかっているんだろう？」

相変わらずやさしい、病人に話しかけるような口調だった。わたしはうなずいた。それははっきりしていた。それでも彼はあえてそれを口にした。彼がしゃべっているとき、見ていると、ヴァンが猛スピードで走ってきて、巧みにドリフトしながら売店の横に停まった。運転席から大音響のポップミュージックが流れていた。ポニーテイルで、逞しい褐色の腕を見せつけるドラマーのTシャツを着た若者が出てくると、ハンバーガー用のパンの詰まった大きなポリ袋をふたつ、売店のそばの地面に投げ下ろした。それから、ヴァンは轟音を上げて立ち去り、風がもやもやした青い煙をまっすぐわたしたちのほうに運んできた。そう、わたしはそのパンみたいに放り出されようとしているのだった。わたしたちがなぜこんなパーキングエリアにいるのかがふいにわかった。トニーは一悶着起きることを予想していたのだ。彼は自分の小さな車のなかで騒ぎを起こしたくなかった。ヒステリーを起こした娘をどうすれば助手席から追い出せるというのか？　だから、ここのほうがよかったのだ。ここなら、彼は車に乗って立ち去り、わたしをあとに残していけるからだろう。わたしはヒッチハイクで町に戻ればいいのだから。

なぜそんな仕打ちに耐えなければならないのか？　わたしは彼のそばから離れて、車のほうに歩きだした。どうすればいいかはわかっていた。わたしたちはふたりともこのパーキングエリアに取り残されればいいのだ。もう一時間わたしといっしょにいるしかなくなれば、彼は正気を取り戻すかもしれない。そうはならないかもしれないが。どうでもよかった。わたしにはわたしの考えがあった。わたしは運転席側のドアに歩み寄って、ドアをあけ、車のキーを抜き取った。ずっしりとした太いリングに彼の全生活がぶら下がっていた。大きな、ごてごてした、男性的な一連のチャッブ錠やバナム錠やエール錠。オフィス、自宅、二軒目の家、郵便受け、金庫、二台目の車の鍵。わたしには教えようとしなかった、彼という存在のすべての部分。わたしは腕を後ろに引いて、その全体をサンザシの垣根越しに投げようとした。垣根の向こう側に入りこめたとしても、草原に四つん這いになって、牛やべちゃべちゃした糞のあいだを這いまわり、わたしが見物しているあいだ、永遠に鍵を捜しまわるがいい。

ニューナムで三年間テニスをやっていたので、投げる力はかなり強いはずだったが、それを見せつけることはできなかった。腕をいちばん後ろまで引いたとき、手首に彼の指が巻きついて、締めつけられるのを感じた。数秒のうちに、鍵はわたしからもぎ取られていた。手荒いやり方ではなく、わたしも抵抗はしなかった。彼はわたしを押しのけて、無言で車に乗りこんだ。もう言うべきことは充分に言ったし、おまけに、わたしは彼の最悪の予想を裏付けたばかりだった。彼はわたしのバッグを地面に放り出し、ドアをピシャリと閉めて、エンジンをかけた。ようやく声が出るようになったわたしは何と言ったか？ 痛ましいほどおそまつだった。わたしは彼に行かないでほしかった。愚かにも、車のキャンバスの屋根越しに大声で言った。「トニー、ほんとうのことを知らないふりをするのはやめて」

なんとばかげたことを言ったものか。もちろん、彼はふりをしていたわけではなかった。それこそまさに彼の欠陥だった。わたしがほかにもなにか言おうとしたら、それを掻き消すつもりだったのだろう、彼はエンジンを何度か吹かした。それから、車を発進させたが、たぶんわたしがフロントガラスかタイヤの下に身を投げ出すのを心配したのだろう、ごくゆっくりと走りだした。だが、わたしは悲劇的なばかみたいにそこに立ち尽くし、彼が去っていくのを見送っているだけだった。車の流れに乗るためにスピードを落としたとき、ブレーキランプが点灯するのが見えた。それから、彼は行ってしまい、それで終わりだった。

3

わたしはＭＩ５の面接をキャンセルしなかった。いまでは人生でほかにすることはなかったし、ルーシーの事件が当面は落ち着くと、主教までが保健・社会保障省での仕事の見通しについてわたしを励ますようなことを言ったからだ。パーキングエリアでの騒ぎの二日後に、わたしはソーホーの西端のグレート・モールバラ・ストリートでの面接に行った。床がコンクリートの薄暗い廊下で、無言で非難する目をした秘書が出してくれた硬い椅子に坐って待った。こんなに気の滅入る建物には入ったことがなかった。わたしが坐っている廊下には、地下室を連想させる気泡入りのガラス煉瓦のようなものをはめた鉄枠の窓が並んでいた。だが、光をさえぎっているのはこのガラス煉瓦ではなく、内側にも外側にもたまっている埃だった。すぐそばの窓敷居には、黒い砂埃をかぶった新聞の山が置かれていた。この仕事は、わたしが採用された場合の話だが、トニーが遠くからわたしに科した持続的な罰みたいなものになるのではないか。階段の吹き抜けから複雑な匂いが漂ってきた。暇つぶしに、わたしはその匂いの源を嗅ぎあててみようとした。香水、煙草、アンモニア入りの洗浄剤、そして、たぶんかつては食べられるものだった、なにかの有機物の匂い。

最初の面接は、ジョーンというきびきびした愛想のいい女性が相手で、用紙への記入と経歴についての簡単な質問が中心だった。一時間後、わたしはおなじ部屋に戻った。ジョーンと、砂色のちょびひげを生やし、薄い金色のケースから煙草を取り出すチェーンスモーカーのハリー・タップという軍人タイプの男がいっしょだった。その早口で歯切れのいい話し方や、しゃべっているあいだは黄ばんだ右手の指でそっと机をたたき、耳を傾けているときにはその動きを止める仕草がわたしは気にいった。五十分かけて、わたしたち三人が共謀して、わたしの人物プロファイルをつくりあげた。わたしの専門は基本的には数学だが、ほかにもいくつか妥当なことに関心をもっていることになった。それにしても、卒業成績が三級だったのはいったいどういうことなのか？　わたしは嘘をついたり、必要に応じて事実をねじ曲げたりした。じつにばかなことだったが、最終学年に勉強を犠牲にしてまで、文章を書くことやソビエト連邦やソルジェニーツィンの作品に興味をもってしまったのだと説明した。いまはいない恋人からの助言に基づいていろいろ読んでいたので、それを列挙しただけだったが、ミスター・タップは、わたしの意見を聞いて興味をそそられたようだった。大学以外では、わたしがつくりあげた自己イメージはすべて彼と過ごしたひと夏から引き出されたものだった。ほかに何があったというのだろう？　ときには、わたしはトニーになっていた。わたしはイギリスの田舎、とりわけサフォークが大好きで、高さを切りつめられたみごとな古木の森を愛し、そこを散策して、秋にはセープを探すのが楽しみだったことになった。ジョーンはセープを知っていて、タップが焦れったそうに傍観しているあいだに、わたしたちはすばやくレシピーを交換したが、パンチェッタのことは聞いたこともないようだった。暗号に興味をもったことはないか、とタップが訊いた。それはないが、時事問題ほど好きなものはないことを告白した。わたしたちは現在のさまざまな問題を大急ぎで一通り取り上げた――炭鉱夫や港湾労働者のストライキ、ヨーロッパ共同市場、ベルファストの騒乱。わたしは『タイムズ』の社説の口調で、ほとんど反論が不可能な、愛国的で思慮深い意見を述べた。たとえば、〝寛容社会〟のことについても、『タイムズ』の見解を引用して、個人の性的な自由はこどもたちの安全と愛情の必要性とバランスの取れるものでなければならないと主張した。だれがそんな見解に反論できるだろう？　わたしはだんだん調子が出てきていた。それから、わたしは英国史が好きでたまらないという話になった。またもや、ハリー・タップがさっと顔を上げた。とくにどの辺が？　名誉革命です。ほほう、あれは実際非常に興味深い出来事ですな！　それから、しばらくあとで、あなたにとっての知的英雄はだれですか？　わたしはチャーチルについて話した。政治家としてではなく、歴史家としての（わたしはトラファルガーの海戦についての「比類のない」記述を要約した）、ノーベル文学賞受賞者としての、さらに水彩画家としてのチャーチルについて。あまり知られていない『マラケシュの屋上の洗濯物』という作品がわたしはむかしから大好きなんですが、これはおそらくいまは個人蔵になっていると思います。

　タップが言ったなにかに触発されて、わたしは自分の自画像にチェスへの情熱を上塗りしたが、もう三年以上もやっていないことにはふれなかった。それでは、一九五八年のジルバー＝タル戦の終盤を知っているか、と彼は訊いた。それは知らなかったが、有名なサーヴェドラ・ポジションについてもっともらしく詳述した。実際、この面接のときほどわたしの頭の回転がよかったことはなかった。『¿クイス?』の記事以来、こんなに自分に満足したことがあっただろうか？　わたしに語れないことはなく、どんな問題であれ、自分の無知にさえある程度の輝きを付け加えることができた。わたしの声はトニーのそれだった。わたしは大学の先生みたいに、政府の審議会の委員長や、地方の名士みたいにしゃべった。ＭＩ５に入れるのか？　わたしはすでに指揮を執ることさえできるような気がしていた。だから、部屋から出るように言われて、五分後に呼び戻され、ミスター・タップから採用すると告げられても、すこしも驚かなかった。そうする以外に彼にどんな選択肢があったというのだろう？

　数秒のあいだ、わたしには彼が言っていることの意味がわからなかった。やがて、それを悟ると、冗談かわたしを試すつもりなのかと思った。わたしは下級職員補《ジュニア・アシスタント・オフィサー》として採用されるというのだ。これは公務員としては下級のなかの最下級であることをわたしは知っていた。主な仕事は書類の整理、索引作成、および関連事務作業である。猛烈に働けばそのうち下級職員に昇進できるかもしれないが。そのときふいに悟ったことをわたしは顔に出すまいとした——自分は、あるいはトニーはひどい勘違いをしていたのだ。それとも、じつは、これが彼がわたしに科そうとした罰だったのだろうか。わたしは〈職員《オフィサー》〉として採用されるわけではなかった。とすればスパイになることはなく、第一線の仕事をすることもない。喜んでいるふりをしながら、試しに訊いてみると、それが人生の決まりきった事実であることをジョーンは認めた。男と女は出世コースが別であり、職員になれるのは男だけだという。もちろん、もちろんですよね、とわたしは言った。もちろん、そんなことはわかっていました。わたしは何でも知っている賢明な若い女なのだから。自分がどんなに誤解していたか、どんなに気分を害しているかを相手に悟らせるのはわたしのプライドが許さなかった。自分がいかにも感激して受けいれる声が聞こえた。ありがとうございます！　勤務をはじめる期日を告げられると、待ち遠しいです！　わたしたちは立ち上がった。ミスター・タップはわたしと握手して、ゆっくりとその場から離れていった。ジョーンがわたしを入口まで送ってくれながら、このオファーは通例どおり審査手続きにかけられることになると説明してくれた。それで認められた場合には、わたしはカーゾン・ストリートに勤務することになり、公職秘密法に署名して、その厳密な規定を守る義務を負うことになるという。もちろんです、とわたしは言いつづけた。すばらしいわ。どうもありがとうございます。

その建物を出たとき、わたしは非常に動揺した陰鬱な心理状態だった。ジョーンに別れの挨拶をする前から、こんな仕事はするまいと決心していた。ふつうの給料の三分の二で下級事務員になるなんて侮辱だった。ウェイトレスならチップでその倍は稼げるだろう。こんな仕事は願い下げだ。

彼らには手紙を書けばいい。どんなに失望させることになるとしても、少なくともそれははっきりしていた。自分が空っぽになったような気がして、何をすべきか、どこへ行くべきかわからなかった。ケンブリッジの家賃を払うためのお金がなくなりかけていた。とすれば、両親のもとに戻って、ふたたび娘に、こどもになり、主教の無関心とすべてを統制管理しようとする母の熱意に立ち向かうしかないだろう。そういう展望よりもっと悪かったのは、ふいにどっと押し寄せてきた失恋の悲哀の発作だった。自分のために一時間もトニーの声色を使ったり、わたしたちの夏の記憶に踏みこんだりしたせいで、頭のなかでこの恋愛事件が息を吹き返してしまっていた。話をすることで、わたしは自分が失ったものの大きさを自分に理解させることになったのだ。まるで長い会話をしていたのに、いきなり彼がわたしに背を向け、圧倒的な不在感を残して立ち去ってしまったかのようだった。わたしは彼の不在をひりひりと感じ、彼が恋しくてならなかったが、もはや二度と彼を取り戻せないことを知っていた。

悲しみに打ちひしがれて、わたしはのろのろとグレート・モールバラ・ストリートを歩きだした。仕事とトニーはおなじひとつのものの両面であり、ひと夏の感情教育だったが、それが四十八時間のうちに崩壊してしまった。彼は妻と大学に戻り、わたしにはなにも残されていなかった。愛もなければ、仕事もなく、孤独の冷やかさがあるだけだった。しかも、彼が突然くってかかったやり方を思い出すと、悲しみが倍になった。あまりにも不当だった！　通りの向こう側にふと目をやると、意地の悪い偶然から、リバティの見かけだけチューダー様式のファサードのそばに来ていた。そこでトニーがあのブラウスを買ってくれたのだった。

悲しみに押しつぶされないように、急いでカーナビー・ストリートに曲がって、人混みのなかを足下に注意しながら歩いた。地下室から流れ出すギターの音楽やパチョリの匂いが、妹のことや実家のいろんな問題を思い出させた。舗道には、〝サイケデリックな〟シャツやサージェント・ペッパー風の房飾り付きの軍服が何列も、長いラックに吊されていた。個性を表現しようと躍起になっている似たもの同士の大群の御用達。いやもう、わたしの気分は最悪だった。リージェント・ストリートをしばらく行ってから左に曲がり、ソーホーの奥へと踏み入って、汚い通りを歩いていった。紙くずや捨てられたスナック菓子、ケチャップの筋の付いたバーガーやホットドッグ、厚紙の容器が押しつぶされて舗道や側溝に張りつき、街灯のまわりにはゴミ袋が山になっていた。いたるところに赤いネオンの〈アダルト〉という文字があり、ウィンドウのビロード風の台には鞭やディルドーや夜用の潤滑剤、飾り鋲付きのマスクが並んでいる。革のジャケットを着た肥った男が戸口から一言わたしに呼びかけた。玩具《トイ》と言ったように聞こえたが、オイと言ったのかもしれない。だれかがわたしに向かって口笛を吹いた。わたしはだれとも目を合わせないようにしながら、足を速めた。依然としてルーシーのことが頭にあった。この地区を彼女と結びつけるのはフェアではなかったけれど、妹が逮捕され妊娠する結果をもたらした新しい解放精神のおかげで、こういう店が（さらに、付け加えれば、わたし自身が体験したような、年配の男との情事が）許されるようになったのだ。過去は重荷でしかなく、いまやすべてを破壊すべきときだ、とルーシーは何度となくわたしに言った。大勢の人たちがそう考え、いかがわしい、無責任な反逆の空気が漂っていた。しかし、トニーのおかげで、不完全ではあるにせよ、この西洋文明を築き上げるために人々がどんな苦労をしてきたのかをわたしは理解していた。わたしたちは欠陥のある統治機構に苦しめられているし、わたしたちの自由は不完全だ。しかし、世界のこの部分では、支配者はもはや絶対的な権力をもたず、残虐行為は主として個人的なものでしかない。ソーホーの通りのわたしの足が踏みつけているのが何であれ、わたしたちは自分たちを汚物のなかから引き上げたのだ。教会、議会、絵画、裁判所、図書館、そして研究所――破壊してしまうにはあまりに貴重なものなのである。

もしかすると、それはケンブリッジのせい、あまりにも多くの古い建物や芝生を、時間が石にはどんなにやさしいかを見てきたせいかもしれないし、あるいは、単に、わたしには若者らしい勇気がなく、警戒心が強く、上品ぶっていただけなのかもしれない。けれども、この不名誉な革命はわたしには要らなかった。どの町にもセックスショップが欲しくはなかったし、妹のような人生を生きたくもないし、歴史を火のなかに放りこんでしまいたいとも思わなかった。旅に出る？ わたしは教養のある洗練された男と旅に出たかった。たとえば、トニー・キャニングみたいに、法律や制度の重要性を当然のことと見なし、いつもそれをどうやって改善するかを考えている男と。彼がわたしと旅をしたがってくれれば、彼があんなばか野郎でなければよかったのに。

リージェント・ストリートからチャリング・クロス・ロードまでぶらぶら歩いた三十分がわたしの運命を決定した。わたしは考えを変えて、結局はこの仕事を受けいれ、自分の人生に秩序と目的と多少の独立性を与えることにした。わたしの決定には一過性のマゾヒズムの気があったかもしれない――振られた恋人であるわたしにはせいぜい事務の下働きくらいがいいところであり、ほかにはなんのオファーもなかった。ケンブリッジやトニーと結びつくすべてをあとに残して、ロンドンの群衆のなかに紛れこんでしまうこと――そこには爽快な悲しみのようなものがあった。両親には保健・社会保障省のきちんとした公務員の仕事に就いたと報告するつもりだった。じつは、そんなに秘密主義にする必要はなかったのだが、当時は、両親の誤解をそのままにしておくことが、わたしにはぞくぞくすることだった。

午後、自分のアパートに戻ると、出ていくことを大家に告げて、部屋で荷造りをはじめた。翌日、わたしは所持品のすべてを抱えて、教会の構内のわが家に到着した。母は大喜びで愛おしそうにわたしを抱擁し、驚いたことに、主教はわたしに二十ポンド札をくれた。三週間後、わたしはロンドンでの新生活をはじめた。

ミリー・トリミンガムを、やがて長官になるシングルマザーを知っていたのか？　後年、MI5で働いていたことをだれにでも話せるようになったとき、わたしはしばしばそう質問された。それがわたしを憤激させたのは、その裏にもうひとつの質問が隠されているような気がしたからだった。ケンブリッジのコネがあったのに、なぜわたしはそれほど昇進しなかったのか？　わたしが入局したのは彼女の三年あとだった。たしかに、わたしは彼女とおなじコースを、彼女が自伝のなかで説明しているのとおなじコースをたどりはじめた——メイフェアのおなじ陰鬱な建物、おなじ細長くて薄暗い部屋の教育課、おなじ無意味だが好奇心をそそる仕事。しかし、一九七二年にわたしが入局したときには、トリミンガムはすでに新人の娘たちのあいだでは伝説的存在だった。忘れないでほしいが、わたしたちは二十代初め、彼女は三十代なかばだった。わたしの新しい友だちのシャーリー・シリングが彼女を指差して教えてくれた。トリミンガムは廊下の端に、汚い窓を背にして立ち、ファイルの束をわきに抱えて、雲に覆われた局の頂からやってきただれとも知れぬ男と緊急ミーティングをひらいていた。彼女はリラックスしていて、ほとんど男と対等に見え、ジョークを言う権利があるのはあきらかで、男はガハハと笑いだし、束の間彼女の前腕に手をやって、あんたのその機知を抑えてくれないか、さもないと息を継げなくなりそうだとでも言っているかのようだった。

彼女がわたしたち新入りの尊敬を集めていたのは、ファイリング・システムや記録の複雑さをまたたく間にマスターしてしまい、二カ月も経たないうちに他の部署にまわされたという噂だったからだ。なかには数週間、いや、数日だったという説もあった。彼女が着ている服には反抗的な気配がある、とわたしたちは思っていた。鮮やかなプリント柄やスカーフで、パキスタンのどこかの無法地帯でMI5の出先機関の仕事をしていたとき、現地で買ったのだという。これはわたしたちのあいだの噂にすぎなかったが、本人に確かめてみるべきだったろう。ずっとあとになって、自伝を読むと、彼女はイスラマバードのオフィスで事務をやっていたと書かれていた。その年、MI5の大卒の女性たちが職場での将来性の改善のための運動をはじめた〝女性の反乱〟に彼女が参加したのかどうかは、わたしはいまでも知らない。女性たちは、男性のデスク・オフィサーとおなじように、自分たちも諜報員《エージェント》を動かせるようになりたかった。これはわたしの推察だが、トリミンガムはその目的には共感したが、団体行動や演説や決議にはうんざりしていたにちがいない。〝反乱〟という言葉がなぜわたしたち新入りの耳には届かなかったのか、わたしにはわからずじまいだった。わたしたちは下級すぎると見なされていたのかもしれない。局をすこしずつ変化させたのは、他のなによりも、この時代の精神だったが、最初に殻を破ったのは、女性の職場の天井に穴を穿ったのは彼女だった。彼女はそれを静かに、巧みにやり、わたしたちは大騒ぎしながら彼女のあとからよじ登った。わたしはその最後尾から付いていったひとりだった。教育課から移動になったとき、彼女は困難な新しい未来――IRA（アイルランド共和軍）のテロリズム――に立ち向かうことになったが、あとに付いていったわたしたちはまだしばらくぐずぐずして、ソビエト連邦とのむかしながらの戦いをつづけていた。

　一階の大部分は記録課《レジストリー》によって占拠されていた。その巨大な記録装置のなかで、三百人の良家出身の事務員がピラミッドの奴隷みたいにせっせと働き、要求されたファイルを処理したり、建物の各所にいるデスク・ケース・オフィサーに戻したり配付したり、入ってくる資料を整理したりしていた。このシステムはじつにうまく回転するように考えられていたので、コンピューターの時代になっても長く維持されすぎた。ここは書類の最後の砦、究極的な独裁国家だった。軍隊の新兵がまずジャガイモの皮むきや閲兵場を歯ブラシでこすり洗いすることから新生活をはじめるように、初めの数カ月、わたしは英国共産党地方支部の党員リストをまとめ、すでにリストアップされている以外の全員に関するファイルを作成することで過ごした。わたしの担当地域はグロスターシャー州だった（トリミンガムがこれをやっていたときの担当はヨークシャー州だった）。最初の月に、ストラウドのグラマー・スクールの校長に関するファイルを新規作成した。この校長は一九七二年七月のある土曜日の夜に、共産党地方支部の集会に出席した。彼は同志のあいだをまわされた紙片に名前を書いたが、そのあとで入党しないことにしたにちがいなく、わたしたちが入手した入党者リストにはどこにも名前がなかった。しかし、若者の精神に影響を与える地位に就いていたので、それでもファイルを作成することにした。これはわたしの裁量で決定した初めてのケースだったので、いまだにハロルド・テンプルマンという名前と生まれた年を覚えている。もしテンプルマンが教職を退いて（当時はまだ四十三歳だった）、公務員の仕事に応募し、機密情報にふれることになれば、審査手続きの過程でだれかが彼のファイルを見ることになるだろう。そうすれば、テンプルマンは七月のある夜のことについて質問されるか（彼は畏怖の念に打たれるにちがいない）、さもなければ、彼の応募は却下されて、その理由はわからずじまいになるだろう。完璧だった。少なくとも理論上は。わたしたちはまだ何がファイルを作成する条件になるかを決定する、注文の多いプロトコルを学んでいる最中だった。一九七三年初めの数カ月、たとえどんなに的外れだったとしても、そういう閉鎖的な、それなりに機能しているシステムはわたしには慰めだった。ソ連から送りこまれた諜報部員が英国共産党に入党して自分の正体を暴露することはありえなかったし、その部屋にいったわたしたち十二人全員がそれはよく知っていた。けれども、わたしはべつにそれでもかまわなかった。

通勤の途中で、わたしはよく自分の仕事についての説明と現実のあいだにどんなに大きな隔たりがあるかについて考えた。自分はMI5に勤めている、とわたしは——ほかのだれにも言えなかったので——自分自身に向かって言った。そこにはある種の響きがあった。いまでさえ、あの青白い小娘が自分なりにお国のために尽くそうとしていたことを思うと、わたしはちょっと心を揺すぶられる。だが、わたしは単にミニスカートのオフィスガールのひとりにすぎなかった。ほかの人たちと押し合いながら、何千人ものわたしたちがグリーン・パークの薄汚い地下連絡通路へと下りていく。ゴミや砂埃やいやな匂いのする地下の突風がわたしたちの顔をたたき、ヘアスタイルをまったく別物に変えてしまう（ロンドンはいまははるかに清潔になっている）。職場に着いても、わたしは依然としてオフィスガールで、この首都の何十万人とおなじように、煙たい部屋の巨大なレミントンに向かって背筋をピンと伸ばしてタイプし、ファイルを取りにいって、男の手書き原稿を解読し、お昼休みから急いで戻ってきた。しかも、給料は大部分の人たちよりも低かった。そして、トニーがあるとき読んでくれたベッチェマンの詩のなかの働く女性みたいに、わたしも自分の小さなアパートの洗面台で小物の洗濯をしていた。

最下級の事務職員としてのわたしの最初の週の給料は、控除後で、十四ポンド三十ペンスだった。これはまだ不真面目な、生焼けの、贋物みたいな雰囲気が消えていない、目新しい十進法の通貨で支払われた。部屋代に週四ポンド、電気代に一ポンド支払った。交通費は一ポンドちょっとだったので、食費とそのほかのすべてのために残るのは八ポンドだった。こういうディテールをあえて紹介するのは不平を言うためではなく、むかしケンブリッジでその小説を大急ぎで読んだことのあるジェイン・オースティンの精神に則ってのことである。実在するにせよ架空にせよ、ある人物の経済状態を知ることなしに、どうしてその内面生活を理解できるだろう？「ロンドン・ノース・ウェスト1、セント・オーガスティンズ・ロード七〇番地の小さな下宿屋に落ち着いたばかりのミス・フルームは、年収が千ポンドにも満たず、しょんぼりしていた」わたしはその週暮らしでなんとか凌いでいるだけで、興奮と冒険に満ちた秘密の世界の一員だとは感じていなかった。

それでも、わたしはまだ若く、一日中しょんぼりしてばかりはいられなかった。昼休みや夜のお出かけの相棒はシャーリー・シリングで、信頼できる古い通貨と頭韻を踏むこの名前は、彼女のふっくらした傾いた頰笑みや古臭い遊び方の好みをよく表しているような気がした。第一週目から「化粧室にいる時間が長すぎる」ということで、彼女はチェーンスモーカーの指導教官、ミス・リンと一悶着起こしていた。実際には、シャーリーはその夜のパーティに着るワンピースを買うため、十時に大急ぎで建物を出て、はるかオックスフォード・ストリートのマークス＆スペンサーまで足を伸ばして、お誂え向きのものを見つけて、試着し、ひとつ上のサイズも試着して、お金を払ってバスで戻ってきた――それを二十分でやったのだった。昼休みには、靴を試しにいく予定だったので、そんな時間はなかったからだ。わたしたち新入りの娘たちのなかでは、ほかにはだれもそこまでやる勇気はなかった。

で、わたしたちは彼女をどう思っていたか？　過去数年間の文化的な変化は深甚だったように思えたかもしれないが、それでわたしたちの社会的な触角がちょん切られたわけではなかった。一分もしないうちに、いや、それどころか、シャーリーが三言も発すれば、彼女が慎ましい生まれであることはたちまちわかった。彼女の父はイルフォードで〈ベッドワールド〉というベッドとソファの店を経営しており、学校は地元の巨大な総合制中等学校で、大学はノッティンガム大学だった。

十六歳以降も学校に通ったのは、家族のなかで彼女が初めてだった。MI5は従来よりひらかれた採用方針を採っていることを実証しようとしたのかもしれないが、シャーリーは並外れた能力の持ち主だった。彼女はわたしたちのなかの最速の人の二倍の速さでタイプを打ち、記憶力――顔やファイルや会話や手順の――はだれよりもよく、怖れを知らない興味深い質問をした。少数派ではあったが少なからぬ娘たちが彼女を称讃したのがこの時代のしるしだろう――彼女の軽いロンドン訛りにはちょっぴり現代的な魅力があり、彼女の声や仕草にはツイギーやキース・リチャーズやボビー・ムーアを思わせるところがあった。実際、彼女の兄はプロのサッカー選手で、ウルヴァーハンプトン・ワンダラーズの補欠だった。このクラブは、とわたしたちは学ばされた、この年名称が変更されたUEFA（欧州サッカー連盟）カップの決勝にまで勝ち上がったのだ。シャーリーは一風変わっていて、自信に満ちた新しい世界を象徴していた。

　シャーリーを見下している娘もいたが、彼女ほど世知に長《た》けた、クールな娘はいなかった。わたしたち新入りの多くは、十五年前にそういう慣習が廃止されていなければ、デビュタントとしてエリザベス女王の謁見をたまわったはずの娘たちだった。何人かは現役ないし退役将校の娘か姪で、三分の二は伝統ある大学を卒業していた。わたしたちは似たような口調でしゃべり、社交性には自信があり、田舎の邸宅《カントリー・ハウス》の週末では合格点がもらえるはずだった。けれども、わたしたちの態度にはいつもちょっとあやまろうとするような、愛想よく相手の意を迎え入れようとするようなところがあり、とりわけ上級職員が、旧植民地タイプの男のひとりがその薄暗い部屋に入ってくると、そうだった。そういうとき、わたしたちの大部分は（もちろん、わたしは別だったが）目を伏せて迎合的な作り笑いを浮かべるお嬢様になった。新入りのあいだでは、氏素姓の卑しからぬきちんとした夫を見つけるという、レベルの低い探索が暗黙のうちに行なわれていた。

ところが、シャーリーは自分の騒がしさを弁解する気配はなく、結婚する気もなさそうで、だれの目でもまっすぐに見つめた。自分の話に自分でばか笑いするという癖または弱みがあったが、それは自分が面白おかしい女だと思っていたからではなく、人生は祝福すべきものであり、みんなもいっしょにそうしてほしいと思っているからだという気がした。目立つ人間、とりわけ目立つ女には、かならず敵ができるもので、シャーリーを心底軽蔑している人もひとりかふたりはいたけれど、たいていはだれもが、とりわけわたしは、たちまち彼女に好意を抱いた。彼女が脅威になるほど美人ではなかったのがよかったのかもしれない。大柄で、少なくとも三十ポンドは肥りすぎで、わたしのMに対して彼女はLLだったが、自分は「すらりとしている」と形容されて然るべきだとわたしたちに言ったことがある。それからガハハと笑ったけれど。ちょっと福々しすぎる丸顔は、いつも動いていて、けっしてじっと静止することのないのが救いであり、神の祝福でさえあった。彼女のいちばんの魅力は、自然にカールした黒髪と、鼻梁の両側の淡いソバカス、それに灰色がかった青い瞳というちょっとめずらしい組み合わせだった。右側に傾いた彼女の笑みには、何とも言えない雰囲気が、淫らと不敵の中間とでも言うべき気配があった。自由のきかない境遇だったにもかかわらず、彼女はわたしたちの大半より幅広い経験を積んでいた。大学を卒業した次の年、ヒッチハイクでひとりでイスタンブールに行き、血を売って、オートバイを買い、足と肩と肘の骨を折って、シリア人医師と恋に落ち、こどもを堕ろして、アナトリアからイングランドまで船上でちょっと料理することを条件に個人所有のヨットに乗せてもらった。

しかし、わたしにとっては、そういう冒険のなによりも彼女がいつも持っている手帳のほうが興味深かった。ピンクのビニールカバー付きのこどもじみた手帳で、背に短い鉛筆が挿してあった。しばらくのあいだ、彼女は何を書いているのか明かそうとしなかったが、ある晩マズウェル・ヒルのパブで、他人が言った「気の利いたことや面白いことやばかげたこと」をメモしているのだと白状した。そのほかにも「物語についてのちょっとした物語」や単なる「考え」も書きつけているのだという。手帳はいつも手の届くところにあって、彼女は会話の途中にもメモしていた。オフィスのほかの娘たちはそれをからかったが、わたしは彼女がもっと幅広く物を書く野心をもっているのかどうかに興味があった。そして、自分が読んでいる本のことを話したが、彼女はいちおう礼儀正しく、いや熱心とすら言えるほどに耳を傾けたものの、けっして自分の意見を言おうとはしなかった。彼女が本を読むのかどうかはわからなかった。本はまったく読まないか、それとも、なにか大きな秘密を洩らすまいとしているかのどちらかだろう。

彼女が住んでいたのはわたしの家のちょうど一マイル北、轟音とどろくホロウェイ・ロードを見下ろす小さな四階の部屋だった。知り合ってから一週間もしないうちに、わたしたちは夜に会うようになっていた。その後まもなく、仲よくしていたせいでオフィスでは〈ローレルとハーディ〉というニックネームを付けられていることを発見した。ドタバタ喜劇が好きだったからではなく、ふたりの背恰好が対照的だったからだが、わたしはシャーリーにはこのことは言わなかった。夜の外出はパブ、できればがんがん音楽をかけている店で、それ以外のところに行くことなど彼女は考えたこともなく、メイフェア近辺の店にはまったく興味を示さなかった。数カ月もすると、わたしはキャムデンやケンティッシュ・タウンやイズリントン周辺のパブの人間生態学に、さまざまな段階の品位や腐敗に通じるようになった。

アイリッシュ・パブで恐ろしい喧嘩を見たのはケンティッシュ・タウン、わたしたちが初めて外出した夜だった。映画では顎へのパンチはありふれたことだが、実際に目撃すると、それは驚くべきことで、骨がボキッという、はるかに小さな、こもったような音がした。世間の荒波にさらされていない若い女にとって、それは信じがたいほど容赦ないことだった。仕返しやあとのことや人生のことなど気にもかけず、昼のあいだ〈マーフィー建設〉のためにツルハシを振るっていたこぶしが、杭打ち機みたいに顔面に炸裂した。わたしたちはカウンターのストゥールにいたのだが、ビールポンプのハンドル越しになにかが――ボタンか歯か――弧をえがいて飛ぶのが見えた。喧嘩《カドゥケウス》に加わる人数が増え、どなり声もひどくなって、バーテンが――この男自身、手首のすぐ上に使者の杖のタトゥーのあるちょっと悪そうな男だった――受話器に向かってなにか話していた。シャーリーがわたしの肩に腕をまわして、ドアのほうに押し出した。氷の溶けかけたわたしたちのラム・アンド・コークはカウンターに残したまま。

「警察が来るから、目撃者になってほしいと言われるかもしれない。行ったほうがいいわ」。通りに出てから、わたしたちは彼女のコートのことを思い出した。「あら、いいのよ」と言いながら手を振って、彼女はすでに歩きだしていた。「あのコート、大嫌いだから」

夜出かけるとき、わたしたちは男を探しはしなかった。そういうことはせずに、ただたくさんおしゃべりをした――自分たちの家族のことや、それまでの人生のこと。彼女はシリア人の医師のことを話し、わたしはジェレミー・モットについて話したが、トニー・キャニングのことは黙っていた。わたしたちのような下級の駆け出しにも職場の噂話は厳禁されていて、わたしたちはプライドからその指示を守っていた。それに、シャーリーはすでにわたしよりずっと重要な仕事をしているようだった。わたしたちのパブでの会話が中断されるとき、男たちが近づいてくるとき、彼らはわたし目当てにやってくるのだが、応えるのはシャーリーだった。彼女が代わりに応対する横で、わたしは黙っているだけで満足だった。男たちは悪意のない冗談や笑いより先には進めなかった。自分たちの仕事や出身地についての朗らかなおしゃべりや質問止まりで、ラム・アンド・コークをわたしたちに一杯か二杯おごって退散した。キャムデン・ロックあたりのヒッピーが屯《たむろ》するパブでは、当時はまだ観光スポットにはなっていなかったが、長髪の男たちがもっと狡猾かつ執拗に、もっとソフトに誘いをかけてきた。彼らは自分たちのなかの女っぽさや、集合的無意識、金星の太陽面通過、そのほかにも受けそうな話をしたが、シャーリーは物わかりの悪い愛想のよさで彼らを撃退し、わたしは妹を思い出させるそういうものの前では本能的に尻込みした。

　わたしたちがその界隈に行ったのは音楽を聴くためで、途中で飲みながら目指したのはパークウェイの〈ダブリン・キャッスル〉だった。シャーリーは男の子みたいにロックンロールに熱中していたが、七〇年代初めには、最高のバンドが演奏していたのはパブであり、しばしば洞窟じみたヴィクトリア朝風の店だった。自分でも驚いたことに、わたしは一時的にだが、この扇情的な、気取りのない音楽が好きになった。わたしのアパートは退屈で、夜、小説を読む以外にもやることがあるのがうれしかった。ある夜、たがいのことをもっとよく知るようになってから、わたしたちは理想の男について話したことがある。彼女の夢は内省的な痩せた男で、背は六フィートちょっと、ジーンズに黒いＴシャツ、髪は刈りこみ、頬はくぼんでいて、首にギターをぶら下げているはずだった。わたしと連れだってキャンヴェイ・アイランドからシェパーズ・ブッシュまでのあらゆるパブに出入りするあいだに、そういうタイプの男なら二ダースは見かけていたにちがいなかったけれど。わたしたちはビーズ・メイク・ハニー（わたしのお気にいり）やルーガレイター（彼女のお気にいり）を聴いた――そのほか、ドクター・フィールグッド、ダックス・デラックス、キルバーン＆ザ・ハイ・ローズも。半パイントのビールを片手に、汗臭い群衆のなかに立ち、耳は騒音でブンブンうなっているなんて、すこしもわたしらしくなかった。わたしたちがＭＩ５の「まともな《ストレート》」灰色の世界からやってきた究極の敵であることを知ったら、この反体制文化《カウンター・カルチャー》の群衆はどんなにショックを受けるだろう。そう思うと、わたしはちょっぴり無邪気な満足感を味わったものだった。

4

一九七三年の冬が終わるころ、古い友だちのジェレミー・モットからの手紙が母から転送されてきた。彼は依然としてエディンバラにいて、依然として博士課程の勉強をしながら、なかば秘密の関係——どの関係も大きなトラブルも悔恨もなく終わった、と彼は主張していた——に耽るという新生活に満足していた。わたしがその手紙を読んだのはある朝、通勤の途中で、めったにないことだったが、悪臭を放つすし詰めの乗客を押し分けて坐れる席を見つけたときだった。重要なパラグラフは二ページ目の中程からはじまっていた。ジェレミーにとっては、それは真面目な噂話のひとつにすぎなかったのだろうけど。

ぼくの先生のトニー・キャニングを覚えているだろう。一度いっしょに彼の部屋にお茶を飲みにいったことがある。去年の九月に、彼は奥さんのフリーダと別れた。結婚三十年以上になるのに。なんの説明もなかったらしい。大学では、彼がサフォークの別荘で若い女と会っているという噂があったが、そのせいではなかった。その女とも別れたという噂だからだ。先月、友人から手紙をもらった。彼は学寮長の口からじかに聞いたということで、これは学内では公然の秘密だったらしいが、ぼくにはだれも教えてくれなかった。キャニングは病気だったのだ。

なぜ言おうとしなかったのだろう？　なにかひどく悪い病気で、治療の手立てはなかったらしい。十月に彼は大学の特別研究員を辞めて、バルト海の島へ行き、そこで小さな家を借りた。地元の女性の世話になっていたらしいが、単なる家政婦以上だったのかもしれない。最後のころには、彼は別の島の療養所に移され、そこには息子が見舞いに行き、フリーダも行ったそうだ。おそらくきみは二月に『タイムズ』に出た死亡記事を見なかったのだろう。さもなければ、なにかしら連絡してきたにちがいないから。戦争の末期に彼が特殊作戦執行部（ＳＯＥ）に属していたとはすこしも知らなかった。たいした英雄で、夜間にブルガリアにパラシュート降下したり、待ち伏せにあって胸に重傷を負ったりした。それから四〇年代後半には、四年間ＭＩ５にいた。ぼくの父の世代だが、彼らの人生はぼくたちのそれよりずっと意味があったような気がする——きみはそうは思わないかい？　トニーはぼくにはとてもよくしてくれた。だれかが教えてくれればよかったのにと思う。そうすれば、少なくとも手紙を書くことくらいはできたろう。こっちに来て、ぼくを励ましてくれないか？　キッチンの横に感じのいい小さい空き部屋がある。これはもう前にも言ったことだとは思うけど。

〈なぜ言おうとしなかったのか？〉癌だったからである。七〇年代の初めには、その言葉を口にするときだれもが声をひそめる時代が終わりかけたばかりだった。癌は不名誉なことだった。犠牲者にとって、それは一種の失敗であり、肉体というよりは人格の汚点、汚らしい欠陥だった。あの当時なら、トニーがなんの説明もせずにこっそり抜け出して、冷たい海のそばで冬ごもりせずにいられなかったとしても、当然のことだとわたしは思ったにちがいない。こども時代の砂丘、身を切るような風、樹木のない内陸の湿地、ドンキージャケットを着て背をまるめ、恥ずかしさと汚らわしい秘密とますます募る昼寝の必要性を抱えて、人気のない浜辺を歩くトニー。睡魔は潮の満ち引きのように押し寄せる。もちろん、彼はひとりになる必要があったのだ。そういう必要があったことをわたしは疑わなかっただろう。わたしが感嘆し、ショックを受けたのは、その計画性だった。ブラウスを洗濯かごに入れろとわたしに言い、それからそう言ったことを忘れたふりをして、自分をわたしにとって非常に不愉快な人物に仕立て上げ、わたしが彼のあとを追わないように、最後の数カ月を紛糾させることがないようにするなんて。ほんとうにそんなに手の込んだことをする必要があったのだろうか？　そんなに容赦ないやり方を？

通勤の途中、感情については自分の推論のほうが彼のそれに勝っていると考えたことを思い出して、わたしは顔を赤らめた。顔を赤らめ、それから泣きだした。混雑した地下鉄のわたしの周囲の乗客たちは礼儀正しく顔をそむけた。彼は知っていたにちがいない。ほんとうのことを聞き知ったとき、わたしがどれだけの過去を書きなおさなければならないかを。そのときになればわたしが彼を赦すだろうと思えば、多少は慰めにはなったのだろうか。それはとても悲しいことのように思えた。それにしても、なぜせめて一通の手紙を残していかなかったのか？　事情を説明し、わたしたちのあいだにあったことを思い起こし、別れを告げる手紙を？　わたしの存在を認め、わたしに生きるよすがを、なんでもいいからあの最後のシーンの代わりになるようなものを与えてくれる手紙を？　それから何週間も、わたしはそういう手紙が〝家政婦〟かフリーダに横取りされたのではないかという疑惑に苦しめられた。

流刑の身になったトニー、寂しい浜辺をトボトボと歩いていくトニー。屈託ない歳月をともに過ごした遊び友だちでもあった兄――テレンス・キャニングはノルマンディー上陸作戦で戦死した――もなく、大学も、友人も、妻も、そして他のなにより、このわたしもなしに。トニーはフリーダに看護してもらうこともできたはずだった。あの別荘か自宅のベッドルームに横たわり、本に囲まれて、友人や息子の見舞いを受けることもできたはずだった。そうすれば、わたしだって、むかしの教え子のふりをして、なんとか紛れこめたかもしれない。花、シャンパン、家族と旧友、古い写真——人々はそうやって死に向かう心の準備を整えるのではないか？ 少なくとも、息を吸おうと奮闘したり、苦痛に身もだえしたり、恐怖で金縛りになったりしていないときには？

そのあとの数週間、わたしはたくさんの小さな瞬間を心のなかで再演した。わたしをひどく苛立たせた午後の仮眠、見るに堪えなかった朝の灰色の顔。あの当時は、五十四歳にもなれば、そうなっても仕方がないのだろう、とわたしは単純に考えていた。とりわけ、何度も頭に浮かぶやりとりがある——ベッドルームの洗濯かごのそばにいた何秒かのあいだ、彼はイディ・アミンと国外追放されたウガンダのアジア人のことを話していた。当時、これは大問題になっていた。残忍な独裁者は同国人を追放したが、彼らはイギリスのパスポートをもっており、テッド・ヒースの政府は、タブロイド新聞の憤激を無視して、寛大にも、彼らのわが国への定住を許可すべきだと主張していた。それはトニーの意見でもあった。彼は話を中断して、息も継がずに早口で「そこにわたしのといっしょに放りこんでおきなさい。すぐ戻ってくるんだから」と言った。それだけだった。それはありふれた日常的な指示にすぎず、彼はすぐにまた自分の思考の糸をたどりはじめた。しかし、なんと巧妙だったことだろう。体がすでに衰えはじめ、計画が形をなしかけていたときに。瞬間を演出し、チャンスを見つけて、即座につかみ取るなんて。あるいは、あとから巧みになにかを仕立て上げるなんて。それとも、それは策略というよりむしろ特殊部隊時代に身につけた思考習慣だったのだろうか。職業的な秘訣。仕掛けとして、策略としては、それはみごとに成功した。彼はわたしを放り出し、わたしは傷つきすぎて、あとを追う気になれなかった。あの当時は、別荘で過ごした数カ月のあいだは、彼をほんとうに愛しているとはわたしは思っていなかった。けれども、彼の死を聞いたとき、即座に自分は彼を愛していたのだと確信した。彼の策略、彼の欺瞞は、どんな妻帯者の情事よりはるかに欺瞞的だった。あの当時でさえ、それには感心したが、それでも彼を完全に赦すことはできなかった。

わたしは『タイムズ』のバックナンバーがあるホルボーンの公立図書館に行って、彼の死亡記事を探した。ばかなことに、新聞に目を通しながら、わたしは自分の名前を探していた。それからはっと気づいて、もう一度初めから見なおした。一生がわずか数行になり、写真さえなかった。オックスフォードのドラゴン・スクール、モールバラ中等学校、それからベイリオル大学、近衛連隊、北アフリカ戦線への出征、不明な空白期間、そのあとはジェレミーが言ったように特殊作戦執行部（SOE）、そして一九四八年から四年間は内務省保安局（MI5）。MI5にコネがあることは知っていたけれど、トニーの戦中や戦後のことについて、わたしはなんと無関心だったことか。その記事は五〇年代以降をごく簡単に要約していた――ジャーナリズム、著書、公務、ケンブリッジ、死。

わたしはと言えば、なにが変わったわけでもなかった。秘密の悲哀の小さな祠《ほこら》の世話をしながら、カーゾン・ストリートでの仕事をつづけた。わたしのために職業を選び、森やセープやいろんな意見や世知を提供してくれたのはトニーだった。わたしにはなんの証拠も、形見もなく、彼の写真も手紙もなく、会う約束はいつも電話だったので、メモの切れはしさえなかった。貸してもらった本は読みおえるたびに几帳面に返してしまったが、一冊だけ例外があった。R・H・トーニーの『宗教と資本主義の興隆――歴史的研究』。わたしはあらゆる場所を捜しまわり、何度もおなじ場所に戻って、わびしく捜した。日に焼けた柔らかい緑色の厚紙の表紙で、著者のイニシャルを囲むようにカップの染みが付き、最初の見返しのページに尊大な紫色のインクでただ〃キャニング〃とだけ記されていて、全体を通じて、ほとんどすべてのページに、硬い鉛筆で欄外註が書きこまれていた。とても貴重なものだったが、本はえてしてそういうことがあるものだが、いつの間にか消えてなくなっていた。ジーザス・グリーンの部屋から引っ越したときになくなったのかもしれない。わたしに残された形見は、何の気なしに与えられた栞《しおり》——これについてはあとでふれるが——と仕事だけだった。このレコンフィールド・ハウスの薄汚いオフィスにわたしを派遣したのは彼だった。ここは好きではなかったけれど、これはわたしが受け継いだ遺産であり、自分がここ以外の場所にいることは許せなかった。

忍耐強く、不平を言わずに働いて、ミス・リンの軽蔑のまなざしにおとなしく服従すること——それが炎を絶やさないためのわたしの方法だった。自分が有能でなかったり、遅刻したり、不平を言ったり、MI5を辞めようと思ったりすれば、彼の期待を裏切ることになる。大恋愛が砕け散ったと信じていたので、わたしは苦しみを掻き集めた。意志薄弱《アクレージア》！　わたしが細心の注意をはらってデスク・オフィサーの殴り書きをタイプミスのない三通のメモにタイプするのは、自分が愛した男の記憶に敬意を払うのが義務だと思っていたからだった。

わたしたち新入りは十二人で、そのうち三人が男だった。ふたりは三十代の既婚の実務家で、彼らにはだれも興味をもたなかった。三人目がグレートレクスで、野心的な両親がマクシミリアンという名前を授けていた。三十歳くらいで、耳が横に張り出し、極端に無口だったが、内気だからか優越感を抱いているからかはわからなかった。MI6から異動してきて、すでにデスク・オフィサーの地位にあり、ただわたしたち新入りと同席して、システムがうまく動いているか監視しているだけだった。ほかのふたりの、実務家タイプの男たちも、ほどなくオフィサーの地位に昇進しそうだった。面接のときにどう感じたにせよ、わたしはもはやあまり気にしなかった。わたしたちの支離滅裂な教育が進むにつれて、わたしはしだいに職場の空気を受けいれ、ほかの娘たちの例に倣って、大人の世界がすべてそうではないにせよ、わたしたちのこの職場では、ほかの公務員とはちがって、女性は下層階級であることを認めるようになっていった。

わたしたちはいまや以前よりさらに多くの時間を記録課の大勢の娘たちといっしょに過ごすようになっていた。そして、ファイル検索の厳格な規則を学び、だれにも教えられずに、秘密情報の取り扱い許可には同心円状の壁があり、わたしたちはその外側の暗闇のなかに留め置かれていることに気づいていた。軌道上をガタガタ走る気むずかし屋の台車が、建物のさまざまな部署にファイルを運んでいた。そのひとつがヘソを曲げると、グレートレクスがいつも携帯しているミニチュア・ドライバーのセットでそれを修理した。その結果、気取り屋の娘たちから〝便利屋〟というあだ名を奉られ、花婿の候補者にするのはばかげていると見なされた。それはわたしには好都合だった。というのも、まだ悲嘆にくれていたにもかかわらず、わたしはマクシミリアン・グレートレクスに興味を抱きはじめていたからである。

ときおり、午後遅く、わたしたちは講義に出ることを〝奨励〟された。行かないのは考えられないことだった。テーマはいつも似たようなもので、共産主義、その理論と実践、地政学的な争い、世界制覇をもくろむソビエト連邦のあからさまな意図などだった。こんなふうに言うと、実際より興味深い話に聞こえるかもしれないが、じつは理論と実践の部分が圧倒的に多く、しかもその大半は理論についての話だった。というのも、講師はアーチボルド・ジャウエルという英国空軍の退役軍人で、たぶんすべてを夜間クラスで勉強したのだろうが、弁証法や関連する諸々の概念について、自分の知っていることを教えたくてうずうずしていたからである。多くの者がそうしていたが、目を閉じれば、たちまちストラウドかどこかの共産党の集会に出ている気分になれただろう。なぜなら、マルクス・レーニン思想を粉砕することはおろか、それに懐疑を表明することさえ、ジャウエルの意図でもなければ彼に与えられた権限でもなかったからだ。彼が望んだのは、わたしたちが敵の心を〝内側から〟理解すること、それが拠って立つ理論的土台を知り尽くすことだった。恐ろしいミス・リンの頭のなかで何がファイルに値する事実になっているのかを知ろうとしながら、一日中タイプを打ちつづけたあとでは、ジャウエルの熱のこもった長々しい演説は、新入りの大部分にとって恐ろしいほど眠気を誘う効果があった。首の筋肉がゆるんで頭がガクリと前に垂れる恥ずべき瞬間を見つかったら、職場での将来性に傷がつくかもしれないとはだれもが思っていた。だが、思うだけでは充分ではなかった。午後遅くの重いまぶたにはそれ自身の論理があり、それ特有の重みがあった。

だとすれば、わたしはどうかしていたのかもしれない。一時間ずっと背筋を伸ばして椅子の端に油断なく坐り、脚を組んで、剝きだしの膝にノートを押しつけてメモを取っていたのだから。わたしは数学専攻で、かつてはチェスをやり、慰めを必要としている娘だった。弁証法的唯物論は、人物審査手順と同様に、安全な閉じられたシステムだったが、もっと厳密かつ難解だった。どちらかというと、ヒルベルトやライプニッツの公式に近かったかもしれない。人間の願望、社会、歴史、そして、バッハのフーガみたいに表情豊かで非人間的なほど完璧な、絡み合いのなかにおける分析法。だれが居眠りをしていられただろう？　それに対する答えは、わたし自身とグレートレクスを除く全員が、だった。彼はわたしの左前方の、ナイトの動きだけ隔たった席にいて、こちらから見えるノートのページを丸っこい文字でびっしり埋めていた。

あるとき、ふと講師から注意がそれて、彼をじっと見つめたことがあった。彼の耳は頭の両側の奇妙な骨の小山から突き出していて、その耳がやけにピンク色だった。耳がやけに誇張されて見えるのは古風なヘアスタイルのせいで、頭の後ろと側面を短く刈りこんだミリタリーカットで、うなじの深いくぼみがあらわになっていた。この男はジェレミーを思い出させた。それから、こっちはもっと気分がよくなかったが、ケンブリッジの学生たち、個別指導クラスでわたしに恥をかかせた学生たちのことも思い出させた。顔からは想像しにくかったが、体は細身で逞しそうだった。わたしは頭のなかで彼のヘアスタイルを修整し、髪を長くして、頭と両耳の先端のあいだのスペースを埋め、ちょっと襟にかぶさるようにした——いまやレコンフィールド・ハウスでもそのくらいは完全に許されていた。芥子色のチェックのツイードのジャケットはやめる必要があったし、斜め後ろから見てさえ、ネクタイの結び目が小さすぎるのはあきらかだった。彼は自分をマックスと呼ぶようにして、ドライバーは引き出しにしまっておくべきだった。茶色のインクで書いていたが、それも変える必要があった。

「というわけで、出発点に戻ることになりますが」と、元飛行小隊長ジャウエルが話を締めくくった。「究極的には、マルキシズムの影響力と持続力は、ほかのどんな理論体系も同様ですが、それが知的な男女を誘いこむ包容力をもっているところにあります。この思想にはまさにそういう力があるのです。ご傾聴ありがとうございました」

疲れきったわたしたちのグループは敬意を表して立ち上がり、部屋を出ていく講師を見送った。彼が立ち去ってしまうと、マックスが振り返って、わたしの顔をまともに見た。頭蓋の根元にある垂直のくぼみがテレパシーを感知できるかのようだった。わたしが彼の全身をアレンジしなおしていたことを、彼は知っていたのだろう。

目をそむけたのはわたしのほうだった。

彼はわたしの手のなかのペンを目で示した。「ずいぶんノートを取っているんだね」

わたしは言った。「とっても興味深い話だったわ」

彼はなにか言いかけたが、途中で気を変えて、焦れったそうに手を下に向けて振り、後ろを向いて、部屋から出ていった。

それでも、わたしたちは友だちになった。ジェレミーを思わせるところがあったので、男が好きなのかもしれないという気もしたが、それが間違いであることを願った。彼がそういうことを口にするのは、とりわけこのオフィスでは、まず考えられないことだったけれど。保安活動の世界では、少なくとも表向きには、同性愛者は蔑まれ、それゆえ強請《ゆす》られる弱みをもつことになり、それゆえ諜報機関では雇用不可能になり、それゆえ軽蔑されることになった。だが、マックスのことを考えているあいだは、少なくともトニーを忘れられそうな気がした。それに、マックス――みんながそう呼ぶようにわたしが仕向けたのだが――を仲間に加えるのも悪くないと思えた。初めのころ、わたしはシャーリーと三人で町に出かけてはどうかと思ったが、マックスは気味が悪いし信用できないと彼女は言った。しかも、彼はパブや煙草の煙が嫌いで、騒々しい音楽も嫌いだったので、仕事のあと、わたしたちはいっしょにハイド・パークやバークリー・スクエアのベンチに坐った。彼はそういうことは話さなかったし、わたしも訊かなかったが、チェルトナムで信号情報収集の仕事をしていたことがあるようだった。歳は三十二で、ひとり暮らし、テームズ川の湾曲部に位置するエガムに近いカントリー・ハウスの一翼に住んでいた。訪ねてきてくれと一度ならず言ったが、具体的に招待されたことはなかった。家は学者の家系で、ウィンチェスターとハーヴァードで教育を受け、法科の学位とそのあと心理学の学位も取ったが、自分の選択は誤りで、たとえば工学みたいな、もっと実用的なものを専攻すべきだったと考えていた。ジュネーヴの時計職人に弟子入りしようと思ったこともあったが、両親に説得されて思い止まったのだという。父は哲学者、母は社会人類学者で、マクシミリアンは一人っ子だった。息子は精神的な生活をすべきであり、手でなにかをいじくりまわすような仕事はしてほしくない、と両親は考えていた。短期間面白くもない予備校の教師をやったり、フリーランスのジャーナリストや旅行をしたあと、叔父の仕事仲間のひとりを通してMI6に入ったのだという。

その年の春は暖かく、わたしたちの友情はベンチのまわりの木々や灌木といっしょに花ひらいた。初めのころ、わたしは勢いこむあまり先走って、まだそこまで親密ではなかったのに、学者の両親の一人っ子に対するプレッシャーが原因でそんなに内気になったのかなどと訊いたりした。そう訊かれると、彼はまるで家族を侮辱されたかのように、感情を害された顔をした。心理的な分析を毛嫌いする典型的なイギリス人だった。ちょっとこわばった態度で、そういう言い方が自分に当てはまるとはまったく思わない、と彼は言った。自分が他人に対して控えめなところがあるとすれば、それは相手がどんな人間か理解できるまでは慎重にするに越したことはないからで、自分が知っていて気にいっている人たちとは完全に打ち解けられるのだという。たしかにそのとおりだった。穏やかに促されて、わたしは彼にすべてを語った——家族のこと、ケンブリッジ、数学の卒業成績が悪かったこと、『¿クイス?』のコラム。

「きみのコラムのことは聞いて知っているよ」と言って、彼はわたしを驚かした。それからうれしいことを付け加えた。「きみは読むに値するものはすべて読んでいるという噂だ。現代文学なんかにも詳しいらしいね」

ようやくトニーのことをだれかに話せて、わたしは解放された気分だった。マックスは彼の名前を知っていて、政府委員会や、歴史の著書や、ほかにもひとつふたつ断片的な知識をもっており、芸術への資金援助に関する公開論争のことも知っていた。

「彼の島は何という名前だったっけ？」

その瞬間、わたしの頭は空っぽになった。あんなによく知っている名前だったのに。それは死んだも同然だった。「ちょっとど忘れしたわ」

「フィンランド？　それともスウェーデン？」

「フィンランドよ。オーランド諸島のなかの島」

「レムランドかい？」

「そんな感じの名前じゃなかった。そのうち思い出すと思うけど」

「思い出したら教えてほしい」

そんなにこだわるのが驚きだった。「なぜそれが問題なの？」

「じつは、バルト海にはちょっと行ったことがあるんだ。何万という島があって。いちばん知られていない現代の観光スポットのひとつだ。ありがたいことに、夏にはみんな南に逃げだしてしまうからね。あきらかに、きみのキャニングはなかなか趣味のいい人だったようだ」

そのときはそこまでにしておいた。それからひと月ぐらいあと、バークリー・スクエアに坐って、わたしたちはしきりに鳴いているナイチンゲールに関する有名な唄の歌詞を思い出そうとしていた。マックスは独学でピアノを学び、彼のヘアスタイルとおなじくらい時代遅れの、四〇年代や五〇年代のミュージカルの曲や感傷的なささやくような唄《クルーニング・ソング》を弾くのが好きだと言っていた。わたしはたまたま学芸会《スクール・レビュー》でうたったのでその曲を知っていて、ふたりいっしょにそのすてきな歌詞をうたったり、となえたりした。〈そうだったのかもしれないし、そうでなかったのかもしれない／でも、絶対に間違いないのは／あなたが振り向いてわたしに笑いかけたとき／ナイチンゲールが……〉マックスがふいに中断して、言った。「クムリンゲじゃなかった？」

「そう、そうだったわ。どうしてわかったの？」

「いや、とても美しいところだって聞いたことがあるんだ」

「孤立しているところが気にいっていたんだと思うわ」

「そうだろうね」

春らしさが深まるにつれ、わたしはさらにマックスが好きになり、軽い強迫観念みたいなものにまでなった。夜にシャーリーと出かけて、彼がいないときには、物足りないような、落ち着かない気分になった。職場に戻るとほっとした。机越しに彼の姿が、書類の上にかがみこむ頭が見えたからである。しかし、それだけでは満足できず、わたしはすぐに次に会える機会を画策しはじめた。もはや認めないわけにはいかなかった。わたしの好みは野暮ったい恰好をした時代遅れの男（トニーはそのなかには入らないが）、骨太だが、細身で、ぎごちないけれど、頭のいい男なのだ。マックスの態度にはどこかそっけない、品行方正なところがあった。彼が無意識に自分を抑えてしまうので、わたしは自分がぶざまで大げさすぎるように感じさせられた。じつは、彼はわたしが嫌いなのだが、礼儀正しすぎてそうは言えずにいるのかもしれないと思った。彼にはいろんな個人的なルールがあって、おもてには出さない正しさに関する考えがあり、わたしは年中それに違反しているのではないかと想像した。不安になればなるほど、彼に対する興味が研ぎ澄まされた。彼を活気づけ、その態度に熱気を吹きこむ話題はソビエト共産主義だった。彼は優秀なタイプの冷戦主義者だった。ほかの人たちが毛嫌いし憤激しているとき、彼は善意が人間の本性と結びついて、陰鬱な罠の悲劇が産み出されていると考えていた。ロシア帝国全域の一億数千万の幸福と自己達成が決定的に危ういものになっている。だが、だれひとり、彼の国の指導者でさえ、現在のような状況を選んだわけではないにちがいなかった。大切なのは面目をつぶすことなく、段階的に脱出できるようにしてやること、ほんとうに恐ろしい考えと彼が呼ぶものに対しては断固たる態度をとりながら、忍耐強い説得と激励によって信頼を築いていくことだという。

彼はもちろん愛情生活について質問できるような相手ではなかった。ひょっとすると、エガムでは男の恋人と同棲しているのだろうか、とわたしは思った。ちょっと覗きにいってみようかとさえ考えた。そんなことを考えるほど、わたしはひどい状態になっていた。欲しいものが手に入らないと思うと、わたしの感情は煽り立てられた。しかし、ジェレミーみたいに、自分はたいしたものを得られなくても女に歓びを与えることは彼にもできるかもしれないとも思った。理想的ではないし、相互的でもないが、それでもわたしにとってはそんなに悪いことではないだろう。ただ意味もなく渇望しているよりは。

ある日の夕方、仕事のあと、わたしたちは公園を歩いていた。話題はIRA暫定派のことだった——彼は内部情報に通じているのかもしれない、とわたしは思った。彼は自分が読んだある記事について話していたが、そのときわたしはふと衝動に駆られて彼の腕を取り、キスしたくないかと訊いた。

「べつに」

「わたしはしてほしい」

わたしたちは二本の木のあいだを抜ける小道の真ん中で立ち止まり、周囲の人々はふたりの両側の狭い隙間を窮屈そうに通り抜けなければならなかった。それは情熱的なディープキス、あるいはじつにみごとな演技だった。彼はそうやって欲望のなさを埋め合わせようとしているのかもしれなかった。彼が体を離したとき、わたしはもう一度自分に引き寄せようとしたが、彼はそれに抵抗した。

「いまはこれでおしまい」と彼は言って、わたしの鼻の先を人差し指でふれ、おねだりするこどもに言い聞かせる厳格な親の真似をした。それで、わたしもそれに合わせて、拗ねたふくれっ面をして、おとなしく彼の手をにぎって歩きだした。このキスのせいで自分がもっとつらくなるのはわかっていたが、少なくともわたしたちは初めて手をつないでいた。数分後には、彼は手を振りほどいたけれど。

わたしたちはほかの人たちからはかなり離れて、芝生に腰をおろし、ふたたび過激派の話に戻った。その前月、ホワイトホールとスコットランド・ヤードで爆発があった。MI5は組織替えをつづけていた。新入りの一部、シャーリーを含む有望な一部は、幼稚園レベルの記録作業から格上げされ、新しい業務に配属されたようだった。いくつもの部屋が占領され、閉じられたドアの背後で遅くまで会議がつづけられた。わたしはあとに取り残され、自分の欲求不満を、従来どおりの古い戦いを押しつけられていることへの不平を洩らすことで置き換えていた。講義は魅力的だったが、それは死語の魅力とおなじだった。世界はふたつの陣営に揺るぎなく分割されている、とわたしは主張した。ソビエト共産主義は、英国国教会とおなじくらいそれを広めようという福音的熱意を燃やしている。ロシア帝国は抑圧的で腐敗しているが、昏睡状態にあるようなもので、テロリズムがあらたな脅威になっている。わたしは『タイム』の記事を読んで、自分は事情に通じていると思っていた。IRA暫定派やパレスチナ人のさまざまなグループだけでなく、ヨーロッパ大陸全体で、地下にもぐっているアナキストや極左の各派がすでに爆弾を仕掛けたり、政治家や実業家を誘拐したりしていた。赤い旅団、ドイツ赤軍、南米ではトゥパマロスやその同類の何十ものゲリラ組織、米国ではシンバイオニーズ解放軍——こういう血に飢えたニヒリストやナルシストたちが国境を越えて緊密に連絡を保ち、わが国でも遠からず大きな脅威になるにちがいなかった。国内でもすでに怒りの旅団《アングリー・ブリゲード》があって、ほかのはるかに悪質な組織もできるだろう。それなのに、わたしたちは何をしているのか？　自分たちの人的・物的資源の大半を相変わらずソビエト貿易代表団の見当違いの日和見主義者たちとの追いかけっこに注ぎこんでいるだけではないか？

人的・物的資源の大半？　ただの見習いがMI5の資源配分について何を知っているというのか？　それでも、わたしは自信ありげに聞こえるように努力した。キスに気分を掻き立てられて、なんとかマックスを感心させたいと思っていたのだ。彼は寛大な目で面白そうに、わたしをじっと見守っていた。

「きみがその恐ろしい党派に精通しているのはうれしいな。しかし、セリーナ、一昨年、わたしたちは一〇五人のソビエトのエージェントを国外追放した。連中は国内のそこらじゅうを這いまわっている。政府《ホワイトホール》が適切な措置をとるように教育するのがMI5の腕の見せどころだったんだ。噂によれば、内務大臣を説得するのはとてつもなく大変だったらしい」

「大臣はトニーの友だちだったのよ。その後……」

「オレグ・リャーリンの亡命ですべてが明るみに出るまではね。彼はイギリスが危機的状況に陥ったとき、破壊工作を組織する任務を帯びていたらしい。下院で意見陳述があったけど、きみも当時それを読んだにちがいない」

「ええ、覚えているわ」

もちろん、覚えてなどいなかった。エージェントの国外追放のニュースは『¿クイス？』のわたしのコラムでは取り上げられなかった。そのころにはトニーはいなかったので、わたしに新聞を読ませる人はいなかったからだ。

「わたしが言いたいのは」とマックスが言った。「昏睡状態というのは正しくないんじゃないかということだ」

彼は依然としてわたしを一種独特な目で見つめていた。この会話がなにか重要なものにつながるとでも思っているかのように。

「そうでしょうね」とわたしは言った。落ち着かない気分だった。彼がわざとわたしをそういう気分にさせていると感じたので、なおさらそうだった。わたしたちが友だちになったのはごく最近だったし、突然のことだった。わたしは彼のことはなにも知らず、いまや見知らぬ他人に見えた。大きすぎる耳がレーダーのお皿みたいにわたしに向けられて、わたしのごくかすかな、いちばん不正直なつぶやきを聞き取ろうとし、真剣な顔がじっとわたしを見守っていた。彼はわたしからなにかを聞き出そうとしており、たとえ彼が聞き出すことに成功しても、わたしにはそれが何だったのかわからないのではないか、と不安になった。

「もう一度キスをしてほしい?」

それは最初とおなじくらい長かった。その見知らぬ男のキスは。それがわたしたちのあいだの緊張を破ったので、それだけよけいに気持ちよかった。わたしは自分の力が抜け、ロマンス小説の登場人物みたいに、とろけるような気分にさえなった。もはや彼が演技しているとは思えなかった。

彼は体を離して、静かに言った。「キャニングはリャーリンのことをきみに話したかい?」わたしが答えるより先に、彼はまたキスをした。唇と舌をちらりとふれさせただけだったけれど。わたしはイエスと答えたい誘惑に駆られた。彼がそういう答えを期待していたからである。

「いいえ、話さなかったわ。なぜそんなことを訊くの?」

「単なる好奇心さ。きみをモードリングに紹介したの?」

「いいえ。なぜ?」

「きみの印象を聞けたら面白いだろうと思っただけさ」

わたしたちはまたキスをした。わたしたちは芝生に寝転んでいた。わたしの手は彼の太腿に置かれていたが、それを股間のほうに滑らせていった。ほんとうに興奮しているのかどうか知りたかったのだ。みごとな演技であってほしくはなかった。けれども、指先が硬い証拠のすぐそばまで近づいたとき、彼は体をひねり、わたしから離れて立ち上がった。そして、身をかがめてズボンから枯れ草を払い落とした。なんだかやけに念入りに払っているように見えた。それから、手を伸ばしてわたしを引き起こした。

「列車に間に合わなくなりそうだ。友だちに夕食を作ってやる約束なんだ」

「あら、そう」

わたしたちは歩きだした。わたしの声に敵意を感じとったのだろう、ためらいがちにあるいは弁解するように、彼はわたしの腕に手をふれた。「クムリンゲにお墓参りに行ったことはないのかい?」

「いいえ」

「彼の死亡記事は読んだ?」

この〈友だち〉のおかげで、わたしたちの夜はどこへも行き着かないのだ。

「ええ」

「『タイムズ』それとも『テレグラフ』?」

「マックス、あなたはわたしを尋問しているの?」

「そんなばかな。わたしはただ穿鑿好きなだけさ。悪かった」

「それなら、放っておいてちょうだい」

わたしたちは黙って歩きつづけた。彼は何を言えばいいかわからないようだった。一人っ子で、男子の寄宿学校の出だったから、気まずくなったときの女への話し方を知らないのだ。わたしもなにも言わなかった。怒っていたけれど、彼を追い払いたくはなかった。公園の手摺りのすぐ先の舗道でさよならを言うために立ち止まったとき、わたしはちょっと冷静になっていた。

「セリーナ、わかっているだろう、わたしがきみをとても好きになりかけているのは」

わたしはうれしかった。とてもうれしかったけれど、それを顔には出さなかったし、なんとも答えなかった。彼がもっとなにか言うのを待っていた。彼はなにか言いかけて、それからふいに話題を変えた。

「ところで、仕事についてはあまり焦らないようにすることだ。たまたま耳に挟んだんだが、なかなか面白いプロジェクトが認可されるらしい。スウィート・トゥース。きみにぴったりの仕事だ。きみを推薦しておいた」

彼はわたしの答えを待たなかった。キュッと唇を結び、肩をすくめると、パーク・レーンをマーブル・アーチのほうに歩きだした。わたしはそこに佇んで、ほんとうだろうかと思いながら、後ろ姿を見送った。

5

セント・オーガスティンズ・ロードのわたしの部屋は北向きで、道路を見下ろす位置にあり、目の前にトチノキの枝が張り出していた。その春、枝に葉が付きはじめると、日に日に部屋が暗くなった。わたしのベッドはぐらぐらする代物で、ヘッドボードはクルミ材の化粧張り、マットレスはずぶずぶ沈みこむ柔らかさだった。このベッドにはかび臭い黄色いキャンドルウィック刺繍のベッドカバーが付いていた。何度かコインランドリーに持っていったが、その湿っぽい内密な臭い、たぶん犬か、とても不幸な人間の臭いを完全に洗い落とすことはできなかった。そのほかの唯一の家具は整理ダンスで、その上に傾きを調節できる面取りした鏡が付いていた。その全体がミニチュアの暖炉の前に置いてあるのだが、暖かい日にはこの暖炉から饐えた煤臭いにおいがにじみ出す。木がすっかり葉を付けるようになると、曇りの日には本を読めるだけの自然光がなかったので、キャムデン通りのジャンクショップでアール・デコ調のランプを三十ペンスで買った。一日後、もう一度おなじ店に戻って、ベッドに沈みこまずに読書ができるように、小さい箱形の肘掛け椅子を一ポンド二十で買った。店主がその椅子を担いで、半マイルと三階までの階段を運んでくれた。ビール一杯分——十三ペンス——の約束だったが、わたしは彼に十五ペンス払った。

通りの建物の大部分は分割分譲されていて、近代的に改築《モダナイズ》されていなかった。もっとも、当時はだれもそんな言葉を使ったり、そんなふうに考えたりしていなかったけれど。暖房は電気ストーブで、床は廊下やキッチンが古い茶色のリノリウム、そのほかは足に粘つく花模様のカーペット敷きだった。設備がわずかに改善されたのはおそらく二〇年代か三〇年代で——屋内配線は壁にネジ留めされた埃だらけのパイプに収納され、電話は隙間風の入る廊下にあるだけ、やたらに電気を食う電熱コイル式の湯沸かし器からは沸騰点に近い湯が、シャワーなしの小さな寒いバスルームに供給されていた——バスルームは女性四人の共用だった。陰鬱なヴィクトリア朝様式の遺産からいまだ抜け出せない建物だったが、だれかが不平を洩らすのを聞いたことはなかった。わたしの記憶にあるかぎり、七〇年代になっても、こういう古い建物に住んでいたふつうの人たちは、家賃がそのまま上がりつづけるなら、郊外に出たほうがもっと快適なところに住めるという考えに目覚めかけたばかりだった。キャムデン・タウンの裏通りの建物は、新しい活気あふれる階層の人々が移り住んで、ラジエーターを設置し、なぜかはだれにもわからなかったが、パインの幅木や床板やあらゆるドアからペンキや内装を剝がして、そこから仕事に通うようになるのを待っていた。

わたしは同居者には恵まれていた——ポーリーン、ブリジェット、トリシアというストーク＝オン＝トレント出身の労働者階級の娘たちで、たがいに幼なじみで、ずっとおなじ学校を卒業し、なぜか司法研修までいっしょの三人組だったが、研修はほとんど終わりかけていた。三人とも退屈で、野心家で、恐ろしいほどきれい好きだった。同居にはなんの問題もなく、キッチンはいつも清潔で、小さな冷蔵庫はいっぱいだった。ボーイフレンドがいたとしても、その姿を見かけたことはなかった。彼女たちは酔っ払うこともなく、麻薬もやらず、騒々しい音楽をかけることもなかった。あの当時、こういう建物にはわたしの妹みたいな人種が住んでいることのほうが多かったのだが。トリシアは法廷弁護士の勉強中、ポーリーンは会社法が専門で、ブリジェットは不動産関係に進むつもりだった。三人三様にそれぞれ挑戦的な口ぶりで、けっして故郷には戻らないと言っていた。純粋に地理的な意味でストークに戻らないという意味ではなかったが、詳しいことを訊く気にはなれなかった。わたしは新しい仕事に慣れようとしている最中で、彼女たちの階級闘争や上昇志向にはあまり関心をもてなかった。彼女たちはわたしを退屈な公務員、わたしは彼女たちを退屈な事務弁護士見習いと見なしていたが、それでなんの文句もなかった。それぞれ生活時間割が違っていたので、めったに食事をともにすることはなく、居間はだれもたいして利用しなかった――唯一の快適な共用スペースだったのに。テレビが点《つ》いていることもあまりなく、彼女たちは夜は自分の部屋で勉強し、わたしはわたしの部屋で読書するか、シャーリーと外出した。

わたしの読書は依然としてむかしとおなじスタイルで、週に三、四冊は読んでいた。その年は主として現代物のペーパーバックで、ハイ・ストリートのチャリティショップか中古品店で買うか、余裕があるときには、キャムデン・ロック近くのコンペンディウム書店で買った。わたしはいつもどおりガツガツ読み漁ったが、どこか退屈しているところがあり、そういう気分を振り払おうとしたが、できなかった。わたしを見た人はだれでも、わたしが辞書か百科事典をめくっていると思っただろう。そのくらいページをめくる速度が速かった。わたしは、なんの考えもなくそうしていたが、なにかを、自分の分身みたいなものを、お気にいりの古い靴か、さもなければワイルド・シルクのブラウスみたいに、自分がすっぽり入りこめるヒロインを探していたのだと思う。わたしに必要だったのは最高の状態のわたし自身だった。夕方ジャンクショップで背表紙のひび割れたペーパーバックの上にかがみこんでいる娘ではなく、スポーツカーの助手席側のドアを引きあけて、上体をかがめて恋人のキスを受け、田舎の隠れ家に走り去る奔放な若い女だった。わたしは自分が低級なフィクションを、大衆向けのロマンス小説を読んでいればいい人間だと認めようとはしなかった。いまごろになってようやくケンブリッジから、あるいはトニーから、ある程度の趣味あるいはスノビズムを吸収したのだろう。わたしはもはやジェイン・オースティンよりジャクリーン・スーザンを勧めたりはしなかったが、ときおり行間に、もうひとりの自分の影がちらつくことがあった。ドリス・レッシングやマーガレット・ドラブルやアイリス・マードックのページから、もうひとりのわたしが人なつっこい幽霊みたいに浮かんできたが、すぐに消えていった――そういうわたしの分身は教育がありすぎるか、頭がよすぎるか、現実のわたしほど孤独ではなかったからだ。たぶん、キャムデンの安アパートに住み、MI5の下級事務職に就いている、恋人のいない娘についての小説を手にしないかぎり、満足できなかったにちがいない。

わたしが熱望していたのは単純素朴なリアリズムだった。自分が知っているロンドンの通り――ワンピースの形、実在する公人の名前、車の型でさえも――が出てくるたびに、わたしは特別の注意をはらい、首を伸ばしてよく観察した。そういうときには、わたしには物差しがあり、文章の正確さや、それがどの程度自分の印象と一致するか、あるいはそれに磨きをかけたものになっているかを測れると思った。さいわいなことに、当時、イギリスの読み物は大半があまり要求のきびしくない社会的ドキュメンタリーだった。自分たち自身のページを配役の一部として差しこんで、すべての登場人物や自分自身でさえもが純粋な想像の産物であり、フィクションと人生のあいだには差があることを哀れな読者に気づかせずにはおかない作家たち（南北アメリカのあいだに散らばっている）には感心できなかった。あるいは、それとは反対に、人生は所詮フィクションにすぎないと主張する作家にも。そのふたつを混同する危険があるのは作家だけだ、とわたしは思っていた。わたしは生まれながらの経験主義者だった。作家は、それがふさわしい場合には現実の世界を、わたしたちみんなが生きているこの世界を利用して、自分たちが創造したすべてをもっともらしく見せるためにお金をもらっているのではないかと思っていた。だから、自分たちの芸術の限界についてふざけた押し問答をしたり、想像の世界との境界線を出たり入ったりするようなふりをして、読者への背信行為を見せつけたりするべきではないのだ。わたしが好きな本のなかには二重スパイが登場する余地はなかった。その年、わたしはケンブリッジの教養ゆたかな友人たちから押しつけられた作家を試してみてはお払い箱にした――ボルヘスやバース、ピンチョンやコルタサルやギャディスなどである。そういえば、イギリス人はひとりもいなかったし、どんな人種にせよ、女性はいなかった。わたしはむしろ親の世代の人たちに似ていた——ニンニクの味や匂いを嫌っただけでなく、それを食べる人たちを信用しなかった世代の人たちに。

あのひと夏の恋のあいだ、トニー・キャニングはよく本をひらいたまま伏せて置くなとわたしを叱ったものだった。そんなことをしていれば、本の背が傷んで、決まったページがひらくようになり、それは作家の意図にもほかの読者の判断にも恣意的かつ筋違いな押しつけをすることになるというのだった。というわけで、彼は栞をプレゼントしてくれた。それはたいしたプレゼントではなく、引き出しの底から見つけ出したものにちがいなかった。緑色の短冊状の革帯で、両端に銃眼みたいな四角い切れこみがあり、ウェールズ地方のどこかの城か城壁の名前が金色の浮き彫り加工になっていた。彼と奥さんがまだ幸せだった、少なくともいっしょに行楽地に出かけるくらいには仲がよかった時代の、休日の土産物屋の俗悪品だった。わたしのいない、ほかの場所でのほかの生活を隠微に暗示するこの革製の短冊に、わたしはかすかな苦々しさを感じた。たぶん一度も使ったことはなかったと思う。わたしはページ番号を覚えて、本の背を傷めるのをやめた。関係が終わってから何カ月も経ってから、ダッフルバッグの底に、チョコレートの包み紙がくっついている丸まった栞を見つけた。

彼が死んだあと、愛の形見はなにもなかったとわたしは言ったが、じつはこれがあった。汚れを落として、まっすぐに延ばすと、大切にして使いはじめた。作家は縁起を担いだり、小さな儀式をしたりすると言われるが、読者も似たようなことをする。わたしは栞を曲げて指のあいだに挟み、親指でさすりながら本を読む癖があった。夜遅く、本を片付けるときのわたしの儀式は、その栞にそっと唇をあて、ページのあいだに挟んで本を閉じ、次にすぐ手が届くように、椅子のそばの床に置くことだった。トニーもこれなら認めてくれただろう。

五月初めのある夜、初めてのキスから一週間以上経ってからだが、わたしはマックスといつもより遅くまでバークリー・スクエアでおしゃべりをした。彼はいつになく饒舌な気分で、いずれそれについて本を書くかもしれないという、十八世紀の時計のことを話した。わたしがセント・オーガスティンズ・ロードに戻ったときには、建物は真っ暗だった。そういえば、その日はなんだかよくわからない法定休日の二日目だった。ポーリーンとブリジェットとトリシアは、絶対に戻らないと言っていたにもかかわらず、長い週末休暇を利用してストークに帰省していた。わたしは玄関とキッチンへ通じる廊下の明かりをつけ、玄関のドア・ボルトを掛けて、自分の部屋に上がった。なんだかふいに、北から来た分別のある三人娘や彼女たちのドアの下から洩れる明かりが恋しくなって、落ち着かない気分だった。けれども、わたしもやはり分別のある娘であり、超自然的なものへの恐怖はなかったし、直感力や第六感を崇める話はばかにしていた。脈が速くなったのは階段をのぼったからだ、とわたしは自分に言い聞かせた。しかし、自分の部屋の入口に着いたとき、大きな古い家にひとりでいることのかすかな不安に引き留められて、天井の明かりを点ける前にその場で立ち止まった。ひと月前、キャムデン広場で通行人がナイフで襲われる事件があった。三十歳の統合失調症の男による動機のない襲撃だった。だれもこの家に侵入していないのは確かだったが、そういう恐ろしい事件のニュースは、ほとんどそれと気づかないうちに、腹の底で影響を与える。感覚が研ぎ澄まされるのだ。わたしはじっとその場に立って、耳を澄ました。シーンという耳鳴りのような静寂の音の向こうにかすかな都市の騒音、もっと近くでは、夜気に冷やされて収縮する建物の骨組みが軋り弾ける音。

手を伸ばして、ベークライト製のスイッチを押し下げると、部屋が乱されていないことはすぐにわかった。少なくとも、わたしはそう思った。なかに入って、バッグを置いた。昨夜読んでいた本――マルコム・ブラッドベリーの『人喰いはよくない』――はそのままの位置に、椅子のそばの床の上にあった。だが、栞が肘掛け椅子の座面に置かれていた。今朝わたしが出かけてから、だれもこの家に入っていないのに。

当然ながら、まずわたしが考えたのは自分が前の晩はきちんと儀式をやらなかったのではないかということだった。疲れているときにはありがちだが、立ち上がって洗面台に行くときに栞を落としたのかもしれない。けれども、わたしの記憶ははっきりしていた。この小説はわたしなら二回で読み切れるほど短かった。しかし、まぶたが重くて、半分まで行かないうちにその革の小片にキスをして、九八ページと九九ページのあいだに挟んだのだ。本を閉じる前にもう一度ちらりとページを見たので、最後の一文まで覚えていた。それは「知識人はかならずしも常にリベラルな見解をもっているわけではない」という会話の一行だった。

ほかにも乱されたしるしがないか、部屋中を捜しまわった。本棚はなかったので、本は壁際に、すでに読んだものと読んでないものに分けて積み重ねてあった。この後者のいちばん上の、次に読む予定だった本はA・S・バイアットの『ゲーム』だった。すべてがもとどおりだった。整理ダンスの引き出しや化粧ポーチを調べ、ベッドやその下も確かめたが、動かされたりなくなったりしているものはなかった。わたしは椅子のそばに戻って、そうすれば謎が解けるかのように、かなり長いあいだじっと見つめた。階下に行って、侵入者の形跡がないかどうか確かめるべきだとは思ったが、そうはしたくなかった。ブラッドベリーの小説のタイトルがわたしを見上げていたが、いまやそれは一般的な道徳に対する無力な抗議に見えた。本を手に取って、パラパラとページをめくり、読むのをやめた箇所を見つけた。外の踊り場に出て、手摺りから身を乗り出してみたが、なにも聞こえなかった。それでも、やはり下りていく気にはなれなかった。

わたしの部屋のドアには錠も掛け金もなかったので、整理ダンスをドアの前まで引きずっていって、明かりを点けたままベッドに入った。そして、ほとんど一晩中、毛布を顎まで引き上げて仰向けに寝たまま、耳を澄まし、グルグルおなじことを考えながら、夜明けがやってきて、母親みたいになだめてくれるのを待った。夜が明けると、実際にそうなった。明るくなったとたんに、疲れで記憶が混乱して、わたしは意図と実際の行動を混同していたが、実際には栞を挟まずに本を床に置いたにちがいないと確信した。わたしは自分の影に怯えていただけなのだ。このとき、日の光は良識の物理的現れみたいに見えた。この日は重要な講義に出なければならなかったので、すこし眠っておく必要があった。栞が曖昧な霞に包まれると、わたしは目覚ましが鳴るまで二時間半眠った。


翌日、わたしはMI5で失策を演じた。というより、シャーリー・シリングがわたしに演じさせたのだが。わたしはときには思っていることをはっきり言う娘ではあったが、それよりは昇進したい、上司に認められたいという気持ちのほうが強かった。シャーリーにはどこか喧嘩好きな、無謀とさえ言えるところがあり、そういう意味ではわたしとはかけ離れていた。しかし、何と言っても、わたしたちは二人組であり、ローレルとハーディだったので、わたしが彼女の生意気な雰囲気に引きこまれ、いつも責任を取らされるはめになる相棒の役回りを演じることになるのは避けられなかったのかもしれない。

それが起こったのは午後、レコンフィールド・ハウスで〈経済的無政府状態、市民の不安〉と題された講義に出席しているときだった。この講義には出席者が多かった。無言のしきたりから、有名な講演者を迎えるときには、席は地位の順になっていた。最前列には六階のさまざまな大物、三列目にはハリー・タップがミリー・トリミンガムと並んで席を占め、その二列後ろにはマックスがいて、わたしが見たことのない男と話していた。その後ろにはアシスタント・デスク・オフィサーより下位の女性たちが詰めかけ、最後に、シャーリーとわたしというじゃじゃ馬娘が、最後列にふたりだけで坐っていた。わたしは、少なくとも、ノートを用意していた。

長官が前に出て、ゲスト講演者を紹介した。陸軍准将で、対ゲリラ戦における長年の経験をもち、現在はMI5の相談役を務めているという。会場のあちこちからこの軍人への拍手が湧いた。彼の話し方には、いまでは古いイギリス映画や一九四〇年代のラジオ解説を連想させる、歯切れのいい早口のしゃべり方の名残があった。わたしたちの上司のなかには何人か、長期的な全面戦争の経験から来る非情な真剣さを依然としてにじませている者がいた。

けれども、この准将にはときおり美辞麗句を織り交ぜるセンスがあった。ここには退役軍人の方もかなりおられるようだが、彼らにはよく知られているがほかの人たちには知られていない事実を述べるのをお許しねがいたい、と彼は言った。そういう事実の最初のひとつがこれだった——わが国の兵士は戦争を戦っていたが、それをそう呼ぶ勇気のある政治家はひとりもいなかった。不可解な、古くからの党派的憎しみで対立している党派を引き離しておくために送りこまれた者は、両側から攻撃されることになった。交戦規定があるために、訓練された兵士たちは最適だとわかっているやり方で応戦することができなかった。ノーサンバーランドやサリー出身の十九歳の新兵たち、自分たちの任務は優勢なプロテスタントから少数派のカトリックを守ることだと考えていた彼らが、ベルファストやデリーの下水溝に自分たちの人生を、将来を流しこんで横たわっていたのに、カトリックのこどもたちやティーンエイジャーは彼らをあざ笑って歓声をあげていた。兵士たちは狙撃兵による銃撃で命を落とした。しばしば高層ビルから、たいていは示し合わせた暴動や騒乱事件を隠れ蓑にして、ＩＲＡの狙撃手がねらったのだ。昨年の血の日曜日についていえば、落下傘部隊は有効性が実証されているこのおなじ戦術――狙撃兵による銃撃で援護されたデリーの暴徒――によって耐えがたいプレッシャーにさらされていた。称讃に値する速さでこの四月にまとめられたウィッジェリ報告書がこの事実を確認している。それを言ったうえでだが、落下傘部隊のような攻撃的かつ意欲的な部隊に公民権運動のデモを取り締まらせるのは、あきらかに作戦上の誤りだった。それは王立アルスター警察隊（ＲＵＣ）が当たるべき任務だった。ロイヤル・アングリアン連隊でさえもっと冷静に対応できたにちがいない。

しかし、それは為されてしまった。そして、あの日十三人の市民を殺した結果、ＩＲＡの両派を世界から愛される存在にしてしまい、資金や武器や補充兵が氾濫する蜜の川みたいに押し寄せることになった。感傷的で無知なアメリカ人は、カトリックよりプロテスタントのほうが多いにもかかわらず、北アイルランド援助委員会《ノーレイド》のような基金を通じて愚かなドルを共和軍に提供して火に油をそそいだ。合衆国がテロリストの攻撃を受けるようになるまで、彼らはけっして理解しないだろう。デリーでむざむざ失われた生命に報復するため、ＩＲＡ正統派はオールダショットで五人の清掃婦と庭師とカトリックの司祭を殺害し、暫定派はベルファストのアバコーン・レストランでカトリック教徒を含む母親とこどもを殺した。そして、ゼネストの最中に、わが兵士たちは、アルスター前衛党にけしかけられた、この上なくたちの悪いプロテスタントの暴徒と対峙した。それから、停戦があったが、それが破られると、両派の狂気じみた銃や爆弾の運び屋がアルスターの人々に徹底的な残虐行為を働き、何千という武装強盗や無差別な釘爆弾攻撃、膝の狙い撃ち、見せしめの殴打があり、ロイヤリストや共和派の民兵によって五千人が重傷を負い、数百人が殺害され、イギリス軍によっても――もちろん、わざとではないが――かなりの死傷者が出た。それが一九七二年の勘定書なのである。

准将はわざとらしくため息をついた。大柄な男で、骨張った大きな頭蓋のわりには小さすぎる目をしていた。いくらめかしこんでも、注文仕立てのダークスーツの胸ポケットにハンカチを差してみても、だらしない、よろよろ歩きの、六フィート三インチの巨体は隠しようもなかった。この男なら素手で何十人でも性格異常者を片付けられそうだった。いまや、と彼は言っていた、IRA暫定派はイギリス本土でも古典的なテロリストのやり方で細胞を組織している。十八カ月もの破壊的な攻撃のあと、彼らはもっとひどくなるだろうと言われている。純粋に軍事的な施設だけを攻撃するという見せかけはとうに振り捨てられている。目標は恐怖なのである。北アイルランドとおなじように、こどもも、買い物客も、ふつうの労働者も、だれもが恰好の標的なのだ。デパートやパブに爆弾を仕掛ければ、産業の衰退、高い失業率、激化するインフレーションやエネルギー危機による社会の崩壊が広範に予想されている状況では、もっと大きな衝撃を与えることになるにちがいない。

テロリストの細胞をあばき、その補給線を断ち切れなかったのは、わたしたち全員の恥辱である。そして、これが彼の話の主眼点だったのだが――わたしたちの失敗にはなによりも重要なひとつの理由がある。すなわち、統制のとれた諜報活動がなかったことだ。

しんと静まりかえったなかに、わずかに椅子が軋む音と低いささやき声が流れ、前のほうで首をかしげたり、まわしたり、肩をかすかに隣のほうに傾けたりするごく控えめな動きが見られただけだった。准将はレコンフィールド・ハウスに共通の不満にふれたのである。わたしでさえ、マックスから、多少は聞いたことがあった。警戒心の強い帝国の壁越しにはなんの情報も流れてこなかった。しかし、わたしたちのゲストはこの部屋の聴衆が聞きたがっていることを言うのだろうか。彼はわたしたちの味方なのだろうか？　はたして、彼は味方だった。ＭＩ６が本来介入すべきでない場所で、ベルファストやロンドンデリーやイギリス国内で活動している、と彼は言った。これは国内問題であり、分割以前に遡る歴史的権限を主張しているが、それはいまでは通用しない。したがって、MI5に属する領域である。ＭＩ６は人員過剰で、手続き上の前例の泥沼にはまっている。王立アルスター警察隊特別部門は、これを自分たちの管轄だと見なしているが、対応が拙劣で予算不足のうえ、これが問題なのだが、プロテスタントの牙城だった。ほかのだれが七一年にはじまったＩＲＡの一斉拘留をあんな惨憺たる結果に終わらせられただろう？

ＭＩ５がだれが見ても拷問でしかない、うさん臭い尋問技術から距離を置いているのは正しいことである。いまや、この局は多事多難な領域でベストを尽くしている。しかし、たとえ各局に天才と最高の逸材が配置されたとしても、四者の共同作業では、世界史上もっとも恐るべきテロリスト・グループであるＩＲＡ暫定派の一枚岩を打ち破ることはできないだろう。北アイルランドは決定的に重要な国内の治安問題である。ＭＩ５はその要求をしっかりとつかんで政府内に押し通し、ほかの関係者をみずからの意志にしたがわせて、財産の正統な継承者になり、問題の根幹に迫らなければならない。

拍手はなかった。ひとつには、准将の口調が説教に近いものになり、そういう物言いはここではあまり歓迎されなかったからである。政府にいくら激しく要求しても、それだけでは不充分なのはだれもがよく知っていた。准将と長官の討議のあいだ、わたしはメモを取らなかった。質疑応答のなかから質問をひとつ、というか全体の流れを代表する二つ三つをまとめて、メモしただけだった。質問をしたのは旧植民地の将官たちで、わたしがとくに覚えているのはジャック・マグレガーという赤みがかった髪をした冷たい男だった。南アフリカ人の母音を呑みこむようなしゃべり方をするが、生まれはサリーだということだった。彼やその同僚がとくに関心をもっていたのは、社会秩序の崩壊に対する適切な対応の仕方だった。ＭＩ５はどんな役割を果たすべきか？　軍はどうすべきか？　政府が持ちこたえられなくなった場合、わたしたちは横に立って、社会秩序が崩壊するのを黙って見ていられるだろうか？

　長官はそっけなく、過度に礼儀正しい言い方で答えた。ＭＩ５は合同情報委員会と内務大臣に対して、軍は国防大臣に対して説明責任があり、これが変わることはないだろう。指揮権を発動すればどんな脅威にも対応できるが、それは民主主義への挑戦のようなものなのだからと。

　数分後、別の旧植民地将官からもっと辛辣なかたちでおなじ質問が蒸し返された。次の総選挙で労働党政権が復帰したとする。そして、その左派が労働組合の急進分子と共同戦線を張ったとしよう。そういうことになれば、議会制民主主義が直接脅かされることになるだろう。偶発事態へのなんらかの対応計画が必要なのはあきらかだろう。

　わたしは長官の言葉をそのまま正確に書きつけた。「すでにわたしの立場ははっきり申し上げたと思います。いわゆる民主主義の回復というようなものは、パラグアイでは軍やＭＩ５の仕事かもしれないが、わが国ではそうではありません」

　牧場主や茶園経営者のようなものだと見なしていた連中が、重々しくうなずく余所者の前で本音を洩らしたことに、長官は困惑しているのだろう、とわたしは思った。

　そのときだった。最後尾のわたしの隣の席から、シャーリーが叫んで会場を驚かせたのは。「この阿呆《バーク》どもはクーデターを起こしたがっているのよ！」

　一斉に息を呑む音がして、全員が後ろを振り向いてわたしたちを見た。彼女は一挙にいくつもの規則を破ったからだ。長官から求められていないのに発言し、〈阿呆〉といういかがわしい言葉

――それが卑猥な押韻スラングに由来する言葉であることを知っている者もいるにちがいなかった――を使った。そうすることで礼儀作法を侮辱し、自分よりはるかに上級のふたりのデスク・オフィサーを愚弄した。彼女はゲストの前で見苦しい振る舞いをした。彼女は下級の職員であり、女だった。しかも、最悪なことに、たぶん彼女の言うとおりだった。しかし、そんなことはわたしにはなんの関係もないはずだった。みんなに一斉に見つめられても、シャーリーは平然と坐っていたのに、わたしが顔を赤らめたりしなければ。わたしが顔を赤らめれば赤らめるほど、だれもが発言したのはわたしだと確信した。彼らがそう考えていることに気づくと、わたしはますます顔を赤らめ、しまいには首筋まで熱くなった。人々の視線はもはやわたしたちにではなく、わたしにそそがれていた。わたしは椅子の下に隠れたかった。犯していない罪のせいで、恥ずかしさが喉にこみ上げた。わたしは指先でノートをいじって――すこしは敬意を得られるかと期待していたノートなのに――、目を伏せ、膝を見つめていたが、それがわたしの罪悪感のさらなる証拠になった。

長官が、准将に感謝の言葉を述べて、その場をもとの礼儀正しいかたちに引き戻した。拍手が起こり、准将と長官は部屋を出ていき、人々は立ち上がって出ていきながら、もう一度わたしを振り返った。

ふいにマックスがわたしのすぐ前にいた。「セリーナ、あれはいい考えじゃなかったね」と彼は穏やかに言った。

わたしは振り向いてシャーリーに抗議しようとしたが、彼女は人混みに紛れて部屋を出ていくところだった。叫んだのは自分ではないと主張するのを思い止まってしまうなんて、自分がどこでそんなマゾヒスティックな礼儀作法を身につけたのかわからなかった。それでも、いまごろは長官がわたしの名前を訊き、ハリー・タップかだれかがそれを教えているにちがいないと確信していた。

そのあと、シャーリーに追いついて抗議すると、あんなことは取るに足りない、面白おかしい笑い話にすぎない。わたしはなにも心配することはない、と彼女は言った。わたしが自分の頭で考える人間だと思われたとしても、べつになんの害もないだろうと。けれども、わたしはその正反対であることを知っていた。それはおおいに害があるにちがいなかった。わたしたちのレベルの人間は自分の頭で考えるべきではないとされているのだから。これがわたしの初めての失策になったが、それが最後ではなかった。

6

わたしは叱責を覚悟していたが、その代わりにめぐってきたのはチャンスだった——秘密の任務で、シャーリーといっしょに、建物の外に送り出されたのである。ある朝、デスク・オフィサーのティム・ル・プレヴォストから指示が来た。このオフィサーは局内で何度か見かけたことがあったが、一度も口をきいたことはなかった。わたしたちは彼のオフィスに呼びつけられ、注意して聞くように言われた。彼は小さな口をして、ボタンをきちんとかけた男で、肩幅は狭く、表情は硬く、元軍人なのはほぼ間違いなかった。半マイル離れたメイフェア通りの施錠されたガレージにヴァンが停めてあるから、それを運転してフラムのある場所に行けという。それはもちろん隠れ家《セイフ・ハウス》で、彼が机越しに投げて寄越した茶封筒にはさまざまな鍵が入っていた。ヴァンの後部には掃除用具が積んである。掃除機やビニールエプロンだが、出発する前にそのエプロンを着けなければならない。

スプリングクリーンという会社の従業員というのがわたしたちの表向きの身分なのだから。目的地に着いたら、すべてのベッドのシーツを替え、窓を拭き、「徹底的に掃除する」ことになっていた。清潔なシーツ類がすでに配達されているはずだった。シングルベッドのマットレスのひとつは、もうとっくに取り替えるべきだったのだが、裏返しにする必要があり、トイレと風呂場はとくに念入りに掃除しなければならない。冷蔵庫の腐った食べ物は処分して、灰皿はすべて空にすること。ル・プレヴォストはこういう家庭的なディテールをいかにも不快そうに数え上げた。一日の仕事を終える前に、フラム・ロードの小さなスーパーに行って、ふたりの人間が三日間一日三食とれるだけの基本的な食料品を買い入れること。それとは別に、酒類販売店に行って、ジョニー・ウォーカーのレッド・ラベルを四本購入する必要がある。ほかのものではだめだ。ここに五ポンド札で五十ポンド入っている封筒がある。お釣りと領収書が欲しい。それから、そこを出るときには、三つのバナム錠で三重に鍵をかけるのを忘れないように。そして、とりわけ、この住所のことは金輪際だれにも洩らしてはならない。たとえこの建物内の同僚に対しても。

「あるいは」と、小さな口をちょっと歪めて、ル・プレヴォストは言った。「とくにこの建物内の同僚には、と言うべきかもしれないが」

では、行ってよろしいと言われ、建物を出て、カーゾン・ストリートを歩いているとき、酷評しはじめたのはわたしではなくて、シャーリーだった。

「表向きの身分？」と彼女は大きなささやき声で言った。「たいした身分だこと。掃除婦のふりをする掃除婦なんて！」

もちろん、それは侮辱だったが、そのころはまだいまほどひどい侮辱ではなかった。わたしはあきらかな事実を指摘しようとはしなかった。ＭＩ５が隠れ家に外部の掃除屋を入れることはまず不可能だったし、男の同僚に頼むわけにもいかなかった——彼らはそんなことをするには偉すぎるし、掃除の結果は惨憺たるものになるだろう。わたしは自分のストイシズムに驚いていた。わたしは女性のあいだの仲間意識や心から献身的に義務を果たそうとする精神をいつの間にか吸収していたにちがいない。わたしは母みたいになりつつあった。母には主教がいて、わたしにはMI5がある。わたしには、母とおなじように、自分の強固な意志で従おうとするところがあった。それでも、これがマックスが言っていたわたしにぴったりの仕事だったのかどうか心配になってきた。もしそうならば、二度と彼とは口をききたくなかった。

　わたしたちはガレージを見つけて、エプロンを着けた。運転席に窮屈そうに収まったシャーリーは、ピカデリーに車を出しながら依然として不満げにつぶやいていた。そのヴァンは戦前の車で、車輪はスポーク・ホイール、ドアの下にステップが付いていて、車高が高く、犬がチンチンする恰好で運転手がハンドルをにぎるタイプの最後の生き残りの一台だったろう。側面にはわが社の名前がアールデコ調のレタリングで記され、〈Springklene《スプリングクリーン》〉のkが羽根ばたきを振るう上機嫌な家政婦として描かれていた。これではちょっと目立ちすぎるのではないか、とわたしは思った。シャーリーの運転は驚くほど自信たっぷりで、ハイド・パーク・コーナーを高速でまわり、シフトレバーを使って派手なテクニックを見せつけた。ダブル・クラッチングという技術で、そういう時代物の車には必要なのだ、と彼女は教えてくれた。

　そのアパートは静かなわき道のジョージ王朝風の建物の一階で、思っていたよりも広く、窓にはすべて格子が付いていた。モップと洗剤とバケツを持ってなかに入ると、わたしたちは内部を一通り見てまわった。汚さはル・プレヴォストが仄めかしたよりもっと意気阻喪させられる状態で、あきらかに男たちが汚したにちがいなかった。バスタブの縁にはかつてはふやけた葉巻だったものの塊、一フィートも積み重ねられた『タイムズ』、そのうち何枚かは大まかに四つに切って、トイレットペーパー代わりに使われたようだった。居間にはだらしない深夜の空気が漂っていた――閉ざされたカーテン、ウォッカやスコッチの空き瓶、山盛りになった灰皿、四個のグラス。ベッドルームは三部屋で、いちばん小さい部屋にシングルベッドがあった。剝ぎとられたマットレスには、ちょうど頭が来るあたりに、大きな乾いた血糊が付いていた。シャーリーは嫌悪の叫びをあげたが、わたしはむしろ胸がドキドキした。だれかが激しく尋問されたのにちがいない。あの記録課のファイルは現実の運命と結びついていたのである。

歩きまわってちらかり具合を確かめているあいだ、彼女は不平を言いながら大声で非難しつづけ、あきらかにわたしにも同調してほしいと思っているようだった。わたしはそうしようとしたが、あまりその気になれなかった。全体主義思想との戦いにおけるわたしのささやかな役割が、腐った食べ物を袋に入れ、バスタブにこびりついた汚れをこすり落とすことなのなら、わたしは喜んでそうするつもりだった。メモをタイプするよりちょっと退屈なだけなのだから。

乳母やお手伝いさんに甘やかされて育ったことを考えると奇妙ではあったけれど、わたしのほうが仕事のやり方をよく理解していることがわかった。まずいちばん汚れているところ、トイレと風呂場とキッチンをやって、ゴミを片付け、それから拭き掃除をはじめ、そのあと床を掃いて、最後にベッドを整えよう、とわたしは提案した。しかし、ほかのすべてをする前に、シャーリーのために、マットレスを裏返しにした。居間にラジオがあったので、ポップミュージックをかけるのはいかにも掃除婦らしくていいだろうということになった。二時間ほど仕事をしたあと、わたしは五ポンド札を一枚取って、ティー・ブレイクのためのお茶菓子を買いに出ていった。戻ってくる途中で、お釣りを使ってパーキングメーターにコインを補充した。アパートに戻ると、シャーリーはダブルベッドの縁に坐って、小さなピンクの手帳になにごとか書きつけていた。わたしたちはキッチンに坐って、お茶を飲み、煙草を吸って、チョコレートビスケットを食べた。ラジオが鳴り、あけた窓から新鮮な空気と日光が入ってきて、シャーリーは上機嫌を回復し、残りのビスケットをすっかり平らげながら、自分について驚くべき話をしてくれた。

イルフォード総合制中等学校での彼女の英語の先生——ときおりそういう教師がいるものだが、彼女の人生に大きな影響を及ぼした——は、労働党の地方議員で、おそらく元共産党員だった。彼女が十六歳のときドイツ人学生との交換留学に行ったのはこの先生を通してだった。学校のグループといっしょに共産主義の東ドイツに、ライプチヒからバスで一時間の村に行ったのである。

「ひどいことになると思っていたわ。みんながそうなると言っていたから。ところが、セリーナ、まさに天国だったのよ」

「東ドイツが?」

彼女は村外れに住む一家の家に泊まった。家は醜悪で、狭苦しい二寝室の小屋みたいな建物だったが、半エーカーの果樹園と小川があり、ほど近いところに迷子になりそうなくらい大きな森があった。父親はテレビの技術者で、母親は医者、五歳に満たない幼い娘がふたりいて、この泊まり客が大好きになり、朝早くからベッドにもぐり込んできた。東ドイツではいつも日が射していた——四月だったが、たまたま熱波が押し寄せていたのである。森ではアミガサタケのキノコ狩りがあり、隣人たちは親切で、だれもが彼女のドイツ語を励ましてくれ、ギターをもっていてディランの唄をいくつか知っている人がいて、片手の指が三本しかない、とてもかわいい少年が彼女に夢中になった。ある午後、彼は彼女をライプチヒまで本格的なサッカーの試合を見に連れていってくれた。

「だれもゆたかではなかったけれど、彼らは満ち足りていた。十日間の終わりには、わたしは考えていたわ。いや、これはほんとうにうまくいくんだ。このほうがイルフォードよりいいってね」

「どこでもそうなのかもしれないわよ、とくに田舎では。シャーリー、ドーキングのすぐ郊外だって楽しい経験ができたかもしれないわ」

「ほんとうに、あれは別のものだった。人々はみんなおたがいのことを気にかけていたのよ」

彼女が言っていることには聞き覚えがあった。新聞やテレビのドキュメンタリーで、東ドイツが生活水準でついにイギリスを追い越したと、大得意で報道している記事や番組があったからだ。それから何年もあと、ベルリンの壁が崩壊して、内情がさらけ出されると、それはとんでもないデマだったことがあきらかになった。ドイツ民主共和国は惨憺たる有様だった。人々が信じた、信じたいと思っていた事実や数字は、共産党独自のものだった。しかし、七〇年代には、イギリス人は自虐的な気分になっており、オートボルタ（現ブルキナファソ。西アフリカの共和国）を含めて、世界中のあらゆる国がわたしたちをはるか後方に置き去りにしようとしていると喜んで信じるような雰囲気があったのだ。

わたしは言った。「ここだって人々はおなじようにおたがいを気にかけているわ」

「あら、そう。わたしたちはみんなおたがいのことを気にかけているのね。それじゃ、わたしたちは何と戦っているのかしら？」

「言論の自由もなく、旅行する自由もない、誇大妄想狂的な一党独裁国家とよ。捕虜収容所みたいな国家とか、そういうものとだわ」自分の肩越しにトニーの声が聞こえた。

「ここだって一党独裁国家じゃないの。新聞は噴飯ものだし、貧乏人はどこにも旅行できないわ」

「ああ、シャーリーったら、ほんとうに！」

「議会はひとつの党でしかないのよ。ヒースとウィルソンはおなじエリート層に属しているんだから」

「そんな無茶な！」

それまではわたしたちは政治について話したことはなかった。いつも話題は音楽や家族や個人的な好き嫌いのことだった。同僚たちはみんなほぼおなじような意見をもっているのだろう、とわたしは思っていた。からかわれているのかどうか知ろうとして、彼女の顔をじっと観察した。彼女は顔をそむけ、テーブル越しに荒っぽく手を伸ばして、煙草をもう一本取ろうとした。怒っているようだった。この新しい友人と完全には仲違いしたくなかった。わたしは声の調子を落として、穏やかに訊いた。「でも、そう考えているんだったら、シャーリー、なぜここに入局したの？」

「わからない。ひとつには、パパを喜ばしたかったからかな。じつは、公務員の仕事だって言ってあるのよ。まさか入れるとは思わなかったから。入れたときには、みんなが自慢したわ。わたしも含めて。やったという感じだった。でも、どういうことなのか知っているでしょう——オックスブリッジ・タイプではない人間をひとりは採用しなくちゃならなかったからよ。わたしはあんたたちの免罪符のプロレタリアにすぎないのよ。さて」彼女は立ち上がった。「そろそろわたしたちの重要任務を遂行しなくちゃ」

わたしも立ち上がった。ばつの悪い会話になっていたので、終わったのがうれしかった。

「わたしは居間を片付けるわ」と彼女は言ったが、キッチンの入口で立ち止まった。なんだか悲しそうな姿に見えた。ビニールエプロンの下のはち切れんばかりの肉体。お茶の前の肉体労働でまだ湿っている髪が額に張りついていた。

彼女が言った。「まさか、セリーナ、すべてがそんなに単純だと思っているんじゃないでしょうね。わたしたちはたまたま正義の側にいるんだなんて」

わたしは肩をすくめた。実際のところ、相対的にはそうだと思っていたが、彼女の口調があまりにも辛辣だったので、そうは言いたくなかった。「あなたのドイツ民主共和国も含めて、東ヨーロッパ中の人々が自由投票権をもっていたら、彼らはロシア人を追い出すにちがいないし、共産党に勝ち目はないでしょう。彼らは力で居坐っているのよ。わたしはそれに反対しているの」「それなら、ここの人たちがアメリカ人を基地から追い出さないとでも思っているの？　わかっているでしょうけど、わたしたちに選択権があるわけじゃないのよ」

わたしはそれに答えようとしたが、シャーリーははたきとラベンダーの香りの家具磨きスプレーをさっとつかむと、大声でこう言いながら、廊下を歩きだした。「あんたはすっかりプロパガンダ漬けになっているのよ。現実はかならずしも中産階級じゃないんですからね」

いまやわたしは怒っていた。あまりにも怒りすぎて、口もきけなかった。最後の数分に、シャーリーはロンドン訛りを一段アップしていた。わたしに対して労働者階級の一体性という観念を使うには、そのほうが効果的だったからだろう。それにしても、よくもまあそんなに偉そうな口をきけるものだった。現実はかならずしも中産階級じゃないですって！　我慢できなかった。彼女の〈現実《リアリティ》〉は滑稽なほど剝きだしのロンドン訛りだった。どうしてわたしたちの友情を愚弄して、自分はわたしたちの免罪符のプロレタリアだなどと言えるのだろう？　彼女が通った大学のことなどわたしは一瞬たりとも考えたことはなかったのに――彼女の大学に行っていたら、自分はもっと幸せだったろうとは思ったけれど。そして、彼女の政治的見解は、それこそ暗愚な人間の使い古された常套句にすぎなかったけれど。わたしは彼女を追いかけて、どなりつけてやりたかった。相手を消え入らせるような反駁で頭がいっぱいになり、そのすべてをいますぐ投げつけてやりたかった。けれども、わたしは黙って立ち尽くし、キッチンテーブルのまわりを何度かまわると、強力なタイプの掃除機を取り上げて、小さなベッドルームへ向かった。血の付いたマットレスがある部屋だった。

部屋をあんなに徹底的に掃除する気になったのはそのせいだった。頭のなかで何度も何度も会話を繰り返し、自分が言ったことと言いたかったことをごちゃ混ぜにしながら、わたしは猛然と掃除に取りかかった。休憩の直前に、窓の周囲の木部を拭くためにバケツに水を汲んであった。まず最初に幅木の汚れを拭くことに決めた。床にひざまずかなければならないので、カーペットに掃除機をかける必要があった。それをきちんとやるために、家具をいくつか廊下に運び出した——ベッドサイドの小戸棚とそばに置いてあった二脚の木製の椅子。部屋にひとつしかないコンセントはベッドの下の、壁の下のほうにあって、読書用ランプのプラグがすでに差しこまれていたので、床に横向きに寝そべって、腕をいっぱいに伸ばさなければならなかった。ベッドの下は、長いあいだだれも掃除をしていなかった。綿ぼこりや、古い布の切れ端、白い靴下の片方があった。プラグが固く差しこまれていたので、力を入れて揺さぶらなければ抜けなかった。わたしは依然としてシャーリーのことを、次には何と言ってやろうかと考えていた。重要な対決の場面になると、わたしは小心者になる。ひょっとすると、わたしたちはそんな会話はなかったふりをするという、イギリス的な解決法を選ぶことになるのではないかという気がしないでもなかった。そう思うと、かえって怒りがこみ上げた。

そのとき、わたしの手首がベッドの脚のかげに隠されていた紙片にふれた。それは斜辺が三インチもない三角形で、『タイムズ』の右上の隅を引きちぎったものだった。片方の面には見馴れた書体で「オリンピック——全プログラム、5ページ」とあった。裏側には、まっすぐな縁の下に鉛筆でかすかになにか書かれていた。わたしは這い出して、ベッドに腰をおろして見なおした。じっと見つめても、なにもわからなかったが、そのうち紙片が逆さまなことに気づいた。まず最初に判読できたのは小文字の〈tc〉という二文字だった。引きちぎられた線がその下の単語にちょうどかかっていた。押しつける力が最小限しかなかったかのように、字は薄かったが、〈umlinge《ウムリンゲ》〉という文字がはっきりと読みとれた。〈u〉の直前には〈k〉の下半分でしかありえない文字の一部が残っていた。もっと別の文字に見えないか、わたしの単なる思いこみにすぎないのではないかと思って、紙片をもう一度逆さにしてみたが、疑いの余地はなかった。それは彼のイニシャルであり、彼の島だった。しかし、彼の筆跡ではなかった。数秒のうちに、わたしの感情は猛烈な怒りからもっと複雑な混合物に――困惑と漠然とした不安に変化した。

　当然ながら、わたしがまず考えたのはマックスのことだった。島の名前を知っているわたしの知り合いは彼だけだった。新聞の死亡記事はそれにはふれてなかったから、ジェレミー・モットは知らないはずだった。トニーにはMI5に古くからの知り合いが――いまも現役の人はごくわずかだが――いた。かなり上部の人物も二、三人はいたかもしれないが、彼らはクムリンゲのことは知らないにちがいなかった。マックスについては、彼に説明を求めるのはいい考えではないだろう。自分がにぎって手放さずにいるべきものを引き渡してしまうことになるのだから。なにか教える価値があることを彼が知っていたとすれば、黙っていたことですでにわたしを欺いていたことになる。わたしは公園での会話や彼の執拗な質問を思い返した。それから、ふたたびその紙片を見た。古くて、かすかに黄ばんでいた。これが意味のある謎だとすれば、わたしにはそれを解くのに充分な情報がなかった。その空白のなかになんの関連もない考えが浮かんだ。欠けている文字はヴァンの横腹の〈k〉、ちょうどいまのわたしみたいに、家政婦の恰好をしている文字だった。そう、すべてがつながっていたのである！　自分はほんとうになにも知らなかったのだ。そう思うと、ほとんどほっとしたような気分になった。

わたしは立ち上がった。もう一度血の染みを見るためにマットレスをひっくり返そうかと思った。それはちょうどわたしが坐っていた場所の裏側だった。その染みは紙片とおなじくらい古いのだろうか？　血糊が古くなるとどう変化するか、わたしは知らなかった。けれども、問題はそこだった。そこにこそ謎がもっとも端的にかたちで示されており、そこにこそわたしの不安の核がある。島の名前とトニーのイニシャルはその血糊と関係があるのだろうか？

紙片をエプロンのポケットに押しこんで、シャーリーに出会わないことを祈りながら、廊下をトイレに向かった。ドアに鍵をかけて、新聞の山の横にひざまずき、それを整理しはじめた。すべての日付がそろっているわけではなく、この隠れ家は比較的長いあいだ無人だったにちがいなかった。新聞の日付は数カ月前まで遡っていた。ミュンヘン・オリンピックは去年の夏、十カ月前だった。十一人のイスラエルの選手がパレスチナ・ゲリラに殺された事件を、だれが忘れられるだろう？　隅が欠けている新聞を見つけたのは下からほんの二、三インチのところで、わたしはそれを引き出した。〈プログラム〉という単語の前半分があった。一九七二年八月二十五日付。「八月の失業率、一九三九年以来最高レベル」わたしはかすかに覚えていた。失業率の見出しのせいではなく、一面のトップにわたしのかつてのヒーロー、ソルジェニーツィンについての記事が出ていたからである。一九七〇年のノーベル賞受賞スピーチがちょうどこのころ明るみに出た。世界人権宣言の受容を加盟の条件にしなかったことで、彼は国際連合を非難していた。わたしはそのとおりだと思ったが、トニーはそれは馬鹿正直すぎると見なしていた。わたしは「倒れた者たちの影」とか「シベリアの荒野の苦痛と孤独のなかから湧き上がった芸術のビジョン」といった言葉に心を動かされたが、とくに気にいっていたのは「権力の介入によって文学が妨げられた国に災いあれ」という一節だった。

そう、わたしたちはそのスピーチについてしばらく議論したが、意見が分かれた。それはあのパーキングエリアでの別れの場面のそんなに前ではなかった。彼はそのあと、すでに隠棲の計画が形をとりはじめていたときに、ここに来たのかもしれない。だが、どうして？　そして、これはだれの血なのか？　なにひとつ解決したわけではなかったが、すこしは前進したせいで、自分が賢いような気がした。賢いと感じることは上機嫌になるのと似たようなものだ、とわたしはむかしから思っていた。シャーリーがやってくる足音が聞こえたので、急いで新聞をもとどおりに積みなおして、トイレの水を流すと、手を洗って、ドアをあけた。

「トイレットペーパーをリストに加えるのを忘れないようにしなくちゃ」とわたしは言った。

彼女は廊下のかなり奥にいたので、聞こえなかっただろうと思った。なんだか罪を悔いているように見えたので、わたしはふいに温かい気持ちになった。

「さっきは悪かったわ。セリーナ、どうしてあんなふうになるのか、自分でもわからないのよ。議論になると、すぐに言い過ぎて《ゴー・ライト・オーバー・ザ・トップ》しまうんだから」。それから、冗談めかした柔軟剤を付け加えた。

「すべてはあなたが好きだからなのに」

「ライト」の「t」をわざと聞こえるように発音したことに気づいたが、それは無言の謝罪のしるしだった。

「べつになんでもないわ」とわたしは言ったが、嘘ではなかった。わたしがたったいま発見したことに比べれば、わたしたちのあいだで起こったことなどなんでもなかった。わたしはすでにそれについては話さないことに決めていた。トニーのことは彼女にはあまり話してなかった。それはマックスに取っておいたのだ。ほんとうは逆にすべきだったのかもしれないが、いまさら彼女に打ち明けてもなにも得られるものはなかった。紙片はわたしのポケットの底に押しこまれ、わたしたちはしばらくいつもの親しい調子でおしゃべりしてから仕事に戻った。その日の仕事は長くかかり、掃除や買い物やすべてが終わったのは六時過ぎだった。もしかするともっとなにかわかるかもしれないと思ったので、わたしは八月のその日付の『タイムズ』を持ち帰った。その夜、メイフェアでヴァンを降りて別れたとき、シャーリーとわたしはまた親友に戻った、とわたしは思った。

7

翌朝、十一時にハリー・タップのオフィスに来るように言われた。わたしは依然として講演会でのシャーリーの不謹慎な振る舞いのせいで叱責されるのではないかと思っていた。十一時十分前にはトイレに行って、外見をチェックしたが、髪を梳かしながら、クビになって故郷への列車に乗り、母への言いわけを考えている自分を想像した。主教はそもそもわたしがいなかったことに気づいているのだろうか？　わたしは二階上の、建物のわたしには初めての部分に上がった。薄汚さが多少はマシな程度だった——廊下はカーペット敷きで、壁のクリームと緑色のペンキは剝がれていなかった。わたしはびくびくしながらドアをノックした。男が——わたしよりも若く見える男が——出てきて、緊張しているが感じのいい口調で待つようにと言い、当時はそこらじゅうのオフィスに広がっていた鮮やかなオレンジ色のプラスチックの成形椅子を示した。たっぷり十五分は経ってから、その男がふたたび現れて、わたしのためにドアを押さえた。

ある意味では、物語がはじまったのはそのとき、そのオフィスに入って任務の説明を受けたときだった。タップが机の背後に坐っていて、無表情な顔でうなずいた。部屋のなかには、わたしを招じ入れた男のほかに、三人の男がいた。そのひとり、はるかに年長の、銀髪を後ろに撫でつけた男は、擦りきれた革の肘掛け椅子に足を投げ出して坐り、ほかの男たちは硬い事務椅子に坐っていた。マックスもいて、口をすぼめて挨拶した。彼がいても驚きはしなかったが、わたしは笑みを浮かべただけだった。部屋には煙が立ちこめ、人いきれで空気が湿っぽかった。かなり長時間会議をしていたのだろう。紹介はなかった。

わたしは硬い椅子のひとつに坐るように指示され、わたしたちは馬蹄形になって机を囲んだ。

タップが言った。「それで、セリーナ。職場には慣れてきたかね?」

職場にはすっかり慣れたし、仕事には満足している、とわたしは答えたのだと思う。そうでないことをマックスが知っているのを意識してはいたが、かまうものかと思った。「ここに呼ばれたのはわたしが水準に達し《アップ・トゥ・スクラッチ》ていないとお考えだからでしょうか?」とわたしはつづけた。

タップが言った。「それを言うためなら、わたしたちが五人も必要ではないだろう」

低いクスクス笑いがひろがったが、わたしもそれに加わっておいた。〝水準に達する〟などという言い方は、それまで一度も使ったことがなかったのだ。

そのあとはひとしきり雑談がつづいた。だれかがわたしの住まいについて、別のだれかが通勤について尋ねた。地下鉄ノーザン線の不規則さが話題になり、局の食堂の料理が軽くからかわれた。そういう話がつづけばつづくほど、わたしはますます不安になった。肘掛け椅子の男はなにも言わず、親指を顎の下にあてがって両手の指を組んだ尖塔越しにわたしを見守っていた。わたしは彼のほうを見ないようにした。タップが会話をリードして、話題は最近の出来事に移った。当然ながら、首相と炭鉱夫の話になった。自由労働組合は重要な制度だ、とわたしは言った。けれども、彼らに委託される権限は組合員の賃金と労働条件に限定されるべきで、組合は政治化されるべきではなく、民主的に選ばれた政府を転覆しようとするのは彼らの本来の務めではない。これは正しい答えだった。わたしはイギリスの最近のヨーロッパ共同市場への参加について意見を求められた。わたしは賛成だと言った。それは産業にはいいことであり、われわれの島国根性が薄れて、食糧事情も改善されるだろう。じつは、どう考えるべきかわからなかったのだが、断固たる口調のほうがいいと思った。こんどはこの部屋の大勢とは意見が分かれたことがわかった。話題はさらに海峡トンネルのことになった。すでに白書が公表され、ヒースがポンピドゥーと予備協定に調印したばかりだった。わたしは大賛成だった――ロンドン＝パリ急行に乗るところを想像してみるがいい！　わたしは自分でも驚くほど熱狂的な意見をぶちまけた。またもや、わたしはひとりだった。肘掛け椅子の男は顔をしかめて、横を向いた。おそらく若いときには、大陸の政治的野望に抗して国土を防衛することに命を捧げる覚悟だったのだろう、とわたしは推測した。トンネルは国防上の脅威なのだから。

そんなふうに話は進んだ。わたしは面接試験を受けていたが、いったい何のためなのかさっぱり見当がつかなかった。そうとは意識せずに、わたしは気にいられようと努力し、それに失敗したと感じると、ますますそうしようとした。おそらくすべては銀髪の男のために行なわれているのだろうと思ったが、一度いやな顔をしたほかは、男はどんな意思も伝えようとしなかった。両手を祈るように組み合わせ、その人差し指がかすかに鼻の先にふれていた。彼を見ないようにするには意識的な努力が必要だった。わたしはその男の承認を求めている自分自身に困惑した。彼がわたしに望んでいるものが何であるにせよ、わたしもそれを望んでいた。彼に必要とされたかった。わたしは彼の顔をまともに見ることもできなかった。自分の視線を移動して、話をしている男の顔に向けるとき、ちらりと見えたが、それだけではなにもわからなかった。

会話に一区切りついたところで、タップが机の漆塗りの箱を示して、一同に煙草が供された。わたしはもう一度部屋から出されるのだろうと思っていたが、銀髪の紳士からなにかしら無言の合図があったのだろう。タップがあらたなスタートのしるしに咳払いして、こう言った。「ところで、セリーナ、ここにいるマックスの話では、あんたは専門の数学に加えて、現代の著作——文学とか、小説とか、そういうもの——にもかなり詳しいそうだな。非常に新しい……何と言ったっけ？」

「現代文学です」とマックスが代弁した。

「そう、恐ろしくよく読んでいて、現状に詳しいそうだが」

わたしはためらいがちに言った。「暇なときに本を読むのが好きなだけです」

「謙遜には及ばない。あんたは発表されたばかりの、現代物にも詳しいらしい」

「わたしが読む小説はほとんどが中古のペーパーバックで、ハードカバーが出てから二、三年経っているものです。ハードカバーはちょっと予算オーバーなので」

そんなささいな区別はタップを困惑させたか、苛立たせたようだった。彼は椅子にふんぞり返って数秒のあいだ目をつぶり、混乱が消えてなくなるのを待った。彼がふたたび目をあけたのは、次の台詞を半分ほど言ってからだった。「それじゃ、わたしがたとえばキングズリー・エイミスとか、デイヴィッド・ストーリーとか……」彼は紙片に目を落とした。「ウィリアム・ゴールディングといった名前をあげれば、わたしが何のことを言っているかはっきりわかるんだな」

「そういう作家を読んだことはあります」

「で、あんたは彼らについて語ることもできるんだな」

「そう思います」

「順位を付けるとどうなるかね？」

「順位？」

「そう、そうだ、一位から順番に」

「ぜんぜん違うタイプの作家ですが……。エイミスは喜劇的な小説家で、彼のユーモアには容赦ないところがあって、じつに鋭い観察眼をもっています。ストーリーは労働者階級の生活を描いたものですが、その独特の描き方がすばらしいんです。それから、ええと、ゴールディングはもっと定義しにくくて、たぶん天才かもしれません……」

「で、どうなるんだね？」

「純粋に読書の楽しみということから言えば、エイミスがいちばんで、それから、内容に深みがあるのが確かなゴールディング、ストーリーが三番目ですね」

タップは自分のメモと照合して、顔を上げるとにっこり笑った。「ここにあるメモとぴったり一致する」

「それで、あんたはこういう作家のだれかを個人的に知っているのかね？」

「いいえ」

「ほかの作家とか、編集者とか、業界関係者をだれか知っているかね？」

「いいえ」

「いままで作家に実際に会ったり、おなじ部屋に同席したりしたことは？」

「いいえ、一度も」

「手紙を書いたことは、たとえば、ファンレターみたいなものを？」

「ありません」

「ケンブリッジの友人のなかに作家志望はいなかったかね？」

わたしは慎重に考えてみた。ニューナムの英文科にはそういう憧れを抱いていた者はかなりいたが、わたしが知っているかぎり、女性の知り合いはみんなちゃんとした仕事を見つけるか、結婚するか、妊娠するか、外国に姿を消すか、マリファナの靄に包まれた反体制文化の残滓のなかに引きこもるか、そのさまざまな組み合わせに甘んじていた。

「いいえ」

タップは期待しているかのように顔を上げた。「ピーター？」

肘掛け椅子の男がようやく手を下ろして、口をひらいた。「ちなみに、わたしはピーター・ナッティングだ。ミス・フルーム、あんたは『エンカウンター』という雑誌のことを聞いたことがあるかね？」

ナッティングの鼻は鷲鼻だった。声は穏やかなテノールで——なぜか驚かされた。そういう名前のヌーディストの交際相手募集の三行広告新聞を聞いたことがあるような気がしたが、確かではなかった。わたしがなにか言うより先に、彼がつづけた。「聞いたことがなくても、それはべつにかまわない。月刊の、知的な雑誌で、政治や文学や文化一般を扱っている。とてもいい雑誌で、高く評価されている、あるいは評価されていた。かなり幅広い範囲の意見を掲載している。そう、中道左派から中道右派までだが、主に右派のほうだ。しかし、肝心なのはここなんだが、大部分の知的な定期刊行物とはちがって、共産主義、とりわけソビエト関連のことになると、それは懐疑的、というより完全に敵対的なんだ。この雑誌は流行遅れの大義を擁護していた——言論の自由とか、民主主義とか、そういうものだ。実際、いまでもまだそうしている。そして、アメリカの外交政策についてはソフトな論調を維持している。思い当たるふしがあるかね？　ない？　五、六年前だが、初めは無名の雑誌で、次いで、たしか『ニューヨーク・タイムズ』でだったと思うが、『エンカウンター』がＣＩＡから資金援助を受けていたことが暴露された。大騒ぎになって、大変な非難や怒号が飛び交い、良心的な作家は逃げだしてしまった。メルヴィン・ラスキという名前に聞き覚えはないかね？　聞き覚えがなくてはならない理由はないが。ＣＩＡは四〇年代末からみずからがハイブラウな文化だと考えるものを支援していた。ふつうはさまざまな基金を介して、一歩距離を置いてやっていたんだ。そのねらいは中道左派のヨーロッパの知識人をマルクス主義的な物の見方から引き離すこと、自由世界を代弁することが知的に尊敬に値すると見なされるようにすることだった。わが友人たちはいろんな隠れ蓑を使って大金をそそぎ込んだ。文化自由会議（ＣＣＦ）というのを聞いたことがあるかね？　いや、どうでもいいんだが。

「で、それがアメリカ式のやり方だったんだが、『エンカウンター』事件以来、壊れた水洗便所みたいなものだ。ミスターＸが現れて、どこかの基金からの六桁に達する巨額援助を申し入れると、だれもが悲鳴をあげて逃げだす有様だ。しかし、それでも、これは文化的な戦争であり、単なる政治的・軍事的問題ではない。こういう活動にはその価値がある。ソビエトはそれを知っていて、交換留学制度や、見学や、会議や、ボリショイ・バレエに資金を提供している。しかも、全国炭鉱労働者組合（ＮＵＭ）のストライキに資金援助をしたうえで……」

「ピーター」とタップがつぶやいた。「その話に深入りするのはやめましょう」

「わかった。ありがとう。そろそろ騒ぎが収まってきたので、われわれは独自の計画を進める決定をした。予算は限られており、国際フェスティバルもなければ、ファースト・クラスの旅もない。二十台の大型トレーラーを連ねたオーケストラのツアーもないし、パーティもない。そういう資金は出せないし、出したくもない。われわれが目指しているのはピンポイントの、長期的な、費用のかからない計画だ。あんたをここに呼んだのはそのためなんだ。これまでのところで、なにか質問はあるかね？」

「いいえ」

「外務省の情報調査局（ＩＲＤ）のことは知っているかな」

知らなかったが、わたしは黙ってうなずいた。

「それなら、この種のことには長い歴史があることは知っているだろう。ＩＲＤは長年われわれやＭＩ６と協力して、作家や新聞社や出版社を育成してきた。ジョージ・オーウェルは死の直前に三十八人の共産党シンパのリストをＩＲＤに渡した。ＩＲＤは『動物農場』が十八ヵ国語に翻訳されるのを援助し、『一九八四年』にもおおいに協力した。さらに、長年にわたってすばらしい出版事業を手がけてきた。〝バックグラウンド・ブックス〟というのを聞いたことがあるかね？　これはＩＲＤの会社で、機密費から資金を提供していた。すばらしいものだった。バートランド・ラッセル、ガイ・ウィント、ヴィック・フェザー。しかし、最近では……」

彼はため息を洩らして、部屋を見まわした。みんなが不満を抱いているようだった。

「ＩＲＤは道を見失ってしまった。ばかげたアイディアが多すぎるし、ＭＩ６に近すぎる――実際、彼らのひとりが取り仕切っているんだ。知っているかね、カールトン・ハウス・テラスにはあんたみたいなすてきで勤勉な娘たちが大勢いるが、ＭＩ６の人間がやってくると、どこかのばかがオフィスじゅうを走りまわって、『全員、顔を壁に向けろ！』と大声で告げるんだ。そんなことを想像できるかね？　娘たちは指の隙間から覗くに決まっているじゃないか、ええ？」

彼は期待するように周囲を見まわし、それに合わせてみんながクスクス笑った。

「だから、われわれは新しくスタートを切りたいと思っている。適切な若手の著述家に的を絞ろうというのがわれわれの考えだ。主に学者やジャーナリスト、経済的な支援を必要とする、キャリアの出発点に立ったばかりの人間に。たいていの場合、彼らは本を書きたいと思っていて、手のかかる仕事から休みを取る必要がある。そのリストに小説家をひとり加えたら面白いかもしれないと思ったんだ……」

いつになく興奮して、ハリー・タップが口を挟んだ。「重々しさを薄めようというわけだ。もっと、そう、気楽な楽しいもの、ごく軽いもの、新聞が興味をもつようなものにして」

ナッティングがつづけた。「あんたはそういうものが好きらしいから、関わりたいと思うんじゃないかと考えたわけだ。われわれは西洋の没落とか、進歩をぶっつぶせとか、当世流行のペシミズムには興味はない。わたしの言っていることがわかるかね？」

わたしはうなずいた。わかっていると思ったのだ。

「あんたの担当する部門はほかよりちょっと微妙だ。よくわかっているだろうが、小説から作者の見解を直接導き出せるわけではない。だから、われわれはジャーナリズムの記事も書く小説家を探している。東側の困窮した同業者のために時間を割いて、あちらに出向いて支援活動をしたり、本を送ったり、迫害されている作家のため請願書に署名したり、こちらの嘘つきのマルクス主義者の同僚を惹きつけたり、カストロのキューバで投獄されている作家について公然と発言することを怖れないようなタイプを探しているんだ。要するに、正統的な流れに逆らって泳いでいる作家だ。それには勇気がいるものだからね、ミス・フルーム」

「おっしゃるとおりだと思います。ええ、そのとおりです」

「若いときにはなおさらだ」

「ええ」

「言論の自由、集会の自由、法的権利、民主主義的プロセス――最近では多くの知識人にあまり大切にされていないが」

「ええ」

「われわれは正しい人々を激励する必要がある」

「そうですね」

部屋のなかに沈黙が流れた。タップが自分のシガレットケースから一同に煙草を勧めた。まずわたしに、それから残りの人たちに。みんなで煙草を吹かしながら、ナッティングが先をつづけるのを待った。マックスがわたしを見ていることにわたしは気づいていた。目が合ったとき、彼はごくかすかに首を傾けた。「その調子でがんばれ」とでも言うかのように。

ちょっと苦労しながら、ナッティングは肘掛け椅子から立ち上がり、タップの机に歩み寄って、メモを取り上げた。それをめくって、彼は探していたページを見つけた。

「われわれが探しているのはあんたとおなじ世代の人間だ。そのほうが安上がりなのは確かだから。表向きの組織を通してわれわれが提供する助成金は、その者が本業を一、二年、いや三年くらいはやらずに済む金額になる。急かしたりはできないし、来週すぐに成果を見られるわけではないのはわかっている。われわれは十人の候補者を考えているが、あんたが考える必要があるのはこのひとりだ。で、そのひとりというのは……」

彼は首にかけた紐に吊された半月形の眼鏡を通してメモを見た。

「彼の名前はトマス・ヘイリー、あるいは、活字にするとき彼が好む呼び方では、T・H・ヘイリーだ。サセックス大学の英文科卒。一級の成績だ。まだ大学に残っていて、ピーター・カルヴォコレッシの下で国際関係科の修士号を取り、いまは文学博士号を取るための勉強をしている。健康診断書を覗いてみたが、取り立てて言うべきことはない。これまでに短篇をいくつかと雑誌の記事を何本か発表しており、出版社を探しているが、大学院卒業後は適当な仕事を見つける必要があるようだ。カルヴォコレッシが彼を高く評価しており、だれにとってもそれで充分だろう。ここにいるベンジャミンがファイルをまとめたから、あんたの意見を聞きたい。あんたが満足するようなら、列車でブライトンまで行って、本人を見てきてもらいたい。それで、あんたが賛成するなら、われわれは彼を採用する。そうでない場合は、ほかを探すことになるだろう。あんたの意見でそれが決まることになる。もちろん、訪問する前にあらかじめ紹介状を送る必要があるが」

全員がわたしを見守っていた。机に両肘をついているタップは、自分の指で尖塔をつくっていたが、組んでいた指を離さずに、音もなく指先を打ち合わせた。

わたしはなにかしら賢明な異議を申し立てなければならないと思った。「小切手帳を持っていきなり現れたら、わたしはミスターXみたいに見えるんじゃありませんか？　彼はわたしを見たとたんに逃げだすかもしれません」

「あんたを見たとたんに？　それはどうかな？」

ふたたび、周囲に低いクスクス笑いが起こった。わたしは顔を赤らめて、困惑した。ナッティングがわたしに笑いかけ、わたしもむりやり笑みを浮かべた。

彼は言った。「金額は魅力的なものになるだろう。われわれは隠れ蓑を通して、既存の基金を通して、それを提供することになる。大きな、あるいは有名な団体ではないが、信頼できる連絡員がいる組織だ。ヘイリーやほかのだれがチェックしても、問題はなにも出てこないだろう。正式に決まりしだい、名前を教えるつもりだ。もちろん、あんたはその基金の代理人ということになる。あんたのための手紙が来たら、こちらに知らせてくることになっている。基金のレターヘッド入りの便箋も用意するつもりだ」

「そのう、アーティストに資金を提供する政府機関に、好意的な推薦をするだけというのは不可能なんですか？」

「芸術審議会《アーツ・カウンシル》にかね？」ナッティングは声を出さずに辛辣な大笑いのジェスチャーをした。ほかのだれもがにやにやしていた。「かわいいことを言うじゃないか。あんたの無邪気さが羨ましいよ。しかし、あんたの言うとおりだ。それが可能であるべきなんだ！　文学部門の担当者はアンガス・ウィルソンという小説家だ。知っているかね？　書類上は、まさにわれわれが協力したかもしれない種類の作家だ。アセニーアムクラブのメンバーで、戦時中は海軍武官として有名なGC&CS（政府暗号学校）のハット・エイト（ドイツ海軍の暗号解読を担当した部門）で……、ええと、いまは名前を言えないが、ある作戦の秘密任務に就いていた。わたしは彼を昼食に誘って、その一週間後オフィスを訪ねた。そして、こちらの希望を説明しはじめたんだが、いいかね、ミス・フルーム、わたしは危うく四階の窓から放り出されるところだった」

すでに語ったことのある話らしく、それを潤色してふたたび話せるのがうれしそうだった。

「一瞬前には、彼は机の背後にいて、すてきな白い麻のスーツに藤色の蝶ネクタイを着け、才気のあるジョークを飛ばしていた。ところが、次の瞬間には、顔を濃い紫色に染め、わたしの襟をつかんで、オフィスから押し出したんだ。そのとき彼が口にしたのは女性《レディ》の前では言うのも憚られるような言葉だった。しかもひどく気障ったらしい言い方だった。どうして四二年に彼を海軍の暗号に近づかせたのかは神のみぞ知るだ」

「そういうことなんだ」とタップが言った。「われわれがやると、汚いプロパガンダだということになるんだよ。アルバート・ホールの赤軍合唱団はキップが売り切れになるというのに」

「ここにいるマックスは、ウィルソンがわたしを窓から放り出してくれればよかったと思ってるんだ」とナッティングは言って、驚いたことに、わたしに向かってウィンクをした。「そうじゃない

見です」

「わたしは言いたいことはすでに言いました」とマックスは言った。「いまはみなさんとおなじ意見です」

「よろしい」ナッティングはベンジャミンに向かってうなずいた。わたしを部屋に招じ入れた若い男である。その男が膝にのせたファイルをひらいた。

「彼がこれまでに発表したものはすべてここに入っているはずです。なかには捜し出すのがむずかしかったものもありますが。まず第一に見ていただきたいのは雑誌の記事です。とりわけ、BBC発行の『リスナー』のために書いた記事に注意していただきたい。新聞が悪党を英雄化する取り上げ方を嘆いている記事です。主として一九六三年の大列車強盗事件——彼はこの『大』という形容に異議をとなえています——を扱ったものですが、ケンブリッジ五人組のバージェスやマクリーン、彼らの責任である数多くの死についてもかなり詳しくふれています。彼は東ヨーロッパの反体制派の支援組織〈読者と著者の教育基金〉のメンバーで、去年この基金の機関誌に記事を書いています。さらに、五三年の東ベルリン暴動に関する『ヒストリー・トゥデイ』の長い記事を見てもらってもいいでしょう。『エンカウンター』にもベルリンの壁についての悪くない記事があります。総じて、新聞雑誌に寄稿した記事は健全です。しかし、彼への手紙のなかであなたがふれるべきなのは短篇作品で、これが彼の身上です。ピーターが言ったように、全部で五篇です。実際、そのうち一篇は『エンカウンター』に掲載され、そのほかはあなたが聞いたことのない雑誌に載っています——『パリス・レヴュー』、『ニュー・アメリカン・レヴュー』、『ケニヨン・レヴュー』、『トランスアトランティック・レヴュー』などです」

「天才的なタイトルだな、創造的な連中としては」とタップが言った。

「そのうち四誌がアメリカをベースとする雑誌であることは指摘しておく価値があるでしょう」とベンジャミンがつづけた。「心からの汎大西洋主義者なんです。聞くところによれば、有望な作家だとされているようです。もっとも、ある消息通の話では、どんな若手作家でもそんなふうに言われるということですが。ペンギン・ショート＝ストーリーズ・シリーズからは三度拒否され、『ニューヨーカー』、『ロンドン・マガジン』、『エスクァイア』からも掲載を断られています」

タップが言った。「ちょっと訊きたいんだが、そういうすべてをどうやって調べたのかね？」

「話せば長くなりますが、わたしはまず最初に……」

「その調子でつづけてくれ」とナッティングが言った。「わたしは十一時半に階上《うえ》に行かなければならないんだが、カルヴォコレッシがある友人に語ったところによれば、ヘイリーはなかなか感じのいい男で、外見も悪くないらしい。だから、若者にとって恰好の手本になりそうだ。悪かったな、ベンジャミン、つづけてくれ」

「ある有名出版社は、彼の短篇は気にいっているが、長篇小説を発表するまでは短篇集を出版するつもりはないと言っています。短篇集は売れないからです。出版社はふつうすでに定評のある作家への好意として短篇集を出すのです。彼はもっと長いものを書く必要があります。これは重要なポイントです。なぜなら、長篇小説には時間がかかり、フルタイムの仕事をしながら書くのはむずかしいからです。彼はとても長篇を書きたがっていて、そのアイディアもあるようです。それからもうひとつ、まだエージェントは決まっておらず、目下探しているところです」

「エージェント？」

「課報部員《シークレット・エージェント》とはまったくの別物だよ、ハリー。作品を売ったり、契約を取ったりして、手数料を取る人間だ」

ベンジャミンはわたしにフォルダーを渡した。「だいたいそんなところです。言うまでもないけど、これはその辺に放り出しておかないように」

それまでまだ口をきいていなかった男、油っぽい髪をまんなかで分けた、半白の萎びた感じの男が言った。「連中が書くものに対してわれわれが多少なりとも影響を与えられると期待しているのかね？」

ナッティングが言った。「そういう具合にはいかない。われわれは自分たちの選択を信じて、ヘイリーやそのほかの作家が成長して、そう、大物になるのを期待するしかない。これはじっくり長期的に見守るべきものだ。われわれはアメリカ人にそのやり方を見せてやろうと思っている。しかし、途中で、ちょっとした後押しをするのがよくないという理由はない。ご存じのように、われわれに多少の恩義を感じている人間がいる。ヘイリーの場合には、遅かれ早かれ、そういうひとりがブッカー賞の新しい審査員として加わることになっているし、そのエージェントについても検討してみてもいいかもしれない。ただし、作品の内容そのものについては、本人が自由に書いていると感じていなければならない」

彼は立ち上がりながら時計を見た。それから、わたしの顔を見た。「背景的なことについてほかに質問があれば、ベンジャミンに訊くがいい。作戦上は、マックスが指揮をとる。コードネームはスウィート・トゥースだ。わかったかね？　では、以上だ」

わたしは危険を冒そうとしていた。だが、自分が必要不可欠な人間だとも感じはじめていた。自信過剰だったのかもしれないけれど。しかし、この部屋にいるわたし以外のだれが、大人になってから余暇に短篇小説を読んだことがあるだろう？　わたしは自分を抑えきれなかった。わたしは熱意に燃えていたし、貪欲だった。「これは自分からはちょっと言いにくいことで、マックスは気を悪くしないでほしいんですが、わたしが直接彼の下で働くとすれば、わたし自身の地位をもうすこしはっきりしたものにしていただいたほうが、やりやすくなると思うんですが」

ピーターはふたたび腰をおろした。「ふうん。それはどういう意味かね？」

むかし書斎で父の前に立ったときみたいに、わたしは控えめな態度で彼の前に立っていた。「これはとてもやりがいのある仕事で、それを託されたことでわたしはわくわくしています。ヘイリーのケースは魅力的ですが、同時にデリケートでもあります。事実上、わたしはヘイリーを操縦することを求められているからです。名誉なことだと思いますが、管理する立場の諜報部員として……その、つまり、その場合、自分の立場をはっきりさせたいと思うんですが」

気詰まりな沈黙が流れた。女だけが部屋中の男たちに強いることのできるような沈黙が。それから、ナッティングがつぶやいた。「それは、そう、じつに……」

彼は助けを求めるようにタップの顔を見た。「ハリー？」

タップは金色のシガレットケースをジャケットの内ポケットにしまいながら立ち上がった。「簡単なことだよ、ピーター。ランチのあとあんたとわたしが階下に行って、人事部に話をすればいい。異議が出ることはないだろう。セリーナをアシスタント・デスク・オフィサーに格上げすればいい。そろそろそうしてもいいころだ」

「では、そういうことにしよう、ミス・フルーム」

「ありがとうございます」

全員が立ち上がった。マックスはあらたな尊敬のまなざし——とわたしは思った——で、わたしを見ていた。耳のなかに多声の合唱みたいな歌声が鳴り響いた。わたしは入局してから九カ月で、同期の採用者のなかではいちばん昇進が遅かったが、それでも女性がなれる最高の地位に達したのだ。トニーがいたら、どんなに誇らしく思っただろう。自分のクラブにお祝いのディナーに連れていってくれたにちがいない。たしかナッティングとおなじクラブではなかったか？　一列になってタップのオフィスを出ていきながら、少なくとも母に電話して、自分が保健・社会保障省でどんなに順調にやっているかを知らせてやるべきだろうと思った。

8

わたしは肘掛け椅子に腰をおろして、新しい読書用ランプの向きを直し、お守りの栞を取り上げた。授業の予習をするみたいに、鉛筆を用意してあった。わたしの夢が現実になった——いまや数学ではなくて、英文学を勉強しているのだ。母親がわたしに抱いていた野心から解放されたのである。フォルダーは膝に置いてあった。なめし革色の、政府出版局のもので、糸の輪で閉じられていた。ファイルを自宅に持ち帰るなんて、なんという規則違反、なんという特権を与えられたことか。初期の訓練期間中、わたしたちはファイルは神聖なものであることを頭にたたき込まれていた。ファイルからはなにひとつ取り除いてはならず、いかなるファイルも建物の外に持ち出してはならなかった。ベンジャミンが玄関までわたしに付いてきて、フォルダーをあけ、おなじ色ではあるけれど、記録課の個人ファイルではないことを示さなければならなかった。デスクのP部門当直オフィサーに彼が説明したように、これは単なる背景的な情報にすぎなかった。けれども、その夜、わたしはそれをヘイリーのファイルと見なして喜んでいた。

彼のフィクションとともに過ごしたこの最初の数時間が、MI5にいたあいだでわたしがいちばん幸せな時間だった。性的欲求以外のすべての欲求が満たされて、ひとつに溶け合っていた。わたしは本を読んでいて、しかもプロとしてのプライドを与えてくれる一段高い目的のために読んでおり、遠からず作者に会えることにもなっていた。このプロジェクトについて、疑念や倫理的な後ろめたさを感じていたかと言えば、この段階ではそういうものは感じていなかった。自分が選ばれたことがうれしかったし、この仕事をうまくこなせるだろうと思っていた。建物の上のフロアから讃辞が得られるかもしれないとも考えていた――わたしは褒められるのが好きな娘だった。もしもだれかに訊かれたら、わたしたちは秘密のアーツ・カウンシルにすぎないと答えただろう。わたしたちが提供する機会はほかのどんなものにも負けないくらいいいものなのだと。

その物語は一九七〇年冬の『ケニヨン・レヴュー』誌に掲載されており、その号が丸ごとそこにあった――コヴェント・ガーデンのロングエーカーにある専門書店の注文票が突き出していた。それはエドマンド・アルフレダスという恐るべき名前の男に関する物語だった。彼は中世社会史の教師で、十数年間地方議員を務めたあと、四十代なかばにロンドンの荒っぽい東部地区から労働党の下院議員に選ばれていた。党のなかでもかなりの左派で、「ちょっとトラブルメーカー的なところがあり、知的なダンディで、浮気の常習犯、演説の名手で」、地下鉄運転士労働組合の有力委員に強力なコネをもっている。この男にはたまたまそっくりな双子の弟がいた。ジャイルズは兄より穏健な人物で、英国国教会の教会区牧師として、かつてターナーが描いたペットワース・ハウスに自転車で行ける距離の、ウェストサセックスの田舎で快適な生活を送っていた。少人数の年老いた信徒たちが集まるのは「ノルマン朝以前からある教会で、その漆喰塗りのでこぼこの壁には重ね描きされたサクソン人の壁画があり、苦悩するキリストの絵の上に旋回しながら天に昇っていく天使たちが描かれているが、その不器用な優雅さと素朴さが、工業と科学の時代には手の届かない神秘をジャイルズに語りかけていた」。

それはエドマンドには手の届かないものだった。彼は徹底した無神論者で、ジャイルズの快適な生活や本物とは思えない信仰をひそかに嘲笑していた。だが、牧師のほうも、思春期の過激な考えからいつまでも脱却できないエドマンドに困惑していた。それでも、この兄弟は仲がよく、ふだんは宗教や政治について議論するのを避けていた。八歳のとき、乳癌で母親を亡くし、感情的に疎遠だった父親によって寄宿制の私立小学校《プレップ・スクール》に送られたが、そこでたがいにすがって慰めあった経験から、ふたりは生涯の絆で結ばれていた。

彼らはともに二十代後半に結婚して、こどもがいた。だが、エドマンドが下院に議席を獲得した一年後、あまりにも浮気が過ぎて妻のモリーが堪忍袋の緒を切らせ、彼は家から追い出された。家庭の崩壊と離婚手続きの嵐、さらに頭をもたげかけていたマスコミの好奇心から避難すべく、エドマンドは長い週末をそこで過ごそうとしてサセックスの牧師館に向かっていたが、物語そのものがはじまるのはそこからだった。弟のジャイルズは窮地に立たされていた。その日曜日、彼は教会で――怒りっぽく狭量なことで有名な――ある主教の面前で説教をすることになっていた（当然ながら、わたしは父をその主教の役に当てはめた）。仕事ぶりを査察するつもりでわざわざやってくるのに、当の牧師がインフルエンザをこじらせて喉頭炎を患っていると知れば、主教閣下は喜ばないにちがいなかった。

牧師館に到着すると、牧師の妻、彼にとっては義理の妹に案内されて、エドマンドはすぐさまジャイルズが隔離されている最上階のこども部屋に上がった。アルフレダス兄弟はひどく対照的ではあったが、四十代になってもこの双子に共通していたのはいたずら心が残っていることだった。汗をかきながらしゃがれ声で話すジャイルズと三十分ほどひそやったあと、ふたりはある決定をくだした。翌日の土曜日一日かけて、聖餐式やほかの礼拝の式次第を学びながらどんな説教をするか考えるのは、エドマンドにとっては、家庭のトラブルからの悪くない気晴らしだった。あらかじめ主教に伝えてあった説教のテーマは〈コリント人への第一の手紙〉第十三章、信仰と希望と慈愛のうち「もっとも大いなるものは慈愛」だとする欽定訳聖書の一節だった。現代の学識に基づいて、この「慈愛」を「愛」に置き換えるべきだ、とジャイルズは主張した。エドマンドもそれに異存はなかった。中世史研究家だった彼はそれなりに聖書を知っており、欽定訳には感服していた。それに、そう、愛について語れるのもうれしかった。日曜日の朝、彼は弟の白い法衣《サープリス》に袖を通し、髪に櫛を入れてジャイルズのようにきちんと横分けにすると、墓地を通って教会に向かった。

　主教来訪のニュースが「会衆を四十人近くまでふくれ上がらせていた」。祈禱と賛美歌がいつもの順序で行なわれ、すべてがスムーズに進行した。「骨粗鬆症で視線がむりやり下方にねじ曲げられている」高齢の参事司祭《キャノン》は、ジャイルズがエドマンドだとは気づかずに、手際よく礼拝の手伝いをした。然るべき時刻になると、エドマンドは彫刻の施された石造りの説教壇にのぼった。信徒席の年老いた常連ですら、彼らの穏やかな牧師がきょうはとくに自信たっぷりで、毅然としてさえいることに気づいたが、高名な訪問者にいい印象を与えようとしているためにちがいないとしか思わなかった。エドマンドはコリント人への手紙を、最初に読んで選んでおいたいくつかの箇所を繰り返すことからはじめた。俳優みたいに朗々と響きわたる話し方だった——信徒のなかの劇場に行ったことがある者は、ローレンス・オリヴィエのパロディだと思ったかもしれない（とヘイリーは傍白として付け加えている）。エドマンドの言葉が空に近い教会のなかに響きわたり、彼は舌先を歯のあいだに挟んで、動詞の〈ｔｈ〉の発音を楽しんだ（古い英語の書き言葉では三人称・単数・現在形の語尾のｓがｔｈだった）。「愛は寛容にして慈悲あり。愛は妬まず、愛は誇らず、驕《たかぶ》らず、非礼を行なわず、己の利を求めず、憤らず、人の悪を念《おも》わず、不正を喜ばずして、真理《まこと》を喜び……」

それから、彼は愛についての熱のこもった説教をはじめた。彼を駆り立てていたのは、ひとつには、最近の自分のいくつかの裏切り行為への羞恥心であり、後に残してきた妻とふたりのこどもに対する後悔の念であり、これまで知ったすべてのやさしい女たちの温かい記憶、そしてすぐれた話し手が演説しているときに感じる純粋な喜びだった。音響効果のよさや説教壇という一段高い位置にいることも手伝って、彼は斬新な言いまわしを多用した華麗な弁舌をふるった。地下鉄の運転士たちに三週間で三回の一日スト決行を促した演説テクニックを駆使して、今日わたしたちが知り讃えている愛はキリスト教が発明したものだという主張を展開した。旧約聖書の過酷な鉄器時代の世界では、倫理は無慈悲であり、嫉妬深い神は冷酷で、神が最重視する価値は復讐、支配、奴隷化、集団虐殺、そして強姦だった。ここで主教がゴクリと生唾を飲んだことに何人かが気づいた。

そういう背景に対して、愛を中心に据えた新しい宗教がどんなに急進的なものだったかがわかるだろう、とエドマンドは言った。人類史のなかでも前例のない、きわめて異質な社会組織原理が提起されたのである。実際、新しい文明が根を下ろしたのだ。たとえ理想には遠く及ばなかったとしても、新しい方向性が定められた。イエスの考え方は抗しがたく、取り消すこともできない。たとえ信仰をもたない者でもその内側で生きるしかないのだから。というのも、愛はそれだけでは存在せず、それだけでは存在できず、「光り輝く彗星のように尾を引いて、ほかのすばらしい美質を伴うものだからである――容赦、親切、寛容、公正、親しみ、友情、そのすべてがイエスの教えの中核である愛と結びついているのだ」。

ウェスト・サセックスの英国国教会では、説教のあと拍手をするのは不作法だとされていた。それでも、シェイクスピア、ロバート・ヘリック、クリスティナ・ロセッティ、ウィルフレッド・オーウェン、W・H・オーデンの記憶に残る詩行を引用して、エドマンドが説教を終えたとき、信徒席に喝采しようとする衝動が走ったのはあきらかだった。牧師は、よく響くがしだいに静まっていく声で、身廊に知恵と哀しみの息吹を流しこみながら、会衆を祈りへと導いた。身を乗り出していたので顔が紫色になりかけていた主教は、背筋を伸ばして、光り輝く笑みを浮かべ、そのほかの人たちもみな、退役大佐や馬の生産者《ブリーダー》やポロ・チームの元キャプテンやその奥方たちも顔を輝かしていた。彼らは一列になってポーチを出ていくときにも、エドマンドの手をにぎってふたたび笑みを浮かべた。主教は彼の手をにぎって激しく振り、しつこいほど称讃したが、ほっとしたことに、残念ながら次の約束があるので、コーヒーのために残ることはできないと言った。参事司祭はなにも言わずに足を引きずって立ち去り、まもなくだれもが日曜日の昼食に向かった。エドマンドは、足取りに勝利の軽さを感じながら、スキップせんばかりに墓地を通り抜けて、弟にすべてを語るために牧師館に戻っていった。

ここで、全三十九ページのなかの十八ページ目だったが、パラグラフのあいだにスペースがあり、星印がひとつ付いていた。視線がページの先に滑って、作者の次の一手が暴露されてしまわないように、わたしはその星印をじっと見つめた。わたしの気持ちとしては、エドマンドの誇大な愛についての説教が、彼を妻とこどもたちのもとに立ち戻らせるきっかけになってほしかった。だが、現代の物語では、そうなる可能性はあまりなかった。そうでなければ、考え抜いたすえクリスチャンに改宗するか。それとも、無神論者の口から出た巧みなレトリックに自分の信徒たちがどんなに感動したかを聞いて、ジャイルズが信仰心を失うというのもありうるだろう。物語が家に戻る主教を追い、その夜、バスタブのなかに横たわって、自分が聞いたことについて湯気のなかでじっと考えこむ姿を描写するのも悪くないかもしれないと思ったが、それはわたしの父である主教に物語から退場してしまわないでほしかったからだった。じつは、わたしは教会という舞台やその小道具にすっかり魅了されていた――ノルマン様式の教会、ヘイリーが描き出した真鍮磨き、ラヴェンダー・ワックス、古い石、土埃の匂い、聖水盤の背後の黒と白と赤の鐘の紐――聖水盤のぐらつくオーク製のふたは、大きな裂け目を鉄のリベットと針金でつないであった。そして、とりわけ、牧師館。エドマンドがそのリノリウム張りのチェス盤模様の床にバッグをどすんと投げ下ろすキッチン、その向こうのごたごたした裏玄関。うちの牧師館とそっくりな、最上階のこども部屋。わたしはかすかにホームシックになっていた。ヘイリーがバスルームに行って、あるいは彼がエドマンドをそこに行かせて、淡いブルーに塗られた腰の高さの実矧《さねは》ぎの羽目板や、巨大なバスタブを――蛇口の下には青緑色の藻の染みがつき、錆びた獅子足にどっしりと鎮座している巨大なバスタブを見てくれたなら。貯水タンクの鎖の端に色褪せた風呂用のアヒルがぶら下がっているトイレに入ってくれたなら。わたしはいちばん低俗な読者だった。わたしが求めていたのは自分自身の世界とそのなかにいるわたし自身、それを洗練された手にとれる形でわたしに返してくれることでしかなかった。

おなじようなつながりから、温厚なジャイルズにも惹かれたが、わたしが欲しかったのはエドマンドだった。欲しかった？　たとえば、いっしょに旅をしたかったのは。ヘイリーにはエドマンドの心を探ってほしかった。わたしのためにそれを切りひらき、説明してほしかった。ありのままに。エドマンドはマックスを、ジェレミーを思い出させた。そして、とりわけトニーを。そういう頭のいい、道徳意識のない、創意に富んだ、破壊的な男たちを。ひたむきで、利己的で、感情的には冷やかで、冷たい魅力をもつ男たちを。わたしはイエスの愛よりも彼らのほうが好きだった。彼らはとても必要な存在だったし、それはわたしにとってだけではなかった。そういう男たちがいなければ、わたしたちはまだ泥の小屋に住み、車輪が発明されるのを待っていただろう。三年周期の輪作はけっして行なわれなかっただろう。フェミニズムの第二の波が訪れようとしていたこの時代に、そんな許しがたいことを考えていたなんて。わたしは星印を見つめた。ヘイリーはわたしをぞくぞくさせた。彼はそういう必要な男のひとりだろうか。わたしは彼に犯されたような気がしたが、同時にホームシックにされ、好奇心を掻き立てられた。それまで、わたしは一箇所も鉛筆でしるしを付けていなかった。エドマンドみたいなゲス野郎がすばらしい皮肉な説教をして称讃されるのは不公平だったが、そこには真実味があるように思えた。墓のあいだを小躍りしながら、自分がいかにうまくやってのけたかを弟に教えようとして戻っていくイメージは、神への不遜を暗示していた。いずれ天罰が下されるか、破滅への道をたどることをヘイリーは仄めかしていた。けれども、わたしはそうなってほしくなかった。トニーはすでに罰を受け、わたしにはそれだけで充分だった。作者は読者を大切にし、憐れみの心をもつ義務がある。『ケニヨン・レヴュー』の星印が、それを見つめるわたしの眼下でグルグルまわりだした。わたしは目をしばたたいてそれを止め、その先を読みつづけた。

物語が半分ほど進んだところで、ヘイリーがもうひとりの重要人物を登場させるとは思ってもいなかった。しかし、彼女は礼拝のあいだずっとそこにいた。三列目の端の壁際の、賛美歌集が積まれた横に坐っていて、エドマンドの目には入らなかったのである。彼女の名前はジーン・アリーズ。すぐにあきらかになるのは彼女が三十五歳の、地元に住む、ちょっと裕福な未亡人で、信仰心に厚く、バイクの事故で夫を亡くしてからはいちだんと信心深くなり、過去に精神を病んだことがあって、そして、もちろん、美しいことだった。エドマンドの説教は彼女に深い、破壊的でさえある、影響を与える。彼女はその主張に好感を抱き、その真実を理解し、その詩情を愛して、それを行なった男に激しく惹かれる。そして、一晩中まんじりともせずに、自分がどうすべきかを考える。ほんとうはそうしたくはなかったのだが、彼女は恋に落ちてしまい、牧師館に行って告白する覚悟を決める。そうせずにはいられなかったのである。たとえ牧師の結婚生活をぶち壊すことになるとしても。

翌朝の九時、彼女が牧師館の玄関のベルを鳴らすと、出てきたのは部屋着姿のジャイルズだった。彼は快復しかけていたが、まだ顔色が青白く、震えていた。わたしがほっとしたことに、ジーンは即座にそれが目指す男ではないことを悟った。そして、牧師に兄がいることを突き止めると、ロンドンに彼を追いかけていく。ジャイルズがなにも疑わずに住所を教えてくれたのである。それはチョーク・ファームの小さな家具付きのアパートで、エドマンドはそこを離婚の手続きを進めるあいだの一時的な根城にしていた。

ストレスの多い時期でもあり、彼が必要とするすべてを必死に与えようとする美人が現れると、彼はそれに抵抗することはできなかった。彼女は二週間ずっと居つづけ、エドマンドは情熱的に彼女を抱いた――ヘイリーはベッドでの営みを詳細に描写していたが、わたしにはわかりにくかった。彼女の「クリトリスは巨大で、思春期前の少年のペニスのサイズほどもあり」、こんなに惜しげなく与える愛人を彼はそれまで知らなかった。ジーンはまもなく一生エドマンドから離れまいと決意する。そして、愛する男が無神論者であることを悟ると、彼を神の光のなかに導くことが自分の天命だと考える。賢明にも、彼女はそれを口には出さず、時機を待つことにする。彼が弟の替え玉を演じた冒瀆行為を赦すのにはほんの数日しかかからなかった。

そのあいだにも、エドマンドは強く和解をほのめかすモリーからの手紙をひそかに何度となく読み返していた。モリーは彼を愛しており、浮気をやめることさえできれば、また家族がいっしょになれるかもしれなかった。こどもたちはとても彼に会いたがっていた。いまの状態から抜け出すのは容易ではないが、自分がどうすべきかはわかっていた。幸いなことに、ジーンは堀で囲まれたサセックスの自宅に、馬や犬の世話やそのほかの用事のために、しばらく出かけることになる。エドマンドは家族のもとに戻って、一時間妻といっしょに過ごす。それはうまくいき、彼女はすばらしく見え、彼は自分では守れるつもりの約束をする。こどもたちが学校から戻ってきて、いっしょにお茶を飲む。むかしに戻ったみたいだった。

翌日、近くの大衆食堂で炒め物の朝食越しに、エドマンドは妻のもとに戻るつもりだと告げるが、その瞬間、恐ろしい精神病の発作が炸裂する。ジーンの精神的な健康がどんなに脆いものかを彼はそのときまで理解していなかった。彼女は彼の朝食の皿をたたき割って、叫びながらカフェから通りに走り出たが、彼はあとを追わなかった。その代わり、急いでアパートに引き返して持ち物をまとめ、自分では親切なつもりのメモを残して、モリーのところに移り住む。もとの鞘に収まった至福の時が三日つづいたが、やがて復讐心に燃えるジーンが彼の人生に再登場する。

悪夢がはじまったのは、彼女が家に押しかけて、モリーとこどもたちの前で騒ぎを起こしたときからだった。彼女はエドマンドにだけでなくモリーにも手紙を書き、通学途中のこどもたちに近づいて声をかけ、毎日何度も、しばしば深夜に、電話してきた。そして、毎日家の外に立ち、家族が出てくるのを待って話しかけた。ジーンは法を犯しているわけではないという理由で、警察はなにもしてくれなかった。彼女はモリーの職場——モリーは小学校の校長だった——にまで付いていき、運動場で空恐ろしい騒ぎを起こした。

二カ月が過ぎた。「ストーカーは家族をバラバラにするのとおなじくらい容易に一致団結させることがある」。しかし、アルフレダス家の場合には、家族の絆がまだ弱く、長年のあいだの傷がまだ完全に癒えていなかった。ふたりは最後にもう一度腹蔵なく話し合うが、彼が家族にもたらしたのは苦痛だけだとモリーは言った。彼女はこどもたちはもちろん、自分の正気や仕事も守らなければならない。彼女はあらためてもう一度彼に出ていってほしいと言う。彼は耐えがたい状況であることを認めて、バッグを持って家を出る。すると、舗道にはジーンが待っている。彼はタクシーを呼ぶ。モリーがベッドルームの窓から見ていると、激しく揉み合ったあと、ジーンがむりやり――自分が顔をひどく引っかいた――男の横に乗りこむのが見えた。チョーク・ファームまで、自分たちの愛の祠《ほこら》として彼女が借りたままにしていたアパートまでの道中、エドマンドは失われた結婚生活のために涙を流しつづけた。彼女が慰めようとして肩にまわした腕にも、けっしてそばを離れずに愛しつづけるという約束にも、彼は気づかなかった。

彼といっしょになると、ジーンは正気を取り戻し、実際的で、愛情こまやかな女になった。しばらくのあいだは、あんなに恐ろしい発作を起こしたとは想像もできないくらいだった。悲嘆にくれたエドマンドは、彼女のやさしい気づかいをたやすく受けいれ、彼らはふたたび恋人になった。けれども、ときおり、「彼女は感情のトルネードが発生する暗い雲のほうに押し流されて」いく。離婚が法的に確定してもジーンは安心しなかった。彼女の爆発的な発作を怖れて、彼はそれを避けるためにできることはなんでもした。何が発作のきっかけになったのか？　彼がほかの女のことを考えたり見たりしているという疑いを抱いたとき、彼が徹夜の会議で遅くなったとき、左翼の友人たちと飲みに出かけたとき、登記所での結婚手続きをまた先延ばしにしたとき。「彼は対決するのがひどく苦手で、生来の怠け者だったので、彼女が嫉妬の発作を繰り返すうちに、徐々に彼女の意志にさからわなくなった」。それはゆっくりと進行した。いまは友だちでしかないむかしの愛人や女の同僚には近づかないほうが簡単だった。議会の採決を知らせるベルや院内幹事事務所や自分の選挙区からの要求は無視するほうが簡単だった。結婚を先延ばしにすることで恐ろしい嵐に巻きこまれるよりも結婚してしまうほうが簡単だった。

一九七〇年のエドワード・ヒースが政権についた総選挙で、エドマンドは議席を失い、代理人にわきに連れていかれて、次の選挙では党は彼を公認候補として指名しないと告げられた。新婚夫婦はサセックスの彼女のすてきな家に引っ越し、彼は経済的にジーンに依存するようになった。最近では、彼は地下鉄運転士労働組合やほかの左翼の友人たちに対する影響力も完全に失っていたが、金持ちに取り巻かれていることでバツの悪い思いをしていたので、むしろそのほうがよかった。こどもたちが訪ねてくると大喧嘩になることが多かったので、彼は「二番目の妻をなだめるために自分のこどもたちを見捨てて、妻の言いなりになるあの哀れな男たちの軍団」の一員になった。またもやどなり合いの喧嘩をするよりは、毎週教会の礼拝に行くほうが簡単だった。五十代になると、彼は壁で囲まれた敷地内の庭園のバラに興味をもつようになり、堀の鯉にも詳しくなった。自分が馬にまたがる姿は滑稽だという感じをぬぐい去れなかったが、それでも乗馬を覚えた。弟のジャイルズとの関係はかつてなかったほど良好だった。そしてジーンは、教会で、アルフレダス尊師の説教につづく祝禱のあいだ、自分の横にひざまずいているエドマンドをこっそり薄目をあけて見ながら、「ここまでの道は険しく、苦しみは大きかったけれど、わたしは夫をかつてないほどイエス様に近づけた。これはわたしが人生で成し遂げたもっとも重要なことであり、失意の人を立ち上がらせる永遠の愛の力によって初めて可能になったのだ」と考えるのだった。

物語はそこまでだった。最後まで読んでから初めて、タイトルについて考えてもみなかったことに気づいた。『これが愛』。作者はあまりにも世故に長け、あまりにも物をよく知りすぎているように思えた。なにも知らずにわたしの標的になるはずの、この二十七歳の男は。感情の嵐に苦しめられる破壊的な女を愛するとはどういうことかを、彼は知っていた。古びた聖水盤のふたに目を留めたり、金持ちが堀に鯉を飼っていることや、虐げられた人々がスーパーマーケットのワゴンに——スーパーマーケットもワゴンもごく最近イギリスの生活に登場したばかりだった——持ち物を詰めこんでいることを知っている男。ジーンの突然変異的な性器が思いつきではなくて実際の記憶ならば、わたしはすでに見くびられ、大差を付けられているような気がした。わたしは彼の情事にちょっぴり嫉妬しているのだろうか？

別の物語に取り組むには疲れすぎていたので、ファイルを片付けようとした。わたしは作者の意図的な、一種独特なサディズムを経験した。アルフレダスの人生が先細りになったのは自業自得だったかもしれないが、ヘイリーは必要以上に彼を追いつめていた。人間嫌いか自己嫌悪——このふたつは完全に別のものなのか？——が彼の性格の一部なのだろう。作者を知っているか、知ることになっているときには、読書という経験は歪められることをわたしは発見しようとしていた。わたしは人の心の内側に入りこみ、俗な好奇心から、文章のひとつひとつが隠された意図を証拠立てているのか、否定しているのか、隠そうとしているか考えずにはいられなかった。わたしはトム・ヘイリーに九カ月記録課でいっしょにいる同僚以上の親近感を抱いた。だが、親しみを感じてはいても、自分に何がわかっているのかは言えなかった。なにかしら道具が、物差しが、ヘイリーとエドマンド・アルフレダスの距離を測れるコンパスみたいなものが必要だった。作者は自分の悪魔性と一定の距離を保っているのかもしれない。もしかすると——結局は必要な男ではない——アルフレダスは、ヘイリーがそうなるのを怖れていた人間なのかもしれない。それとも、不倫や敬虔な人の替え玉を演じたりする所業に対する道徳的潔癖さから、アルフレダスを罰したのだろうか。ヘイリーは堅物、宗教に凝り固まった堅物なのかもしれないし、たくさん不安を抱えた男なのかもしれない。堅物であることや不安を抱えていることは、もっと大きな性格上の欠陥のおなじような側面でしかないこともある。ケンブリッジで数学科の劣等生として三年間無駄に過ごしたりしなければ、わたしは英文学をやって、本の読み方を学べたかもしれない。しかし、T・H・ヘイリーの読み方を学べたのだろうか？

9

翌日の夜は、シャーリーといっしょに、イズリントンの〈ホープ・アンド・アンカー〉にビーズ・メイク・ハニーを聴きにいく約束だったが、わたしは三十分遅刻した。彼女はカウンターにひとりで坐り、煙草を吹かしながら手帳の上にかがみこみ、パイント・グラスにビールが二、三インチ残っていた。外は暖かかったけど、土砂降りの雨で、店内には湿ったジーンズと髪の、犬の匂いみたいな匂いがこもっていた。裏方がひとりセッティングしている片隅で、アンプのライトが光っていた。客は、たぶんバンドのメンバーや友人たちも含めて、せいぜい二十数人くらいだった。あの当時、すくなくともわたしの周囲では、女同士でも挨拶に抱きあったりはしなかった。わたしはシャーリーの隣のストゥールにさっと坐って、飲みものを注文した。あのころはまだ、パブは男たちだけではなく自分たちのものでもあると言わんばかりに、ふたりの女がカウンターで飲むのはちょっと勇気が必要だった。〈ホープ・アンド・アンカー〉やほかのロンドンのいくつかの店では、だれもすこしも気にしていなかったけれど。革命が起こって、それはなんでもないことになっていたのだから。わたしたちもそれが当然だと思っているふりをしていたが、それでもちょっとスリルがあった。わが王国のほかのどんな店でも、わたしたちは娼婦と見なされるか、そういう扱いをされたにちがいなかったのだから。

職場ではいっしょに昼食を取っていたが、それでもまだ束の間の口論の残り滓が歯に挟まっているような感じだった。彼女の政治観があんなに幼稚でばかげているなら、どれだけの友だちでありうるだろう？　だが、ほかのときには、時間が問題を解決し、職場で感化を受けるうちに、彼女の政治的な考えは自然に成熟するだろうという気もした。ときには、黙っていることが困難を切り抜ける最良の方法であることもある。個人的な〝誠実さ〟や対決の流行は非常に大きな害悪を及ぼしており、多くの友人や夫婦関係を台無しにしている、というのがわたしの意見だった。

その約束の数日前、シャーリーはほとんど丸一日と翌日の途中まで自分の席から姿を消した。病気ではなかった。彼女がエレベーターに乗って、ある階のボタンを押すのを見たと言う者がいた。彼女は六階に、ご主人様たちがわたしたちには窺いしれない業務を執り行っている雲の高みに呼びつけられたという噂だった。彼女はわたしたちの大半より頭が切れるから、たぶんなにか特別な昇進の候補になっているのではないかとも言われていた。それは上流階級の娘たちの多くから、「ああ、わたしも労働者階級の生まれでさえあれば」という愛すべき俗物的反応を引き出していた。わたしは自分の感情をチェックしてみた。いちばんの親友から置いていかれたら、わたしは妬みを感じるだろうか？　感じるにちがいないと思った。

席に戻ってきたとき、彼女はなにを訊かれても答えず、ひとことも説明せず、嘘をつくことさえしなかったので、かなりの昇進をしたにちがいないとみんなが確信した。わたしはそれほど確かだとは思わなかったけれど。ふっくらした顔立ちのせいで、彼女は表情が読めないことがある。皮下脂肪の仮面のかげに隠れて暮らしているのだ。だから、こういう仕事は彼女にとってはいい選択だったのだろう。わたしたち女性陣に隠れ家の掃除以上のことをする任務が与えられるとすればだが。しかし、わたしは彼女をもっとよく知っていると思っていた。彼女にはすこしも勝ち誇った感じはなかった。わたしはちょっぴり安心したのだろうか？　たぶんそうだと思う。

それ以降、わたしたちが外部で会うのはこれが初めてだった。わたしは六階のことについてはなにも訊かないことに決めていた。そんな穿鑿はみっともないことなのだから。それに、彼女のそれより三階下から発令されたものではあるけれど、わたしにもいまでは自分の任務と昇進があった。彼女がジン・アンド・オレンジの大きなグラスに切り替えたので、わたしもおなじものを頼んだ。初めの十五分、わたしたちは低い声で職場のゴシップを話した。もはや新入局員ではなかったので、ある程度の規則違反は許されると思っていたからだ。わたしたちには恰好の新しい話題があった。新入りのひとり、ライザ——オックスフォード高校、セント・アンズ・カレッジ、頭がよくてチャーミング——がアンドルーというデスク・オフィサー——イートン校、キングズ・カレッジ、少年ぽくてインテリ——との婚約を発表したばかりだったのである。九カ月でこの種の婚約は四件目だった。ポーランドがNATOに参加しても、この二者協定ほど下々の者どもが大騒ぎすることはなかったろう。興味のひとつは、次はだれかということだった。レーニン主義者のおどけ者の言い方を借りれば、「だれがだれを？」だった。初めのころは、わたしもバークリー・スクエアのベンチにマックスといるところを目撃された。わたしたちの名前が噂の種になっているのを聞くと、ちょっとぞくっとしたものだったが、最近ではもっと結果がはっきりした話があるので、わたしたちのことは忘れられていた。というわけで、シャーリーとわたしはライザのことや結婚の日取りが遠すぎるというみんなの一致した意見について話し、それから、ウェンディと大物すぎるかもしれない人物――彼女の相手のオリヴァーはわたしたちの部門の副主任だった――がどうなるかについてもふれた。だが、わたしたちのやりとりにはどこか気乗りしない、型にはまったところがあった。シャーリーは、勇気を奮い起こそうとするみたいにやけに頻繁にグラスに手を出して、なにかを先延ばしにしているようだった。

案の定、彼女はジンのお代わりを注文して、一口ぐいと飲み、一瞬ためらってから言った。「言わなければならないことがあるのよ。ただ、その前に、あなたにちょっと頼みたいことがあるんだけど」

「いいわよ」

「いまみたいに笑みを浮かべていてちょうだい」

「何ですって？」

「ただ言われたとおりにして。わたしたちは見張られているんだから。笑みを浮かべるのよ。わたしたちは楽しいおしゃべりをしているんだから。いい？」

わたしは唇を横に引き伸ばした。

「もっとマシな笑顔ができるでしょう？　硬くならないで」

わたしはもっと努力した。うなずいたり、肩をすくめたり、もっと生き生きした感じになるように。

シャーリーが言った。「わたし、クビになったの」

「まさか！」

「きょう付けで」

「シャーリー！」

「笑みを絶やさないで。だれにも言っちゃだめよ」

「わかったわ。でも、どうして？」

「すべてを言うことはできないのよ」

「あなたがクビになるはずはないわ。そんなのわけがわからない。あなたはわたしたちのだれよりも優秀なのに」

「どこかふたりきりになれるところで話すこともできたんだけど、わたしたちの部屋は安全じゃないし、わたしがあなたに話しているところを彼らに見せたかったし」

リード・ギタリストが楽器を首に掛けた。ギタリストとドラマーと裏方がいっしょになって、床に置かれたなにかの装置の上にかがみこんでいる。キーンというハウリングの音が響いたが、すぐに抑えられた。わたしは人混みをじっと見つめた。わたしたちに背を向けている、大半は男の客の群れが、ビールを片手にバンドの演奏がはじまるのを待っていた。このうちのひとりかふたりが、Ａ４（ＭＩ５の監視部門）の監視員なのだろうか？　わたしには信じられなかった。

わたしは言った。「あなたはほんとうに尾行されていると思っているの？」

「いいえ、わたしじゃなくて、あなたよ」

わたしが笑ったのは本心からだった。「そんなの、ばかげてるわ」

「真面目な話よ。監視員なのよ。あなたが入局して以来ずっと。たぶんあなたの部屋にも侵入しているわ。マイクを付けるために。セリーナ、笑みを消さないで」

わたしは客の群れを振り返った。当時、男の肩までの長髪は少数派になっていたが、恐ろしい口ひげや大げさな揉み上げはまだ流行っていなかった。だから、どうとでも取れるタイプが多く、いくらでも候補者はいた。その可能性がある男が六、七人はいると思ったが、急に店内のだれもがそう見えてきた。

「でも、シャーリー、なぜなの?」

「あなたに訊けばわかると思っていたわ」

「なにもないわ。これはあなたの作り話でしょう」

「ねえ、あなたに言わなきゃならないことがあるの。ほんとうにばかなことをしてしまって、恥ずかしいと思っている。どう言えばいいかわからないわ。きのう話そうと思ったんだけど、その勇気を出せなくて。でも、このことは正直に言わなくちゃ。わたしはとんでもないヘマをやってしまったのよ」

彼女は深く息を吸うと、煙草に手を伸ばした。彼女の手は震えていた。わたしたちはバンドのほうへ目をやった。ドラマーが位置について、ハイハットを調節しながら、ブラシを巧みに小さくまわして見せた。

やがて、シャーリーがようやく口をひらいた。「あの家の掃除に行く前に、わたしは階上《うえ》に呼びつけられたの。ピーター・ナッティングとタップとあの気味の悪い子、ベンジャミンなんとかいうのがいたわ」

「まあ、でも、どうして?」

「彼らはやけにわたしを褒め称えたわ。なかなかよくやっているとか、昇進の可能性とかにふれて、わたしを軟化させようとした。それから、わたしたちは仲がいいそうだが、と言うのよ。で、あなたがいままでになにか変なことや疑わしいことを言わなかったか、とナッティングから訊かれたの。そういうことはなかった、とわたしは言った。すると、わたしたちがどんなことをおしゃべりしているのかと訊くのよ」

「まあ。あなたは何て答えたの？」

「くそくらえって言ってやるべきだったけど、わたしにはその勇気はなかった。べつに隠すことはなにもないから、わたしはありのままを言ったわ。音楽とか、友だちとか、家族とか、自分たちの過去とか、いろんなおしゃべりをするだけで、なにもたいしたことは話さないって」。彼女はちょっぴり非難するようにわたしの顔を見た。「あなただっておなじことを言ったでしょう」

「どうかしら」

「わたしがなにも言わなかったら、彼らはもっと疑ったわ」

「わかった。それから、どうしたの？」

「タップから、政治について話すことがあるかと訊かれたから、ないと答えたわ。それは信じがたいと彼は言ったけど、それが事実だとわたしは言った。しばらく堂々巡りのやりとりがあって、それから彼らはよろしいと言った。これからデリケートなことを訊くけれど、それは非常に重要なことで、わたしが喜んで協力してくれればとかなんとか、彼らのずる賢い話し方はよく知っているでしょう？」

「そうね」

「わたしにあなたと政治的な話をしてみてほしいというのよ。本物の隠れ左翼みたいに振る舞って、あなたに自由に話をさせて、あなたの政治的な立場を見極めて……」

「彼らに報告しろというわけね」

「そうよ。わかってる。恥ずかしいと思っているわ。でも、嫌な顔をしないで。わたしは正直に話そうとしているんだから。それに、笑みを忘れないで」

わたしは彼女の顔を見た。そのぽっちゃりとした顔と散らばっているソバカスをじっと見つめた。彼女を憎みたいと思い、ほとんどそれに成功した。「あなたが笑みを浮かべればいいじゃない。ふりをするのが得意なんだから」

「悪かったわ」

「それじゃ、あんなにいろいろ話したのは……仕事だったのね」

「ねえ、セリーナ、わたしはヒースに投票したわ。だから、そう、仕事だったのよ。自分でも嫌になるけれど」

「ライプチヒの近くの労働者の天国は嘘だったの？」

「いいえ、ほんとうに学校の旅行で行ったのよ。わたしはホームシックにかかって、赤ん坊みたいに泣いたものだった。でも、ねえ、あなたは問題なかったわ。正しいことしか言わなかったんだから」

「あなたはそう報告したのね！」

彼女は悲しげな目でわたしを見ながら、首を横に振った。「肝心なのはそこなのよ。わたしは報告しなかった。その夜、わたしは彼らに会いにいって、それはできない、言われたとおりにはできないと言ったの。友だちのことを密告するつもりはないってね」

わたしは顔をそむけた。なんだか訳がわからなかった。むしろ、わたしが言ったことを報告してくれたほうがよかったのに。しかし、シャーリーにそうは言えなかった。わたしたちは三十秒ほど黙ってジンを飲んだ。ベース奏者が現れたが、フロアに置いてあるケーブルの接続箱みたいなものが依然として具合が悪いようだった。わたしはあたりを見まわしたが、だれもわたしたちのほうを見てはいなかった。

わたしは言った。「わたしたちが友だちだと知っていたのなら、彼らがあなたに頼んだことを、あなたがわたしに教えるだろうと推測したにちがいないわ」

「そのとおり。彼らはあなたになにか伝えようとしていたのよ。なにかに対して警告しようとしていたんだわ。わたしは正直に話した。だから、教えてちょうだい。なぜ彼らがあなたに興味をもっているのか？」

もちろん、わたしには見当もつかなかった。けれども、わたしは彼女に腹を立てていたし、自分がなにも知らないとは思われたくなかった——いや、単にそれだけではなかった。わたしにも教えたくないことがあると彼女に思わせたかった。それに、彼女の言っていることを信じていいのかどうかもわからなかった。

わたしはおなじ質問を彼女に返した。「それじゃ、友だちのことを密告しなかったから、あなたはクビになったというわけ？ ちょっと信じられないけれど」

彼女は時間をかけて煙草を取り出し、一本わたしにも勧めてから、火をつけた。わたしたちは飲みもののお代わりを注文した。もうジンは飲みたくなかったけれど、頭のなかが混乱していて、ほかの飲みものを思いつけなかった。それで、わたしたちはおなじものを頼んだ。わたしは文無しになりかけていた。

「そうね」と彼女は言った。「でも、そのことについては話したくないわ。というわけで、わたしのキャリアは終わったの。もともと長続きするとは思っていなかったけど。わたしは実家に戻って、父さんの面倒をみるつもりよ。最近はちょっとおかしくなっているんだけど。店の手伝いをするわ。そして、すこしなにか書いてみるかもしれない。でも、ねえ、何が起こっているのか教えてくれればいいのに」

それから、かつて友だちだった日々を思い出してふいに愛情に駆られたのか、彼女はわたしのコットン・ジャケットの襟をつかんで揺すぶった。わたしを正気づかせようとするかのように。「あなたはなにかに巻きこまれているのよ。狂気の沙汰だわ、セリーナ。彼らは旧弊な堅苦しい人種に見えるし、そういう話し方をする。実際にそうなんだから。でも、卑劣なやり方をすることがある。そういうことが得意なのよ。卑劣なんだから」

わたしは言った。「いずれわかるわ」

わたしは不安だったし、ものすごく困惑していたけれど、彼女を罰してやりたかった、わたしのことを心配させてやりたかった。実際、自分に秘密があるような気になりかけていた。

「セリーナ、わたしには話せるでしょう」

「複雑すぎるのよ。それに、なぜあなたに教えなければならないの？　どちらにせよ、あなたに何ができるというの？　あなただってわたしとおなじようにピラミッドの底辺にいるんだから。あるいは、いたんだから」

「あなたは向こう側に通じてるの？」

ショッキングな質問だった。ほろ酔い加減で無頓着になっていたその瞬間、わたしは実際自分にロシア人の指揮官がいて、二重生活を送っていて、ハムステッド・ヒース公園に秘密情報の受け渡し場所があればよかったのにと思った。いや、わたしが二重スパイで、役に立たない事実や破壊的な嘘を外国の諜報機関に提供していたのなら、もっとよかったかもしれない。すくなくとも、わたしにはT・H・ヘイリーがいた。もしもわたしが疑われているのなら、なぜわたしに彼を託したりするだろう？

「シャーリー、向こうと通じているのはあなたでしょう？」

彼女の答えは『ニー・トレンブラー』の冒頭のコードで搔き消された。わたしたちのむかしからのお気にいりの曲だったが、このときはすこしも楽しめなかった。わたしたちの会話はそこで終わった。指し手なし《スティルメイト》。彼女はなぜクビになったのか言おうとしなかったし、わたしは自分がもっていない秘密を打ち明けるつもりはなかった。一分後、彼女はストゥールから滑りおりて、さよならも言わず、その手ぶりもせずに立ち去った。どちらにしても、わたしは応えるつもりはなかったが。わたしはしばらくそこに坐ったまま、バンドの演奏を楽しもう、冷静さを取り戻してまともに考えられるようにしようとした。自分のジンがなくなると、シャーリーの残りを片付けた。どちらがよけいにわたしを動揺させているのかわからなかった。わたしの親友か、わたしの雇い主がわたしを嗅ぎまわっていることか。シャーリーの裏切りは許せなかったが、雇い主のそれは恐ろしかった。もしもわたしが疑われているのなら、なにかしら管理上の誤りがあったにちがいないが、だからといって、ナッティングの一党の恐ろしさが薄らぐわけではなかった。彼らが監視員をわたしの部屋に送りこみ、一瞬の油断から、だれかがわたしの栞を落としたのだと知っても、なんの慰めにもならなかった。

バンドは間を置かずに直接二曲目の『マイ・ロッキン・デイズ』になだれ込んだ。もしほんとうに彼らがここに、このビールを手にした聴衆のなかにいるのなら、監視員たちはわたしよりずっとスピーカーの近くにいることになる。好きな音楽ではないだろうに。鈍感なA4タイプの連中は軽音楽みたいなものが好みで、こういうドスドスガンガン響く噪音はいちばん嫌いなはずだから。そう思えば、多少は慰めにはなったものの、ほかにはなにも気休めになるものはなかった。

わたしは家に帰って、別の物語を読むことにした。

ニール・カーダーがどうやって大金を手に入れたのか、ハイゲイトの八ベッドルームの邸宅にひとりで住んで何をやっているのかは、だれも知らなかった。ときおり通りで行き会う隣人たちの大半は、彼の名前さえ知らなかった。彼は三十代後半のどうと言うこともない見かけの男で、細長い顔は青白く、ひどく内気で物腰はぎごちなく、近所で知り合いができるきっかけになる、なんでもない会話をする才能が皆無だった。しかし、面倒を引き起こすわけではなく、家や庭も手入れが行きとどいていた。彼の名前が噂にのぼることがあるとすれば、それは家の外に駐車している大型の白い一九五九年型ベントレーにまつわることだった。カーダーみたいに冴えない男があんな派手な車をどうするつもりなのか？　それと、もうひとつ、憶測のネタになったのは週に六日通ってくる、若くて、陽気で、色鮮やかないでたちのナイジェリア人の家政婦だった。アベジェは買い物と洗濯と料理をしていた。なかなか魅力的な女性で、近所の警戒心の強い主婦たちにも評判がよかった。彼女はミスター・カーダーの愛人でもあるのか？　とてもありそうにもなかったので、逆に、ひょっとするとそうなのかもしれないと人々は思った。青白い無口の男というのはわからないものなのだから……。だが、それにしては、ふたりがいっしょにいるのを目撃したという話はなかったし、彼女がミスター・カーダーの車に乗ることもなかった。いつもティータイムのすぐあとに家を出て、彼女は通りの外れでウィルズデン行きのバスを待っていた。ニール・カーダーにセックス・ライフがあるとすれば、それは屋内で、厳密に九時から五時までに限られることになるだろう。

「束の間の結婚生活と予期しない巨額の遺産が、冒険心のない内向的な性格と相まって、カーダーの生活を空虚なものにしていた」。ロンドンの馴染みのない地区に、そんなに大きな家を買ったのは間違いだった。だが、いまさら別の家を買って引っ越す気にもなれなかった。そんなことをして何になるのか？　数少ない友人や公務員の同僚たちは、彼の突然の巨富に反撥して離れていった。

おそらく妬みからだろう。いずれにせよ、人々は行列して彼の金をつかう手伝いをしようとはしなかった。家と車以外には、彼には大きな物質的野心はなく、ようやく実現できるようになった情熱的な趣味などというものもなく、慈善事業をしたいという衝動もなく、海外旅行をしたいという気持ちもなかった。アベジェはたしかに思いがけない贈り物で、彼女について空想をめぐらせることはあったが、彼女は結婚していて、ふたりの幼いこどもがあった。夫もやはりナイジェリア人で、かつてはサッカーのナショナル・チームのゴールキーパーだった。彼のスナップ写真を一目見ただけで、カーダーはとてもかなわないこと、自分はアベジェの好むタイプではないことを悟った。

　ニール・カーダーは退屈な男で、その生活が彼をますます退屈な人物にしつつあった。彼はいつも朝寝坊して、有価証券明細表《ポートフォリオ》をチェックし、株式仲買人と話をして、ちょっと読書をし、テレビを見て、ときにはハムステッド・ヒースを散歩したり、たまにはだれかと知り合いになれるかもしれないと期待して、バーやクラブに足を向けたりした。しかし、彼は内気すぎて、だれにも話しかけられず、なにも起こらなかった。なんだか宙吊りになっているような、新しい人生がはじまるのを待っているような気分だったが、自分からは行動を起こせなかった。やがて、ついにそれがはじまったが、始まりはごくなんでもないことからだった。ウィグモア・ストリートの歯医者からの帰り道、オックスフォード・ストリートのマーブル・アーチのあたりを歩いていて、あるデパートの前を通りかかったとき、巨大なガラス窓の背後にイヴニング・ウェアをまとってさまざまなポーズをとったマネキン人形が並んでいた。彼は一瞬足を止めて覗きこんだが、人目を気にして、そのまま歩きつづけ、ためらってから、引き返した。マネキン人形《ダミー》――まがいものという意味にもなるこの言葉が彼は嫌いになった――は、カクテルアワーのしゃれた集まりを思わせるようなかたちに配置されていた。ひとりの女はなにかの秘密を教えるかのように前かがみになり、もうひとりは面白がりながらも信じられないと言いたげに動かない白い両腕を上げ、退屈した物憂げな三人目は肩越しにドアのほうを振り返っていたが、そこにはディナー・ジャケットを着たいかつい男が、火のついていない煙草を持って寄りかかっていた。

しかし、ニールが興味をもったのはその三人のどれでもなかった。彼が見ていたのはグループ全体に背を向けているひとりの若い女、壁にかかっている版画――ヴェネツィアの風景――を見つめている女だった。彼女は、しかし、ほんとうに版画を見ているわけではなかった。ウィンドウの飾りつけをした人が誤ってずらしたのか、それとも、ふとそんな女として空想したのか、「その女にはどこか頑ななところがあって、版画から数インチずれた、部屋の隅をじっと見つめていた。なにかひとつの考えを、アイディアをたどっているのか、自分がどう見えるかは気にしていなかった」。彼女はそこにいたくはなさそうだった。シンプルな襞入りのオレンジのシルクのドレスを着て、ほかのマネキン人形たちとはちがって裸足だった。彼女の靴は――それが彼女の靴にちがいなかった――、部屋に入ってきたときに脱ぎ捨てたのか、ドアのそばに横向きに転がっていた。自由を愛する女なのだろう。片手には「黒とオレンジ色の小さなビーズ製のパースを持ち、もう一方の手はだらりとわきに垂らして、手首を外側に向けていた。自分の考え――それともなにかの記憶か――にすっかり心を奪われているようだった。顔をかすかにうつむけているので、きれいな襟足が見えていた。唇はひらいて、ほんのかすかにひらいて、なにかの考えか、単語か、名前をつぶやいているようだった……ニール」。

彼は肩をすくめて、白昼夢から抜け出した。ばかげているのはわかっていた。だから、目的がありげに歩きだし、実際に目的があるかのように、ちらりと時計に目をやった。けれども、目的などなかった。彼を待っているのはハイゲイトの空っぽの家だけだった。家に着くころには、アベジェは立ち去っているだろう。よちよち歩きのこどもたちについての最新情報を聞く恩恵にさえ浴せないにちがいなかった。彼はむりやり歩きつづけたが、一種の狂気が待ち伏せていることをはっきりと意識していた。というのも、あるひとつの考えが浮かんで、しだいに切迫したものになりかけていたからだ。オックスフォード・サーカスまで後ろを振り返らずに歩きつづけられたのは、彼にもそれなりの精神力がある証拠だった。しかし、精神力には限界があり、彼は急ぎ足ではるばる店まで引き返した。そして、こんどはすこしもきまり悪さを感じずに、ガラス窓のすぐそばに立って、彼女の内密な時間を覗きこんだ。いま彼が見ているのは顔だった。思いに沈んだ、とても悲しげで、とても美しい顔。彼女はだれからも遠く離れ、とても孤独だった。周囲の会話は薄っぺらで、聞き覚えのあることばかり、ここにいるのは彼女の仲間ではなく、ここは彼女のいるべき場所ではなかった。どうすれば脱出できるのか？　それは甘美な空想であり、なかなか楽しいゲームだった。この段階では、それが夢想にすぎないことをカーダーはなんの問題もなく認めていた。舗道の彼のまわりに買い物客が集まってくると、その正気の片鱗ゆえ、よけい気ままに楽しみに耽ることができた。

あとになって考えると、そうすべきかどうか考えたり、決心したりした記憶がなかった。すでに決定されている運命であるかのように、彼は店に入っていき、ひとりの店員に話したが、別の店員にまわされ、さらに三人目の上役の店員にまわされて、きっぱりと断られた。とんでもないことだという。金額が口にされると、眉が吊り上げられ、責任者が呼ばれた。さらに金額が倍にされると、合意が成立した。週末でよろしいでしょうか？　いや、いますぐだ。ドレスもいっしょに欲しいし、ほかにもサイズの合うものを何着か買いたい。「アシスタントやマネージャーたちが彼を取り囲んだ。いま彼らが抱えているのは、それが初めてではなかったけれど、変人だった。恋する男。買い物が莫大な金額に達するだろうことをその場にいる全員がよく知っていた」。なぜならドレスは安いものではなく、それに合わせた靴も、玉虫色のシルクの下着も同様だったからである。さらに宝石類も――男はじつに冷静かつ決然たる態度だった。それに、あとから思い出して、香水も。すべては二時間半の出来事だった。ただちに配達のヴァンが手配され、ハイゲイトの住所が書き留められて、支払いがなされた。

「その夜、運転手に抱えられて彼女が到着したのを目撃した者はいなかった」

この時点で、わたしは読書用の椅子から立ち上がって、階下にお茶をいれに行った。依然としてちょっと酔っていたし、シャーリーとの会話が気にかかっていた。部屋で隠しマイクを探しだしたりすれば、自分の正気を疑わずにはいられなかっただろう。ニール・カーダーの現実の把握の仕方のゆるさに影響されて、自分のそれもゆるくなりそうな気がしていた。彼もまたすべてを誤解していることで、ヘイリーの物語によって押しつぶされるもうひとりの登場人物なのだろうか？　あまり気が進まなかったが、わたしはお茶を二階に運んで、ベッドの端に腰をおろし、意志の力でヘイリーの物語を読みつづけようとした。読者がこの億万長者の狂気から解放される見込みは、その外側に立って、あるがままを眺めていられる見込みはなさそうだった。この異様な物語がハッピーエンドで終わる可能性はなかった。

わたしはようやく椅子に戻って、マネキン人形の名前がハーマイオニーであることを知った。それはたまたまカーダーの前妻とおなじ名前だった。前妻は、一年もしないうちに、ある朝、出ていってしまったのである。その夜、ハーマイオニーが裸でベッドに寝ているあいだに、彼は化粧室《ドレッシング・ルーム》の衣装ダンスを空にして、彼女の服を掛け、靴をしまった。それから、シャワーを浴びて、夕食のために着替えをした。階下に下りて、アベジェが用意してくれた食事を二人分の皿に取り分けた。

料理はただ温めなおすだけでよかった。それから、ベッドルームに引き返し、彼女をそのすばらしいダイニング・ルームに連れてきた。ふたりは黙って食事をした。実際には、彼女は料理には手を出さず、彼と目を合わせようともしなかったが、なぜかは彼にはわかっていた。ふたりのあいだの空気はぴんと張りつめ、ほとんど耐えがたいほどだった——そのせいもあり、彼はワインを二本も空けてしまった。「彼はひどく酔ってしまって、彼女を二階に運ばずにはいられなかった」

なんという一夜だったことか！ 彼は「女の受動性が刺激になり、それに激しい誘惑を感じる」男のひとりだった。歓喜の瞬間にさえ、彼女の目には倦怠感が読みとれ、それが彼をあらたな恍惚の高みへと押し上げた。夜明けが近づくころになってようやく、ふたりは満ち足りて体を離し、深い疲労感に包まれてじっと横たわった。数時間後、カーテンの隙間から射しこむ陽光に目を覚まされて、彼は苦労して体を横向きにした。彼女が一晩中仰向けに寝ていたことに、彼は深く感動した。「彼女がじっと動かないのがうれしかった。彼女の内向性はあまりにも強烈で、その結果くるりと裏返しになってその正反対のものになり、彼を圧倒して焼き尽くし、彼の愛を絶え間ない官能的な強迫観念にまで駆り立てる力になった」。ショーウィンドウの外でのたわいない空想としてはじまったものが、いまや完全無欠な内的世界になり、目くるめく現実になって、彼は宗教的な狂信者の熱情をもってそれを維持しようとした。カーダーは彼女を無生物と見なすことはできなかった。なぜなら、彼にとっての愛の歓びは、彼女が「彼を無視し、彼を軽蔑し、キスや愛撫や会話でさえする価値がないと思っている」というマゾヒスティックな解釈によって成り立っていたからである。

アベジェがベッドルームの片付けと掃除のために入ってきたとき、部屋の片隅から窓の外を眺めている、破れたシルクのドレスをまとったハーマイオニーを見つけて驚いた。けれども、衣装ダンスにすてきなドレスが掛かっているのを見ると、この家政婦は喜んだ。彼女は世事に通じた頭のいい女で、自分が仕事をしているあいだ、雇い主がいつも自分に――そんなことをしても無駄なのに――ねちねちした視線をからませてくることを知っており、すこし負担に感じていた。だが、いまや、彼に愛人ができたにちがいなかった。彼女はどんなにほっとしたことか。その愛人が服を掛けるためにマネキンを運びこんだとしても、だれが気にするだろう？　ベッドシーツがひどく乱れていたことからも想像できたが、その夜、彼女がお国のヨルバ語で筋骨逞しい夫を興奮させようと話して聞かせたように、「彼らは本気でうたっている」のだから。

たとえどんなに深く意思を通じ合った相思相愛の関係でも、最初の恍惚状態を数週間以上持続させるのはほぼ不可能に近い。なかには、数は少ないだろうが、機知に富むカップルが数カ月もたせた例はあるだろう。「しかし、ひとりきりで性的な土地を、たったひとりで僻地の荒野を耕している場合には、失墜は数日のうちにやってくるにちがいない」。カーダーの愛を育んだのはハーマイオニーの沈黙だったが、それが愛を破壊せずにはおかなかった。いっしょに暮らすようになってから一週間もしないうちに、彼は彼女の心変わりに気づいた。沈黙の色合いがほとんどわからないほど変化して、かすかだが絶えず、耳には聞こえないくらいの不満の声が交じるようになった。そのかすかな疑念の耳鳴りに駆られて、彼は彼女をもっと喜ばせようと努力した。その夜、ふたりが二階に上がったとき、心をふと疑いがよぎって、彼は恐怖でぞくりとした――実際に身震いした。「彼女はほかのだれかのことを考えている」。彼女はあのときとおなじ顔をしていた。ほかの客から離れて立ち、部屋の片隅を見つめていた顔、彼がウィンドウ越しに覗いたときのあの顔を。彼女はほかの場所にいたいと思っているのだった。彼女を抱いたとき、それを悟ったことの苦しみが快楽から切り離せず、外科医のメスみたいに鋭く彼の心を切り裂いた。けれども、結局のところ、それは単なる疑念にすぎない、とベッドの自分の側に退却しながら、彼は思った。そして、その夜は深い眠りに落ちた。

だが、翌朝、彼の疑いがふたたび呼び覚まされた。朝食を給仕したときのアベジェの態度にも似たような変化があったからだ（ハーマイオニーはいつも昼までベッドのなかにいた）。家政婦は元気溌剌としていたが、同時に、彼を避けているようなところがあり、けっして目を合わせようとしなかった。コーヒーは薄くてぬるかったので、不満を洩らすと、彼女はむっとしたようだった。別のポットを持ってきて、熱くて濃いですよと言いながら置いたが、そのとき彼は悟った。それは単純なことだった。真実はいつも単純なのである。ふたりは、ハーマイオニーとアベジェは恋人同士なのにちがいなかった。人目を忍ぶ、ほんの束の間の、彼が家を空けているあいだだけの恋ではあるが。なぜなら、ハーマイオニーがここにやってきてから、彼女を見た者はほかにはいないはずなのだから。だから、彼女はうわの空で、なにかに思い焦がれている顔をしているのだろう。だから、アベジェはけさあんな無愛想な態度をとったのにちがいない。だから、すべてはそのせいだったのだ。彼はばかだった。なにも知らないばかだった。

崩壊はあっという間だった。その夜、外科医のメスはいつになく鋭く、深く切りこみ、抉りとった。ハーマイオニーが知っているのはわかっていた。恐怖でうつろになった顔を見れば一目瞭然だった。「彼女の罪が彼に無謀な力を与えた。彼は失われた恋のあらんかぎりの残忍さで彼女を切り裂き、彼女が絶頂に達し、ふたりが絶頂に達した瞬間には、指を彼女の喉にかけていた。すべてが終わったとき、彼女の腕や脚や首は胴体から切り離され、ベッドルームの壁に投げつけられた。破滅した女が部屋の四隅に横たわっていた」。このときは慰めになる眠りは訪れなかった。朝になると、彼はバラバラになった彼女の体をビニール袋に押しこんで、すべての持ち物といっしょにごみ箱に運んだ。そして、呆然とした状態で、アベジェ宛のメモを書き（このうえ彼女と顔を合わせられる気分ではなかったから)、彼女を〝即刻〟解雇すると告げて、キッチン・テーブルに月末までの賃金を置いた。それから何時間ものあいだ、すべてを吐き捨てるかのようにハムステッド・ヒースを歩きまわった。その夜、アベジェはごみ箱から回収したビニール袋をあけて、夫の前でいろんな衣装を着けて見せた——シルクのワンピースはもちろん、宝石や靴までも。彼女は夫のお国のカヌリ語で(彼らは異なる部族同士で結婚していた)ためらいがちに話した。「彼女に捨てられて、あの人はがっくりしてしまったのよ」

それ以降、カーダーはひとりで暮らし、自分で〝済まし〟て、最小限の威厳をかろうじて保っている、しょぼくれた中年男になった。この経験から残ったものはなにもなく、彼はどんな教訓を学んだわけでも報いを受けたわけでもなかった。「というのも、彼はごくふつうの人間であり、想像力の恐るべき力を独力で発見したにもかかわらず、自分が経験したことについてはできるだけ考えないようにしたからである。彼はこの出来事を完全に忘れようと決心し、いくつにも仕切られた頭脳はじつに効率的だったので、彼はそれに成功した。彼は彼女のすべてを完全に忘れ去り、二度とふたたびそんなに強烈に生きることはなかった」

10

マックスによれば、彼の新しいオフィスは掃除用具の戸棚より狭いが、それでもわずかながら広くなったという。机とドアのあいだには箒を十本以上立ててしまえるし、椅子と壁のあいだにも何本か入れられる。しかし、窓のためのスペースはなかった。部屋は細長い三角形で、マックスはその頂点に体を押しこみ、わたしは底辺を背にして坐った。ドアがきちんと閉まらないので、ほんとうのプライバシーは保てなかった。しかも、ドアが内びらきだったから、だれかが入ってこようとすれば、わたしは立ち上がって椅子を机の下に押しこまなければならなかった。机の上には書類の山。書類には自由国際基金のアッパー・リージェント・ストリートの住所とひらいた本をくちばしにくわえて舞い上がるピカソ風の鳩のレターヘッドが付いていた。わたしたちの前にはそれぞれこの基金のパンフレットが置かれ、その表紙にはゴム印みたいなふぞろいな文字で斜めに一語だけ〈自由〉と記されていた。この基金は公認の慈善団体で、「世界中のあらゆる場所で芸術の卓越と表現の自由」を促進しており、簡単には無視できなかった。この団体は、補助金あるいは翻訳などの間接的な手段を通して、ユーゴスラビア、ブラジル、チリ、キューバ、シリア、ルーマニア、ハンガリーなどの作家、パラグアイの舞踊団、フランコ政権下のスペインやサラザール政権下のポルトガルのジャーナリスト、ソビエト連邦の詩人たちを支援してきた。ニューヨーク、ハーレムのアクターズ・コレクティヴやアラバマのバロック・オーケストラにも資金を提供し、イギリスの演劇を支配する宮内長官の権限を廃止する運動をして成功していた。

「なかなかの団体じゃないか」とマックスが言った。「きみもそれは認めるだろう。あらゆるところで自分たちの立場をあきらかにしている。だれも情報調査局（ＩＲＤ）の役人と混同することはないだろう。全体的にもっと巧妙だし」

彼はダークブルーのスーツを着ていた。一日置きに着ていたあの芥子色のジャケットよりはるかにマシだった。髪の毛を伸ばすようになったので、突き出している耳もそんなに目立たなかった。部屋のただひとつの光源は天井のブリキ製の笠の下の電球一個で、それが頬骨と唇の弓形を浮き立たせていた。なかなか洗練された美男子で、小さすぎる檻に閉じこめられた動物みたいに、その狭い部屋にはひどく場違いに見えた。

わたしは言った。「なぜシャーリー・シリングはクビになったの？」

急に話題を変えても、彼は目をしばたたきもしなかった。「きみはわかってくれると思っていたんだが」

「わたしと関係があることなのかしら？」

「いいかね、こういう場所で働いているということは……いろんな同僚がいる。みんな感じがよくて、魅力的で、素姓もいい。しかし、おなじ作戦を担当しないかぎり、彼らが何をやっているのか、どんな仕事をやっているのか、果たして有能なのかどうかはわからないんだ。にこにこ顔の間抜けなのか、愛想のいい天才なのかわからない。だれかが突然昇進したりクビになったりするが、なぜかは見当もつかない。そういうものなんだよ」

彼がなにも知らないとは思えなかった。しばらく沈黙が流れて、わたしたちはほとぼりが冷めるのを待った。ハイド・パークの入口で、彼がわたしの担当になったと聞かされてから、わたしたちはごくわずかな時間しか会っていなかった。彼の階級が上がって、わたしの手の届かないところに行ってしまったような気がしていた。

彼が言った。「このあいだのミーティングで、きみはＩＲＤのことをよく知らないような印象を受けた。情報調査局のことだがね。この組織は公式には存在しないんだ。四八年に外務省の内部に設立され、カールトン・テラスをベースに仕事をしている。その目的は友好的なジャーナリストや通信社を通じてソビエト連邦に関する情報を一般に提供し、簡単な事実の報告書や、各種の問題に関する反証を出したり、ある種の出版物を奨励したりすることだ。たとえば、強制収容所、法律の無視、最悪の生活水準、反対派の抑圧に関するものとか。NCL、すなわち非共産党系左翼を援助しているし、東側での生活についての幻想を打ち砕くものはどんなものでも支援している。しかし、IRDは本来の目的からずれてきている。去年、彼らは欧州連合に参加する必要があると左翼を説得しようとした。じつにばかげたことだ。ありがたいことに、北アイルランド問題からは手を引かせられそうだが……。むかしはたしかにいい仕事をしたが、いまでは組織がふくらみすぎて、粗雑になっている。かなり的外れになってきているんだ。近いうちに廃止されるだろうという噂だ。しかし、この建物内で問題になっているのは、IRDがMI6の手先になっていること、だれも騙されない偽情報や偽装演習に巻きこまれるようになっていることだ。彼らの報告書は怪しい情報源をもとにしている。IRDとそのいわゆるアクション・デスクはMI6と協力して、この前の戦争をもう一度再現しようとしているんだ。彼らがやろうとしているのはボーイスカウトの真似事だ。だから、MI5では、ピーター・ナッティングが話したあの『顔を壁に向けろ』という話がみんなのお気にいりなんだ」

わたしは言った。「あれはほんとうなの?」

「どうかな。しかし、あれではMI6は大ばかで尊大に見える。だから、ここでは受けがいいんだ。ともかく、スウィート・トゥースの目的は、MI6やアメリカとは無関係に、独自の新しい道を切りひらくことにある。小説家を加えるというのはあとからの思いつきだ。ピーターの気まぐれなんだ。わたし個人としては、これは間違いだと思う――予測不可能すぎるからだ。しかし、わたしたちがいまやろうとしているのがこれなんだ。作家は熱狂的な冷戦論者である必要はない。東側のユートピアや西側諸国に迫り来る大破局に懐疑的でさえあればいい」

「作家が自分の家賃をわたしたちが払っていることに気づいたら、どうなるの？　激怒するんじゃないかしら」

　マックスは顔をそむけた。わたしはばかな質問をしたかと思った。しかし、一瞬沈黙したあと、彼は言った。「わたしたちと自由国際基金のあいだにはいくつかのクッションがある。たとえ何を調べればいいかわかっていても、調べ上げるのはむずかしいだろう。それに、わたしたちの考えでは、たとえなにかがあきらかになっても、作家は困惑する事態を避けようとするはずだ。彼らは口をつぐむだろう。もしもそうでなかった場合には、彼らが金の出所を初めから知っていたことを証明する手段がいくつもあることを、わたしたちは彼らに説明するだろう。しかも、金はずっと入ってくる。それなりの生活に慣れてしまうと、なかなか手放せなくなるものだ」

「それじゃ、脅すわけね」

　彼は肩をすくめた。「いいかい、ＩＲＤはその最盛期にもオーウェルやケストラーにどんな本を書くべきか指示したことはなかった。ただ、彼らの考えが世界中に確実に流布するように、自分たちにできることをやっただけだ。わたしたちの相手は自由な精神だ。彼らがどう考えるべきかをわたしたちが指示することはない。彼らが自分の仕事をできるようにしてやるだけだ。かつては、向こう側では、自由な精神は強制収容所に引き立てられた。いまでは、ソビエトの精神医学が国家による新しい恐怖政治の道具になり、体制に反対する者には犯罪的な狂人の烙印が押される。こっちでは、労働党や組合関係の連中や、大学教授、学生、いわゆる知識人たちが堂々と主張している。アメリカだっておなじようなもので――」

「ベトナムを爆撃しているじゃないかと」

「まあ、そういうことだ。しかし、第三世界には、ソビエト連邦から自由について学ぶことがあると考えている人たちがたくさんいる。戦いはまだ終わっていない。わたしたちは正しいことを奨励したいと思っている。ピーターによれば、セリーナ、きみは文学が好きで、自分の国を愛している。だから、これはきみには最適な仕事だ、と彼は考えているんだ」

「でも、あなたはそうは思っていない」

「わたしはノンフィクションに限るべきだと思っている」

わたしには彼がわからなかった。彼の態度にはどこかそっけないところがあった。スウィート・トゥース作戦が、あるいは、それにわたしが関わることが気にいらないようだったが、それについては冷静だったし、無頓着でさえあった。うんざりしている店員がわたしには似合わないことがわかっているドレスを買うように勧めているみたいだった。わたしはその冷静さを掻き乱して、もっと自分に近づけたかった。彼はさまざまなディテールを説明した。わたしは本名を名乗ることになる。そして、アッパー・リージェント・ストリートに行って、基金のスタッフに会わなければならない。彼らが理解しているところによれば、わたしは〈書かれていない言葉《ワード・アンペンド》〉という組織で働いており、この組織が自由国際基金に寄付をして、推薦された作家に助成金が支給されるという仕組みになっていた。いずれブライトンまで出かけるときには、わたしをレコンフィールド・ハウスに結びつける可能性のあるものはなにも持っていかないようにという。

マックスはわたしがばかだと思っているのだろうか、とわたしは疑った。彼の言葉をさえぎって、わたしは言った。「わたしがヘイリーを好きになったら?」

「けっこうだ。彼と契約を結ぶ」

「ほんとうに好きになったら、という意味よ」

彼はチェックリストからさっと顔を上げた。「この仕事を引き受けたくないと考えているのなら……」冷たい口調だったので、わたしは喜んだ。

「マックス」とわたしは言った。「冗談よ」

「きみが彼に出す手紙について話しておこう。わたしに草案を見せてもらう必要があるが」

というわけで、わたしたちはその手紙やそのほかの手筈について相談した。彼に関するかぎり、わたしたちはもはや親密な友人同士ではないらしかった。もう、キスしてとは頼めなかった。だが、わたしはまだそれを受けいれる気にはなれなかった。わたしは床からハンドバッグを取り上げると、それをあけて、ティッシュペーパーの包みを取り出した。木綿のハンカチをつかうのをやめたのはその前年だった。イギリス刺繡で縁取られ、片隅にピンクでわたしのイニシャルがあるハンカチで、母からのクリスマス・プレゼントだった。ティッシュペーパーが、スーパーマーケットのワゴンみたいに、ありふれたものになり、世界中が本格的に使い捨ての時代に入ろうとしていた。わたしは心を決めようとしながら、目の端をぬぐった。バッグの底に、鉛筆の殴り書きのある三角形の紙片が丸まっていた。わたしは考えを変えた。それをマックスに見せるのは非常に適切なことか、それとも、けっしてしてはならないことか。そのどちらかで、ふたつの中間はないだろう。

「だいじょうぶかい？」

「花粉症よ」

結局、わたしはいままで何度も考えたように考えた。なにも知らないでいるよりは、マックスに嘘をつかせるほうがまだマシか、すくなくとも面白いだろう。わたしはその新聞の切れ端を取り出して、机越しに彼のほうに滑らせた。彼はそれをちらりと見て、裏返し、もう一度裏返してから、机に戻すと、じっとわたしの顔を見た。

「それで？」

わたしは言った。「キャニングの名前と、あなたがみごとに言い当てた島の名前よ」

「どこで見つけたんだい？」

「教えたら、ほんとうのことを話してくれる？」

彼はなんとも答えなかったが、わたしはともかく話すことにした。フラムの隠れ家のこと、シングルベッドとそのマットレスのことを。

「だれがいっしょだった？」

わたしが名前を言うと、彼は「ああ」と静かに両手のなかに言って、それから「それで、彼女をクビにしたんだな」と言った。

「それはどういう意味？」

彼は両手を離して、どうしようもないという仕草をした。わたしに知らせることはできないというわけだ。

「これは預からせてもらっていいかね？」

「もちろん、だめよ」彼が手を出すより先に、机からさっと紙片を取り戻して、バッグにしまった。

彼は軽く咳払いをした。「では、次の用件に移ろう。短篇小説だが、きみは彼に何と言うつもりかね？」

「とても興奮させられる作品で、ずば抜けた新しい才能が感じられ、じつに多様な引き出しをもち、ひねりのきいた文章はすてきで、深い感性に裏打ちされ、とりわけ女性については、多くの男性とはちがって、まるで内側から知り理解しているかのようで、この作家を是非とももっとよく知りたいと――」

「セリーナ、もういい！」

「もちろんすばらしい将来性があるので、基金はぜひ支援したいと考えるでしょう。とりわけ、彼が長篇小説を書くことを検討しているならば。支援する額はどのくらいになるのかしら？」

「年間二千ポンドだ」

「それを何年？」

「当面は二年だが、更新可能だ」

「まあ。そんな申し出をどうすれば拒否できるというのかしら？」

「見も知らぬ他人が膝に坐って、顔を舐めまわしたりされればね。もっと冷静になることだ。向こうから近づいてくるように仕向けるんだ。基金は興味をもっていて、彼のケースを検討しているが、ほかにも大勢の候補がいる、今後の計画はどうなっているのかとかなんとか」

「わかったわ。あまりその気がないふりをして焦らしておいて、そのあと彼にすべてを与えるわけね」

　マックスは椅子に深く坐りなおし、腕を組んで、天井を見上げた。「セリーナ、きみが動揺しているのは気の毒だと思う。正直なところ、なぜシリングがクビになったのか、わたしは知らないんだ。きみの紙片のことについても、わたしはなにも知らない。それだけだ。しかし、そう、わたし自身のことについては、きみに知らせておくべきだと思うことがある」

　彼はわたしがすでに疑っていたことを、自分がホモセクシュアルだということを告白する気なのだろう。そう思うと、わたしは自分が恥ずかしくなった。告白を無理強いするつもりはなかったのに。

「こんなことを言うのは、わたしたちがいい友だちだったからだ」

「ええ」

「しかし、これはここだけの話にしてほしい」

「もちろんよ！」

「わたしは婚約しているんだ」

わたしが自分の表情を切り替えるのにかかったほんの一瞬のあいだに、彼はわたしの混乱を見て取ったようだった。

「それはすてきなニュースね。だれと――」

「MI5の人間じゃない。ルースはガイ病院の医師だ。むかしから家族同士がとても親しくしているんだ」

抑えるより早く口から言葉が洩れた。「親が決めた結婚なの！」

しかし、マックスは恥ずかしそうに笑っただけだった。かすかに顔を赤らめたようにも見えたが、黄ばんだ光のなかではっきりしなかった。たぶん、わたしが思った通りだったのだろう。親が彼の進路を決め、手仕事に携わるのを許さなかったが、その親が彼の妻も選んだのだろう。彼には傷つきやすいところがあることを思い出して、わたしは悔恨のひやりとした切れ端を感じた。わたしはチャンスを取り逃がしたのだ。わたしは自分を憐れみもした。人々はわたしが美人だと言い、わたしはそれを信じていた。だから、美人に与えられる特権を行使しながら、ふわふわ生きていればいいはずだった。それなのに、男たちはわたしを捨てたり、死んでしまったり、さもなければ結婚してしまったりするのだった。

マックスが言った。「きみには言っておくべきだと思ったんだ」

「そうね。ありがとう」

「まだ二、三カ月は公式には発表しないつもりだ」

「もちろんそうでしょう」

マックスはきびきびした動作でメモを机の上に平らに押しつけた。不愉快な用件は終わったので、先をつづけることができる。「彼の短篇をほんとうはどう思ったのかね？　双子の兄弟が出てくるやつだが」

「とてもいいと思ったわ」

「わたしはひどいと思った。無神論者が聖書を知っているとは思えないし、牧師の恰好をして説教をするなんて」

「兄弟愛よ」

「だが、彼はどんなふうにも人を愛することができない。下卑た弱い男だ。そんな男やその男の運命をなぜ気にかけなきゃならないのかわからないね」

なんだかエドマンド・アルフレダスのことではなく、ヘイリーのことを話しているような気がした。マックスの口調には不自然なところがあり、たぶん彼を妬かせることに成功したのだろう、とわたしは思った。「彼はものすごく魅力的だと思ったわ。頭がよくて、すばらしいスピーチの才能があるし、悪戯っぽいところもあって、面白ければリスクを厭わない。ただあの女——何て名前だったかしら？——ジーンとは釣り合わないだけよ」

「あんな女がいるとはまったく信じられないね。あんなふうに破壊的で、男を食い物にする女というのは、ある種の男たちの空想の産物にすぎない」

「どんな種類の男たちの？」

「いや、よくわからないけど、マゾヒスティックな男とか、疚《やま》しさを抱えている男とか、自己嫌悪している男とか。きみが帰ってきたとき、どんな男か教えてもらえるかもしれない」

これでミーティングは終わりだと言いたげに、彼は立ち上がった。怒っているのかどうかはわからなかった。筋違いもいいところだが、ひょっとすると自分が結婚するのはわたしのせいだとでも思っているのだろうか。それとも、自分自身に腹を立てているのか。さもなければ、親が決めた結婚と言われて感情を害したのだろうか。

「ほんとうにヘイリーは適当じゃないと思っているの？」

「それはナッティングの決めることだ。奇妙なのはきみをブライトンに送りこもうとしていることさ。わたしたちはふつうは直接関わることはしない。通常なら、基金側のだれかを行かせて、すべてを決めさせるんだ。そもそも、この話そのものが、いや、ともかく、これはわたしの、ええと……」

彼は机の上に両手を突いて指をひろげ、体を前に乗り出していた。かすかに首を傾けてわたしの背後のドアを示したように見えた。最小限の身ぶりでわたしを放り出そうとしているのだろう。しかし、わたしはまだ会話を終わらせるつもりはなかった。

「ひとつだけ言いたいことがあるのよ、マックス。あなたにしか打ち明けられないことなんだけど。わたし、どうやら尾行されているようなの」

「ほんとうかね？　きみのレベルでは、それはたいしたことじゃないか」

わたしは彼の皮肉を無視した。「KGBモスクワ本部じゃなくて、監視員よ。だれかがわたしの部屋に侵入したらしいの」

シャーリーとの会話以来、わたしは帰り道であたりを注意深く見まわしていたが、疑わしいことはなにもなかった。しかし、どんなことに注意をすればいいのか知らなかったし、新入りの訓練にはそういうことは含まれていなかった。だから、映画から学んだ漠然とした考えがあるくらいで、通りで歩いてきた道を引き返してみたり、ラッシュアワーの何百という顔をじっと見てみたり。地下鉄に乗ってすぐ降りたりもしてみたが、キャムデンまで余分に時間がかかっただけだった。

しかし、わたしはいまや目的を達成していた。マックスが腰をおろして、ふたたび会話がはじまったからだ。彼の表情が硬くなり、年取ったように見えた。

「どうしてそう思うんだい？」

「そうね、たとえば、部屋にあるものの位置が違っていたりするのよ。監視員はちょっと不器用なんじゃないかしら」

彼はじっとわたしを見つめていた。わたしはばかなことを言っているような気がしはじめた。

「気をつけることだね、セリーナ。実際に知っている以上のことを、記録課での数カ月では知っているはずのないことを知っているふりをしたりすれば、悪く取られかねないから。ケンブリッジの五人組とジョージ・ブレイク以来、彼らは神経質になっているし、すこし自信を喪失してもいて、すぐさま結論に飛びつく傾向がある。だから、実際に知っている以上のことを知っているふりをするのはやめることだ。しまいにはほんとうに尾行されるようになりかねないぞ。実際、それがきみの問題なんだ」

「それはあなたの推測なの、それとも知っていることなの？」

「これは友だちとしての警告だ」

「それじゃ、わたしは尾行されているのね」

「わたしはここでは比較的低い地位の人間だ。いちばんなにも知らないほうなんだ。わたしたちはすでにいっしょにいるところを見られているし……」

「もうそういうことはないわ、マックス。たぶんわたしたちの友情があなたのキャリアの妨げになっていたんでしょうけど」

浅薄な物言いではあったが、わたしは彼の婚約のニュースで動揺していることを認めたくなかったし、彼の冷静さが苛立たしかった。彼を挑発し、罰してやりたいと思ったのだが、いまやその願いがかなって、彼は立ち上がり、ブルブル震えていた。

「女は仕事とプライベートを分けることがほんとうにできないのかね？　わたしはきみを助けようとしているんだよ、セリーナ。それなのにきみは聞こうとしない。だから、もっと別の言い方をさせてもらおう。この仕事では、想像と現実のあいだの境界線は非常に曖昧なんだ。実際、幅広い灰色の領域があって、それがあまりにも幅広いから、人が迷いこんで迷子になりかねない。実際にはないことを想像していると、それが現実になりかねないんだ。幽霊が本物になってしまうんだよ。わたしが言っている意味がわかるかね？」

そんなことはわかりたくない、とわたしは思った。なにか気のきいた買い言葉はないかと思いながら立ち上がったが、彼はもううんざりしていたのだろう、わたしが反論するより先に、ことさらに穏やかな口調で言った。「もう行ったほうがいい。ただ自分の仕事だけをやって、物事を込みいらせないことだ」

わたしは憤然として出ていくつもりだった。けれども、椅子を机の下に押しこまなければならず、体を斜めにして机をまわりこまなければ外に出られなかった。廊下に出たら、ドアを思いきり閉めてやるつもりだったが、自動的に閉まるドアだったので、それもできなかった。

官僚組織のご多分に洩れず、まるでそれが既定方針だったかのように、遅れが生じた。わたしはヘイリー宛の手紙の草案をマックスに提出した。すると、彼が訂正を加え、二回目の草案にも手を入れて、ようやく三度目の草案がピーター・ナッティングとベンジャミン・トレスコットにまわされた。彼らのコメントが送られてくるまでに三週間近くかかり、それを採り入れて、さらにマックスが最終的に手を加えて、五回目の最終案を投函できたのは最初の草案から五週間後だった。それからひと月経っても、なんの音沙汰もなかった。わたしたちの要請によって調査が行なわれ、結局、ヘイリーは学術調査のため海外に出かけていることがあきらかになった。ヘイリーからの返事が届いたのはようやく九月末になってからで、メモ帳から引きちぎった罫線入りの用紙に斜めに走り書きしてあり、わざと無頓着を装っているかのようだった。もっと詳しいことを知りたいと彼は言っていた。生計のために大学院の教師をしているので、キャンパスにオフィスがある。アパートは狭苦しいから、オフィスで会うほうがいいだろうとのことだった。

わたしはマックスと簡単に最終的な打ち合わせをした。

「『パリス・レヴュー』の短篇は、ショーウィンドウのマネキン人形の話はどう思う?」

「面白いと思ったわ」

「セリーナ! あんなこと絶対にありえないじゃないか。あそこまで錯乱している人間なら、精神科病院の閉鎖病棟に入れられてしまうだろう」

「どうして入れられていないと言えるの?」

「それなら、ヘイリーは読者にそうと知らせるべきだ」

わたしがオフィスを出ようとしたとき、すでに三人のスウィート・トゥース作家が自由国際基金の給付金を受けいれている、と彼は言った。四人目を確定しそこなって、彼やわたし自身を辱めることがないようにしなくてはならないと。

「助成金をもらうのはむずかしいふりをするんじゃなかった？」

「わたしたちはすでに後れを取っているんだ。ピーターは苛立ちかけている。たとえまるっきり駄目だと思っても、ともかくサインさせることだ」

　十月中旬の季節外れに暖かい朝、ブライトンまで出かけて、洞窟みたいな駅舎を通り抜け、潮風を嗅ぎながら空から降りそそぐセグロカモメの鳴き声を聞くのは、決まりきった日常からの快適な気分転換になった。わたしは、キングズ・カレッジの芝生で見た、夏のシェイクスピア公演の『オセロ』の台詞を思い出した。カモメ。わたしはカモメを探しにきたのだろうか？　もちろん、そんなことはなかった。老朽化した三輛編成のルイス行きの列車に乗って、ファルマーで降りると、サセックス大学と呼ばれる――マスコミから〈海辺のベイリオル・カレッジ〉と呼ばれたこともある――赤レンガ造りの建物までの四分の一マイルを歩いた。赤のミニスカートに黒のハイカラーのジャケット、黒いハイヒール、短いストラップの付いた白いパテントレザーのショルダーバッグというでたちだった。わたしは足の痛みを無視して、正面玄関への舗装路の学生の群れのあいだをこれ見よがしに歩いていった。軍の余剰物資店から調達した服をだらしなく着た男の子たち――わたしは彼らを男の子と見なしていた――を物ともせず、まんなかで分けた長い髪、メイクもせずに、チーズクロス風のスカートを穿いた女の子たちはそれよりもっと完全に無視して。なかには、たぶん開発途上国の農民への同情心からなのだろうが、裸足の学生もいた。〝キャンパス〟という言葉そのものがわたしにはアメリカからの浅薄な輸入品に思えた。サセックス丘陵《ダウンズ》の襞のあいだにベイジル・スペンス卿が設計した建物に向かって、自分を意識して闊歩していた。わたしは新しい大学という考えを見下す気分になり、生まれて初めて、自分のケンブリッジやニューナムとの結びつきを誇らしく感じた。どうして本物の大学が新しいなんてことがありうるだろう？　赤と白と黒という凝ったいでたちで、人混みをまっぷたつに切り裂いて受付のデスクに向かい、そこで行く先を尋ねるつもりのこのわたしに、だれにせよ、どうして抗うことができるだろう？

　わたしはたぶん建築学的には中庭《クワッド》と呼ばれる場所に入った。側面には浅い流れがあるはずの構造物、滑らかな川底の石で縁取られた長方形の池があったが、水は涸れ、ビールの空き缶やサンドイッチの包み紙が散らばっていた。前方のレンガと石とガラス製の構造物からロック・ミュージックのズンズンいう鼓動と絶叫が流れてきた。ジェスロ・タルのかすれた波打つようなフルートだ。二階のガラス窓越しに人影が見える。テーブルサッカーの上にかがみこむプレイヤーと見物人たち。学生会館にちがいなかった。どこでもおなじ光景だった。こういう場所は、たいていは数学や化学専攻の、頭の悪い男の子たちの独壇場で、女の子やガリ勉は別の場所に行く。大学の表玄関としてはみすぼらしい感じだった。わたしは足取りを速めたが、足音がドスドスいうドラムの音と合っているのが腹立たしかった。まるで休暇村に入っていくような気分だった。

　舗装路は学生会館の下をくぐり抜け、わたしはガラスのドアを押して受付に向かった。少なくとも、長いカウンターの背後にいる制服の受付係はわたしにも馴染みがあった――一種独特の人種で、うんざりしながらも寛容な雰囲気を漂わせ、しかも、かつてここにいたどんな学生よりも自分たちのほうが頭がいいという、ちょっと荒っぽい確信を抱いている。徐々に弱くなる音楽に背を向けて、受付の指示どおりにひろいオープン・スペースを横切り、巨大なコンクリート製のラグビーのゴールポストをくぐって〈アーツ・ブロックA〉に入り、反対側から出て〈アーツ・ブロックB〉に向かった。建物に芸術家か哲学者の名前を付けることはできなかったのだろうか？　なかに入って、廊下を歩いていくと、研究室のドアにはいろんなものが貼ってあった。「世界は起こっている事の総体である」というウィトゲンシュタインの言葉を記して鋲で留めたカード、ブラックパンサーのポスター、ドイツ語のヘーゲルの言葉、フランス語のメルロー＝ポンティのなにか。要するに、ひけらかしたいのである。二本目の廊下のいちばん奥がヘイリーの部屋だった。ノックする前に、わたしは外側でちょっとためらった。

そこは廊下の突き当たりで、すぐわきに高く伸びた細長い窓があり、四角い芝生に面していた。射しこむ光の加減で、水面みたいに見えるガラスに自分の姿が映っていたので、櫛を取り出してすばやく髪を整え、襟をなおした。ちょっぴり緊張していたとすれば、それはこの数週間わたしが自分の個人版ヘイリーと親密になり、セックスや欺瞞、プライドや挫折に関する彼の考えをずっと読んでいたからだった。つまり、わたしたちはすでに親しい関係にあったのだが、いまやそれが改善されるか、破壊されるかのどちらかだった。現実の彼がどんな人間であれ、それは驚きであり、たぶん期待はずれになる公算が強いだろう。握手を交わした瞬間から、わたしたちの親密さは逆転するにちがいなかった。ブライトンへ来る途中、わたしは彼の報道記事をすべて読みなおした。フィクションとはちがって、それは良識的、懐疑的で、教師然とした調子であり、あたかもイデオロギー的な能なしのために書いているかのようだった。一九五三年の東ベルリン暴動についての記事は「労働者の国家が労働者を愛しているなどという考えを抱いてはならない。それは労働者を憎んでいるのだから」という文章ではじまり、政府が人民を解散し、別の人民を選んではどうかというブレヒトの詩を冷笑していた。ヘイリーの記事によれば、ブレヒトの第一の衝動は、ソビエトによる容赦ないストライキ鎮圧を公然と支持することによってドイツ政府に〝おべっかを使う〟ことだったのだという。ロシア軍兵士は直接群衆に向けて発砲した。ブレヒトのことはよく知らなかったが、わたしはむかしから彼は正義の味方なのだろうと思っていたのだけれど。ヘイリーが正しいのかどうか、どうすれば報道記事の平明な語り口とフィクションの奸智にたけた親密さの折り合いをつけられるのか、わたしにはわからなかったが、実際に会えばもっとわからなくなりそうだった。

もっと攻撃的な別の記事では、彼は西ドイツの小説家たちをフィクションのなかでベルリンの壁を無視している気の弱い臆病者だとして罵倒していた。もちろん、彼らは壁の存在を憎んではいるが、それを表立って言って、アメリカの外交政策と同列に見られることを怖れていた。それでもなお、それは地政学的なものと個人的な悲劇を結びつける、だれも無視することのできないすばらしいテーマではあった。もちろん、それがロンドンの壁だったら、どんなイギリス人作家でもそれについて言うべきことをもっていただろう。ワシントンを分断する壁だとしたら、ノーマン・メイラーはそれを無視しただろうか？　ニューアークの家並みがふたつに切り裂かれたとしても、フィリップ・ロスは知らぬふりをしただろうか？　ジョン・アップダイクの登場人物たちは、分断されたふたつのニューイングランドを横断する情事のチャンスをつかもうとしなかっただろうか？　パクス・アメリカーナによってソビエトの圧力から保護されて、甘やかされ過剰な補助金を与えられている文壇は、自分たちを自由にさせてくれている手を憎むことを選んでいる。西ドイツの作家たちは〈壁〉が存在しないかのようなふりをすることで、一切の倫理的権威を失った。『インデクス・オン・センサーシップ』誌に掲載されたこのエッセイのタイトルは「インテリの裏切り《ラ・トライゾン・デ・クレール》」だった。

パーリーピンクのマニキュアをした爪先で軽くドアをたたくと、不明瞭なつぶやきかうめき声のようなものが聞こえたので、ドアを押しあけた。失望する心の準備をしておいたのは正しかった。机からひょろりと立ち上がった人影は、背筋をまっすぐ伸ばそうとしていたが、それでも猫背気味だった。女の子みたいにほっそりとして、手首も細く、握手のときにぎった手はわたしより小さくて柔らかかった。肌は非常に白く、目はダーク・グリーンで、髪は焦げ茶色で長く、ほとんどボブみたいなスタイルにカットしていた。その初めの数秒間、わたしはひょっとすると短篇にあった性転換願望者的《トランスセクシュアル》な要素を見落としていたのだろうかと思った。しかし、ともかくこれが双子の兄弟であり、おつに澄ました牧師であり、頭の切れる上昇志向の労働党議員であり、動かない物に恋をする孤独な億万長者なのだった。襟なしの、毛玉の付いた白いフランネルのシャツを着て、ぴっちりとしたジーンズに幅広のベルト、すり減った革のブーツといういでたちだった。ちょっと混乱させられたのは、そんな華奢な体から放たれたのが深みのある低い声で、地元特有のアクセントもなく、どの社会階級にも属さない純粋な話し方だったことだった。

「これを片付けて、あなたが坐れるようにしましょう」

彼は肘掛けのない柔らかい椅子から何冊かの本を移動した。わたしの訪問のために特別な準備はなにもしていないことを見せつけているのだろうと思うと、かすかな苛立ちを感じた。

「ここへの列車は問題ありませんでしたか？　コーヒーはいかがです？」

列車は問題なかったし、コーヒーは必要ない、とわたしは答えた。

彼は机の前に坐り、椅子を回転させてわたしのほうを向くと、片方の足首を膝にのせ、かすかな笑みを浮かべながら両手をひらいて、尋ねるような仕草をした。「それで、ミス・フルーム……」

「羽根と韻を踏む名前ですが、セリーナと呼んでください」

彼は首を片側にかしげながら、わたしの名前を繰り返した。それから、わたしの顔を穏やかに見つめて、待ちかまえた。まつげが長いことにわたしは気づいた。この瞬間のことはリハーサルしておいたので、それを展開してみせるのは容易だった。事実をありのままに言えばよかった。自由国際基金の業務、それが広範にわたること、世界各地での活動、オープンな考え方、イデオロギーとは縁がないこと。彼はずっと首をかしげたまま、面白がっているが信じてはいないような顔をして、黙って耳を傾けていた。唇がかすかに震えているのは、いまにもわたしといっしょに、あるいはわたしに取って代わって、わたしの言葉を自分のそれに置き換えるか、もっと適切な言い方に磨き上げるつもりでいるかのようだった。長々しいジョークを聞きながら、爆発的な落ちを期待しておかしさをこらえながら、唇をふくらましたりすぼめたりしているような顔だった。基金がすでに支援している作家やアーティストの名前を列挙したとき、彼はすでにわたしの心のうちを見通しているが、おもてには出さないでいるだけなのかもしれないと想像してみた。嘘つきを間近から観察するために、強いてわたしに口上を述べさせているような気がしたのだ。あとで小説に使うつもりで。ぞっとして、わたしはその考えを頭から振り払った。もっと精神を集中する必要がある。次に、わたしは基金の資金源に関する説明に移った。自由国際基金がどれだけ豊かな資金に恵まれているかをヘイリーに教える必要がある、というのがマックスの考えだった。資金は、アメリカに移民して、二〇年代から三〇年代にかけて特許権の売買で財産を築いたブルガリア人芸術愛好家の未亡人からの寄付でまかなわれている。夫に先立たれたあと、この夫人は荒廃したヨーロッパから多くの印象派の作品を戦前の価格で買い入れた。そして、晩年に、ある文化的関心の深い政治家に夢中になったが、その政治家がこの基金を設立しようとしていたので、亡夫と自分の全財産を基金に寄贈したのである。

そこまでは、わたしが言ったことはすべて事実であり、容易に確かめられることだった。しかし、いま、わたしはためらいがちに嘘の領域に足を踏み入れようとしていた。「正直に言わせていただきますが」とわたしは言った。「自由国際基金には資金を投入すべきプロジェクトが充分にないのではないかと思うことがあるんです」

「では、わたしは光栄に思わなければならないわけですね」とヘイリーは言ったが、わたしが顔を赤らめたのを見て取ったのだろう、こうつづけた。「失礼なことを言うつもりではなかったんですが」

「トムです」

「あなたは誤解しているんです、ミスター・ヘイリー」

「失礼。トム。言い方がよくありませんでした。わたしが言いたかったのはこういうことです。よろしくない政府によって投獄されたり抑圧されたりしているアーティストはたくさんいます。わたしたちはそういう人たちを援助して、作品を世に出すためにできるだけのことをしています。しかし、もちろん、検閲されているからといって、かならずしもその作家や彫刻家がすぐれているわけではありません。たとえば、ただ本国で発禁になったという理由から、ポーランドのどうしようもない劇作家を支援してきたことがわかったということがあるんです。わたしたちは彼への支援をつづけるでしょうし、投獄されているハンガリーの抽象印象派からも、いくらでもガラクタを買い取るつもりです。しかし、そういうことがあったので、運営委員会はポートフォリオにあらたな一面を加えることにしたのです。わたしたちはどこで見出されたものであれ、抑圧されていようがいまいが、傑出したものを支援することにしました。わたしたちがとくに関心をもっているのは、これからキャリアを積もうとしている若い人たちで……」

「で、あなたはおいくつなのかな、セリーナ？」トム・ヘイリーは、重い病気を案ずるかのように身を乗り出した。

わたしは自分の歳を答えた。彼はわたしに庇護されるつもりはないと言いたかったのだろう。たしかに、緊張のあまり、わたしはよそよそしい、役人風のしゃべり方になっていた。もっとリラックスして、もったいぶらずに、彼をトムと呼ぶ必要があるだろう。わたしはこういうことがすこしも得意ではないことを悟った。大学に行ったのかどうか訊かれたので、わたしはそれに答えて、大学の名前を言った。

「専攻は何だったのかな？」

わたしは一瞬ためらって、口ごもった。訊かれるとは思っていなかったが、ふいに数学と答えると怪しまれるような気がして、どういうつもりだったのか、思わず「英文学」と答えていた。

彼はうれしそうに笑みを浮かべた。共通基盤が見つかって喜んでいるようだった。「もちろん一級の成績だったんだろうね？」

「じつは二級の上で卒業しました」自分でも何を言っているのかわからなかった。三級では恥ずかしかったし、一級では危険地帯に入りこむような気がしたのだ。おかげで、不必要な嘘をふたつもついてしまった。ばかなやり方だった。よくは知らなかったが、ニューナムに電話を一本かければ、英文学を専攻したセリーナ・フルームはいなかったことがばれてしまうにちがいないのだから。まさか訊かれるとは思ってもいなかった。わたしはそんな基本的な準備作業を怠っていたのである。なぜマックスはわたしを手伝って、然るべき履歴を準備させなかったのだろう？　わたしはうろたえ、冷や汗をかいているような気がした。なにも言わずにいきなり立ち上がり、バッグをつかんで、部屋から逃げだす自分の姿が目に浮かんだ。

トムは、やさしいと同時に冷やかすような、彼独特の目つきでわたしを見ていた。「察するに、あなたはたぶん一級が取れると思っていたんじゃないかな。しかし、二級の上でもすこしも悪いことはない」

「がっかりしました」と、すこしだけ元気を回復して、わたしは言った。「みんなから……その……」

「期待されていたから？」

わたしたちは二、三秒よりちょっと長く目を合わせ、それからわたしが目をそらした。彼の作品を読み、彼の心の一角をあまりにもよく知りすぎていたので、長く目を合わせているのはむずかしかった。わたしは視線を相手の顎の下にずらし、首に細い銀のチェーンがかかっていることに気づいた。

「で、これからキャリアを積もうとしている作家たち、とあなたは言っていたんだが」。彼は入学試験の面接で緊張している受験者をなだめすかす、やさしい指導教官の役を意識的に演じようとしていた。優位に立たなければならない、とわたしは思った。

「よろしいですか、ミスター・ヘイリー……」

「トム」

「あなたの時間を無駄にしたくはないんです。わたしたちは非常に優秀で、非常に専門的な人々から意見をいただいています。彼らはこの件について熟考しました。その結果、あなたの報道記事に好意をもち、短篇小説に惚れこみました。ほんとうに惚れこんでいるんです。わたしたちの希望は……」

「で、あなたは？　あなたも読んだんですか？」

「もちろんです」

「どう思いました？」

「じつは、わたしは遣いにすぎないんです。わたしがどう思っているかは関係ないんです」

「わたしには関係がある。あなたはどう思ったんです？」

部屋が暗くなったような気がした。わたしは彼の向こう側の、窓の外へ目をやった。細長い芝生があり、別の建物の一角が見えた。わたしたちがいるのとおなじような部屋で、個別指導が行なわれていた。わたしとあまり歳が違わない女の子がエッセイを声に出して読んでいる。わきにはボマージャケットの男の子がいて、ひげを生やした顎を手にのせて、まじめくさってうなずいていた。女教師はこちらに背中を向けていた。意味ありげなポーズを引き延ばしすぎたかと思いながら、わたしは視線を自分たちの部屋のなかに戻した。ふたたびわたしたちの目が合い、わたしはこんどは強いて目をそらすまいとした。なんと不思議なダーク・グリーンだろう、なんと長い、こどもみたいなまつげと、太い真っ黒な眉なのだろう。彼の目にはためらいの色が浮かび、彼は目をそらそうとしかけた。こんどはわたしのほうが優勢だった。

わたしはとても低い声で言った。「じつにすばらしいと思いました」

彼はだれかに胸を、心臓をつつかれたかのように身をちぢめ、笑い声とまでは言えない、小さなあえぎ声を洩らした。そして、なにか言いかけたが、言葉に詰まった。彼はわたしを見つめて、待っていた。わたしが先をつづけるのを、もっと彼自身について、彼の才能についてなにか言うのを待っていた。だが、わたしはすぐにはなにも言わなかった。薄めないほうが言葉に力がこもるだろうと思ったのである。それに、すこしでも深みのあることを言えるかどうか自信がなかった。ふたりのあいだで、ある種の堅苦しさが剝がれ落ち、ばつの悪い沈黙が剝きだしになった。彼が肯定を、称讃を、わたしが与えるものならどんなものでも、渇望していることをわたしはあばいた。彼にとってそれ以上に重要なものはなにもないのだろう。いろんな雑誌に発表された短篇は、編集者からのお決まりのありがとうや頭を軽くたたく仕草を別にすれば、だれにも注目されなかったのかもしれない。これまではだれも、少なくとも見知らぬ他人はだれひとり、彼のフィクションがすばらしいとは言わなかったのかもしれない。だが、いまや、彼はそれを聞き、むかしから自分ではそう信じていたことに気づいたのだ。わたしは途轍もないニュースを彼にもたらしたのである。だれかがそう請け合ってくれないかぎり、自分がほんとうにすぐれているのかどうか、どうして知ることができるだろう？　いまや、彼はそれが事実であることを知り、感謝したい気持ちになっていた。

彼が口をひらいたとたんに、時間が途切れて、部屋の空気がふだんの感じに戻った。「どれか気にいったものがありましたか？」

それはあまりにも間の抜けた、気弱な言いわけみたいな質問だった。彼のあまりの傷つきやすさゆえに、わたしは彼に心を惹かれた。「どれもすばらしいと思いますが」とわたしは言った。「なかでも双子の兄弟の話、『これが愛』がいちばん野心的な作品だと思います。この作品には長篇小説に匹敵するスケールがあると思いました。信仰と感情に関する小説です。そして、ジーンがなんともすばらしい人物です。あまりにも不安定で、破壊的で、魅力的で。じつに堂々たる作品です。これをもっと発展させて、もうすこしふくらませて長篇小説にしようというお考えはないんでしょうか？」

彼は興味深そうにわたしの顔を見つめた。「いや、もうすこしふくらませようと考えたことはありません」わたしの言葉をそのまま繰り返した言いまわしを聞いて、わたしはあわてた。

「ごめんなさい。ばかげたことを……」

「あれがわたしに必要な長さだったんです。約一万五千語です。しかし、気にいっていただけてなによりです」

冷笑的な、からかうような言い方だったが、彼は笑みを浮かべ、わたしは赦された。けれども、わたしの優位性はかすんでしまった。フィクションの長さをこんな専門的なやり方で定義するのは聞いたことがなかった。自分の無知が舌にぶら下げられた重りみたいに感じられた。

わたしは言った。「それと『恋人たち』、あのショーウィンドウのマネキンに恋をする男の話はとても奇妙で、非常に説得力のある物語で、みんなが圧倒されました」。いまや紛れもない嘘をつくことに解放感があった。「評議会には大学教授がふたり、有名な批評家がふたり入っています。彼らはたくさんの新作に目を通すんですが、前回の会議での騒ぎをお聞かせしたかったです。じつを言うと、彼らはあなたの短篇について話すのをやめられなかったんです。こんなことは初めてでしたが、投票の結果は満場一致でした」

かすかな笑みは消えていた。彼の目つきはうつろになり、まるでわたしに催眠術をかけられたみたいだった。「それは非常にうれしいことです。ほかには何と言ったらいいか？」それから、彼は付け加えた。「ふたりの批評家というのはだれなんです？」

「匿名性を尊重しなければならないんです、残念ながら」

「なるほど」

彼は一瞬目をそむけ、なにか個人的な考えに耽っているようだった。それから、彼は言った。

「それで、あなたは何を提供し、わたしに何を望んでいるんですか？」

「それに答える前に、ひとつ質問させていただけますか？　博士課程を修了したあと、あなたはどうするおつもりなんでしょう？」

「ここでのものも含めて、いろんな場所の教職に応募しているところです」

「フルタイムですか？」

「そうです」

「わたしたちはあなたが仕事をしないで済むようにして差し上げたいと思っています。その代わり、お望みなら報道記事も含めて、書くことに専念していただきたいんです」

いくら支給されるのかと彼は尋ね、わたしは金額を答えた。どのくらいの期間かと訊かれたので、わたしは言った。「二、三年というところでしょうか」

「で、わたしがなにも書かなかったら？」

「わたしたちは失望するでしょうが、ほかの事業に移っていくだけです。資金の返済を要求することはありません」

彼はそれを胸にたたみ込んでから、こう訊いた。「では、わたしの書くものの著作権が欲しいということですか？」

「いいえ。わたしたちは仕事を見せてほしいと言うつもりはありません。あなたはわたしたちに謝意を示す必要さえないんです。基金はあなたが独自の、卓越した才能をもっていると考えています。あなたのフィクションや報道記事が書かれて、公表され、読まれれば、わたしたちは満足です。あなたの仕事が軌道に乗って、筆で暮らしが立つようになれば、わたしたちはあなたの生活から姿を消します。それでわたしたちの職務は果たされたことになるからです」

彼は立ち上がり、机の遠い側をまわって、わたしに背を向けて窓際に立った。手で髪を梳きながら、歯の隙間から小声でなにかつぶやいている——「ばかげている」と言ったのか、それとも「たくさんだ」と言ったのか。彼は芝生の向こう側のおなじ部屋を眺めていた。いまでは、あごひげの男の子がエッセイを朗読し、女子学生が無表情に前を見つめている。奇妙なことに、教師は電話で話していた。

トムは椅子に戻って、腕を組んだ。視線をわたしの肩越しに向け、唇をキュッと結んでいる。重大な異議を唱えるつもりだろうという予感がした。

わたしは言った。「一日か二日よく考えてみてください。お友だちに話したりして……じっくりと考えてみてください」

「問題は……」と言いかけたが、途中で声が弱くなって消えた。彼は自分の膝に目を落とし、それからつづけた。「こういうことです。わたしは毎日のようにこの問題について考えている。それより大きな問題はないし、夜も眠れないくらいです。いつもおなじ四つの段階がある。第一に、わたしは小説を書きたい。第二に、わたしは一文無しだ。第三に、仕事を見つけなければならない。第四に、仕事をしていれば書くことはできない。それを避けて通る方法は見つからない。ひとつもない。そういうとき、すてきな若い女性がやってきて、なんの見返りもなしにたっぷりと奨励金をくれるという。ほんとうにしてはあまりにもよすぎる話です。疑わしいと思わずにはいられない」

「トム、あなたは実際よりも単純化しているように聞こえます。あなたはただ受け身でいただけではないんです。最初に行動したのはあなたでした。あなたはあのすばらしい短篇を書いた。ロンドンではあなたが話題になりつつあります。そうでなければ、わたしたちがどうやってあなたを発見できたでしょう？　あなたはご自分の才能と努力で幸運を引き寄せたんです」

皮肉な頰笑み、かしげた首——進歩している。

彼は言った。「すばらしいと言うときの、あなたの言い方が好きだな」

「そうですか。すばらしい、すばらしい、すばらしい」わたしは床のバッグに手を伸ばして、基金のパンフレットを取り出した。「これがわたしたちがやっている仕事です。アッパー・リージェント・ストリートのオフィスにいらして、そこの人たちとお話しすることもできます。好感をもたれると思いますよ」

「あなたもそこにいるのかな?」

「わたしの直接の雇い主は〈ワード・アンペンド〉です。わたしたちは自由国際基金と緊密な協力関係にあって、彼らに資金を提供しています。彼らがアーティストを見つけるのを手伝ってくれているわけです。わたしはたいてい旅に出ているか、さもなければ自宅で仕事をしています。でも、基金のオフィスに伝言していただければ、わたしに届きます」

彼がちらりと時計に目をやって立ち上がったので、わたしも立ち上がった。わたしは忠順な若い女であり、自分に期待されていることをなんとしても達成する決意だった。できれば、ヘイリーがいま、お昼の前に、わたしたちの支援を受けることに同意してほしかった。そうすれば、わたしは午後そのニュースをマックスに電話で報告し、あしたの朝には、ピーター・ナッティングからのお定まりの感謝のメモが届くだろう。すこしも心のこもっていない、サインもない、だれかがタイプしたメモだろうが、わたしにはそれが重要だった。

「いまなにか約束してほしいと言うつもりはありません」嘆願しているように聞こえないといいのだがと思いながら、わたしは言った。「あなたにはどんな義務もないんです。ただゴーサインさえいただければ、わたしが毎月の支払いの手配をします。必要なのは銀行の口座番号だけです」

ゴーサイン? わたしはいままでそんな言葉を使ったことは一度もなかった。彼は目をパチクリさせてうなずいたが、お金を受け取ることに同意したわけではなく、わたしが言ったこと全体がわかったという意味だった。わたしたちは六フィートも離れずに立っていた。彼の腰はほっそりしていた。シャツがちょっと乱れていて、ボタンの下の隙間からヘソの上の肌と綿毛みたいな体毛がちらりと見えた。

「ありがとう」と彼は言った。「じっくりと慎重に考えてみます。金曜日にロンドンに行かなくてはならないので、あなたがたのオフィスに寄ってみるかもしれません」

「では、そのときに」とわたしは言って、手を差し出した。彼はわたしの手を取ったが、握手したわけではなかった。わたしの指を手のひらにのせて、親指でそっとさすった。ただ一度だけゆっくりと。わたしをじっと見つめながら、文字どおり、スーッとさすった。手を引っこめるとき、わたしは自分の親指が彼の人差し指を根元から先端までかすめるままにした。ふたりとももっと相手に近づこうとしていたような気がしたが、そのとき、元気いっぱいのとんでもなく大きな音でドアがノックされた。彼は一歩後ろへさがって、大声で「お入り」と言った。ドアが勢いよくひらいて、ふたりの女の子が現れた。まんなかで分けたブロンドの髪、薄れかけた日焼け、サンダルとペディキュアをした足の爪、剝きだしの腕、愛らしい期待にみちた笑みを浮かべて、耐えがたいほどかわいらしかった。わきに抱えている本やノートはすこしも本気らしく見えなかった。

「ああ」とトムが言った。「『妖精の女王』の個別指導だね」

わたしは彼のわきを通り抜けて、ドアに向かいながら、「わたしはそれはまだ読んでないわ」と言った。

彼は笑い声をあげ、ふたりの女の子もいっしょに笑った。わたしがとても面白いジョークを言ったかのように。彼らはわたしの言ったことを信じなかったのかもしれない。

12

午後早くロンドンへ戻る列車に乗ると、わたしは車輛にただひとりの乗客だった。列車がサウス・ダウンズをあとにしてサセックス・ウィールドを疾走するあいだ、通路を行ったり来たりして騒ぐ胸のうちを鎮めようとした。二、三分腰をおろしたが、それからまた立ち上がった。わたしはもっと食い下がれなかった自分を責めた。個別指導が終わるまで待って、それからむりやり昼食に誘い、そこですべてをもう一度繰り返して、彼の同意を得るべきだったろう。だが、問題はそれではなかった。わたしは彼の自宅の住所も聞かずにきてしまったが、それでもなかった。わたしたちのあいだでなにかがはじまったかもしれないし、はじまらなかったかもしれない。それはほんの一度の接触だった。ほとんどなんでもないものだったが、わたしはあそこに留まって、それを発展させ、もうすこし、次の逢瀬への架け橋になるくらいのものは持ち帰るべきだった。たとえば、わたしに代わって話したがっていたあの口にディープ・キスをひとつくらい。シャツのボタンのあいだから垣間見えた肌、へそのまわりに渦巻き状に生えていた淡い色の体毛、軽そうなほっそりとしたこどもみたいな体、そういうものの記憶がわたしを悩ませていた。彼の短篇のひとつを取り上げて、読みなおそうとしたが、すぐに気が散ってしまった。ヘイワーズ・ヒースで降りて、引き返そうかとも考えた。彼がわたしの指を愛撫しなくても、やはりこんなに悩まされたのだろうか？　たぶん、悩まされていただろう。彼の親指がふれたのがまったくの偶然だった可能性はあるだろうか？　それはありえなかった。彼はそのつもりだったのだ。〈帰らないでくれ〉とわたしに言っていた。けれども、列車が停まったとき、わたしは動こうとはしなかった。自信がもてなかったからである。

自分がマックスの気を惹こうとしたとき、とわたしは思った、どうなったかを考えてみるがいい。

セバスチャン・モレルは、ロンドン北部のタフネルパークに近い大規模な総合制中等学校のフランス語教師だった。モニカと結婚して、こどもはふたり、七歳と四歳の女の子と男の子で、フィンズベリーパークに近い借家のテラスハウスに住んでいた。セバスチャンの仕事は過酷で、やりがいがなく、安月給だったし、生徒たちは生意気で、言うことを聞かなかった。ときには、教室内の秩序を保とうと努め、次々と——自分でも有効性を信じていない——罰を与えることで一日がつぶれることもあった。このこどもたちにとって初級フランス語の知識がいかに的外れかを思うと、われながら驚かずにはいられなかった。「彼はこどもたちを好きになりたいと思っていたが、彼らの無知や攻撃性、すこしでも学ぶことに興味を示す仲間を嘲笑したりいじめたりするやり方には胸がむかついた。そうやって、彼らはみずから自分たちを社会の下層に押しこめているのだ」。ほとんど全員ができるかぎり早く学校をやめて、不熟練労働の仕事につくか、妊娠するか、失業手当でその場しのぎの暮らしをしはじめた。彼はときには彼らを憐れみ、ときには軽蔑心を抑えつけるのに苦労していた。

セバスチャンは三十代の前半で、「痩せてはいたが、並外れた体力に恵まれていた」。マンチェスターの大学時代、彼は山登りに夢中になり、ノルウェーやチリやオーストリア遠征のリーダーを務めた。しかし、最近では、もはやそういう高みに出かけることはなかった。生活にはすこしもゆとりがなく、金や時間が足りなかったし、それだけの気力が湧かなかったからだ。「登山用具はズック製の袋に入れて、階段下の戸棚に、掃除機やモップやバケツのずっと奥にしまい込まれていた」。いつも問題は金だった。モニカは小学校教師の資格をもっていたが、いまは家にいて、こどもたちの世話や家事を担当していた。彼女はそれをつつがなくこなし、愛情豊かな母親だったし、こどもたちはとても愛らしかったが、ときおり、セバスチャンのそれを鏡に映したような、不安と欲求不満の発作に苦しめられていた。みすぼらしい通りのひどく狭い家にしては、家賃がとんでもなく高かったし、九年になる結婚生活は単調で、不安や働き過ぎで味気なく、ときおりの――たいていはお金についての――夫婦喧嘩で事態はさらに悪化した。

十二月のある仄暗い午後遅く、学期末の三日前に、彼は通りで強盗の被害にあった。昼休みに銀行へ行って、クリスマスプレゼントとご馳走のために、ふたりの共同口座から七十ポンド引き出すように頼まれていた。それが彼らの貯金のほぼ全額だった。自宅前の狭くて薄暗い通りに入り、玄関から百ヤードほどのところまで来たとき、背後から足音がして、肩をたたかれた。振り向くと、「目の前に立っていたのは十六歳くらいの少年で、西インド諸島系だろう、大きな波刃のキッチンナイフを持っていた。数秒間、ふたりは三フィートも離れていない位置で向かい合い、黙って見つめ合った」。セバスチャンが心配したのは少年の興奮ぶりで、両手で持ったナイフがブルブル震え、ひどく怯えた顔をしていることだった。容易に抑えの利かない状態になるおそれがあった。少年は低い震え声で財布を要求した。セバスチャンは片手をゆっくりと上げて、コートの内ポケットに差しこんだ。彼はこどもたちのクリスマスをくれてやろうとしていた。自分のほうが少年より強いのはわかっていた。財布を差し出しながら、そのまま相手に殴りかかり、鼻先に思いきりパンチを加えて、ナイフを奪い取ることもできるだろうと思った。

しかし、セバスチャンを引き留めたのは少年の興奮ぶりだけではなかった。「職員室ではとくに強く支持されている、一般的な物の見方があった――犯罪、とりわけ窃盗や強盗は、社会的不正義によって引き起こされるという考え方」である。泥棒は貧しく、人生で一度もまともなチャンスを与えられたことがない。だから、彼らが自分のものではないものを盗むのはほとんど非難できないだろうというのだった。たいして深く考えたこともなかったが、それはセバスチャンの意見でもあった。というより、それは意見ですらなかった。教育のある穏当な人々を取り巻く寛大な空気みたいなものだった。犯罪について不平を言う人間は、落書きや道路のゴミについても不満を洩らし、移民や労働組合や税金や戦争や死刑についても感心できない意見を抱いていることが多い。「したがって、重要なのは、おのれの自尊心のためにも、強盗にあったことは気にしすぎないようにすることだった」

というわけで、彼はそのまま財布を渡し、泥棒は走り去った。セバスチャンはまっすぐ家に帰る代わりに、ハイ・ストリートまで引き返して、警察署にこの出来事を報告した。内勤の巡査部長に話しているときに、自分が下劣な人間か密告者にでもなったような気がした。というのも、警察はあきらかに人々に盗みを強いる体制の手先だからである。巡査部長が重大な関心を寄せ、ナイフのことを、刃渡りとか柄がすこしは見えなかったかなどと、しつこく質問してくるのを前にして、居心地の悪さがますます強まった。もちろん、武装強盗は重大な犯罪だった。少年は何年も刑務所に行くことになるかもしれない。ひと月前、財布を渡すまいとした老婦人が刺し殺される事件があったと聞いたときでさえ、セバスチャンの居心地の悪さは解消しなかった。ナイフのことにはふれるべきではなかったのである。通りを引き返しながら、なにも考えずに事件を警察に届けたことを後悔した。彼は中年のブルジョワになりかけていた。自分で責任をとるべきだったのだ。彼はもはやザイルに命を託し、自分の敏捷性と体力と技術を信じて、切り立った花崗岩の絶壁をよじ登る男ではなかった。

脚から力が抜けて震えだすのがわかったので、パブに入った。ポケットの小銭はちょうどスコッチのダブルが飲めるだけの金額だった。彼はそれを一息に飲み干して、家路についた。

この強盗事件を境にして、彼の結婚生活は下降線をたどりはじめた。モニカはけっしてそうは言わなかったが、彼の言い分を信じていないのはあきらかだった。むかしからよくある話だった。彼は酒の匂いをプンプンさせて帰ってくると、クリスマスのお金を奪われたと言い張った。クリスマスは惨憺たるものになり、横柄な彼女の兄から借金しなければならなかった。彼女の不信が彼の憤懣をあおり、ふたりの関係は寒々としたものになったが、クリスマスの当日はこどもたちのために陽気さを装わなければならなかった。それが冷たい空気をさらに冷やして、ふたりを沈黙に追いやった。「妻に嘘つきだと思われているという考えが彼の心に毒みたいに染みこんだ」彼は懸命に働いて、妻には忠実で嘘をつかず、隠し事をしたことはなかった。それなのに、どうして疑ったりできるのか！　ある夜、ナオミとジェイクを寝かしつけてから、彼は妻に強盗事件についての自分の説明を信じると言わせようとした。だが、彼女はすぐに怒りだして、信じるとも信じないとも言わなかった。そして、さっと話題を変えた。これは口論になったときの駆け引きのひとつで、彼女はじつに巧みだったが、自分も学ぶ必要があるだろうと彼は苦々しく考えた。こんな生活にはうんざりしている、と彼女は言った、経済的に彼に依存しているのも、彼が外でキャリアを積んでいるあいだ、家に閉じこめられていることにもうんざりだ。彼が家事とこどもを引き受けて、彼女がふたたび働く可能性を、わたしたちはなぜ一度も検討したことがないのかと。

彼女が話しおえないうちから、それはなんと魅力的な可能性だろう、と彼は考えていた。そうすれば、静かにしても席に着いてもいられない、あのぞっとするガキどもに背を向けられるし、彼らがいつかフランス語を一言でも話すかどうかを気にかけているふりをしなくても済む。彼は自分のこどもたちといっしょにいるのは好きだった。こどもたちを学校やプレイグループに送っていき、そのあと数時間は自分の時間が取れるから、むかしからやりたかった物を書くこともすこしはできるだろう。それからジェイクを迎えにいって、お昼を食べさせ、午後はこどもの世話と軽い家事。天国じゃないか。彼女が賃金奴隷になればいい。しかし、彼らは喧嘩の最中であり、相手の歓心を買うような提案をする気にはなれなかった。彼は荒々しくモニカを強盗の話に引き戻した。そして、もう一度嘘つきと言ってみろ、警察に行って、彼の被害届を読んでみろと言った。すると、彼女は部屋を出ていって、ドアを思いきりピシャリと閉めた。

険悪な静寂がひろがり、休暇は終わって、彼は仕事に戻った。学校は相変わらずひどかった。こどもたちは社会に瀰漫《びまん》する空気から小生意気な反抗精神を吸収していた。「ハシッシュや酒や煙草が運動場の通貨になり」、校長を含めて、教師たちはうろたえていた。こういう反乱の雰囲気は彼らが育むことになっている想像力や自由そのものの表れなのだとなかば信じながら、他方では、なにひとつ教えられも学ばれもしておらず、学校は崩壊の瀬戸際にあるとうすうす気づいていた。六〇年代は、それがどんなものだったにせよ、不吉な新しい仮面をつけて次の十年になだれ込んだ。「中流階級の学生たちに平和と光明をもたらしたと言われるドラッグが、いまや過酷な状況に置かれた都会の貧困層の将来への希望を萎ませていた」。セバスチャンのクラスの十五歳の少年が、麻薬に酔ったり酒に酔ったり、あるいは両方に酔ってやってきた。それより年下のこどもたちまでが運動場でＬＳＤをやって家に送り返され、校門では卒業生がドラッグを売っていた。ベビーカーを押す母親たちと並んで、自分たちの商品を持って堂々と立っていた。校長はうろたえ、だれもがおどおどしていた。

教室で声を張り上げているせいで、一日の終わりには、セバスチャンはしばしば声がしゃがれた。徒歩でゆっくり家路をたどる時間が、ただひとつの慰めだった。ひとりで、物思いにふけりながら、彼はひとつの寒々しい現場からもうひとつの寒々とした現場への道をたどっていった。週に四回、モニカが夜のスクールに出かけるのが救いだった――ヨガ、ドイツ語、それに天使論のクラスだった。そうでないときは、彼らは家ではたがいに相手を避け、所帯を維持するのに最低限の口しかきかなかった。彼は客用のベッドルームで眠り、こどもたちには自分のいびきでお母さんが眠れないからだと説明した。いつ自分が仕事をやめて、彼女が仕事に戻ることになってもかまわないと思っていた。けれども、自分がこどもたちのクリスマスのためのお金を飲んでしまう男だと思われていることが忘れられなかった。しかも、嘘をついてそれを取り繕おうとする男なのだと。だが、問題はあきらかにそれよりずっと根深かった。ふたりの相互的な信頼は完全に消え去り、結婚生活は危機に瀕していた。彼女と役割分担を替えたところで、それは表面的な取り繕いにすぎないだろう。それでも離婚を考えると、彼はぞっとせずにはいられなかった。「そのあとにどんな口論や愚行がつづくだろう！　そんな苦痛や哀しみをどうしてナオミやジェイクに強いることができるだろう？」この問題をなんとかして解決するのが彼とモニカの責任だったが、どこから手を着ければいいのかわからなかった。あの少年と手に持ったキッチンナイフを思い出すたびに、古い怒りが戻ってきた。モニカが彼の言ったことを、彼という人間を信じなかったこと、それが絆を断ち切ったのであり、それこそとてつもない裏切り行為だったのだとしか思えなかった。

しかも、お金の問題があった。いつもお金が足りなかった。一月には、十二年乗っている車のクラッチを交換しなければならなかった。その結果、モニカの兄への返済が遅れ、借金をようやく返せたのは三月初めになってからだった。その一週間後、セバスチャンが昼休みに職員室にいるとき、学校の事務員がやってきて、奥さんから電話がかかっている、至急話したいことがあるそうだと言われた。「彼は恐怖で胸をむかつかせながら事務室に駆けつけた。彼女はそれまでは一度も職場に電話してきたことはなく、とても悪い知らせにちがいなかった。ナオミかジェイクになにかあったのだろうか」。そう思っていたので、その朝自宅に空き巣が入ったと聞いたときには、心なしかほっとした。こどもたちを送ってから、彼女は予約していた医者に行き、それから買い物をした。家に帰ると、玄関のドアが半びらきになっていた。泥棒は裏庭にまわり、裏の窓のひとつを破って、掛け金を上げ、そこから侵入して、貴重品をまとめて玄関から出ていったのだという。盗られたのは？「彼女は平板な口調で数え上げた」。彼の貴重な一九三〇年代製のローライフレックス――マンチェスター大学でフランス語の賞を取ったときの賞金で、ずっと以前に買ったものだった。それから、トランジスターラジオと彼のライカの双眼鏡、彼女のヘアドライヤー。そこでちょっと間を置いてから、依然として平板な声で、彼の登山用具もすべて持っていかれた、と彼女は告げた。

その時点で、彼は腰をおろす必要性を感じた。それまでうろうろしていた事務員は、気をきかせてオフィスを出て、ドアを閉めた。「長年のあいだに苦心して集めたすぐれた用具類、しかも思いのこもったかけがえのないもので、なかにはアンデス山脈で嵐のなかを下山中に友人の命を救うのに使われたロープも含まれていた」。たとえ保険ですべてがカバーされるとしても、そうかどうかは怪しいものだとセバスチャンは思ったが、登山用具を買い直すことはないだろう。あまりにも点数が多すぎるし、優先しなければならないものがほかにいくらでもあるのだから。彼の青春が盗まれてしまったのである。「自分のなかから真正直な、人の好い心のひろさが消えていき、自分の手が泥棒の喉を絞めつける場面が目に浮かんだ」。それから、彼は頭を振って、夢想を追い払った。すでに警察が来ている、とモニカが言っていた。破られた窓ガラスに血が付いていたが、泥棒は手袋をしていたらしく、指紋は見つからなかったという。戸棚から彼の登山用具をすべて取り出して、それをすばやく運び出したのなら、泥棒は少なくともふたりだったにちがいない、と彼は言った。

「そうね、と彼女はなんの感情もない声で認めた、ふたりだったにちがいないわ」

その夜、家に戻ると、彼は階段下の戸棚をあけ、登山用具が入っていたスペースをじっと見つめることで自分を罰せずにはいられなかった。「バケツとモップとブラシを縦の位置に戻し、それから二階に上がって、カメラをしまっておいたソックスの引き出しを覗いた」。ヘアドライヤーはふたつあったのであまり問題はなかったが、泥棒は何を盗むべきかを知っていた。この最後の後退は、この家族のプライバシーへの攻撃は、セバスチャンとモニカをすこしも近づける結果にはならなかった。簡単に相談したあと、こどもたちには泥棒が入ったことは言わないことにして、彼女はクラスに出かけていった。その後の数日、彼はひどく意気消沈して、保険金の請求をする気にさえほとんどなれなかった。フルカラーの小冊子は〈万全の補償〉をうたっていたが、小さい活字の付帯条項はしみったれで懲罰的だった。カバーされるのはカメラの価値の一部だけで、明細に記入するのを忘れていた登山用具はまったく補償されなかった。

「ふたりの侘しい共同生活がふたたびはじまった」。ひと月後、おなじ事務員が休憩時間中にやってきて、彼に会いたいという紳士が事務室に来ていると告げた。実際には、その紳士はコートを腕にかけて、廊下でセバスチャンを待っていた。バーンズ警部補だと自己紹介して、相談したいことがあるという。ミスター・モレルはお仕事のあと警察署に立ち寄っていただけるでしょうか？

数時間後、彼はクリスマス前に路上強盗の被害を届けた警察の受付に舞い戻った。バーンズの手が空くまで三十分待たなければならなかった。警部補は詫びを言いながら、コンクリートの階段を四階までのぼって、彼を小さな薄暗い部屋に案内した。「壁には折りたたみ式のスクリーンが掛けられ、部屋の中央のバーのストゥールみたいなものに映写機が載せられていた。バーンズはセバスチャンに椅子を勧めると、成功したおとり捜査についての話をはじめた」。警察は一年前にある横町のさびれた店を借りて、そこに私服警官をふたり配置した。一般の人々から中古品を買い取る店で、盗品を売りに来る泥棒を撮影しようとしたのである。いまでは数多くの窃盗罪が公判中で、この店の正体は知られており、すでに店は閉じられているが、一、二件未解決のものがあるのだという。警部補は部屋の照明を落とした。

隠しカメラは〝店員〟の背後に配置されていたので、通りに面したドアが見え、その手前にカウンターが映っていた。セバスチャンは、彼を襲った少年がいまにも店に入ってくるにちがいないと思っていた。犯人の顔が確認できれば、少年は武装強盗で有罪になるだろうが、それはけっこうなことだった。けれども、セバスチャンの予想は物のみごとに外れた。大きな雑嚢を抱えて入ってくると、ラジオとカメラとヘアドライヤーをカウンターに置いたのは彼の妻だった。それはたしかに彼女であり、数年前の誕生日にプレゼントしたコートを着ていた。偶然、彼女は顔を上げて、カメラを見つめた。セバスチャンの姿を認めて、これを見るがいいと言っているかのようだった！　声は聞こえなかったが、店員と二言三言言葉を交わし、いっしょに外に出ていくと、まもなく重たいキャンバス地のバッグを三つ引きずってきた。店員はバッグをひとつずつ覗き、カウンターの後ろに戻って並べられた品物に目をやった。それから、価格の交渉にちがいないものがはじまった。「モニカの顔が蛍光灯に照らし出されていた。彼女は生き生きした顔をしていた。緊張してはいるが、わくわくしているとさえ言えそうだった。さかんに笑みを浮かべ、一度など、私服警官のジョークに声をあげて笑った」。価格に折り合いがつき、紙幣がかぞえられて、モニカは後ろを向いてドアに向かった。「ドアのところで足を止め、なにごとか、単なるさよなら以上のなにごとかを言い残して、彼女が立ち去ると、スクリーンが暗転した」

警部補が映写機のスイッチを切って、明かりを点けた。なんだか弁解がましい態度だった。警察に無駄な手数をかけ、正当な法的手続きを妨げたという理由で、訴追することもできたのだが、と警部補は言った。これはあきらかにデリケートな家庭内の問題であり、どうすべきかはセバスチャン自身が決めることだろうということだった。ふたりの男は階段を下りて、通りに出た。セバスチャンと握手を交わしながら、まことにお気の毒だ、と警部補は言った。これがむずかしい事態だということはわかるので、なんとかうまく行くことを祈っていると。それから、警察署のなかに戻る前に、「カウンターでのやりとりの録音を聞いた、店で働いていた警察官チームの意見では、ミセス・モレルにはおそらく助けが必要なのではないかということでした」と付け加えた。

帰宅の途中——こんなにのろのろ歩いたことがあっただろうか？——、あのおなじパブに寄って、気付けの一杯をやりたかったが、半パイントのビールを飲む金さえ持ち合わせていなかった。そのほうがよかったのかもしれないが。頭をはっきりさせ、息を酒臭くさせないでおく必要があったのだから。家までの一マイルを歩くのに一時間もかかった。

彼が家に入っていくと、彼女はこどもたちといっしょに料理をしていた。「彼はキッチンの入口に佇んで、小さな家族がケーキを作るのを見守った。母親が低い声で指示を出すと、ジェイクとナオミのかわいい頭が熱心にうなずくのが、なんだかやけに悲しかった」。彼は二階に上がり、客用ベッドルームのベッドに横たわって、天井を見つめた。体が重く、ひどく疲れていて、自分はショック状態に陥っているのかもしれないと思った。そのうえさらに、その日彼が知った恐ろしい事実だけでなく、彼はいまやもっと新しい、おなじくらいショッキングなことに悩まされていた。ショッキング？　それが適切な言い方なのだろうか？

ついさっき、階下でモニカとこどもたちを見守っていたとき、一瞬、彼女が肩越しに振り返り、ふたりの目と目が合った。彼は妻をよく知っており、それまでにも何度もその目つきを見たことがあったし、いつもはそれを歓迎した。それはおおいに期待できる目つきだった。つまり、適当なときが来たら、こどもたちが眠ってしまったら、ふたりでそのチャンスをつかんで、家庭内のあらゆる義務を消し去ろうという暗黙の誘いだった。いまのあらたな状況の下では、いまや彼が知っていることを考えれば、嫌悪を覚えるのが当然だったが、その目配せが彼を興奮させた。なぜなら、それは見知らぬ女、あきらかに破壊的な女であること以外なにも知らない女からの目配せだったからだ。「彼は無声映画の彼女を見て、彼女をまったく理解していなかったことを悟った」。彼は完全に誤解していた。彼女はもはやよく知っている人間ではなかった。キッチンで「彼は彼女を新しい目で見、そのとき初めて気づいたかのように、彼女がどんなに美人かを悟った。どんなに美人で、狂っているか。そこにいたのは、たとえばパーティで知り合ったばかりの、部屋の雑踏越しに目に留まった女、ほんの一瞬の紛れもない目配せで、危険な、ぞくぞくする誘いをかけてくるような女だった」

彼は結婚生活を通じてずっと頑固なほど妻に忠実だった。その忠実さはいまや彼の人生全体の窮屈さやお粗末さのもうひとつの側面でしかないように思えた。彼女との結婚生活はもはや終わりであり、けっして元には戻せなかった。いまさらどうして彼女といっしょに暮らせるだろう？　彼のものを盗んで、嘘をつく女をどうして信頼できるだろう？　もう終わりだった。だが、いまここには情事のチャンスがあった。狂った情事。彼女が助けを必要としているとしても、彼が与えられるのはそれくらいだった。

その夜、彼はこどもたちと遊び、ハムスターの籠をいっしょに掃除して、パジャマを着せてやり、本を三度読んでやった——いっしょに一度、それからジェイクに一度、ナオミにも一度。自分の人生に意味があると思えるのはこういう瞬間だった。どんなに心が慰められたことか。清潔なシーツの匂いやミント入りの歯磨きの香りのする息、架空の生き物の冒険談を聞きたがるこどもたちの熱意、彼らのまぶたが重くなり、一日の最後のとても貴重な数分間に必死にすがりつこうとしながら、ついにそれができなくなるのを見守るのは、どんなに感動的なことだったろう。そのあいだじゅう、彼はモニカが階下で動きまわっているのを意識していた。オーブンの扉がバタンという音が何度か聞こえると、悩ましい単純な論理に興奮させられた。食事が用意されて、いっしょに食べることになるのなら、セックスもあるだろう。

階下に下りていくと、小さな居間はきれいになり、ダイニングテーブルからいつものガラクタが片付けられていた。キャンドルがともされ、ステレオにはアート・ブレイキー、テーブルにはワインのボトル、陶製の皿にはローストチキンが載っていた。「警察のフィルムを思い出すと——何度も思い出さずにはいられなかったが——、彼女に対する嫌悪感がこみ上げたが、新しいスカートとブラウスを着けた彼女が、ふたつのワイングラスを持ってキッチンから入ってくると、彼女が欲しいと思った」。いまふたりのあいだに愛はなく、後ろめたい愛の記憶はなく、その必要性さえなかったが、それは一種の解放だった。彼女は別人の、ずる賢い、嘘つきの、不親切な、残酷でさえある女になり、彼はその女を抱こうとしていた。

食事のあいだ、彼らは何カ月も前から結婚生活を息詰まるものにしている悪感情については話さなかった。いつもみたいに、こどもたちのことについて話すことさえしなかった。その代わり、過去の楽しかった家族のバカンスや、ジェイクがもうすこし大きくなったら行きたいバカンスのことを話した。それはすべてまやかしであり、そんなことが起こるはずはなかった。「それから、彼らは政治について話した。ストライキや非常事態宣言について、議会や、町々や、国がもっている自己イメージがいまにも崩壊しようとしていることについて——自分たちのそれ以外のありとあらゆる崩壊について話した」。話している彼女を注意深く観察しながら、彼はすべての言葉が嘘であることを知っていた。こんなに長い沈黙のあと、なにもなかったかのように振る舞うなんて、じつに驚くべきことだと彼は思っていたが、彼女はそうは思っていないのだろうか？　セックスがすべてを正常に戻してくれるだろうと彼女は考えている。そう思うと、ますます彼女が欲しくなった。彼女が話のついでに保険金の請求のことにふれ、心配しているような顔をすると、彼はますます欲望を掻き立てられた。「驚くべきことだった。なんという役者だろう。まるで彼女がそこにひとりでいて、彼は覗き穴から観察しているかのようだった」。彼は彼女と対決するつもりはなかった。そんなことをすれば、口論になるのは目に見えていた。彼女はすべてを否定するに決まっているからだ。さもなければ、経済的な依存のせいで自暴自棄にならざるをえなかったと主張するかもしれないが、そうなれば、すべての口座は共同名義になっており、彼だって彼女とおなじくらい金がないことを指摘しなければならないだろう。しかし、このままなら、彼らは最後の——少なくとも彼はそうと意識して——セックスをすることになるにちがいなかった。「彼は嘘つきで泥棒の、けっしてどんな人間か知ることのない女とセックスをすることになるだろう。そして、彼女のほうも嘘つきで泥棒の男とセックスをしているのだと、しかも、寛容の精神からそうしてやっているのだと思いこむことになるだろう」

わたしの意見では、トム・ヘイリーはこの別れのチキン・ディナーを長々と描きすぎていた。読み返してみると、なおさら延々とつづく印象だった。野菜がどうだとか、ワインがブルゴーニュ産だったとか言う必要はなかった。結末まで飛ばそうかと思ってページをめくったとき、列車はクラパム・ジャンクションに近づいていた。読むのをやめようかとも思った。わたしはすこしも洗練された読者ではなかった。ごく単純素朴な読者で、自分の性分として、セバスチャンをトムの分身

――彼の絶倫な精力を授けられ、性的不安を抱えこまされた分身――だと見なさずにはいられなかった。登場人物の男が女と、ほかの女と親密になるたびに、わたしは落ち着かない気分になった。しかし、わたしには好奇心もあり、事の次第を見届けずにはいられなかった。モニカが狂っているだけでなく人を騙そうとする女だとすれば（あの天使論というのは何なのか？）、セバスチャンにもどこか鈍感で陰険なところがあった。彼が妻の欺瞞を暴かないことに決めたのは、性的な目的を遂げるため無慈悲に権力を行使しようとしたのかもしれないが、単なる臆病さから、いかにもイギリス人らしく騒動を避けようとしただけなのかもしれなかった。それでトムの印象がよくなることはなかったけれど。

長年のあいだに、妻の言いなりになる繰り返しがそのプロセスを無駄のないものにしていたので、彼らは「すばやく裸になって、ベッドのなかで抱きあった」。夫婦生活が長かっただけに、たがいの要求を熟知していたし、何週間ものよそよそしさ《フロワドゥール》や禁欲の終わりが貢献したのも確かだったが、いまふたりがのめり込んでいる行為の激しさはそれだけでは説明できなかった。「それが習慣になっていた、呼吸の合ったリズムは乱暴に振り捨てられた」。ふたりは飢えており、獰猛で、過激で、騒々しかった。ふいに、隣室の幼いナオミが「眠ったまま泣きだした。暗闇のなかに銀鈴を振るような澄んだ泣き声が響いて、初めは猫の啼き声かと思った」。ふたりはじっと動きを止めて、それが収まるのを待った。

この『獣の交わり《ポーングラフィ》』の最後の数行で、登場人物たちはエクスタシーの頂点に危うく宙吊りにされたままになる。そのあとにつづく荒涼たる場面は描かれることなく物語は終わり、読者は最悪の部分を目の当たりにせずに済むのだった。

「その声はあまりにも冷たく、寒々としていたので、娘が避けがたい未来の夢を、これからやってくるすべての悲しみと混乱の夢を見ているような気がして、彼は恐怖に身をすくめた。だが、その一瞬が過ぎると、セバスチャンとモニカはふたたび落下していった。あるいは、上昇していったのかもしれないが。なぜなら、彼らが泳ぎまわり、転げまわっている空間にはもはや物理的な形状はなく、ただ感覚があるだけだったのだから。じつに強烈な快感が、あまりにも激しい、苦痛を思わせるような快感が」

13

マックスはフィアンセと一週間の休暇旅行でタオルミーナに出かけていたので、オフィスに戻ったとき、わたしはすぐに結果を報告できず、宙吊り状態になった。金曜日になっても、トム・ヘイリーからはなんの音沙汰もなかった。その日、彼がアッパー・リージェント・ストリートのオフィスを訪れたとすれば、わたしとは会わないことにしたのだろうと考えるしかなかった。月曜日、パーク・レーンの私書箱に一通の手紙が届いていた。自由国際基金の秘書からのタイプされたメモで、ミスター・ヘイリーが金曜日の昼前に訪れて、一時間滞在し、いろんな質問をして、基金の仕事に感嘆したようだということだった。わたしは勇気づけられて然るべきだったし、そういう気分がまったくないわけでもなかったが、それでもやはり見捨てられたと感じていた。ヘイリーの親指の動きは反射的なものにすぎず、脈のありそうな女にはいつでもそうするのだろう。そう思うと嫌な気分になり、ありがたくも基金の金を受け取ってやってもいいと言ってきたら、彼のチャンスをつぶしてやろうかとさえ考えた。マックスには彼が断ってきたから、別のだれかを探さなければならないと報告すればいいのだから。

職場の話題はただひとつ、中東戦争だった。良家のお嬢さん育ちの事務員のなかでいちばん頭の軽い娘でさえ、この毎日の連続ドラマに惹きこまれていた。アメリカがイスラエルの後ろ盾になり、ソビエトがエジプトやシリアやパレスチナ解放運動の後押しをすれば、一種の代理戦争になり、核戦争に一歩近づくおそれがあると言われていた。キューバ危機の再来である！ 廊下に地図が張り出された。対峙する両軍の師団がプラスチックのビーズで、最近の動きが矢印で表示された。贖罪の日の奇襲攻撃で浮き足だったイスラエル軍は態勢を立てなおしつつあり、エジプトとシリア軍は戦術的な誤りを犯した。アメリカは同盟国に武器を空輸し、モスクワは警告を発していた。こういうすべてがわたしを興奮させ、日々の生活にもっと緊張感を与えて然るべきだった。わたしたちの文明が核戦争の危機に脅かされているというのに、わたしは自分の手のひらを親指で愛撫した見知らぬ男のことばかりくよくよと考えていた。じつにとてつもない独我論である。

とはいえ、わたしはトムのことばかり考えていたわけではなかった。シャーリーのことも気になっていた。ビーズ・メイク・ハニーの演奏会からすでに六週間経っていた。彼女はある週の勤務時間の最後に、だれにもさよならを言わずに、自分の席から、記録課の自分のデスクから姿を消した。三日後、新しい新入りがその席に坐った。シャーリーの昇進を憂鬱そうな口調で予言していた娘たちの何人かは、いまや彼女は〈わたしたちの仲間ではなかったから〉やめさせられたのだと言いだしていた。わたしはこの旧友にあまりにも腹を立てていたので、彼女を捜す気にもなれず、初めのうちは、彼女が騒ぎを起こさずにそっと立ち去ってくれてほっとしていた。だが、数週間経つうちに、裏切られたという感覚は薄れていった。自分が彼女の立場に立っていたら、おなじことをしただろうと思うようになった。わたしは褒められたくて仕方なかったから、もっと喜んでやったかもしれない。彼女の言っていたことは間違いで、わたしは尾行されていなかったのかもしれないとも思った。彼女に会えないのが寂しかった。あのけたたましい笑い声、わたしに秘密を打ち明けるとき、ギュッとわたしの手首をにぎったがっしりとした手、人目を憚らないロックンロール狂い。それと比べれば、職場のそのほかの娘たちは、たとえ噂話をするときでもからかい合うときでも、もっと臆病で口が堅かった。

いまやわたしの夜は空っぽだった。仕事から帰ってくると、冷蔵庫の〝自分のコーナー〟から食料品を取り出して夕食を作り、事務弁護士たちがいれば、しばらくいっしょに時間を過ごし、それから部屋に戻って、箱形の小さな肘掛け椅子で就寝時刻の十一時まで本を読んだ。その十月、わたしはウィリアム・トレヴァーの短篇に夢中だった。その登場人物たちの窮屈な生活が、この作家ならわたしの生活をどんなふうに描くだろうと思わせた。ワンルームのアパートにひとりきりの若い娘、洗面台で髪を洗い、連絡をくれないブライトンの男や、忽然と姿を消してしまった親友や、一度は惚れたが、あした会えば結婚の計画を聞かされることになるもうひとりの男のことを夢想している娘。なんと寂しい灰色の暮らしだろう。

ヘイリーと会ってから一週間後、わたしはいろんな種類のばかげた希望やあらかじめ用意した弁解の言葉が渦巻く頭を抱えて、キャムデンからホロウェイ・ロードまで歩いていった。しかし、シャーリーはすでに部屋を引き払っており、連絡先は残していかなかった。イルフォードの両親の住所は知らなかったし、職場では教えてくれなかった。職業別電話帳で〈ベッドワールド〉を見つけて、不親切な店員と話をした。ミスター・シリングは電話に出られない。娘さんは店では働いていないし、家にいるのかいないのかはわからない。〈ベッドワールド〉気付で手紙を出しても、彼女に届くかどうかは保証できないという。わたしはそれでも葉書を出した。不自然なくらい陽気な調子で、わたしたちのあいだになにもなかったかのようなふりをして。だが、返事は来なかった。

マックスが職場に戻った最初の日に彼に会うことになっていた。その日、職場にたどり着くまでに、わたしはさんざんな目にあった。わたしだけではなかったけれど。寒かったうえに、シティ特有の小やみない容赦ない雨が、これからそれが一カ月つづくことを思い知らせる雨が降っていた。ヴィクトリア線で爆弾騒ぎがあった。IRA暫定派が新聞社に電話して、本物であることを証明する特別な暗号を使ったのだという。待つには長すぎるバスの行列の横を通りすぎて、わたしはオフィスまでの最後の一マイルを歩いた。傘の生地の一部が骨から外れて、チャップリンの浮浪者みたいな外見になり、パンプスの革のひび割れから湿り気が染みこんだ。ニューススタンドでは、どの新聞の一面も〝オイルショック〟の記事で埋まっていた。イスラエルを支持したせいで、西側諸国はOPEC（石油輸出国機構）によるとんでもない石油価格の吊り上げという罰を受け、アメリカへの輸出は禁止されていた。炭鉱労働者組合のリーダーたちは特別会議をひらいて、どうすればこの状況をいちばんうまく利用できるかを検討していた。わたしたちはもはや破滅するしかない運命だった。レインコートに背をまるめ、たがいの顔に傘を当てないように気をつけながら、足を引きずってコンデュイット・ストリートを行く群衆の頭上で、空はしだいに暗さを増していた。まだ十月なのに、気温はかろうじて四度あるかないかで、すでに長い冬の到来を予感させた。わたしはシャーリーといっしょに出席した講演会を陰鬱な気持ちで思い出し、その最悪の予言のひとつひとつがいかに現実化しているかを思った。そして、振り向いたみんなの顔を、その咎める目つきを、わたしの汚点を思い出すと、彼女へのかつての怒りが再燃して、ますます暗い気分になった。彼女の友情は見せかけにすぎず、わたしは騙されていた。わたしは職場ではもっと別のラインに属していたのだ。この時刻にもまだたわむ柔らかいベッドのなかにいて、枕を頭にかぶせたままでいたかったのに、とわたしは思った。

すでに遅刻していたが、レコンフィールド・ハウスへの角を小走りに曲がる前に、私書箱をチェックした。それから化粧室に十五分ほどこもって、ローラータオルで髪を乾かし、タイツの泥はねを拭いた。マックスにはもはや見込みがないのはわかっていたが、わたしにも守るべき体面があった。十分遅れて、彼の三角形のオフィスに入っていったとき、わたしは自分の足がいかに冷たく湿っているかを意識していた。わたしが見ている前で、彼は机の向こう側でファイルを整理したり、いかにも事務的なふうを装っていた。タオルミーナでルース先生と一週間セックスをしてきたあと、彼は変わったように見えただろうか？　職場に戻る前に散髪していたせいで、耳がもとどおり両側に突き出していたが、目に新しい自信に満ちた輝きはなく、目の下に黒い隈もなかった。新しいワイシャツと以前より暗いブルーのネクタイ、新しいダークスーツ以外には、すこしも変化は認められなかった。新婚初夜に取っておくために別々の部屋を取ったなんてことがありうるだろうか？医療関係者とその長期にわたる騒然とした見習い時代についてわたしが知っていることからすれば、それはありえなかった。たとえ、母親からのありそうにもない指示に従って、マックスが生半可に禁欲しようとしたとしても、ルース先生が彼を生きたままむさぼり食ったにちがいない。肉体が、ありとあらゆる弱点をそなえた肉体が、彼女の専門なのだから。そう、わたしはまだマックスが欲しかったが、トム・ヘイリーも欲しかったので、彼がわたしに興味を示していないという事実を無視するなら、それが一種の防御になった。

「それで？」とようやく彼が言い、スウィート・トゥースのファイルから顔を上げて、わたしの答えを待った。

「タオルミーナはどうだったの？」

「いや、じつは、滞在しているあいだ、毎日ずっと雨だったんだ」

一日中ベッドにいたという意味なのだろう。その事実を認めるかのように、彼はすぐにつづけた。

「だから、教会とか、博物館とか、そういうものをいろいろ見学したよ」

「楽しそうね」とわたしは平板な口調で言った。

彼はさっと顔を上げた。わたしの目に皮肉の色を見て取ろうとしたが、たぶん、見つからなかったのだろう。

彼は言った。「ヘイリーから連絡はあったのかね？」

「まだよ。面接は順調にいったわ。あきらかにお金に困っていて、自分の幸運が信じられないようだった。基金についてチェックするため、先週、彼はロンドンに出てきたわ。じっくり考えているんでしょう」

不思議なことに、そんなふうに言いながら、わたしは自分を励ましていた。そうよ、とわたしは思っていた、もっと理性的になるべきなのよ。

「彼はどんな感じだったんだい？」

「とても歓迎しているようだったわ」

「そうじゃなくて、どんな男だったのかということだが」

「ばかじゃないわね。非常に教育があって、あきらかに書くことに取り憑かれている。学生たちにもとても好かれていて、ちょっと変わっているけど、恰好よかったわ」

「わたしも写真は見ているが」とマックスは言った。彼は自分のミスを後悔しているのかもしれない、とわたしは思った。わたしと寝ておいて、そのあとで婚約したと告げることもできたのだから。わたしは自分の自尊心のためにも、マックスの前で色っぽく振る舞って、わたしを手放したことを後悔させてやらなければならないと思った。

「絵葉書くらいくれるかと思っていたのに」

「悪かったね、セリーナ。わたしは絵葉書は書かない——そういう習慣はないんだ」

「あなたは満足だったの？」

あまりにもずばりと質問されて、彼は驚いたようだった。彼が面食らうのを見て、わたしは満足だった。「あ、ああ、実際そうだった。とても満足だった。けれども……」

「けれども？」

「ちょっとしたことがあって……」

「どんな？」

「バカンスやそういうことについてはあとで話そう。しかし、それについて話す前に、ヘイリーのことだが、あと一週間待つことにしよう。それから彼に手紙を書いて、すぐに返事をもらう必要がある、返事がない場合には、資金提供は取りやめにすると言ってやるんだ」

「わかったわ」

彼はファイルを閉じた。「じつは問題はこういうことだ。オレグ・リャーリンのことを覚えているかね？」

「あなたから聞いたわ」

「わたしはこういうことを知っているべきではないし、もちろんきみもそうなんだが、噂になっているし、そのうち広まるにちがいないから、知っておいたほうがいいだろう。リャーリンの件は、われわれにとっては大成功だった。彼は七一年に寝返ろうとしたが、当局が彼を数カ月余分にロンドンに留まらせたようだ。MI5が亡命の手筈を整えようとしているとき、彼は飲酒運転でウェストミンスター警察に検挙された。われわれはロシア側より先に彼と接触した——さもなければ、確実に殺害されていたにちがいない。彼は秘書で愛人だった女といっしょに亡命した。彼は破壊活動部門とつながりのあるKGB将校だったんだ。かなり低級な男で、殺し屋みたいなものだったが、非常に貴重だった。外交特権に守られた何十人ものソビエトの情報将校がわが国で活動しているという、われわれの最大の悪夢が事実であることを彼が確認したのだ。政府が一〇五人を国外追放したとき——ちなみに、いまどんなふうに言われているにせよ、ヒースはこの件に関しては勇気があった——それはモスクワ本部にとっては寝耳に水だったらしい。政府はアメリカにさえ事前通告しなかったが、そのせいで大騒ぎになり、それはいまだに完全には収まっていない。しかし、重要なのはわが国にはもはや意味のある地位にある秘密諜報員はひとりもいないことがあきらかになったことだ。ジョージ・ブレイクのあとはひとりもいない。そこらじゅうで、おおいにほっとしたわけだ。

「リャーリンからの聴取はおそらく彼が死ぬまでつづくだろう。いつになっても完全には解明できないことがあるからだ。過去のことも、かつての事件を新しい角度から見た場合、手順の問題や、組織構成、戦闘序列などがある。それから、ひとつ小さい謎があった。情報が漠然としていたので、だれも正体を突き止められない人物がいたんだ。暗号名ヴォルトというイギリス人で、四〇年代後半から五〇年代末まで、MI6ではなく、われわれの下で活動していた人物だ。彼が関心をもっていたのは水爆で、本来はわれわれの領域ではなかった。クラウス・フックスみたいに華々しいものではなかったし、長期計画や兵站《へいたん》に関する情報でさえなく、すこしも技術的なものではなかった。

リャーリンは、まだモスクワにいるとき、ヴォルトから送られた情報を見た。結局のところ、たいした情報ではなかったが、情報源がMI5であることがわかった。彼が目にしたのは理論的な文献、ホワット・イフ分析の論文、アメリカ人がシナリオ分析と呼び、われわれがカントリーハウスでの優雅な週末と呼んでいるものだ。無駄話だ。たとえば、中国が核武装したらどうなるかとか、先制攻撃はどんな代償を伴うかとか、費用の制約がなく、ちゃんとポートワインがまわされるとすれば、最適な備蓄量はどのくらいかとか」

彼が何を言おうとしているかを察したのは、あるいは、わたしの体がそれを感じたのはこのときだった。心臓の鼓動がすこし強くなった。

「何カ月もかけて調査したが、ヴォルトに関する情報が少なすぎて、給与台帳からも職員の経歴記録からも、ぴったり一致する人物は突き止められなかった。ところが、去年、アルゼンチンを通じてアメリカに亡命した者がいた。われわれの友人が何を学んだかは知らないが、いまだに国外追放の件でヘソを曲げているのだろう、なかなかわれわれには教えようとしなかったが、教えられた情報がどんなものであれ、それで充分だった」

彼はそこで一息入れた「わたしが何を言おうとしているかわかっているだろう？　違うかね？」

わたしは〈わかっている〉と言おうとしたが、すぐには舌が動かせず、口から出たのはうめき声みたいなものだった。

「それで、こういう噂が広がっているんだ。二十数年前、キャニングは文書を連絡員に渡していた。それは十五カ月つづいた。もっと破壊的なことがあったのかもしれないが、それはわれわれの知るところではない。それがなぜ取り止めになったのかもわからない。あるいは、両者にとって期待はずれだったのかもしれない」

わたしがまだほんの小さなこどもで、銀のスポーク付きのスプリングの利いたロイヤルブルーの乳母車に乗せられ、ボンネットをかぶった豪奢な恰好で、牧師館から村の商店まで連れていかれていたころ、トニーは連絡員と連絡を取り、あのひけらかすようなやり方で、ロシア語で二言三言言ってみたりしていたのだろう。バスターミナルの大衆食堂で、ダブルのスーツの内ポケットからたたんだ茶封筒を取り出す彼の姿が目に浮かんだ。弁解がましい笑みを浮かべて、肩をすくめたかもしれないが、それは情報が第一級のものではなかったからだろう――彼はいつもいちばんになりたがっていた。けれども、わたしには彼の顔は見えなかった。この数カ月、彼のことを思い出すたびに、わたしの内側の目の前で、そのイメージが薄れていった。そのほうが苦しまずに済んだからだろうか。それとも、それとは反対に、悲しみが薄れるにつれて彼の顔立ちもぼんやりしてしまったのだろうか。

だが、声はそうではなかった。内耳はもっと鋭敏な器官なのだろう。ラジオのスイッチを入れるように、わたしはトニーの声を脳裏によみがえらせることができた。質問するとき、最後の最後まで語尾を上げようとしない癖、「r」の音にかすかに「w」が交じる発音、異議をとなえるときのいくつかの言い方――「まあ、そうも言えるね」「わたしならそういう言い方はしないんだが」「まあ、ある程度まではね」「ちょっと待って」――カレッジ・クラレット（ボルドー産赤ワインの一種）みたいに豊かな柔らかい声、自分はばかげたことや極端なことはけっして考えないという自信に満ちた態度。熟慮されたバランスのとれた意見しかもたないという確信。だからこそ、あの別荘の朝食のテーブル越しの彼の説明を思い出すのは容易だったのである。無数の不可解なリベットの付いたドアの隙間から初夏の太陽が射しこみ、板石の床を横切って、食堂の反対側のチャーチルの水彩が掛かっている真っ白な漆喰の壁を照らし出すなかで。テーブルには〝ジャグ方式〟という特別なやり方でいれ、塩をひとつまみ放りこんだどろっとしたコーヒー、釉薬に蜘蛛の巣状の線の入った淡いグリーンの皿には干からびたように見える生焼けのトースト、そして、家政婦の妹が作った苦みのある厚切りピールのマーマレード。

わたしにはトニーの弁明がはっきりと聞こえた。よほどのばかでもないかぎり反論する者がいるはずはないと言いたげな口調だった。いいかね、きみ、わたしたちの一回目の個別授業を覚えていると思うが、こういう新兵器を抑止できるのは勢力の均衡、相互的な恐怖、相互的な尊重のみなんだ。たとえ独裁政府に秘密を引き渡すことになっても、居丈高なアメリカの一方的な支配よりはまだマシだろう。思い出してほしいのは、一九四五年のすぐあと、アメリカの右翼には、ソ連がまだ報復手段をもたないうちに核攻撃で殲滅すべきだという声があったことだ。そういう油断のならない危険な論法を知らないふりをしていられるだろうか？　もしも日本が核兵器をもっていたら、広島の惨劇は起こらなかったにちがいない。勢力の均衡だけが平和を維持できる。わたしはやるべきことをやったまでだ。冷戦が進行していた。世界は敵対するふたつの陣営に分かれていた。わたしのように考えていたのはわたしだけではなかった。乱用すればどんなグロテスクな結果になるとしても、ソ連にもおなじような兵器をもたせるべきなんだ。小人《しょうじん》はわたしの非愛国的な裏切りを非難するがいい。合理的な人間は全世界の平和と文明の存続のために行動するのだから。

「それで」とマックスが言った。「なにか言うことはないのかね？」

わたしが共犯者か、なんらかの責任があるかのような言い方だった。一呼吸置いて、彼の質問が消えていくのを待ってから、わたしは言った。「死ぬ前に、彼らは彼と対決したの？」

「わたしは知らない。わたしが知っているのは六階から洩れてくる噂だけだからね。ただ、その時間があったことは確かだろう——約六カ月あったのだから」

ふたりのスーツの男を乗せた車がやってきて、自分は森に散歩に行かされ、それから急にケンブリッジに戻ったときのことを、わたしは思い出していた。マックスから話を聞かされたあとの最初の数分、わたしはなにも感じなかった。事の重大さは理解していたし、待ちかまえている感情があるのはわかっていたが、それにまともに立ち向かうにはひとりになる必要があった。いまのところ、わたしはマックスに対する理不尽な敵意によって、知らせをもたらした人間を罰してやりたいという衝動によって守られていた。彼は事あるごとにトム・ヘイリーをけなしたが、こんどはわたしのもとの愛人をこき下ろして、わたしの人生から男という男を剝ぎ取ろうとしていた。キャニングのことはわたしに話さないでおくこともできたのに。たとえほんとうだとしても、それは噂にすぎないのだし、作戦上わたしに話さなければならない理由はないのだから。将来と過去への嫉妬が並走している滅多にないケースだった。自分がわたしをものにできなければ、だれにも、たとえ過去の男にもそうはさせたくないのだろう。

わたしは言った。「トニーは共産党員じゃなかったわ」

「三〇年代にはみんなとおなじように、ちょっと手を出していたようだが」

「彼は労働党員だった。でも、公開裁判や粛清には大反対だったわ。あのオックスフォード・ユニオンのディベートでは、彼は国王と国のほうに一票を投じただろうといつも言っていたわ」

マックスは肩をすくめた。「辛いのはわかるよ」

だが、彼にはわかっていなかったし、そのときはまだわたしにもわかっていなかった。

わたしはマックスの部屋からまっすぐ自分のデスクに戻ると、目の前の仕事で感情を麻痺させようとした。まだ考えるには早すぎた。というより、むしろ考える勇気がなかった。わたしはショック状態で、ロボットみたいに仕事をはじめた。わたしはチャズ・マウントというデスク・オフィサーといっしょに仕事をしていた。穏和なタイプで、元軍人、以前はコンピューターのセールスマンで、それなりに責任ある仕事を喜んでわたしに任せてくれた。わたしはようやくアイルランドを担当できるようになっていた。わたしたちは暫定派にふたりのエージェントを送りこんでいた――もっといたのかもしれないが、わたしは知らなかった。このふたりはたがいの存在を知らなかった。彼らは休眠工作員《スリーパー》で、何年もかけて軍隊内でしだいに昇進していくはずだったが、ほとんど即座に、武器調達チェーンに関わるひとりから大量の情報が入りはじめた。わたしたちはファイルを拡大し合理化して、いくつかにグループ分けしたり、供給者や仲介者に関する新しいファイルを作ったり、相互参照やある程度は重複する資料を作って、間違った場所を調べても正しい場所に導かれるようにする必要があった。わたしたちはエージェントについてはなにも知らなかった――わたしたちにとって彼らは〝ヘリウム〟と〝スペード〟に過ぎなかったが、わたしはよく彼らのことを考えた。彼らがどんな危険を冒しており、わたしは年中不平を洩らしながらこの薄汚いオフィスにいて、どんなに安全か。彼らはカトリック系アイルランド人にちがいなく、人と会うのはボグサイドの狭い応接室やパブのファンクションルームで、一言口を滑らせたり、あきらかに矛盾したことをすれば、後頭部に銃弾を撃ちこまれるおそれがあることをいつも意識しているのだろう。密告者はどういうことになるかを見せつけるため、そういう死体は通りに投げ捨てられた。周囲の人たちに信用されるためには、自分の役を演じきらなければならない。正体がばれるのをふせぐため、スペードは待ち伏せでふたりのイギリス軍兵士に重傷を負わせたことがあり、王立アルスター警察隊員の死や警察の内通者の拷問や殺害に関係したこともあった。

　スペード、ヘリウム、そしてこんどはヴォルトだった。二、三時間はトニーのことを考えないようにしていたが、そのあと、わたしは女子用トイレに行くと、個室に入って鍵をかけ、しばらくそこに坐って、そのニュースを嚙みしめようとした。泣きたかったけれど、千々に乱れた思いのなかに怒りと失望という乾いた要素があった。すべてははるかむかしのことであり、彼はすでに死んでいたが、その行為はついきのうのことだったような気がした。彼の言い分はわかっていたが、わたしはそれを受けいれられなかった。あなたは友だちや同僚を裏切ったのだ、とあのおなじ日の当たる朝食の席で自分が言っている声が聞こえた。それは恥辱でしかないし、これが表沙汰になれば、いつかそうなるに決まっているけど、あなたはただそれをしただけの人間として人々に記憶されることになる。あなたがやったそのほかのすべては問題にならない。あなたの評判はただこれだけで決まってしまうのだ。なぜなら、結局のところ、現実は社会的なもので、わたしたちは人々のあいだで生きなければならないし、人々にどう思われているかが大切だからだ。たとえ、いや、とりわけ、死んでしまったあとは。あなたの人生全体が、生き残っている人々の心のなかで、いまやいかがわしい、後ろ暗いものに貶められている。あなたが実際にやったより大きな損害を与えようとしていた、入手できさえすれば完全な青写真を手渡すつもりだったことを疑う人はいないだろう。自分の行為がそんなに高貴で合理的だと信じていたのなら、なぜ堂々とそれを公にして、公共の場で自説を主張し、その結果と対峙しようとしなかったのか？　スターリンが革命のために二千万人の同胞を殺害し餓死させたのなら、おなじ大義のために核戦争でもっと多くの犠牲者を出すことも厭わなかったとだれに言えるだろう？　独裁者がアメリカの大統領よりそんなに人命を軽視しているのなら、あなたの言う勢力の均衡がどこにありうるというのだろう？

トイレのなかで死んだ男と議論していると、閉所恐怖症になったような気がしてくる。わたしは個室から出て、冷たい水で顔を洗い、身繕いしてから、仕事に戻った。昼休みになるころには、わたしはこの建物から一刻も早く出ていきたくてたまらなくなっていた。雨はやみ、思いもかけぬ日の光のなかで舗道がきれいに光っていた。しかし、刺すように冷たい風が吹き、公園をぶらつくとは考えられなかった。不合理な考えが渦巻く頭を抱えて、わたしは早足でカーゾン・ストリートを歩きだした。わたしにそのニュースをもたらしたマックスが腹立たしかったし、生きていられなかったトニーにも、自分の過ちの重荷を残してわたしを見捨てたトニーにも腹を立てていた。彼に背中を押されてこんな仕事——いまやわたしはこれを腰かけ仕事以上のものだと考えていた——を選んだおかげで、彼の裏切り行為で自分が汚されているような気がした。彼は不名誉な名前のリスト——アラン・ナン・メイ、ローゼンバーグ夫妻、フックス——にみずからの名前を加えたが、彼らとはちがって、重要な情報はなにひとつ引き渡せなかった。彼は原子力スパイの歴史のなかの脚註にすぎず、わたしはその彼の裏切り行為の脚註にすぎなかった。マックスがそう思っているのはあきらかで、それもわたしが彼に腹を立てている理由のひとつだった。しかも、わたしは彼のことでばかな真似をした自分にも腹を立てていた。あんなに尊大な、耳の突き出た間抜けが自分を幸せにしてくれるかもしれないと考えるなんて。あの滑稽な婚約のせいでわたしが予防接種を受けられたのはなんと幸運だったことか。

わたしはバークリー・スクエア——そこでわたしたちはナイチンゲールの唄を思い出そうとしたのだった——を通り抜けて、右に曲がり、バークリー・ストリートをピカデリーに向かった。グリーン・パーク駅のそばで、夕刊の正午版の見出しが目に入った。石油の配給制、エネルギー危機、ヒースが国民に訴える。そんなことはどうでもよかった。わたしはハイド・パーク・コーナーに向かって歩いていた。気が動転しすぎていて、お昼になっても空腹を感じなかった。足の親指の付け根に妙な焼けつくような感覚があり、走るか蹴飛ばすかしたかった。獰猛な相手とテニスの試合をして、思いきり打ち負かしてやりたかった。だれかに向かって叫びたかった——そうなのだ、トニーと真正面から大喧嘩をして、彼がわたしを捨てる暇を与えずに、その前にこっちから彼を捨ててやりたかった。風が強くなり、パーク・レーンに曲がると、まともに顔に吹きつけてきた。マーブル・アーチの上に雨雲がもくもく積み重なって、またもやわたしをびしょ濡れにしようとしていた。わたしは足取りを速めた。

私書箱のオフィスの前を通りかかったので、寒さから逃れたかったこともあって、なかに入った。数時間前にチェックしたばかりだったから、まさか手紙が届いているとは思わなかったが、それはいきなりそこに、わたしの手のなかにあった。ブライトンの消印で、日付はきのうだった。わたしは、クリスマスの日のこどもみたいに、ぎごちない手つきでそれを手に取り、封筒を引きちぎった。きょう一日でひとつくらい好いことがあってもいいだろうと思いながら、ガラスのドアに歩み寄った。〈親愛なるセリーナ〉たしかにそれは好い手紙だった。単に好いという以上だった。彼は時間がかかったことを詫びていた。わたしと会えてよかったし、わたしのオファーについて慎重に考えてみた。彼は資金を受け取るつもりで、それに感謝しており、すばらしい機会だと考えている。そこで彼は行を改めていた。わたしは手紙に顔を近づけた。彼は万年筆を使っていて、単語をひとつ抹消して、染みをつけていた。ひとつだけ条件があるという。

差し支えなければ、あなたと定期的に連絡を取りたいのですが、それにはふたつの理由があります。第一に、わたしにはこの気前のいい基金が人間的な顔をもっているほうが、毎月支払われるお金が単に非個人的な、事務的なものであるより好ましいからです。第二に、あなたの理解ある批評がわたしには重要だから、こういう手紙では言い表せないくらい重要だからです。わたしの作品をときどきあなたにお見せできればと思っています。いつもいつも称讃と激励ばかりを求めることはしないとお約束します。あなたの率直な批評をいただきたいのです。当然ながら、自分でも適切だと思えないお言葉はすべて無視する自由があるものと考えたいと思っております。しかし、いちばん重要なのは、ときおりあなたからなにか言っていただければ、わたしは虚空に向かって書いているわけではないと感じられることであり、長篇小説を手がけるとすれば、それは大切なことなのです。支援という意味では、それはたいした要求ではないでしょう。ときおりコーヒーを一杯ごいっしょさせていただくだけのことですから。もっと長いものを書くことを考えると緊張します。いまや自分に期待がかかっているだけになおさらです。あなたがわたしにしようとしているこの投資にふさわしいものになりたいと考えています。わたしを選んだ基金の人々がその決定を誇れるような存在になりたいものです。

土曜日の午前中にロンドンに行くつもりです。ナショナル・ポートレート・ギャラリーのセヴァーンによるキーツの肖像の近くで十時にお会いできればと思います。あなたからの返事がなく、あなたがそこにいらっしゃらないとしても、あわてて結論を出すつもりはありませんので、ご心配には及びません。

では、よろしくお願いいたします。

トム・ヘイリー

14

土曜日の午後五時には、わたしたちは恋人同士になっていた。それはスムーズにいったわけではなく、魂と体の合体には安堵もなければ歓喜もなく、セバスチャンとその泥棒の妻、モニカみたいに恍惚状態になったわけでもなかった。初めてのときには。自意識過剰でぎごちなく、お芝居をしているみたいで、目に見えない観客の期待を意識しているかのようだった。実際、聴衆がいたのだけれど。七〇番地のドアをあけて、トムを招じ入れたとき、三人のハウスメートの事務弁護士たちはお茶のマグを手に階段の下に屯していた。各自の部屋に引き上げて午後の法律の勉強をはじめる前に、なんとなく暇をつぶしているのはあきらかだった。わたしはバタンと大きな音を立てて後ろ手にドアを閉めた。北からやってきた女たちは、ドアマットの上に立ったわたしの新しい友人を、好奇心を隠そうともせずにジロジロ見た。わたしがしぶしぶ紹介すると、相当な量の意味ありげなニタニタ笑いと言いつくろいが返ってきた。あと五分遅く着いていたら、だれにも見られずに済んだのに。ついてなかった。

彼女たちが小突きあって見送るなか、トムを自分の部屋に連れていくよりはと思って、彼をキッチンに案内し、彼女たちが解散するのを待った。だが、彼女たちはいつまでもぐずぐずしていて、わたしがお茶をいれるあいだ、玄関でひそひそささやく声が聞こえた。そんなものは無視して、自分たちの会話をしたかったが、わたしは頭のなかが真っ白だった。わたしが居心地の悪い思いをしていることに気づいたトムは、ディケンズの『ドンビー父子』のキャムデン・タウンの話をして沈黙を埋めてくれた。ユーストン駅から北へ向かう鉄道線路、もっとも貧しい地区を強引に突き抜けていく、アイルランド人工夫が掘る巨大な切り通し。彼は何行か暗誦してくれさえしたが、その言葉がわたしの混乱をいちだんと際立たせた。「何十万という未完成の形や物質が、もとの場所から掘り出されて、乱暴に混ぜ合わせられ、逆さまになり、地面にもぐりこみ、空に向かって伸び、水中で朽ち果てて、夢のなかのように訳がわからなくなっていた」

ハウスメートたちがようやく自分の机に戻っていくと、数分間を置いて、わたしたちもお茶のマグを持って、きしむ階段をのぼった。わたしたちが通りすぎるとき、それぞれのドアの背後には息詰まる静寂がみなぎっているようだった。あまり色っぽい考えではなかったが、わたしは自分のベッドがきしんだか、部屋の壁がどのくらいの厚さだったかを思い出そうとしていた。トムがわたしの部屋に落ち着いて、彼はわたしの読書用の肘掛け椅子に、わたしはベッドに腰をおろすと、そのままおしゃべりをつづけたほうがいいような気がした。

すくなくとも、わたしたちはすでにそれには熟達していた。ポートレート・ギャラリーでたがいに自分の好きな作品を相手に見せながら、一時間も過ごしたのだから。わたしのお気にいりはカッサンドラ・オースティンによる妹のスケッチ、彼のはウィリアム・ストラングのトマス・ハーディだった。知らない他人と絵を見るのは、控えめな探り合いであり、軽い誘惑だった。話題はいつの間にか美学から人生へと滑っていく――描かれている人物はもちろん、それを描いた画家の人生についても、少なくともわたしたちの断片的知識が引き合いに出された。トムはわたしよりはるかに多くを知っていた。話したのはほとんどどうでもいいことばかりだったが、ちょっぴりひけらかすような要素があった――これがわたしが好きなものであり、わたしはこういう種類の人間なのだと打ち明けているのだから。ブランウェル・ブロンテによる姉妹の絵は実際よりかなり醜く描かれているとか、ハーディはよく刑事に間違えられると言っていたとか言っても、だからどうだということはなかったけれど。絵を見ているうちに、わたしたちはいつの間にか腕を組んだ。どちらからそうしたのかはよくわからない。「これが支援《ハンド=ホールディング》のはじまりね」とわたしが言うと、彼は笑った。たぶんそうやって指を絡みあわせたときだったのだろう。わたしたちが最後にはわたしの部屋に行くことになるかもしれないと思ったのは。

　彼といるのは楽だった。デート（いまやそれはデートだった）のとき、多くの男たちは事あるごとに笑わせたり、なにかを指差していかめしい顔で説明したり、次から次へと礼儀正しい質問を繰り出したりしなければならないという強迫観念をもっているが、彼にはそれはすこしもなかった。好奇心があり、聞く耳をもっていて、なにかを物語ることもできたが、聞くこともできた。会話をやりとりしながら、彼はリラックスしていた。わたしたちはテニスでウォーミング・アップをしている選手で、ベースラインに足を据え、速いけれど打ちやすいボールをコートのセンターから相手のフォアハンド側に打ち返しながら、自分たちの親切な正確さを誇らしく思っているようなものだった。そう、わたしはテニスのことを考えていた。もうほとんど一年近くやっていなかったからだろう。

　ギャラリーのカフェに行って、サンドイッチを食べたが、すべてが崩壊しかけたのはそこでだった。話題は絵画——わたしのレパートリーはごく狭かった——から離れ、彼は詩について話しはじめた。それは不運なことだった。わたしは英文科を好成績で卒業したと言ってしまっていたが、いまや、最後に詩を読んだのがいつだったか思い出せなかった。知っている人のなかには、詩を読む人はひとりもいなかった。わたしは学校でさえそれを避けてきた。わたしたちは一度も詩をやったことはなかった。もちろん、小説はやったし、シェイクスピアの戯曲もいくつかはやった。彼が最近はどんな作品を読み返しているかを説明しはじめると、わたしは促すようにうなずいた。どういう話につながるかは予想できたので、あらかじめ答えを用意しようとしたが、そのせいで彼の話が耳に入らなくなった。もし好きな詩人を質問されたら、シェイクスピアという答えでもいいのだろうか？　その瞬間には、彼の詩のタイトルをひとつも思い出せなかった。そう、キーツやバイロンやシェリーもいるが、自分が好きだと言えるどんな作品があっただろう？　現代の詩人もいるし、もちろんわたしだって名前くらいは知っていたが、頭のなかは完全な空白だった。わたしはしだいに募る不安の吹雪に取り巻かれていた。短篇小説は一種の詩だと主張してもいいのだろうか？　たとえ詩人の名前を思い出せても、具体的な作品のタイトルを挙げないわけにはいかないだろうが、問題はそこだった。たった一篇の詩のタイトルも思い出せなかったのだ。少なくともその瞬間には。彼はなにか質問をして、わたしの顔を見つめて待っていた。「少年は燃える甲板に立っていた」そう言ってから、彼は質問を繰り返した。

「あなたは彼をどう思いますか？」

「彼はあまりわたしの……」そこでわたしは口をつぐんだ。わたしにはふたつの道しか残されていなかった――いかさま師であることを暴露されるか、それともみずから潔く白状するか。「じつは、告白しなければならないことがあるんです。いずれ言うつもりではいたので、いま言ってしまったほうがいいかもしれません。わたしは嘘をつきました。英文学の学位は取っていないんです」

「高校を出てすぐ働いたんですか？」励ますような言い方だった。そう言いながら、あの面接をしたときみたいに、親切だが同時にからかっているような目でわたしを見た。

「数学の学位を取りました」

「ケンブリッジで？　それは驚いた。なぜ隠したりするんです？」

「あなたの作品についてのわたしの意見が軽くなってしまうような気がしたんです。ばかだったのはわかっています。わたしはむかしからなりたかった人になったふりをしていたんです」

「それはどんな人なのかな?」

それで、わたしはすべてを語った。フィクションを速読せずにはいられない衝動、母によって英文科への進学を断念させられたこと、ケンブリッジでの惨めな成績、それでも読書はつづけたし、いまでもつづけていること。そして、どんなに彼に赦してほしいと思っているか。どんなに本気で彼の作品を愛しているか。

「しかし、数学のほうが学位を取るのはずっとむずかしいんだけどね。詩はこれから一生いつでも読めるし。そうだ、わたしがいま話していた詩人からはじめてもいい」

「もう名前も覚えていないわ」

「エドワード・トマス。そしてこの詩は——心のなごむ古風な作品で、詩の革命というようなものにはほど遠いけど、じつにすてきな詩だ。英語で書かれたものとしてはいちばん有名で、もっとも愛されている作品のひとつだろう。これを知らないなんて信じられないな。あなたの前には未知の大陸が広がっているようなものだ!」

すでにランチの支払いは済ませていた。彼はやにわに立ち上がって、わたしの腕を取り、建物の外に押し出して、チャリング・クロス・ロードを歩きだした。惨憺たる結果になったかもしれないものが、いまやわたしたちを接近させていた。たとえデートの相手が古来からのやり方でわたしにあれこれ指図するようになったとしても。わたしたちはセント・マーティンズ・コートの古本屋の地下の片隅に立ち、トムが古いハードカバーの『トマス詩選集』を手に取って、その詩の出ているページをひらいた。

わたしはおとなしくそれを読んでから、顔を上げた。「とてもすてきね」

「三秒で読めるはずはない。もっとゆっくり味わわなくちゃ」

味わうべきものはそんなに多くはなかった。短い四行から成る詩節《スタンザ》が四連あるだけだった。列車が名も知れぬ駅で臨時停車するが、だれも降りず乗ってもこない。だれかが咳をして、小鳥が鳴き、暑い。花や樹木があり、畑には干し草が干されていて、ほかにもたくさんの小鳥がいる。ただそれだけだった。

わたしは本を閉じて、言った。「きれいだわ」

彼は首を傾けて、忍耐強い笑みを浮かべた。「あなたはわかっていない」

「もちろん、わかったわ」

「それじゃ、説明してごらん」

「どういうこと?」

「わたしに説明するんだ。作品のなかにあって、きみが覚えていることをすべて」

それで、わたしは説明した。覚えているすべてを、ほとんど一行ごとに。わたしは円錐形《ヘイ》の干し草《コック》の山や片雲《クラウドレット》、柳やシモツケソウ、オックスフォードシャーやグロスターシャーのことまで覚えていた。彼は感心したようだったが、まるで新しい発見をしたかのように、奇妙な目でわたしを見た。

「記憶力には問題はない。こんどは感情を思い出してみよう」

店の地下にいる客はわたしたちだけだった。窓はなく、薄暗い裸電球がふたつ、ぶら下がっているだけだった。書物が空気の大半を吸いこんでしまったかのように、あたりには心地よい、埃っぽい、眠くなるような匂いが漂っていた。

「感情については一言も書いてなかったわ」

「この詩の最初の言葉は何かね？」

「そう《イエス》、よ」

「そのとおり」

「『そう、わたしはアドルストロップを覚えている』というふうにはじまっているわ」

彼はわたしに近づいた。「ひとつの名前の記憶だけで、ほかにはなにもない。静けさ、美しさ、停車の気まぐれさ、ふたつの州にまたがって広がる小鳥の声、生きていることそのものの、時空のなかに宙吊りになっている感覚、すべてが激変する戦争の前のひととき」

わたしが顔の向きを変えると、彼の唇がわたしのそれをかすめた。わたしはとても低い声で言った。「詩は戦争のことにはふれていないけど」

彼がわたしの手から本を取り上げ、わたしたちはキスをした。ニール・カーダーが初めてマネキン人形にキスをしたとき、彼女の唇は「これまでの生涯だれも信じてこなかったので、硬く冷たかった」ことをわたしは思い出した。

わたしは自分の唇を柔らかくした。

そのあと、わたしたちは来た道を引き返して、トラファルガー・スクエアを横切り、セント・ジェームズ・パークに向かった。そこで、マガモのためにパン屑をにぎってよちよち歩いているこどもたちのそばを通り抜けながら、トムは自分の姉妹のことを話した。姉のローラは彼の七つ年上で、かつては大変な美人であり、法律の勉強をして将来を嘱望されていた。だが、あれこれのむずかしい事件やむずかしい夫のせいで、徐々にアルコール依存症になり、すべてを失ってしまった。彼女の転落は一直線ではなく、何度かはほとんど回復に成功しかけて、法廷に英雄的な復帰を果たしたものの、やがてふたたび酒に引きずり落とされる結果になった。さまざまな事件があって、家族の忍耐もついに限度に達し、最後には、いちばん下のこどもも、五歳の娘が片足を失う交通事故が起きた。ふたりの父親とのあいだに三人のこどもがいたが、ローラは現代の自由主義国家が案出したあらゆるセーフティー・ネットからこぼれ落ち、いまやブリストルの福祉施設で暮らしている。しかも、そこからもいまにも追い出されかねない状態なのだという。こどもたちは父親や継母たちが育てている。彼にはジョーンという妹もいて、英国国教会の牧師と結婚しているが、彼女もこどもたちの面倒をみており、年に二、三回は、トムも休暇中にふたりの甥とひとりの姪を預かっているのだという。

両親のヘイリー夫妻も孫たちをとてもかわいがっているが、この夫婦は二十年にわたってショックや偽りの希望や困惑や悪夢のような緊急事態を経験させられてきた。彼らはいまでもローラからの電話を怖れ、絶え間ない悲しみと自責の念に苦しめられて暮らしている。たとえどんなにローラを愛していても、たとえマントルピースの上に——十歳の誕生日や卒業式や最初の結婚式の写真を銀のフレームに入れて飾って——かつての彼女のほんとうの姿を保存してはいても、ローラがいまでは恐ろしい人間になってしまったことを、彼らでさえ否定できなかった。冷静で知的だった娘を忘れずに、いまの彼女のへつらうような自己憐憫や嘘や酒の上での約束を聞くのはどんなに恐ろしいことだろう。家族はあらゆることを試みた。初めはなんとか説得しようとし、やがて穏やかに問題を指摘し、それからはっきりと非難し、最後にはクリニックやセラピーや希望のもてる新薬に望みを託した。ヘイリー夫妻はもてるだけの涙と時間と金のほとんどすべてを使い果たし、いまやできることはなにもなかった。ただ、自分たちの愛情と資力を孫たちにそそぎ込み、その母親がこの先ずっと病院に収容されたまま死んでいくのを待つしかなかった。

ローラの破滅と比べれば、わたしの妹ルーシーのケースはほとんどなんでもなかった。彼女は医学部を中退し、自分のなかに中絶を手配した母への激しい怒りがたまっていることを――セラピーを通して――発見したにもかかわらず、両親のそばに戻って暮らしていた。どの町にも、ときにはごく満足げに、次の段階、次の場所に進むのを拒否するか、それに失敗した人たちのグループがある。ルーシーはかつての学校友だちの居心地のいいグループを見つけた。ヒッピーへの道や美術学校や大学への進学コースからの早すぎる帰還を果たし、快適な故郷の町でのマージナルな生活に腰を落ち着けようとしている連中だった。さまざまな危機や非常事態宣言にもかかわらず、当時は仕事をしないでいるにはいい時代だった。あれこれぶしつけな質問をすることなしに、国はアーティストや、失業中の俳優や、ミュージシャンや、神秘家や、セラピストたちに、大麻を吸ってそれについて語ることが生業《なりわい》であり天職でさえあるような一群の市民たちに家賃を払ってやり、週払いの給付金を出していた。この給付金は苦労して手に入れた権利として断固擁護されていたけれど、じつはだれもが、たとえルーシーでさえ、これが中産階級をのんびり遊ばせておくために考案されたものではないことを心の底ではよく知っていた。

いまや安月給のなかから税金を払っている身だったので、わたしは妹については根深い懐疑心を抱いていた。彼女は頭がよく、学校の生物学や化学の成績は優秀だったし、やさしくて思いやりがあった。わたしは彼女に医者になってほしかった。かつてなろうとしていたものになろうとしてほしかった。彼女はサーカスの演技指導者をしている女性といっしょに、地元議会が修復したヴィクトリア朝様式のテラスハウスに家賃なしで住んでいた。失業登録をして、麻薬をやり、週に三時間だけ、土曜日の朝に市の中心部の市場のスタンドで虹色のキャンドルを売っていた。わたしがこの前実家に帰ったとき、彼女は自分がそこから抜け出した、神経症的、競争的な「堅物の《ストレート》」世界について話した。しかし、その世界が彼女の働く必要のない生活を支えているのではないか、とわたしが仄めかすと、彼女は笑って「セリーナ、あなたはものすごく右翼的なのね！」と言ったものだった。

　自分の生い立ちを語り、トムにそういう話をしているあいだ、彼もまもなく国の給付金で生活するようになることをわたしははっきりと意識していた。もっとスケールが大きかったし、議会がけっして詮索することのない政府支出の部分である機密費から支払われることになってはいたが。だが、T・H・ヘイリーは猛烈に仕事をするはずで、虹色のキャンドルや絞り染めのTシャツではなく、偉大な小説を書くはずだった。公園を三周か四周もしながら、彼に隠し事をしていると思うと気が咎めたが、彼はすでにわたしたちの隠れ蓑である基金を訪れて、それを認めているのだと思えば多少は楽になった。彼が何を書き、何を考えるべきかをだれかが指示するわけではなく、どう生きるべきか指図するわけでもない。わたしは本物の芸術家に自由をもたらす手助けをしているのだ。ルネッサンスの偉大な庇護者たちもおなじように感じていたのかもしれない。直接的、世俗的な利害関係を超越した寛大さ。ずいぶん偉そうな言い方をすると思われるかもしれないが、わたしはちょっと酔っていたし、古本屋の地下での長いキスの余韻で、まだ体がほてっていた。わたしたちはふたりともそうだった。あまり恵まれていない姉妹たちの話をすることで、わたしたちはそうとは意識せずに自分たちの幸せを確認し、地面にしっかり足を着けようとしたのだろう。そうでもしなければ、わたしたちは近衛騎兵練兵場《ホース・ガーズ・パレード》の上空にふわふわ浮き上がり、ホワイトホールを飛び越えて、川の向こう岸に飛んでいきかねなかった。とりわけ、まだ錆色の乾いた葉を大量につけたままの一本のオークの下に立ち止まり、彼がその幹にわたしを押しつけて、ふたたびキスをしたあとでは。

　こんどは、わたしは彼の体に腕をまわして、ベルトを着けたぴっちりしたジーンズの下の細い腰の逞しさとその下の尻の筋肉の硬さを感じた。体から力が抜けて、吐きそうになり、喉がひりひりして、風邪をひいたのかと思った。彼といっしょに横たわって、じっくり顔を見つめたかった。わたしのアパートに行くことにしたが、バスや電車には乗る気になれず、タクシー代もなかったので、歩くことにした。トムがわたしの本を、エドワード・トマスともう一冊のプレゼント『オックスフォード・ブック・オヴ・イングリッシュ・ヴァース』を抱えていた。バッキンガム宮殿の前を通って、ハイド・パーク・コーナーへ、わたしの職場の通り——彼にはそうとは教えなかったが——を過ぎて、エッジウェア・ロードをてくてく歩き、新しいアラブ料理店が並んだ場所を通り抜けて、セント・ジョンズ・ウッド・ロードで右に曲がり、ローズ・クリケット・グラウンドの前を通りすぎて、リージェンツ・パークの北端に沿ってキャムデン・タウンに入った。それよりずっと近い道もあったが、わたしたちは気づかなかったか、気にかけなかった。何に向かって歩いているのかはよくわかっていたが、そのことについては考えないほうが歩きやすかった。

若い恋人たちがよくするように、わたしたちはたがいの家族のことを話した。そうやって自分たちのいる場所を確認しあい、相対的な運のよさを数え上げた。あるとき、詩なしでどうして生きていけると思ったのかわからない、とトムが言った。

わたしは言った。「それじゃ、詩なしではどうして生きていけないのか教えてちょうだい」。そう言いながら、これは一度しか起こらないことかもしれないから、そう覚悟を決めておく必要がある、とわたしは自分に言い聞かせた。

マックスから渡されたプロファイルから、わたしは彼の家族の来歴を大まかに知っていた。ローラと広場恐怖症の母親のことはともかくとして、トムはすこしも運が悪くはなかった。わたしたちは戦後のこどもたちの保護された裕福な暮らしを共有していた。彼の父は建築家で、ケント州の都市計画局で働いていたが、まもなく定年を迎えようとしていた。わたしとおなじように、トムも優秀なグラマー・スクールの出身だった。セブノークスである。彼がオックスフォードやケンブリッジよりむしろサセックス大学を選んだのは、科目が面白そうに思えた（「調査研究ではなく小論文」）からであり、期待を裏切るのが面白いと思える人生の段階に達していたからでもあった。彼はまったく後悔していないと主張したが、わたしには信じられなかった。彼の母親は複数校を掛け持ちする音楽教師だったが、やがて戸外に出ることへの恐怖感が高まって、家でのレッスンしかできなくなった。空がちらりと見えたり、雲の片隅が見えるだけでも、パニックの発作を起こすようになったのである。何が原因で広場恐怖症になったのかは、だれにもわからなかった。ローラの飲酒がはじまったのはそれよりあとだった。トムの妹のジョーンは、牧師と結婚する前は、服飾デザイナーだった——ショーウィンドウのマネキンやアルフレダス尊師の出所だろうと思ったが、それは口には出さなかった。

国際関係学科の修士論文はニュルンベルク裁判の正当性に関してであり、博士論文は『妖精の女王』についてだった。彼はスペンサーの詩を熱愛していたが、わたしにはいまはまだ早いと思っているようだった。わたしたちはプリンス・アルバート・ロードの、ロンドン動物園からの声が聞こえる場所を歩いていた。彼は夏のあいだに論文を書きあげて、タイトルを金のエンボス加工にしたハードカバーの特製本として製本していた。それは謝辞、要約、脚註、参考文献リスト、索引付きの、四百ページにおよぶ詳細な調査研究から成る論文だった。いま、比較的自由なフィクションのことを考えられるのはほっとする思いだ、と彼は言った。わたしも自分の経歴について話したが、そのあとパークウェイからキャムデン・ロードの外れあたりまでは、知り合ったばかりのふたりとしては奇妙だったが、親しみの感じられる沈黙がつづいた。

　わたしはたわみやすい自分のベッドのことを、それがわたしたちの体重を支えられるかどうかを考えていた。しかし、ほんとうはそんなことはどうでもよかった。それが床を突き破り、トリシアの机の上に落下するならするがいい、わたしはトムといっしょに落ちていくだけだと思った。奇妙な心理状態だった。強烈な欲望と悲しみが入り交じり、そこに無言の勝利感が加わっていた。悲しみが湧いたのは自分の職場を通りすぎたときで、トニーのことを思い出したせいだった。わたしは一週間ずっとふたたび彼の死に付きまとわれていたが、こんどは以前とはすこし違っていた。彼はひとりだったのだろうか、死の間際までかまびすしい自己正当化の考えで頭がいっぱいだったのだろうか？　リャーリンが尋問者にどんなことを話したか知っていたのだろうか？　ひょっとすると、六階からだれかがクムリンゲに派遣されて、知っているすべてを教えるのと引き替えに彼を赦免したのではないか？　それとも、向こう側からだれかが予告もなしにやってきて、彼のウィンドブレーカーの襟にレーニン勲章を留めたのだろうか？　皮肉を言うのはやめようとは思ったが、なかなかそうはいかなかった。わたしは二重に裏切られたと感じていた。あの運転手付きの黒塗りの車で来たふたりの男のことを教えてくれることもできただろうし、自分の病気を打ち明けることもできたはずだった。そうすれば、わたしは彼を助けただろう。頼まれればどんなことでもしただろう。バルト海の孤島で彼とふたりで暮らしただろう。

　わたしのささやかな勝利はトムだった。わたしは期待していたものを受け取った。階上のピーター・ナッティングからの〝四人目の男〟について感謝するというタイプされた一行のメモだった。彼のちょっとしたジョークである。わたしはスウィート・トゥース作戦に四人目の作家を引き渡したのだ。わたしは彼をちらりと見た。とてもスリムだった。両手をジーンズのポケットに深く突っこみ、たぶんなにかの考えを追っているのだろう、目を片側に、わたしとは反対側に向けて、大股の軽い足取りで歩いていた。わたしはすでに彼を誇りに思い、自分自身もすこしだけ誇らしく感じていた。そうしたくなければ、彼は二度とエドマンド・スペンサーのことを考えなくても済むだろう。スウィート・トゥースの妖精の女王がトムを大学での苦闘から解放したのだから。

というわけで、わたしたちはようやく室内に、わたしの縦横十二フィートのアパートにいた。トムはジャンクショップの椅子に坐り、わたしはベッドの端に浅く腰をおろしていた。しばらくは、おしゃべりをつづけるほうが得策だった。ハウスメートたちはわたしたちの低い話し声を聞いて、そのうち興味を失うだろう。わたしたちにはいくらでも話題があった。床やタンスの上に山積みになっている、ペーパーバック小説というかたちでの、二百五十もの台詞を促すもの《プロンプト》が部屋中に散らばっていたからだ。ようやく彼にもわたしが読書家であることが、詩にはなんの関心もない、ただの頭が空っぽな女の子ではないことがわかったはずだった。リラックスして、ゆっくりベッドに近づいていくために、たとえ意見が食い違っても――じつは事あるごとに食い違ったのだが――ほとんど気にもかけずに、軽い、いい加減な調子でいろんな本について話した。彼はわたしの好きな女流作家たちは相手にしようともしなかった――彼の手はバイアットやドラブルを通りすぎ、モニカ・ディケンズやエリザベス・ボウエンも素通りした。わたしは彼女たちの小説に精通していて満足していたのに。ミュリエル・スパークの『運転席』を見つけたときには褒め言葉を洩らしたが、この作品は図式的すぎるので、『ミス・ブロウディの青春』のほうが好きだ、とわたしは言った。彼はうなずいたが、同意したわけではなく、いまやわたしの問題を理解したセラピストみたいだった。椅子に坐ったまま体を伸ばして、ジョン・ファウルズの『魔術師』を取り上げ、この作品にはいくつか感嘆する部分があるし、『コレクター』や『フランス軍中尉の女』は全編がすばらしいと言った。トリックは好きではない。わたしが好きなのは自分の知っている人生がそのままページに再現されているような作品だ、とわたしが言うと、トリックなしに人生をページに再現することは不可能だ、と彼は言った。そして、椅子から立ち上がり、ドレッサーに歩み寄って、B・S・ジョンソンの『アルバート・アンジェロ』を取り上げた。わざと穴をあけたページがある本である。これもすばらしい、と彼は言ったが、わたしは大嫌いだと応じた。彼はアラン・バーンズの『セレブレーションズ』があるのを見て驚いた——これはわが国で断然最高の実験小説家だというのが彼のご託宣だったが、わたしはまだ読みはじめてもいないと言った。それから、ジョン・コールダーによって出版された本が何冊かあるのを見て、ここにあるもののなかでも最高の数冊だと言った。わたしは彼が立っているそばに歩み寄った。そして、まだ二十ページ以上読めた本は一冊もないと言った。しかも、印刷がとてもひどいんだもの！　では、J・G・バラード——わたしは三冊もっていることに彼は気づいた——はどうか？　あまりにも終末論的、破滅的で、まともには読めなかったわ。バラードの作品はすべて大好きだ。大胆で、才気あふれる精神の持ち主だ、と彼は言った。わたしたちは声をあげて笑った。トムはわたしにキングズリー・エイミスの詩『ブックショップ・アイドル』を読んでくれると約束した。男と女の好みの違いについての詩で、最後はちょっと感傷的だけど、おかしいし、たしかにそのとおりなんだという。たぶん最後の部分以外は嫌いだと思う、とわたしは言った。彼はわたしにキスをして、文学論議はそこまでになり、わたしたちはベッドへ向かった。

　ぎごちなかった。絶えずこの瞬間のことを考えていないふりをしながら、わたしたちはすでに何時間もおしゃべりをしていた。相手の言葉で初めはたわいない、やがて親密な手紙を交換していたペンフレンドが現実に会うことになり、もう一度初めからやりなおさなければならないと悟ったかのようだった。彼のやり方はわたしには新しかった。わたしはもう一度ベッドの端に腰かけていた。一度キスをしただけで、それ以上愛撫をしようとはせずに、彼はわたしの上にかがみ込んで服を脱がせはじめた。無駄のない、慣れた手つきで、まるでこどもをベッドに寝かしつけようとしているかのようだった。そうしながら鼻歌をうたっていたとしても、わたしは驚かなかったろう。こんな場合でなければ、わたしたちがもっと親密だったなら、それは魅力的な心やさしい役割演技《ロール・プレイング》のひとときになったかもしれない。けれども、それは無言で行なわれ、どういう意味かよくわからなかったので、わたしは居心地が悪かった。彼がブラジャーを外そうとして肩越しに手を伸ばしたとき、わたしは彼にふれることもできたし、そうしかけたが、やめてしまった。彼はわたしの首を支えて、そっとベッドに横たわらせると、パンティを抜き取った。そういう仕草はどれもわたしにはすこしも刺激にはならず、むしろ神経がひどく張りつめた状態になっていた。なんとかしなければならなかった。

わたしは跳ね起きると、「あなたの番よ」と言った。彼はおとなしく、わたしが坐っていた場所に腰をおろした。胸が彼の顔のすぐそばに来るように、彼の前に立って、シャツのボタンを外した。彼が硬くなっているのが見えた。「大きい子は寝る時間よ」彼がわたしの乳首を口に含んだとき、これでうまくいきそうだ、とわたしは思った。ほとんど忘れかけていた、熱い、電撃的な、切り裂かれるような感覚が、喉元から広がって会陰部に達した。けれども、ベッドカバーをめくって横になったとき、彼がいまや柔らかくなっているのが見えて、自分がなにか間違ったことをしたにちがいないと思った。ちらりと見えた陰毛にも驚かされた――ほんのわずかで、ほとんど無毛に近く、絹みたいに柔らかそうな直毛で、髪の毛みたいだった。わたしたちはふたたびキスをした――彼はそれが上手だった――が、わたしがペニスを手に取ると、依然として柔らかかった。さっきは効果があったのだからと思って、彼の頭を自分の胸のほうに押し下げた。新しいパートナー。まるで新しいカードゲームを覚えようとしているかのようだった。しかし、彼は胸を通り越して、さらに下まで頭をさげ、舌でじつにみごとにわたしを絶頂に導いた。あまりの快感に、一分もしないうちに、わたしは小さな叫び声をあげて達したが、階下の弁護士たちのために押し殺した咳をしたようなふりをした。正気に返ったとき、彼がどんなに興奮しているかを見てほっとした。わたしの快感が彼のそれを解きほぐしたのだろう。それから、わたしが彼を引き寄せて、それがはじまった。

わたしたちのどちらにとっても、それはすばらしいというほどではなかったが、いちおうやり遂げて、たがいの面子を保った。わたしに限度があったのは、ひとつには、すでに言ったように、ほかの三人を意識せざるをえなかったからだ。セックスとは無縁な彼女たちは、ベッドスプリングの軋みの向こう側の人間の声にじっと耳を澄ましているにちがいなかった。それからもうひとつ、トムがあまりにも静かだったこともある。彼は親しみや愛情や快感を表すなんの言葉も発しなかった。息づかいさえすこしも変わらなかった。だから、わたしたちのセックスの場面を将来使うために冷静に記録しているのではないか、頭のなかでメモをとり、気にいる文章にして校正し、月並みではないディテールを探しているのではないかと思わずにはいられなかった。わたしはあらためて贋牧師の物語や、小さな少年のペニスほどもある〝巨大な〟クリトリスをもつジーンのことを考えた。下のほうで舌で長さを測っているとき、彼はわたしのものをどう思ったのだろう？　平均的すぎて記憶に留めるには値しなかったのだろうか？　エドマンドとジーンがチョーク・ファームのアパートでふたたび合体してセックスをしたとき、オーガズムに達すると、彼女は一連の「甲高い山羊の啼き声みたいな声を、ＢＢＣの時報みたいに規則正しい間隔の澄んだ声を」洩らした。それでは、わたしの行儀のいい、押し殺した声はどうだったのか？　そんなふうに考えると、次々に不健康な考えが浮かんだ。ニール・カーダーの歓びはマネキン人形が「じっと動かないこと」であり、彼女が自分を軽蔑して、無視しているのかもしれないと思うとぞくぞくするのだった。トムもそれを望んでいるのだろうか？ 女性が完全に受け身になることを、「くるりと裏返しになってその正反対のものになり、彼を圧倒し焼き尽くす」ような内向性を？ わたしは完全にじっと動かずに、唇を半びらきにして天井を見つめて横たわっているべきなのか？ もちろん、本気でそう思ったわけではないが、そんなことを考えるとあまりいい気分ではなかった。

事を終えるやいなや彼が上着のなかの手帳と鉛筆に手を伸ばすところを想像して、わたしは自分の苦痛をいやましにした。そんなことをしたら、もちろん、彼を放り出しただろう！ けれども、そんな自虐的な考えは単なる悪夢にすぎなかった。彼は仰向けに寝たままで、わたしは彼の腕を枕にしていた。寒くはなかったのに、シーツと毛布を体の上に引き上げた。それから、しばらく軽く眠った。玄関のドアがピシャリと閉まる音で、わたしは目を覚ました。ハウスメートたちの声が通りを遠ざかっていくのが聞こえた。家にいるのはわたしたちだけになった。目で確かめたわけではないが、トムが完全に目を覚ましたのがわかった。彼はしばらく黙っていたが、それからわたしをいいレストランに連れていきたいと提案した。基金のお金はまだ届いていないが、まもなく届くにちがいないと彼は思っていた。わたしは無言でそれを肯定した。二日前にマックスが支払伝票にサインするのを見ていたからである。

わたしたちはシャーロット・ストリートの南端にあるギリシャ料理店、〈ホワイト・タワー〉に行って、ロースト・ポテトを添えたクレフティコを食べ、レツィーナを三本空けた。そのくらいのことはできたのである。機密費から出ている金で食事をして、それを言うことができないというのはなんとも不思議なことだった。わたしはすごく大人になったような気がした。トムによれば、戦争中には、この有名なレストランはギリシャ風スパム（豚肉のランチョンミートの缶詰）を出していたのだという。まもなくまたそういう時代が再来するにちがいない、とわたしたちは冗談を言った。彼はこの店がいかに文学と縁が深いかを話してくれたが、わたしはぼんやりと笑みを浮かべて、半分しか聞いていなかった。頭のなかにまた音楽が、こんどは交響曲が、マーラーの大管弦楽団による荘厳なゆったりとした楽章が鳴り響いていた。まさにこの部屋で、エズラ・パウンドとウィンダム・ルイスが渦巻派《ヴォーティシスト》の雑誌『ブラスト』を創刊したんだ、とトムは言ったが、わたしにはなんのことかさっぱりわからなかった。フィッツローヴィアからキャムデン・タウンまで、酔っ払って腕を組んで、訳のわからないことをしゃべりながら、歩いて帰った。翌朝、わたしの部屋で目を覚ましたとき、こんどは新しいカードゲームは簡単で、実際、歓喜そのものだった。

15

十月末には毎年恒例の時計の針を戻す儀式があり、午後に暗闇のふたがかぶせられて、国内のムードがさらに暗くなった。十一月の初めには寒波が襲来して、ほとんど毎日のように雨が降った。だれもが〈危機〉のことを口にのぼせ、政府印刷局は石油配給クーポンを印刷しはじめた。こんなことはこの前の戦争以来初めてだった。わたしたちはなにか非常にたちの悪い、予測はむずかしいが、避けがたいものに向かっているという漠然とした予感が漂っていた。〈社会の骨組み〉が崩壊してしまう懸念があったが、その結果どういうことになるのかはだれにもわからなかった。けれども、わたしは幸せで、忙しかった。ようやく恋人ができて、トニーのことをくよくよ考えるのはやめようとしていた。彼に対する怒りは、激しく糾弾しすぎたのではないかという罪悪感に取って代わられた、とまでは言えないとしても、少なくともそのふたつが入り交じっていた。あのはるかな牧歌的時代を、サフォークでのエドワード王朝風の夏を忘れていたのは間違いだった。いまやわたしにはトムがいたので、保護されている感じがあり、トニーといっしょに過ごした時間を悲痛にではなく、懐かしく思い出す心のゆとりがあった。トニーは国を裏切ったかもしれないが、わたしの人生をスタートさせてくれたのだ。

　わたしは新聞を読む習慣を復活させた。とくに惹かれたのは投書欄、不平や愚痴、業界では〝いったいどうしてモノ〟と呼ばれているらしい記事だった。たとえば、いったいどうして大学の知識人はＩＲＡ暫定派による大虐殺に声援を送り、怒りの旅団《アングリー・ブリゲード》や赤軍派を美化したりするのかとか。わたしたちは第二次世界大戦におけるわが帝国とその勝利に取り憑かれ、それに非難されていると感じているが、いったいどうして過去の偉大さの残骸のなかで停滞していなければならないのかとか。いったいどうして犯罪発生率は急上昇し、日常的な礼儀正しさは衰退し、通りは汚くなり、経済は低迷して士気が低下し、生活水準は共産圏の東ドイツ以下になって、わたしたちは分裂し、暴力的になり、的外れになっているのかとか。暴力的な厄介者どもが民主的な伝統を崩壊させ、大衆向けのテレビ放送は病的なくらいばかげているし、カラーテレビは高すぎて買えず、なんの希望もないのはいったいどうしてなのかとか。この国はもう終わりで、わたしたちの歴史的役割はすでに終わっていることをだれもが認めているが、それはいったいどうしてなのかとか。

　わたしは情けない日々の出来事のページも読んだ。その月の中旬には石油の輸入が完全に止まり、石炭庁が鉱夫側に一五パーセントの賃上げを提案したが、ＯＰＥＣによって与えられたこの好機に乗じて、彼らはあくまで三五パーセントを要求し、残業禁止令を実施しはじめた。学校に暖房がないので、こどもたちは早退させられ、エネルギー節約のために街灯は消され、電力不足のために週三日労働になるかもしれないなどというとんでもない噂が飛び交った。政府は五度目の緊急事態宣言を発した。なかには鉱夫たちに要求どおり支払えという者もいれば、恐喝するゴロツキどもはぶっつぶせという者もいた。そういうすべての記事を追っていくうちに、自分には経済問題に関するセンスがあるのではないかと思うようになった。わたしは数字を覚えていたし、危機を回避するための自分なりの考えももっていた。けれども、そんなことはどうでもよかった。わたしはスペードとヘリウムに夢中で、ヴォルトのことは忘れようとしていたが、わたしの心はスウィート・トゥースに、その私的な部分に捧げられていた。つまり、わたしは職務として毎週末ブライトンに、駅のそばの細くて白い建物の最上階にあるトムの二部屋のアパートに通っていた。クリフトン・ストリートは糖衣をかけたクリスマスケーキを並べたような通りだった。空気は澄んでいて、わたしたちにはプライバシーがあり、ベッドは現代風のパイン製で、マットレスはしっかりしていて音がしなかった。数週間もしないうちに、わたしはそこをわが家と見なすようになっていた。

ベッドルームはベッドよりわずかに大きいだけだった。充分なスペースがなかったので、洋服ダンスのドアは九インチくらいしかあけられなかった。だから、なかに手を突っこんで、手ざわりで服を見つけなければならなかった。わたしはときおり壁越しに聞こえるトムのタイプライターの音で早朝に目を覚ました。彼が仕事をしている部屋はキッチン兼居間でもあり、もうすこし広い感じだった。トムの家主である野心的な建築業者が屋根に穴をあけて増築した部屋だった。キーを打つ不規則な音とカモメの鳴き声——そういう音で目を覚まされ、目をつぶったまま、わたしは自分の生活の変貌ぶりを贅沢に味わった。キャムデンでは、とりわけシャーリーが立ち去ったあとは、どんなに孤独だったことか。一週間の難行のあと、金曜日の七時にここに到着して、街灯の下、坂道を数百ヤード歩くのはなんと心地よいことか。潮の香を嗅ぎ、ブライトンはニースやナポリとおなじくらいロンドンから遠いのだと感じながら。トムがミニチュアの冷蔵庫に白ワインのボトルを入れ、キッチン・テーブルにグラスをふたつ用意していることを知りながら。わたしたちはセックスをして、本を読み、海岸沿いやときには丘陵地帯《ダウンズ》を散歩して、レストラン――たいていは旧市街《ザ・レインズ》の――で食事をした。そして、トムは書いた。

彼は緑色の羅紗張りのカードテーブルを部屋の隅に押しつけて、オリベッティのポータブルで仕事をしていた。夜中や明け方に起きて、九時ごろまで仕事をして、それからベッドに戻ってきて、わたしを抱き、またお昼ごろまで眠る。そのあいだに、わたしは外に出かけて、オープン・マーケットの近くでコーヒーにクロワッサンの朝食をとった。そのころイギリスではクロワッサンはまだめずらしく、ブライトンのわたしのいる片隅はそれだけよけいにエキゾチックな感じがした。わたしは新聞を、スポーツ欄は除いて隅から隅まで読み、それからブランチの揚げ物を買って帰るのだった。

基金からの助成金はすでにトムに支払われていた――そうでなければ、どうしてホイーラーズで食事をしたり、冷蔵庫にシャブリを詰めこんだりできただろう？　十一月から十二月にかけて、彼は最後の授業をしながら、ふたつの物語を書いていた。そして、ロンドンに出かけて、詩人でもある編集者のイアン・ハミルトンに会っていた。ハミルトンは文芸誌『ニュー・レヴュー』を創刊しようとしているところで、その初めの何号かにトムのフィクションを載せたがっていた。彼はトムが発表したものはすべて読んでおり、ソーホーで酒を飲みながら、「かなりいい」とか「悪くない」とか言ったという――こういう筋からの言葉としては、これはどうやら相当な褒め言葉らしかった。

新しい恋人たちは自分たちを祝福するためによくそうするが、わたしたちのあいだにもいまではいろいろ独自の手順や決まり文句や儀式があり、土曜日の夜のパターンははっきりと決まっていた。わたしたちはしばしば夕方にセックスをした――これが〝その日の主食〟であり、朝早く〝抱き合う〟のは勘定には入らなかった。性交後の澄みきった意気揚々とした雰囲気のなかで、わたしたちは出かける支度をするが、アパートを出るまでにシャブリのボトルをあらかた空けてしまった。ふたりともワインについては無知だったにもかかわらず、家ではほかのものは飲まなかった。シャブリにしたのは冗談みたいなもので、どうやらジェームズ・ボンドのお気にいりだったかららしかった。トムは新しいステレオで音楽をかけたが、たいていはビバップで、わたしにはでたらめな音をめちゃくちゃなリズムで流しているようにしか聞こえなかったが、それでも洗練された、都会的な魅力をたたえているように思えた。それから、わたしたちは冷たい潮風のなかに踏み出して、ぶらぶらと坂をザ・レインズのほうに下りていき、たいていはホイーラーズのフィッシュ・レストランへ行った。トムはほろ酔い加減でウェイターに多すぎるチップを渡すので、わたしたちは人気があり、ややこれ見よがしに〝わたしたちの〟テーブル――片側の、ほかの客たちを観察してばかにするのに都合のいい場所にある――に案内された。わたしたちは大騒ぎでウェイターに取りあえず〝いつものやつ〟を注文する――シャンパンのグラスをふたつと一ダースの牡蠣である。ほんとうにそれが好きなのかどうかは自信がなかったけれど、少なくともそのアイディアが気にいっていた。パセリとふたつ切りのレモンのあいだに楕円形に並べられたフジツボ付きの古代の生き物と、ロウソクの光のなかで贅沢に輝いている、砕いた氷のベッド、銀の皿、チリ・ソースの磨かれた小瓶。

自分たちのことを話していないときには、政治についてなんでも話した――自国の危機、中東問題、ベトナムのこと。論理的には、共産主義を封じこめるための戦争についてはもっと屈折した意見をもっていて然るべきだったが、わたしたちは自分たちの世代の典型的な見解を採用した。戦いはじつに残酷であり、あきらかに失敗だった。わたしたちは権力の乱用と愚行のメロドラマ、ウォーターゲート事件も追いかけたが、わたしの知っていた多くの男たち同様に、トムはこの物語の配役や、日付や、説明の変遷経過から細かい憲法上の意味合いまでじつによく知っていて、いっしょに憤激する仲間としてはわたしは役に立たないと思ったようだった。わたしたちは文学についてもあらゆることを話した。彼は自分が好きな詩を見せてくれたが、それにはなんの問題もなかった――わたしも気にいったからである。しかし、彼はわたしにジョン・ホークスやバリー・ハナやウィリアム・ギャディスの小説に興味をもたせることはできなかったし、わたしのヒロイン、マーガレット・ドラブルやフェイ・ウェルドン、わたしの最新の恋人、ジェニファー・ジョンストンに興味をもつことはできなかった。わたしにとっては、彼の作家たちはドライすぎたし、彼にとっては、わたしの作家たちがウェットすぎた。ただし、エリザベス・ボウエンだけはそうでもないようなことを言っていたけれど。あのころ、わたしたちの意見が一致したのはわずかに短篇ひとつだけ、彼が校正刷りを持っていたウィリアム・コズウィンクルの『スイマー・イン・ザ・シークレット・シー』だけだった。彼はこれをみごとに構成された作品だと見なし、わたしは鋭くて悲しい物語だと思った。

彼は自分の作品については書きおえるまでは話したがらなかったが、ある土曜日の午後、彼が図書館に調べものに出かけたとき、ちょっとくらい覗いても差し支えないだろうし、それが自分の義務かもしれないとわたしは思った。彼が階段をのぼってくる足音が聞こえるように、ドアをあけたままにしておいた。ひとつは、十一月末に最初の草稿ができあがった短篇で、言葉の話せる猿が語る物語だったが、この猿は、自分の恋人で二作目の小説を書こうと悪戦苦闘している女流作家について、やたらあれこれ心配していた。処女作は称讃されたが、二作目もおなじくらいいい作品を書けるのか？　本人はそれを疑いはじめていた。彼女が自分の仕事のために彼をなおざりにしていることに傷つけられて、憤慨した猿は彼女の背後をうろうろしている。最後のページになって初めて、じつはわたしがいま読んでいる物語は彼女が書いているものであることがわかる。猿は存在しないのだ。それは幽霊であり、彼女の不機嫌な想像力の産物にすぎなかったのである。とんでもない。重ねて言うけど、とんでもないわ。これは許されない。不自然で滑稽な異種間セックスは別にしても、この種の小説的なトリックをわたしは本能的に信用しなかった。わたしは足の下に地面を感じる必要がある。わたしの意見では、読者とのあいだには作家が尊重しなければならない暗黙の約束があり、想像された世界の構成要素や登場人物は、たとえひとつでも作者の気まぐれで消されることは許されなかった。想像されたものは現実とおなじくらい堅固で、一貫性がなければならないのだ。それこそ相互の信頼に基づく約束事なのだから。

ひとつめが期待はずれだったとすれば、二作目は読みはじめる前からわたしを驚かした。こちらは二百四十ページ以上あり、最後の一行の下に手書きで先週の日付が書かれていた。中篇小説の第一稿で、わたしには秘密にしていたのである。読みはじめようとしたとき、締まりのわるい窓からの隙間風で、外にひらいたドアがピシャリと閉まって、わたしをぎくりとさせた。わたしは立ち上がって、トムが以前ひとりでタンスを階上に引き上げるときに使った油の染みたロープのコイルを、ひらいたドアにあてがった。それから、垂木からぶら下がっているランプを点けて、疚しい速読に取りかかった。

『サマセット低地から』はひとりの男が九歳の娘といっしょに、焼け落ちた村や町の荒廃した風景のなかを旅する物語だった。そこでは人は絶えずネズミやコレラやペストという危険にさらされ、水は汚染されていて、隣人たちは大昔の缶ジュース一本のために殺し合い、犬が一匹と痩せこけた猫が二、三匹焚き火で焼かれる祝賀会のディナーに招待される住民は幸運だと見なされるのだった。父と娘がロンドンに到着すると、そこはさらにひどく荒廃していた。崩壊しかけた高層ビル、錆びついた車、人の住めないテラスハウス街にはドブネズミや野犬が群れをなし、軍司令官や部下の暴漢どもが顔を原色の縞模様に塗りたくって、疲弊した市民たちを恐怖に陥れている。電気ははるかむかしの記憶にすぎず、ただひとつ、かろうじて機能を維持しているのは政府関係の機関だけで、ひび割れた雑草だらけのコンクリートの平面がどこまでも広がるなかに、省庁の高層ビル群がそびえていた。役所の外の行列に並ぼうとして、父と娘は明け方に広場を横切っていく。「腐って踏みつぶされた野菜、平らにしてベッド代わりにされた段ボール箱、焚き火の残り火と焼かれた鳩の残骸、錆びついた缶、吐瀉物、擦りきれたタイヤ、薬品で緑色になった水たまり、人間や動物の排泄物のなかを通って」

この広場が小説の主要部分の舞台になるのだが、それこそ悲しい新世界の巨大な縮図だった。広場の中央には使われていない噴水があり、そこには空気が「灰色になるほどの蝿が群がっている。少年や男たちが毎日そこで、幅広いコンクリート製の縁石の上にしゃがみこんで排便するからである」。その恰好は「まるで翼のない鳥が止まっているみたいに見える」。日が昇ると、この広場には蟻のコロニーみたいに人が群がり集って、あたり一面濛々と煙が立ちこめ、耳を聾するばかりの喧騒が渦巻くなか、色とりどりの毛布の上に哀れな品物を並べる。その父親は——きれいな水を見つけるのはむずかしいにもかかわらず——一本の古びた使いかけの石けんをしきりに値切るのだった。売られているものはすべてはるかむかしに作られたもので、もはやだれも作り方を知らなかった。

やがて、男（苛立たしいことに、男の名前は最後まで明かされない）は幸運にも自分の部屋をもっている古い女友だちとばったり会う。この女は収集家で、テーブルの上には電話機があるが、「電話線は四インチくらいのところで断ち切られており、その向こうの壁にはブラウン管が立てかけてある。テレビの木製ケース、ガラス製のスクリーン、操作ボタンはとうのむかしに剝ぎ取られて、鈍く光る金属板から明るい色の電線の束を丸めたものがぶら下がっている」。彼女はそういうものが好きなのだが、それは「それが人間の創造性と意匠の産物だからで、物を粗末にすることは人間を粗末にすることにつながる」からだという。しかし、彼女の収集欲には意味がない、と彼は考える。「通信システムがなければ、電話機は無価値なガラクタにすぎないのだから」

工業文明とそのあらゆるシステムや文化が記憶から消え去ろうとしていた。人類は時間を遡って、野蛮な時代に——乏しい資源を絶えず奪いあわなければならないので、やさしさや創意工夫が生まれるゆとりのない時代に——逆戻りしつつあった。古きよき日は二度と戻ってこないだろう。「すべてがあまりに大きく変わってしまい、自分たちにもかつてそんな時代があったとはほとんど信じられない」とその女はかつて彼らが生きていた時代について言い、ある裸足の哲学者風の男はその父親に向かって「われわれはむかしからずっとここに向かっていたんだ」と言う。さらに、ほかの場所であきらかにされることだが、文明の崩壊がはじまったのは不正と紛争と矛盾に満ちた二十世紀からだったという。

物語の終わり近くまで、その男と少女がどこに向かっているのかは読者には知らされないが、じつはふたりはその男の妻、少女の母を捜していたのである。捜索の助けになる通信システムもなければ役所もない。彼らが持っているただ一枚の写真は、母がこどものときのものだった。彼らは口づての情報に頼るしかなく、何度も間違った方向に迷いこみながら、結局は——とりわけ、ふたりがペストに冒されはじめてからは——捜索をあきらめざるをえなくなる。そして、父と娘は、かつては有名銀行の本社だった廃墟の悪臭を放つ地下室で、抱き合いながら死んでいくのだった。

　最後まで読むのに一時間十五分かかった。わたしは原稿をタイプライターのそばに——見つけたときとおなじくらいいい加減に散らばった状態になるように気をつけて——戻してから、ロープのコイルを移動してドアを閉めた。それから、キッチン・テーブルの前に坐って、混乱した頭を整理しようとした。ピーター・ナッティングや同僚たちの異議を予行演習するのはたやすかった。これはわれわれの望みに反する宿命の暗黒郷《ディストピア》であり、われわれがこれまで考案し、建設し、愛してきたすべてを告発し否定して、プロジェクト全体が崩壊して汚泥に帰すのを喜ぶ、いま流行の終末論にほかならない。これはよく肥えた男がほかの人々の進歩への希望をあざける贅沢であり、特権的行為だ。T・H・ヘイリーは自分を親切に育て上げ、無料でリベラルな教育を受けさせ、戦争には駆り出すこともせず、恐ろしい儀式や飢餓や復讐心に燃える神々への恐怖なしに成人させ、二十代には相当額の奨学金を与え、表現の自由にはなんの制限も課さなかった世界に対してまったく恩義を感じていない。これはわれわれがつくりだしてきたすべてが腐りきっていることを疑わず、けっして代替案を提起しようとせず、友情や愛や自由市場や産業や科学技術や貿易やあらゆる芸術や科学から希望を引き出そうともしない、じつに安易なニヒリズムだ。

　彼の物語がサミュエル・ベケットから受け継いでいるただひとつの摂理は（と、わたしはナッティングの幽霊にひきつづき語らせた）、世界の果てにひとりで横たわり、自分自身にしか結びつかず、なんの希望ももたず、ただ小石をしゃぶっている男というのが人間の条件だという考え方だ。民主主義における公務執行のむずかしさを知らず、何千万もの要求の多い、権利を与えられた、自由に物を考える個人をよく統治することのむずかしさをすこしも知らず、悲惨な、貧困にあえいでいた過去からわずか五百年のあいだにわれわれがどんなに遠くまで来たかを意に介さない男でしかないということだ。

他方……この作品にいいところがあるとすれば、それは彼ら全員を、とりわけマックスを苛立たせるだろうということだったが、それだけでもすばらしいと言えるかもしれなかった。小説家を採用するのは誤りだという彼の考えを追認することになるだけに、彼はことさら憤激するだろう。しかし、逆説的ではあるが、これはこの作家がいかに出資者から自由かを示す証拠になり、スウィート・トゥース作戦を補強することになるかもしれない。『サマセット低地から』はあらゆる新聞の見だしに付きまとう幽霊を肉体化したものであり、深淵の縁から底を覗きこんだもの、最悪のケース――ロンドンがヘラートに、デリーに、サンパウロになる――を演劇化したものなのだから。だが、ほんとうのところ、わたしはどう思ったのだろう？　読んでいて、わたしは憂鬱になった。あまりにも暗く、まったくなんの希望もなかったからだ。少なくともこどもの命は助けて、読者に将来への多少の希望は残すべきではないか。ひょっとすると、ナッティングの幽霊の言うとおりかもしれない、とわたしは思った――このペシミズムには流行を追っているふしがある。これは単なる美意識、文学的な仮面ないし姿勢にすぎないのかもしれない。これはほんとうのトムではないか、さもなければ、彼のごく限られた一部分にすぎず、したがって本心ではないのかもしれない。ともかく、わたしはすこしも好きになれなかった。だが、T・H・ヘイリーはわたしが選んだものと見なされ、わたしの責任だとされるだろう。わたしはまたひとつ失策を演じたことになる。

部屋の向こう側のタイプライターやその横の空のコーヒーカップを眺めながら、わたしは考えた。背後に猿が付きまとっている女みたいに、わたしが関係をもっているこの男が当初の期待には添えないことがあきらかになれば、わたしは恥ずかしい判断ミスを犯したことになるだろう。それはわたしの罪だとされるにちがいないが、実際には、彼は皿に載せて、ファイルというかたちでだが、わたしに手渡されたのだ。それは見合い結婚、六階で決められた結婚であり、すでに手遅れで、わたしは逃げ出せない花嫁だった。たとえどんなに期待はずれだったとしても、わたしは彼にしがみつき、そばを離れないつもりだったが、それは自分の利益のためだけではなかった。なぜなら、もちろん、わたしはまだ彼を信じていたからである。力のない短篇が二、三本あったからといって、彼が強烈な個性と明晰な頭脳をもつ——しかもすばらしい愛人である——というわたしの確信が揺らいだわけではなかった。彼はわたしのプロジェクトであり、わたしの担当事例であり、わたしの任務だった。彼の芸術とわたしの仕事とわたしたちの関係は切り離せないものだった。もしも彼が失敗すれば、わたしも失敗する。だとすれば、事は単純だった——いっしょに成功すればいいのである。

もう六時に近かった。トムはまだ外に出たままで、小説の原稿はタイプライターのまわりにそれらしく散らばっており、夜の楽しみがわたしたちを待っていた。わたしはバスタブに濃厚な香りのする湯を満たした。バスルームは五フィート×四フィートで(わたしたちは測ったのだ)、スペースを節約するためヒップバスが設置されているのが特徴だった——これは湯のなかに体を沈めて、ミケランジェロの〈物思いに沈む人〉みたいに底の腰かけ上の部分に坐るかかがみ込むようになっているバスタブだった。そこで、わたしはかがみ込んで、温まりながら、さらに考えつづけた。運がよければ、ひとつの可能性としてだが、編集者のハミルトンがトムが思っているくらい切れる男なら、この二篇を両方ともボツにして、そのもっともな理由を説明するかもしれない。その場合には、わたしはなにも言わずに、待てばいい。そもそも、彼に資金を提供して自由を与え、邪魔をせずに、うまくいくことを祈るというのがわたしたちの考えだったのだから。だが、しかし……それはそうだとしても、わたしは自分がすぐれた読者だと思っており、彼は間違ったことをやろうとしている、このモノクロのペシミズムは彼の才能を活かす助けにはならないと信じていた。たとえば、あの贋牧師の物語の機知に富んだ役割交換や、泥棒だとわかっている妻と激しいセックスをする男の曖昧さのようなものは描けていない。トムはわたしの言うことに耳を傾けるくらいにはわたしに好意を抱いているだろう。だが、しかし、わたしに与えられている指示は明確であり、わたしは口を出したいという衝動と戦わなければならないのだった。

二十分後、なにひとつ解決せず、依然としてあれこれ考えあぐねながら、バスタブの横で体を拭いていると、階段を上がってくる足音が聞こえた。彼がドアを軽くたたいてから、湯気の立ちこめた閨房に入ってくると、わたしたちはなにも言わずに抱き合った。コートのひだにおもての冷たい空気を感じた。完璧なタイミングだった。わたしは裸で、いい香りを漂わせ、すっかり準備ができていた。彼に導かれてベッドルームへ行くと、なにもかもが申し分なく、厄介な問いは跡形もなく消え去った。それから一時間くらいあと、わたしたちはシャブリを飲んで、チェット・ベイカーの『マイ・ファニー・バレンタイン』を聞きながら、夜のための身支度をしていた。ベイカーは女みたいな声でうたう人で、彼のトランペット・ソロはビバップだとしても、穏やかでやさしかった。もしかしたらわたしもジャズが好きになれるかもしれないとさえ思った。わたしたちはグラスを合わせて、キスをした。それから、トムはわたしから離れて、ワインを持ったままカードテーブルに歩み寄り、何分か自分の仕事を見下ろしていた。彼は原稿を一枚また一枚とひろいあげ、束のなかからひとつの箇所を探していたが、それを見つけると、鉛筆を取ってしるしを付けた。そして、眉間にしわを寄せながら、タイプライターのキャリッジをゆっくりと意味ありげにカチカチ鳴らしてまわし、そこに挟まれている紙の書かれている部分を読んだ。彼が顔を上げてこちらを見たとき、わたしは緊張していた。

「きみに教えたいことがある」

「いいこと?」

「夕食の席で言うよ」

彼がわたしのそばに来て、わたしたちはまたキスをした。彼はまだ上着を着ておらず、ジャーミン・ストリートで買った三枚のシャツのひとつを着ていた。三枚ともまったくおなじで、上質な白いエジプト綿、肩まわりから腕にかけてはゆったりとしたカットで、ちょっぴり海賊じみた雰囲気だった。すべての男はワイシャツの〈コレクション〉をもつべきなのだ、と彼は言った。そのスタイルがいいかどうかはともかく、コットンを身につけた彼の感触は好きだったし、彼がお金に適応していくやり方も好きだった。彼はステレオ、レストラン、グローブトロッターのスーツケース、電動タイプライターも注文していた――そうやって学生生活の殻を脱ぎ捨てつつあったが、そのやり方には卑しいところがなく、本人は疚しさを感じてもいなかった。クリスマス前のその数カ月、彼は教師としての給料ももらっていたので、たくさんお金をもっていて、いっしょにいるのは楽しかった。彼はわたしにもプレゼントをした――シルクのジャケット、香水、仕事用に柔らかい革製のブリーフケース、シルヴィア・プラスの詩集、フォード・マドックス・フォードの小説、すべてハードカバーの本だった。一ポンド以上かかるわたしの帰り道の交通費も払ってくれた。週末には、わたしはロンドンでの倹約生活を、冷蔵庫の片隅の侘しい食糧貯蔵庫や、毎朝地下鉄代と昼食代をかぞえて取っておく生活を忘れた。

ボトルを空けてしまうと、わたしたちはクイーンズ・ロードをほとんど転がるように歩き、クロック・タワーの前を通りすぎて、ザ・レインズに入っていった。立ち止まったのはただ一度、トムが足を止めて、唇に傷のある赤ちゃんを抱いたインド人の夫婦に道を教えたときだけだった。狭い通りの入り組んだザ・レインズには、見捨てられた季節外れの雰囲気がある。潮風の湿り気があって、人気がなく、足下の丸石は危険なほど滑りやすかった。トムは上機嫌の、からかうような口調で、基金が支援している〝ほかの〟の作家についてわたしを尋問していた。これはすでに三、四回目で、ほとんど定番になりかけていた。彼はセックスに放縦なのとおなじくらい作家としては嫉妬深く、競争心が強かった。

「これくらいは教えてほしいな。大部分は若い作家なのかね?」

「たいていは不老不死よ」

「頼むよ。教えてくれてもいいじゃないか。有名な老大家なのかい? アントニー・バージェスは? ジョン・ブレインは? 女流作家もいるのかい?」

「女性がわたしにとって何の役に立つと言うの?」

「わたしよりたくさんもらっているのかい? そのくらいは教えてくれてもいいだろう?」

「みんな少なくともあなたの倍はもらっているわ」

「セリーナ!」

「わかったわ。みんなおなじ額よ」

「わたしとおなじなのか」

「あなたとおなじよ」

「本を出していないのはわたしだけかな?」

「これ以上はなにも言えないわ」

「寝たことがある作家はいるのかい？」

「大勢いるわ」

「いまでもそのリストを増やしつつあるのかね？」

「それはあなたがよく知っているでしょう」

彼は笑って、わたしを宝石店の出入口に連れこむと、キスをした。自分の愛人がほかの男と寝ていると考えると興奮する男がいるが、彼はそのひとりだった。そういう気分になっているときには、自分の女が寝取られたと空想すると刺激されるのである。たとえ現実には吐き気を催し、傷つき、憤激するとしても。あきらかに、これがカーダーのマネキン人形に関する夢想の起源にちがいなかった。わたしはすこしも理解できなかったけれど、話を合わせる術を学んだ。ときどき、セックスをしているとき、彼が小声でわたしにうながし、わたしはそれに合わせて、自分が会っている男やその男のためにやったことを告白する。トムはわたしの相手が作家であることを好んだ。それがありそうでなければならないほど、社会的な地位が高ければ高いほど、彼のえも言われぬ苦悩は深くなった。ソール・ベロー、ノーマン・メイラー、パイプをくわえたギュンター・グラス、わたしは最高の作家を選んだ。というより、彼にとって最高の作家を。この当時でさえ、ふたりで意図的な幻想を分かち合えば、自分がつかなければならない嘘を薄めるのに役立つということに、わたしは気づいていた。自分が基金のためにやっている仕事のことをこんなに親しい男と話すのは容易ではなかった。部外秘だというのがひとつの逃げ道だったが、ユーモラスでエロチックなこの空想がもうひとつの逃げ道になった。とはいえ、どちらも充分だというわけではなく、それは幸せな気分のなかの小さな黒い汚点になっていた。

もちろん、わたしたちはその理由をよく知っていたが、ホイーラーズではわたしたちは熱烈に歓迎され、ミス・セリーナの一週間やトムの健康状態やわたしたちの食欲についてしきりにうなずきながら尋ねられ、さっと椅子が引かれてナプキンが膝に置かれた。けれども、わたしたちがそれでとても幸せな気分になったのも事実で、自分たちがほんとうに感嘆され尊敬されているのではないか、ほかの退屈な年配の客たちよりはるかにそう思われているのではないかとほとんど信じたくなるほどだった。あのころは、数少ないポップスのスターを別にすれば、若者はまだ金を手にしていなかった。だから、テーブルに向かうわたしたちを眉をひそめて見送る客たちの顔が、わたしたちをなおさら愉快な気分にした。わたしたちはそれほど特別な存在だったのだ。彼らが自分の税金でわたしたちの食事代を払っていることを知っていたら。トムがそれを知っていたとしたら。一分もしないうちに、ほかの先客にはまだなにも出ていないうちに、わたしたちにはシャンパンが出され、すぐつづいて氷を敷きつめた銀皿が、わたしたちが好きなふりをやめる勇気のなかった、牛糞みたいに艶やかな海のはらわたが入っている貝殻を満載して登場した。味を感じないように一気に呑みこんでしまうのがコツだった。わたしたちはシャンパンも飲み干して、お代わりを頼んだ。そして、前回もそうしたように、次回はボトルで頼むことにしようと肝に銘じるのだった。そうすればはるかに費用を倹約できるのだから。

　レストランの湿っぽい暖かさのなかで、トムはジャケットを脱いだ。そして、テーブル越しに手を伸ばして、わたしの手の上に手を重ねた。ロウソクの光でグリーンの瞳が深みを増し、青白い顔がほんのりと健康的な茶色がかったピンクに染まっていた。いつものように首をちょっぴり片側に傾けて、いつもどおりにひらいた唇をぴんと張り、自分でしゃべろうとするよりはむしろわたしの言葉を先取りして、わたしの言いたいことを話そうとしているかのようだった。その瞬間、すでにほろ酔い気分だったわたしは、こんなにいい男は見たことがないと思った。注文仕立ての海賊シャツは許す気になっていた。愛は一定の率で徐々にふくらんでいくわけではない。波みたいに押し寄せて、噴き出し、激しく跳ね上がりながら進んでいくが、そのときがそういう瞬間のひとつだった。最初にそれがあったのは〈ホワイト・タワー〉のときだったが、今度のほうがずっと強烈だった。ブライトンのフィッシュ・レストランで取り澄ました笑みを浮かべながら、わたしは『獣の交わり』のセバスチャン・モレルみたいに物理的な形状のない空間を落下していった。けれども、依然として、頭のずっと隅のほうにはあの小さな汚点があった。いつもは忘れようとしていたし、とても興奮していることが多かったので、それに成功することも少なくなかった。それでも、崖から滑り落ちそうになって、自分の体重を支えられるはずもない一房の草に飛びつく女みたいに、わたしはトムが自分の正体を知らないことをまたもや思い出して、すぐに打ち明けるべきだと思った。〈最後のチャンスよ！　さあ、すぐに話してしまいなさい〉。だが、すでにもう手遅れだった。真実はあまりにも重すぎて、わたしたちの関係を破壊してしまうにちがいなかった。彼は永久にわたしを憎むことになるだろう。わたしはすでに崖から落ちていて、けっしてもとには戻れなかった。わたしが彼の生活に恩恵を、芸術的な自由をもたらしたのだと自分に言い聞かせることもできたが、現実には、彼と会いつづけるかぎり、この灰色の嘘をつきつづけなければならないにちがいなかった。

彼の手がわたしの手首まで這い上がって、ギュッとにぎりしめた。ウェイターがやってきて、わたしたちのグラスをふたたび満たした。

トムが言った。「それじゃ、いまがきみに打ち明けるのにちょうどいい瞬間だろう」。彼がグラスを掲げ、わたしも素直にグラスを上げた。「イアン・ハミルトンのために書いているものがあることは、きみも知っているだろう。どんどん長くなっているのがひとつあって、それがどうやら一年前から考えていた中篇小説に発展しそうなんだ。そう気づいたとき、わたしはものすごく興奮して、きみに話したいと思ったし、すぐに見せたいと思った。しかし、うまくいかなかった場合を考えると、その勇気が出せなかったんだ。先週その草稿を書きおえて、一部をコピーして、みんなが言っていた編集者に送ってみた。トム・ミシュラー、いや、マシュラーだ。彼からの手紙がけさ届いたんだ。そんなに早く返事が来るとは思ってもいなかった。すぐには開封しないで、午後、家を出てからあけたんだが、セリーナ、採用したいというんだよ！　しかも、緊急に。クリスマスまでに最終稿が欲しいというんだ」

ずっとグラスを掲げていたせいで腕が痛かった。「トム、すばらしいニュースだわ。おめでとう！　あなたに乾杯！」

わたしたちはぐっとグラスを飲み干した。「かなり暗い話なんだけど。設定は近未来で、なにもかも崩壊してしまっている。ちょっとバラードのSFみたいなものなんだ。でも、きみにも気にいってもらえるだろうと思う」

「結末はどうなるの？　状況がすこしはよくなるのかしら？」

彼は寛大な笑みを浮かべた。「もちろん、そんなことはない」

「なんてすてきなんでしょう」

メニューが来て、わたしたちはシタビラメと、自分たちが自由な精神の持ち主であることを示すため、白ワインではなく赤ワインを注文した。彼は自分の小説について、ジョゼフ・ヘラーやフィリップ・ロスやガルシア＝マルケスを出している新しい編集者についてしゃべりつづけた。わたしはこのニュースをどうやってマックスに知らせようかと考えていた。反資本主義的な暗黒郷。ほかのスウィート・トゥースの作家たちはそれぞれノンフィクション版の『動物農場』を手渡したというのに。しかし、少なくとも、わたしの男は自分独自の道を行く創造者なのだ。クビになったあとは、わたしもおなじような道を歩まなければならないだろうけれど。

本末転倒だ。いまは祝うべきときなのに。わたしたちがいまや〝中篇小説《ノヴェラ》〟と呼んでいるトムの作品について、わたしにできることはなにもないのだから。というわけで、わたしたちは飲んで、食べて、おしゃべりをし、あれやこれやの成果を祝してグラスを上げた。夜も更けて、残っている客は五、六人になり、ウェイターたちがあくびをしながらうろつくようになったころ、トムがかたちだけは非難する口ぶりで言った。「わたしはずっと詩や小説の話をしているが、きみは数学についてはなにも話してくれないね。そろそろなにか話してくれてもいいんじゃないか」

「あまり得意じゃなかったのよ」とわたしは言った。「もうすっかり忘れてしまったわ」

「そうはいかない。なにかしら……面白い、いや、直観に反する、逆説的な話をしてほしいな。数学にまつわるとっておきの話を」

数学については直観に反することなどなにもなかったような気がした。数学は理解できるかできないかのどちらかで、ケンブリッジ以降は、たいていは後者だった。しかし、わたしは難問に挑むのが好きだった。「ちょっと時間をちょうだい」とわたしは言った。それで、トムは新しい電動タイプライターのことを、どんなに速く仕事ができるかを話しだした。しばらくすると、わたしは思いついた。

「わたしがケンブリッジの数学科にいたとき広まっていた話で、たぶん、まだこれについてはだれも書いていないと思うわ。確率論の話で、質問のかたちになっているの。〈レッツ・メイク・ア・ディール〉というアメリカのテレビのゲーム番組から来ているんだけど、司会者は数年前はモンティ・ホールという人だった。あなたがこのモンティの番組に競技者として出演しているとしましょう。あなたの前には三つの箱、1、2、3が置かれていて、そのうちのひとつのなかには、あなたはどれか知らないんだけど、すばらしい賞品が入っている――たとえば……」

「高額の助成金をくれる美人」

「ぴったりだわ。モンティはどの箱に助成金が入っているか知っているけど、あなたは知らない。で、あなたが選ぶ。そう、たとえば箱1を選んだとしましょう。ただし、まだすぐにはあけないの。それから、どこに助成金が入っているか知っているモンティは、空っぽだとわかっている箱をあける。箱3だとしましょう。すると、あなたの高額な助成金はあなたが選んだ箱1か、さもなければ箱2に入っていることになる。そこで、モンティはあなたが箱2に変えるか、それともそのままにするかを選ぶチャンスを与えるのよ。あなたの助成金はどこに入っている可能性が高いでしょう？あなたは箱を変えるべきか、それともそのままでいるべきか、どちらでしょう？」

ウェイターが銀の皿に載せた勘定書を持ってきた。トムは財布に手を伸ばしたが、途中でやめた。ワインとシャンパンをしこたま飲んでいたにもかかわらず、頭脳明晰な声だった。わたしたちはどちらもそうだった。このくらいの酒ではなんともないところをたがいに見せつけようとしていた。

「あきらかじゃないか。箱1の場合、初めはわたしが当たっている可能性は三分の一だった。箱3があけられると、それはふたつにひとつになる。箱2についてもおなじことが言える。高額の助成金がどちらの箱に入っている可能性も等しい。だから、わたしが箱を変えても変えなくてもなんの違いもないはずだ。セリーナ、きみは耐えがたいほどきれいだ」

「ありがとう。そう考える人が多いんだけど、残念ながらそれは間違いよ。もうひとつの箱に変えれば、あなたが二度と仕事をしないで済む可能性は二倍になるの」

「そんなばかかな」

わたしは彼が財布を取り出して勘定を払うのを見守った。ほとんど三十ポンド近かった。彼は二十ポンドのチップをピシャリと置いたが、その手つきのおぼつかなさがどんなに酔っているかを暴露していた。それはわたしの一週間分の給料を上まわる額だった。以前のチップより少ない額を置くわけにはいかなくなっていたのである。

わたしは言った。「あなたが助成金の箱を選んだ可能性は依然として三分の一のままだけど、すべての確率を合計すると1にならなければならないから、助成金がほかのふたつの箱のひとつに入っている確率は三分の二になる。箱3はひらいていて空だとわかっているから、それが箱2に入っている確率が三分の二になるというわけなの」

彼は憐れむような顔でわたしを見た。まるでわたしが過激な宗教的セクトの熱烈なメンバーででもあるかのように。「モンティは箱をあけることによってわたしに追加的な情報をくれたんだ。わたしの可能性は三分の一だったけど、いまはそれは二分の一になっている」

「彼が箱をあけたあと、あなたが部屋に入ってきたばかりで、そのとき、残りのふたつの箱のどちらかを選ぶように言われたのなら、たしかにそのとおりよ。その場合には、あなたには二分の一の可能性があることになる」

「セリーナ。あるがままのものがきみに見えないなんて驚きだ」

わたしははっきりとした、いつもとは違う快感を、解き放たれたような感覚を覚えはじめていた。知的な空間の一部で、もしかするとかなり大きな部分で、わたしは実際トムよりもすぐれているのだ。なんと奇妙な気がしたことだろう。わたしにとって非常に単純なことが、彼にとっては理解を超えることだったなんて。

「こんなふうに考えてみたらどうかしら」とわたしは言った。「箱1から箱2に変えるのは、初めにあなたが正しい選択をして、助成金が箱1に入っていた場合にだけ悪い考えだということになる。その可能性は三分の一だから、三分の一の確率で、箱を変えるのは悪い考えだということになる。とすれば、三分の二の場合は、いい考えだということになるはずでしょう」

彼は眉間にしわを寄せて、必死に考えていた。一瞬、ちらりと真実が見えたようだったが、それからまばたきをすると、それは消えてしまった。

「わたしのほうが正しいことはわかっている」と彼は言った。「ただそれをうまく説明できないだけなんだ。このモンティという男はわたしの助成金を入れる箱をでたらめに選んだ。それが入っている可能性のある箱はふたつしかない。だから、そのどちらに入っている可能性も等しいはずだ」

彼は立ち上がろうとしたが、どすんと椅子に尻餅をついた。「こういうことを考えているとめまいがしてくるよ」

「もっと別の考え方をすることもできるわ」とわたしは言った。「百万個の箱があると考えるの。ゲームの規則はおなじだとして。それで、たとえば、あなたは七十万個目の箱を選んだとする。モンティがやってきて、次々に箱をあけるけど、みんな空っぽなの。彼はあなたの賞金が入っている箱だけはずっとあけないようにしているから。そして、まだあけていないのはあなたの箱と、たとえば、九十五番目の箱だけになったとき、あけるのをやめるとするわね。そうすると、いまはそのふたつにどのくらいの可能性があるのかしら?」

「おなじだね」と彼はくぐもり声で言った。「どちらの箱も五分五分だ」

わたしはこどもに言い聞かせる口調にならないように注意した。「トム、それがあなたの箱に入っている可能性は百万分の一しかないし、もうひとつに入っているのはほぼ確実なのよ」

彼はまたもや一瞬わかったような顔をしたが、すぐもとに戻ってしまった。「そう、いや、そうは思えないな、つまり……じつは、なんだか吐きそうな気分なんだ」

彼はよろよろ立ち上がると、挨拶もせずにウェイターたちの前を足早に通りすぎた。わたしが外で追いついたとき、彼は車に寄りかかって、自分の靴を見つめていた。冷たい空気で生き返った彼は、結局、そんなに気分が悪いわけではなかった。わたしたちは腕を組んで家路をたどった。

彼が充分元気を取り戻したと思ったとき、わたしは言った。「もしよければ、トランプを使ってこれを実証的に試してみることもできるわ。いっしょに……」

「セリーナ、ダーリン、もうたくさんだ。またそのことを考えだしたら、こんどはほんとうに戻しそうだ」

「直観に反する話を要求したのはあなただったのよ」

「ああ、悪かった。もう二度と頼まない。これからは直観に基づく話に限ろう」

というわけで、わたしたちはほかのことについて話した。そして、アパートにたどり着くやいなや、ベッドに入ってぐっすりと眠った。しかし、日曜日の早朝、トムが興奮状態でわたしを支離滅裂な夢から揺り起こした。

「わかったぞ！　セリーナ、どういうことかわかった。きみが言っていたことはすべて、非常に単純なことだった。すべてがぴったりあるべき場所に収まったんだ。あの、なんとかの立方体の図みたいに」

「ネッカーの立方体ね」

「で、それを使ってなにかできそうなんだ」

「そうね、もちろん……」

わたしは隣室でタイプライターのキーがカタカタいう音を聞きながらふたたび眠りこみ、それから三時間は目を覚まさなかった。その日曜日は、モンティ・ホールのことはそれっきり話題にのぼらなかった。彼が仕事をしているあいだに、わたしはサンデー・ローストの昼食を準備した。二日酔いのせいで元気がなかったからかもしれないが、セント・オーガスティンズ・ロードの寂しい部屋に戻って、ヒーターが一本の電気ストーブを点け、洗面台で髪を洗って、仕事のためにブラウスにアイロンをかけることを思うと、いつもよりよけいに悲しかった。

薄暗い午後の光のなか、トムが駅まで送ってくれた。プラットホームで抱き合ったとき、わたしはほとんど泣きそうだったが、とくに大騒ぎはしなかったので、トムは気づかなかったと思う。

16

三日後、彼の短篇が郵送されてきた。最初のページにウェスト・ピアの絵葉書が添えられていて、その裏に「これでよかったかな?」と書かれていた。

仕事に出かける前に、冷えきったキッチンで紅茶のマグの上にかがみ込むようにして、わたしは『ほぼ確実な不倫』を読んだ。テリー・モールはロンドンの建築家で、こどものいないその結婚生活は、妻のサリーの立て続けの不倫で確実に崩壊しつつあった。サリーには仕事はなく、世話をすることもなく、家事は家政婦に任せきりだったので、「常時なにひとつ気にかけずに不倫に専念する」ことができたのである。彼女はまた毎日かならずマリファナを吸い、昼食のあとには大きなグラスでウィスキーを一、二杯やるのが好きだった。一方、テリーは週七十時間も働いていたが、彼が設計する安っぽい公営の高層アパートは、おそらく十五年以内に解体されるにちがいなかった。サリーはほとんど面識のない男たちと逢い引きの約束をしていた。「彼女の嘘や言いわけは侮辱的なほど見えすいていたが、彼は一度として嘘の証拠をつかめなかった。時間がなかったからである」。しかし、ある日、いくつもの現場でのミーティングがキャンセルになると、彼は自由になった時間をつかって妻を尾行しようと決意した。「彼の心は悲しみと嫉妬に蝕まれており、自分のみじめさを確認して別れる決意を固めるため、妻が男と会っている現場を見る必要があった」。妻はセント・オールバンズで叔母と一日を過ごすつもりだと言ったが、実際には、そうする代わりにヴィクトリア駅に向かい、テリーはそのあとをつけた。

彼女はブライトン行きの列車に乗り、彼もおなじ列車の二輛後ろに乗る。町のなかを行く彼女を尾行して、スティーンを横切り、ケンプ・タウンの裏通りに入って、アッパー・ロック・ガーデンズの小さなホテルにたどり着いた。舗道からロビーで男といっしょにいる彼女が見えた。幸いなことに、かなり弱々しい男だ、とテリーは思う。ふたりがフロントからキーを受け取り、狭い階段をのぼっていくのが見えた。テリーはホテルに入っていき、フロント係には気づかれなかったか無視されて、やはり階段をのぼっていく。頭上からふたりの足音が聞こえる。足音は五階に達し、彼は後方で歩みをゆるめる。ドアがあいて、閉まる音がする。彼が五階に達すると、その階には三室しかない。401、402、403号室だ。彼はふたりがベッドに入るのを待って、それからドアを蹴破り、妻を恥じ入らせて、男には思いきり顔に一発くらわせてやるつもりだった。

しかし、ふたりがどの部屋にいるのかわからなかった。

彼はじっと廊下に立ち尽くして、物音に耳をそばだてた。「うめき声でも、叫び声でも、ベッドのスプリングの音でもいい、なにかしら聞こえないかと耳を澄ましたが、なにも聞こえなかった」。

じりじりと時間が経ち、彼は選ばなければならなかった。いちばん手前の401号室に決めた。ドアはどれも薄っぺらで、思いきり飛び蹴りすればなんとかなりそうだった。何歩かさがって走りだそうとしたとき、403号室のドアがひらいて、唇に傷のある赤ん坊を抱いたインド人の夫婦が出てくる。そして、恥ずかしげな笑みを浮かべて彼の前を通り、階段を下りていった。

彼らの姿が見えなくなると、テリーは躊躇した。ここで物語はクライマックスに向かう。建築家で数学好きでもあるテリーは数字には強く、彼はすばやく確率を計算する。妻が401号室にいる確率は依然として三分の一で、ついさっきまで彼女が402号室か403号室にいる確率は三分の二だった。だが、いまや、403号室が空いていることがあきらかになったのだから、彼女が402号室にいる確率は三分の二のはずだ。「確率論の厳密な法則はどんな場合にも揺るがないから、ばかでもなければ最初の選択にしがみつくことはしないだろう」。彼が走りだして飛び蹴りをくらわせると、402号室のドアはこなごなに蹴破られ、いままさに事を為そうとしている裸のふたりがベッドにいた。彼は男の「頬にずっしり重みのある平手打ちをくらわせ、妻には冷たい軽蔑の視線を浴びせ」て、離婚の手続きをはじめ新しい生活をスタートするため、ロンドンへ戻っていった。

その水曜日は一日中、IRA暫定派のジョー・カーヒルに関する資料を整理したり、ファイルに綴じ込んだりした。カダフィ大佐との関係や、MI6が突き止めて、三月末にウォーターフォードの沖合でアイルランド海軍によって押収されたリビアからの武器。カーヒルは船上にいたが、うなじに銃口を突きつけられるまでは、なにも知らないと言い張った。ペーパークリップで留められていた追加資料から見るかぎり、わたしたちは蚊帳の外に置かれていたようで、それに苛立っていた。

「こういうミスを」と、ある憤激したメモは言っていた、「二度と繰り返すことがあってはならない」。それなりに興味深いことではあったが、貨物船〈クローディア号〉と自分の恋人の頭のなかのどちらがより興味深いかはあきらかだった。それだけではなかった。わたしは心配で、気が立っていた。仕事が一段落するたびに、ブライトンのホテルの五階のドアのことを考えだしていた。

それはすぐれた短篇になっていた。傑作とまでは言えないにしても、彼は調子を取り戻し、あるべき姿に戻っていた。けれども、けさそれを読んだとき、わたしはすぐに欠陥があることを、それが見かけ倒しの仮定条件、成り立たない対比、絶望的な数学をもとにしていることを悟った。彼はわたしの言ったことを、あるいはこの問題をまったく理解していなかった。彼は興奮して、あのネッカーの立方体を思いつき、調子に乗りすぎたのだろう。彼の少年みたいな興奮や、自分がまた眠りこんでしまったこと、しかも目を覚ましたときにも彼のアイディアについて話し合おうとしなかったことを思うと、恥ずかしかった。彼は加重選択のパラドックスを自分の小説に持ちこむという考えに興奮していた。その野心はすばらしかった――数学を劇化して、そこに倫理的な厚みを与えようというのだから。絵葉書の裏に書かれていた言葉の意味はあきらかだった。芸術と論理のあいだの深淵に橋を架けようとするこの英雄的な試みにおいて、彼はわたしを頼りにしているのだ。それなのに、わたしは彼を誤った方向に飛び出させてしまった。彼の物語は成り立たなかった。意味をなさなかった。彼がそうは思っていないことがわたしの胸を痛ませた。だが、この物語には価値がないなどと、どうして彼に言えるだろう？　部分的には、その責任はわたし自身にあるのだから。

というのも、これは単純明快な――わたしには明快だが、彼には相当わかりにくいのだろう――事実だが、４０３号室から出てきたインド人の夫婦は４０２号室に彼の妻がいる可能性を高めることはない。この夫婦がテレビ番組でモンティ・ホールが果たした役割を演ずることはできないのである。彼らが部屋から出てきたのは偶然だが、モンティの選択は競技者によって制約され決定されており、モンティを任意に選択する人間に置き換えることはできないのだ。テリーが403号室を選んだとしても、その夫婦と赤ん坊は魔法みたいに別の部屋に移動して別のドアから出てくることはできない。彼らが部屋から出てきたあとも、テリーの妻が402号と401号室にいる可能性は等しい。だから、トニーは最初に選んだ部屋のドアを蹴破ってもかまわなかったのである。

そのあと、午前中の中休みのためお茶を取りにいこうとして廊下を歩いていたとき、わたしはふいにトムの誤りの源を悟った。それはわたしだったのだ！　その場で立ち止まって、口に手を当てそうになったが、向こうからカップとソーサーを持って近づいてくる男がいた。はっきり見えてはいたのだが、あまりにも自分の考えに気を取られ、たったいま発見したことにショックを受けていたので、それがだれかすぐには気づかなかった。突き出した耳をしたハンサムな男が、いまや足取りをゆるめて、わたしの前に立ち塞がった。もちろん、マックス、わたしの上司、かつての心腹の友だった。もう一度彼に経過報告をしなければならないのだろうか？

「セリーナ、だいじょうぶかい？」

「ええ。ごめんなさい。なんだか、ぼうっとしていたみたい……」

彼はわたしを穴があくほどじっと見つめた。骨張った肩が大きすぎるツイードの上着のなかでぎごちなく縮まっているように見えた。ソーサーの上でカップがチリチリ音を立てたが、彼は空いているほうの手でそれを止めた。

彼が言った。「わたしたちはほんとうに話し合う必要があると思うんだが」

「いつ行けばいいか言ってくれれば、オフィスに行くわ」

「いや、ここではなくて。仕事のあと飲みに行くか、食事にでも」

わたしは彼のわきをじりじりすり抜けようとしていた。「それはすてきね」

「金曜日は？」

「金曜日はだめ」

「それじゃ、月曜日」

「わかったわ。オーケーよ」


彼から離れ、後ろを振り向きながら指を振ってさよならをすると、そのまま歩きだして、彼のことは即座に忘れた。そのとき、先週末にレストランで自分が言ったことをはっきりと思い出したからである。モンティは空の箱を任意に選ぶ、とわたしはトムに言った。だが、もちろん、三回に二回はそんなことはありえなかった。このゲームでは、モンティは選ばれなかった空の箱しかあけられない。三回のうち二回は、競技者はまさにそれを——空の箱を選ぶはずだから、その場合には、モンティがあけられる箱はひとつしかないのだ。競技者が首尾よく賞品の入っている箱を選んだ場合にだけ、モンティはふたつの空の箱のどちらでも任意に選べるのだ。もちろん、わたしはこういうすべてをよく知っていた。ただ、それをちゃんと説明しなかったのだ。その結果、短篇はぶち壊しになり、それはわたしの責任だった。運命の女神がテレビのゲーム番組のホスト役を演じられるという考えをトムに吹きこんだのはわたしだったのだから。

二倍になった罪悪感を抱えて、ただ単にこの物語は通用しないとトムに言うわけにはいかないことをわたしは悟った。わたしにはなんとか解決策を見つける義務があった。昼休みにいつものように外へ出ていく代わりに、わたしはタイプライターの前に残って、ハンドバッグからトムの物語を取り出した。新しい用紙を差しこむとき、わたしは思わずぞくっとしたが、タイプしはじめると、自分がとても興奮しているのがわかった。わたしにはアイディアがあった。トムが物語の結末をどう書きなおせばいいか、自分の妻がほかの男とベッドに入っているところを発見する可能性が二倍になったドアをテリーに蹴破らせてやるにはどうすればいいかわかっていた。わたしはまずインド人の夫婦と唇に傷のある赤ん坊を退場させた。たしかにチャーミングではあるけれど、このドラマには彼らが登場する余地はなかった。それから、401号室のドアを勢いよく蹴破るため、テリーが何歩か後ろにさがったとき、階下の踊り場で話しているふたりの客室係メイドの声が聞こえることにした。その声がはっきりと立ち昇ってきて、そのひとりが言う。「ちょっと上に行って、ふたつの空き部屋のうちのひとつを掃除してくるわ」。すると、もうひとりが言う。「気をつけなさいよ。あのカップルがいつもの部屋に来ているから」。そして、ふたりはすべてを承知しているかのように笑うのだった。

メイドが階段をのぼってくる足音が聞こえる。テリーは数学はかなり強いほうだったので、すばらしいチャンスがめぐってきたことを悟る。彼はすばやく考えなければならなかった。もしもドアのひとつ——たとえば401号室——に近づいて、その前に立っていれば、メイドはほかのふたつの部屋のどちらかに入っていかざるをえないだろう。メイドはカップルがどの部屋にいるか知っている。彼のことは、新しい客か、さもなければカップルの友人で彼らの部屋の外で待っているのだと思うだろう。メイドがどの部屋を選ぶにしても、テリーがもうひとつの部屋に移れば、可能性は二倍に増えることになる。そして、まさにそのとおりのことが起こるのだった。唇の傷を受け継いだメイドは、トムをちらりと見てうなずくと、403号室に入っていく。テリーは重大な変更を決意して、402号室に走り寄ってドアを蹴破る。すると、そこにまさにその最中のサリーと男がいるのである。

まだしきりに考えているあいだに、そのほかにもいくつかディテールを整えるように提案することを思いついた。ほかの二部屋は空室だとわかっているのに、なぜテリーは三つの部屋のドアを次々に蹴破ろうとはしないのか？　そうすればカップルは物音を聞きつけるにちがいなく、彼はふたりを驚かしてやりたかった。メイドが二番目の部屋を掃除するまで待てば、妻がいる部屋が確実にわかるのに、彼はなぜ待とうとしないのか？　それは、すでに説明されているように、夕方に現場での重要なミーティングがあり、ロンドンに戻らなければならないからだった。

わたしは四十分タイプしつづけ、三ページにわたるメモを作った。なぜインド人夫婦ではだめなのかを説明する添え状を書いて、政府出版局（ＨＭＳＯ）の紋章が入っていない封筒を見つけ、ハンドバッグの底にあった切手を貼って、パーク・レーンの郵便ポストまで行ってなんとか昼休みの終わりぎりぎりに戻ってきた。トムの物語を読んだあとでは、〈クローディア号〉の不法な出現や、五トンの爆発物や武器弾薬という比較的期待はずれの押収物資について読むのは、なんと退屈だったことか。カダフィが暫定派を信用していないことを暗示するメモがあり、「ＭＩ６が権限を逸脱している」と繰り返し指摘するものもあったが、わたしにはそんなことはどうでもよかった。

その夜、キャムデンで、わたしは一週間でいちばん満ち足りた気分でベッドに入った。床にはわたしの小さなスーツケースが、あしたの夜には金曜日のブライトンへの旅の支度をするために置かれていた。あと二日だけ仕事をすればよかった。わたしがトムに会うころには、彼は手紙を読んでいるだろう。わたしはもう一度彼の物語がどんなにすばらしいかを言い、確率論のことをもう一度、こんどはもっとうまく説明するだろう。そして、いっしょにいつものわたしたちの定番や儀式をするだろう。

結局のところ、確率の計算は技術的なディテールにすぎなかった。物語の力はそれとは別のところにある。暗闇のなかに横たわって眠気を待っているあいだ、わたしは創造力についてのなにかをつかみかけたような気がした。読者として、速読の読者としては、そういうことは当たり前だと考えていたし、そのプロセスに頭を煩わせたことはなかった。棚から本を取り出せば、そこには自分が住んでいる世界とおなじくらい明白に、創造された人々が住む世界があった。だが、いまでは、レストランでモンティ・ホールと格闘していたトムみたいに、わたしにも創作の技法とでもいうべきものがある程度わかったか、わかりかけていると思った。それは料理みたいなものなのだ、とわたしは眠気を催しながら考えていた。材料を変形する熱の代わりに、純粋な創意、ひらめき、隠された要素がある。その結果、生まれるものは部分の和以上のものになる。わたしはそれをリストアップしようとした。トムは確率論に関するわたしの理解をテリーに贈与し、同時に、妻を寝取られると考えると興奮する自分のひそかな性向を――もっと受けいれやすいかたち、すなわち嫉妬による怒りというかたちに置き直して――彼に移植した。トムの姉の支離滅裂な人生はサリーのそれのなかに流しこまれ、さらに、彼が熟知している列車の旅、ブライトンの通り、あのありえないほど小さなホテルがある。インド人夫婦と赤ん坊は、４０３号室の客として採用され、その気立てのよさと傷つきやすさが隣室の盛りのついたカップルと好対照をなしている。トムは自分がかろうじて理解したばかりの材料を操って（「ばかでもなければ最初の選択にしがみつくことはしないだろう！」）、自分のものにしようとしていた。彼がわたしの提案を採り入れたとしても、それはもちろん彼自身のものになる。ちょっとしたトリックを使って、彼はテリーをその創造者よりもはるかに数学に強い男にした。あるレベルでは、こういう個々の部品がどんなふうに取りこまれ展開されているかは明白である。不思議なのはどうやってそれをひとつにまとめて、現実にありそうなものに融合させるのか、どんなふうに料理すれば材料がそんなに美味になるのかということだった。考えがしだいに散漫になり、忘却の淵に向かってふわふわと漂い流されながら、わたしはそのやり方がほとんどわかったような気になっていた。

しばらくしてからドアベルが聞こえたとき、夢のなかでは、それはさまざまな偶然の巡り合わせが精妙に絡み合う流れが最高潮に達したしるしのような気がした。けれども、夢は蒸発して、ふたたびベルが聞こえた。ほかのだれかが下りていくことを期待して、わたしは動こうとしなかった。結局のところ、彼女たちのほうが玄関のドアに近いのだから。三度目にベルが鳴ると、わたしは明かりを点けて、目覚まし時計を見た。十二時十分前だった。一時間眠ったことになる。またもやベルがもっとしつこく鳴り響いた。わたしはドレッシング・ガウンにスリッパを履いて、眠すぎてなぜ自分が急がなければならないのか考えもせずに、階段を下りていった。女の子のひとりが鍵を忘れたのだろう、というのがわたしの想像だった。前にもそういうことがあったのだから。玄関に出ると、リノリウムの床の冷たさがスリッパの底を通して染みこんでくるのを感じた。ドアをあける前に、ドアチェーンを掛けた。三インチの隙間から覗くと、ドアの前に男が立っているのがわかったが、顔は見えなかった。ギャングみたいなフェルトの中折れ帽をかぶって、ベルト付きのレインコートを着ていたが、肩の雨粒が背後の街灯の光でキラキラ光っていた。わたしは驚いてドアを閉めたが、聞き慣れた声がそっと言うのが聞こえた。「お騒がせして申しわけありませんが、セリーナ・フルームさんにどうしても話があるんです」

わたしはチェーンを外してドアをあけた。「マックス、いったいどうしたの?」

彼は酔っ払っていた。体がすこしふらついて、いつもきちんとコントロールされている顔つきがゆるんでいた。しゃべりだすと、ウィスキーの匂いがした。

彼は言った。「わたしがなぜ来たのかわかっているはずだ」

「いいえ、わからないわ」

「話があるんだ」

「あしたにして、マックス、おねがい」

「待てないんだ」

いまやすっかり目が覚めていたし、追い返せば気になって眠れないだろうと思ったので、なかに入れて、キッチンに連れていった。ガスコンロに火をつけた。それが唯一の熱源だった。彼はテーブルの前に坐って、帽子を脱いだ。ズボンの膝から下には泥がはねていた。たぶんずっと歩いてきたのだろう。かすかに狂気じみた気配があり、口元に締まりがなく、目の下の皮膚は青黒かった。熱い飲みものを出そうかとも思ったが、やめておいた。自分の地位をかさに着て、わたしが部下だから起こす権利があると思っているらしいのが腹立たしかったからである。わたしが向かい側に坐って見守っていると、彼は手の甲で念入りに帽子から雨滴を払っていた。酔っていると思われないかとしきりに気にしているようだった。わたしは体がこわばって震えだしそうだったが、寒さからだけではなかった。マックスがやってきたのはトニーに関するもっと悪いニュースを伝えるためではないかと思ったからだ。しかし、裏切り者として死ぬ以上に悪いことなどありうるのだろうか？

「わたしがなぜ来たのかわからないとは信じられないな」

わたしは首を横に振った。彼は、そのくらいの嘘は赦してやろう、とでも言いたげな笑みを浮かべた。

「きょう、廊下で会ったとき、きみがわたしとまったくおなじことを考えているのがわかったんだ」

「そう？」

「ねえ、セリーナ。わかっているじゃないか」

彼はわたしを食い入るように、嘆願するように見つめた。その瞬間、わたしは彼が何を言おうとしているかわかったような気がした。そんなことを聞かされ、それを否定したうえで、この問題を片付けなければならないのかと思うと、内心がっくりとした。そして、この先もなんとか折り合いをつけてやっていかなければならないのかと思うと。

それにもかかわらず、わたしは言った。「何のことかわからないわ」

「わたしは婚約を破棄しなければならなかった」

「ならなかった？」

「わたしがそのことを話したとき、きみは感情を剝きだしにしたじゃないか」

「そうかしら？」

「落胆しているのはあきらかだった。すまないとは思ったけれど、あのときは無視するしかなかった。仕事に感情を持ちこむことはできないから」

「わたしもそうしたくないと思っているわ、マックス」

「しかし、会うたびに、わたしたちはふたりとも、そうじゃなければどうなっていたかを考えていた」

「ねえ……」

「いろいろ、そのう……」

彼はふたたび帽子を手に取って、じっくりと調べはじめた。

「……結婚の準備については、両方の家族がせっせと進めていた。でも、わたしはきみのことを考えるのをやめられなかった……。頭がおかしくなるんじゃないかと思った。そして、けさ、きみと会ったとき、わたしたちはふたりともハッと気づいたんだ。きみは気を失いそうな顔をしていた。わたしもそうだったにちがいない。セリーナ、こんなふうになんでもないふりをするのは……なにも言わないでいるのは狂気の沙汰だ。わたしは今夜ルースに話した。ほんとうのことを話したんだ。彼女はひどく動揺していた。しかし、いずれこうなるしかなかったんだよ、きみとわたしとは。これは避けがたいことなんだ。それを無視しつづけることはできないんだ！」

わたしは彼の顔を見ていられなかった。自分の変わりやすい欲求を非個人的な運命といっしょくたにするやり方が腹立たしかった。わたしは欲する、ゆえに……それは運命なのだ！　どうして男たちは、ごく初歩的な論理が理解できないのだろう？　わたしは自分の肩越しに振り向いて、シューシューいうガスコンロに目をやった。キッチンはようやく暖まりかけ、わたしはドレッシング・ガウンの襟元をゆるめた。そうすればもっとはっきり考えられるような気がして、ほつれた髪を顔から払い除けた。彼はわたしが然るべき告白をして、彼の独我論の正しさを証明し、わたしもそれに加わるのを待っていた。しかし、もしかすると、それはきびしすぎる見方なのかもしれない。これは単なる勘違いなのかもしれない。少なくとも、わたしはそう見なすことにした。

「あなたの婚約が青天の霹靂だったのは事実よ。それまでルースのことは聞いたこともなかったし、わたしはたしかにちょっと動揺した。けれども、それはもう過去のことだし、マックス、わたしは結婚式の招待状を待っていたのよ」

「すべては終わったんだ。わたしたちはもう一度はじめることができる」

「いいえ、できないわ」

彼はさっと顔を上げた。「それはどういう意味なんだい？」

「もう一度はじめることはできないと言ったのよ」

「どうして？」

わたしは肩をすくめた。

「だれかと知り合ったのか」

「そうよ」

その効果は恐ろしいほどだった。彼は、キッチンの椅子が後ろに倒れるのもかまわずに、さっと立ち上がった。椅子が床にたたきつけられるバターンという音でみんなが目を覚ますにちがいないとわたしは思った。彼はわたしの前にふらふらしながら立っていた。なんだか幽霊みたいに、ひとつしかない裸電球の黄色っぽい光のなかで緑がかって見え、唇が光っていた。一週間のうちにこれで二度目だったが、この男も吐きそうだと言いだすのではないかと思った。

けれども、彼はふらふらしながらも、なんとか持ちこたえた。「しかし、わたしが受けた印象では、きみは……そのう、わたしと……いっしょになりたがっているようだった」

「そうかしら？」

「わたしのオフィスに来るたびに、きみはわたしの気をそそった」

それはある程度事実だった。わたしはちょっと考えてから言った。「でも、トムと会うようになってからは、そんなことはなかったわ」

「トム？　ヘイリーじゃないだろう、まさか？」

わたしはうなずいた。

「ああ、なんてこった。それじゃ、きみは本気だったんだな。この大ばかが！」彼は椅子を起こして、どすんと腰をおろした。「これはわたしに対する当てつけかね？」

「わたしは彼が好きなの」

「プロの風上にも置けない」

「あら、なによ。べつにめずらしいことじゃないのは、だれでも知っていることじゃない」

実際には、そんなことはなかった。わたしが知っていたのは噂にすぎず、単なる空想かもしれなかった。女性エージェントと付き合っているデスク・オフィサーがいるというのは。親密な関係やストレスやその他諸々を考えると、そういうことがあってもおかしくはなかったけれど。

「きみの正体はいずればれてしまうぞ。遅かれ早かれ」

「いいえ。そんなことはないわ」

彼は両手で頭を抱えてうずくまり、両の頬をブルブルいわせて息をしていた。どのくらい酔っているのかわからなかった。

「なぜ言わなかったんだ？」

「仕事には個人的な感情を持ちこまないようにしようと思っていたからよ」

「セリーナ！　これはスウィート・トゥースなんだぞ。ヘイリーはわたしたちのものだし、きみもそうなんだ」

もしかすると自分が間違っているのだろうか、とわたしは疑いはじめていた。わたしが攻撃に転じたのはそのせいだった。「わたしがあなたと親しくなるように仕向けたのはあなただったのよ、マックス。しかも、そうしながら、あなたは婚約発表の準備をしていた。わたしがだれと会うべきか、あなたに指示されるのを待って、じっと我慢していなければならないいわれはないわ」

彼は聞いていなかった。うめき声を洩らして、手のひらの付け根をこめかみに押しつけていた。

「ああ、まったく」と彼はひとりでつぶやいた。「何ということをしてしまったんだ？」

わたしは待った。心のなかで、もやもやした黒い塊みたいな罪悪感がだんだんふくらんで、いまにもそれに呑みこまれそうだった。わたしは彼の気をそそり、その気にさせて、婚約者を捨てさせ、彼の人生を台無しにしたのだ。これを抑えつけるのは容易ではなさそうだった。

彼がふいに言った。「ここには酒はないのかい？」

「いいえ」。トースターの後ろにシェリーのミニチュア・ボトルが押しこんであったが、そんなものでは気分が悪くなるだけだろうし、わたしは彼に帰ってもらいたかった。

「ひとつだけ教えてくれ。けさ、廊下であったことは何だったんだ？」

「わからない。なんでもないわ」

「きみはわざと思わせぶりな態度を取ったんだ、そうだろう、セリーナ？　きみはそういう女なんだ」

答える価値もない言い分だった。わたしは黙って彼の顔を見つめた。口の端に唾の糸がくっついていた。わたしの視線がどこに向けられているかを悟ると、彼は手の甲でそれを拭いた。

「きみは今度のことでスウィート・トゥースをぶち壊しにすることになるだろう」

「それに不服があるようなふりはしないでほしいわ。初めからこのすべてを忌み嫌っていたくせに」

驚いたことに、彼は言った。「ふん、たしかにそのとおりさ」。酒がもたらすいわば乱暴な率直さとでもいうべきものだったが、いまや彼はわたしを傷つけようとしていた。「きみのセクションの女の子たち、ベリンダ、アン、ヒラリー、ウィンディそのほかだが、どんな学位をもっているか訊いたことがあるかね？」

「いいえ」

「それは残念だ。一級、特一級、二科目一級、その他もろもろだ。古典学科、歴史学科、英文学科などの」

「頭がいいのね」

「きみの友だちのシャーリーでさえそういう成績だった」

「でさえ？」

「三級の、しかも数学科のきみをなぜ採用したのか、不思議に思ったことはないのかね？」

彼は待ったが、わたしはなんとも答えなかった。

「キャニングがきみを採用させたんだ。彼らはきみを内部に置いておいて、だれかの指示を受けているのかどうか確かめようとした。ありえないことじゃないからな。で、ちょっときみを尾行したり、きみの部屋を調べたり、いつものやり方をした。きみにスウィート・トゥースを担当させたのは、それが低レベルで無害なものだからだ。チャズ・マウントときみをいっしょにしたが、やつは役立たずだからだ。しかし、きみは期待はずれだったよ、セリーナ。だれもきみを指揮してなどいなかった。ただのありふれた女の子、頭の悪さも平均的で、ただ仕事をもらえて喜んでいる女の子だった。キャニングはきみをえこひいきしていたんだろう。彼は埋め合わせをしようとしていたんだろう、というのがわたしの説だがね」

わたしは言った。「彼はわたしを愛していたのよ」

「ふん、それならそういうことだろう。彼はきみを幸せにしたかっただけなんだ」

「あなたはだれかに愛されたことがあるの、マックス？」

「この売女《ばいた》め」

侮辱の言葉がわたしの気を楽にしてくれた。もう帰ってもらいたかったからである。キッチンはなんとか耐えられるくらいになっていたが、ガスコンロから放たれる温もりはじっとりとして気持ちわるかった。わたしは立ち上がると、ドレッシング・ガウンの襟元をかき合わせて、コンロを消した。

「それじゃ、なぜわたしのためにフィアンセと別れたりしたの？」

だが、まだそれで終わりではなかった。彼の気分がまた変化して、泣きだしていた。あるいは、少なくとも涙ぐんでいた。彼は唇をギュッと横に引っ張って、ぞっとする笑みを浮かべた。

「ああ、なんてことだ」。彼は喉を絞められたような甲高い声で泣き叫んだ。「すまない、悪かった。きみはけっしてそんな女じゃない。聞かなかったことに、わたしがなにも言わなかったことにしてくれ。セリーナ、すまなかった」

「だいじょうぶよ」とわたしは言った。「もう忘れたわ。でも、あなたはもう帰るべきね」

彼は立ち上がって、ズボンのポケットを探ってハンカチを探した。そして、鼻をかんだが、それでもまだ泣いていた。「わたしは何もかも台無しにしてしまった。なんとどうしようもないばかなんだろう」

わたしは廊下を玄関まで付いていって、ドアをあけた。

そして、最後にもう一言ずつ言葉を交わした。「ひとつだけ約束してくれ、セリーナ」と彼は言った。

そして、わたしの手を取ろうとした。彼には気の毒だと思ったが、わたしは一歩後ずさりした。いまは手をにぎり合っている場合ではなかった。

「もう一度考えてみると約束してくれ。おねがいだ。一度だけでいい。わたしの考えが変わることがあるのなら、きみだって変わるかもしれないんだから」

「わたしはひどく疲れているのよ、マックス」

彼は必死に平静を保っていた。そして、深く息を吸った。「いいかい、きみはトム・ヘイリーのことできわめて重大な誤りを犯しているかもしれないんだぞ」

「向こうへ歩いていけば、キャムデン・ロードでタクシーを拾えるわ」

わたしがドアを閉めたとき、彼は下の段に立って、嘆願するように、非難するようにわたしを見上げていた。わたしはドアの後ろでちょっとためらった。それから、彼が遠ざかっていく足音が聞こえたにもかかわらず、ドアチェーンを掛けて、ベッドに戻った。

17

十二月のあるブライトンでの週末、トムから『サマセット低地から』を読んでほしいと言われた。わたしはそれをベッドルームに持っていって、ていねいに目を通した。いくつか小さな変更があることには気づいたが、読みおえたとき、わたしの意見は変わらなかった。彼が待っているはずの会話をするのが怖かった。適当な言い逃れをすることはできないと思ったからだ。その日の午後、わたしたちはダウンズに散歩に行った。わたしはこの小説の父と幼い娘の運命に対する無関心、脇役たちの徹底的な倫理的退廃、打ちひしがれた都会の群衆のみじめさ、貧窮した田舎の生々しい汚さ、全体に漂う絶望的な雰囲気、残酷で殺伐とした語り口、読者の気を滅入らせる読後感について語った。

トムは目を輝かした。わたしはそれより親切なことはひとつも言えなかった。「そのとおり！」

と彼は言いつづけた。「そう。それでいい。そのとおりなんだ！」

わたしがいくつかのタイプミスと繰り返しを指摘すると、彼はひどく大げさに感謝した。次の一週間かそこいらのうちに、彼は軽く改訂した別の草稿を書きあげて――それで完成だった。編集者に原稿を渡すときいっしょに行かないかと訊かれたので、それは光栄だと答えた。クリスマス・イヴの朝、彼はロンドンにやってきた。わたしの三連休の一日目だった。地下鉄のトテナム・コート・ロード駅で落ち合って、ベッドフォード・スクエアまでいっしょに歩いた。彼は縁起をかついで、わたしに原稿の包みを持たせた。旧式のフールスキャップ判にダブルスペースで百三十六ページだ、と彼は誇らしげに言った。歩いているあいだ、わたしはあの最後の場面で、燃え尽きた地下室の湿った床のうえで苦しみながら死んでいく少女のことを考えていた。もしも本気で自分の職務を果たす気があれば、わたしはそれを封筒ごと近くの下水溝に放りこむべきだった。しかし、わたしは彼のために胸をわくわくさせ、その禍々しい年代記をしっかりと胸に抱えていた。まるでわたしの――わたしたちの――赤ちゃんみたいに。

クリスマスはトムとブライトンのアパートにこもって過ごしたかったのだが、家からの召喚状が届いて、その日の午後列車に乗ることになっていた。わたしは何カ月も実家に帰っていなかった。母は電話で断固たる口調だったし、主教までが口添えをした。わたしはそれを拒否するほど反抗的ではなかったが、トムに自分の立場を説明したときには恥ずかしいと思った。わたしは二十代前半だったが、こども時代の最後の糸にまだ縛られていたのだから。ところが、二十代後半の自由な大人である彼は、わたしの両親の意見に好意的だった。もちろん、彼らはわたしに会う必要があり、もちろんわたしは行くべきだ。クリスマスを家族と過ごすのは大人になったわたしの義務なのだと言った。彼自身も二十五日にはセブノークスの家族のもとに帰る予定で、ブリストルの福祉施設からローラを連れ出して、お祝いのテーブルにこどもたちといっしょに坐らせ、酒は飲まないようにさせるつもりだという。

というわけで、わたしは彼の包みをブルームズベリーに運んだ。いっしょにいられるのはあと数時間で、そのあとは——わたしは二十七日には実家からまっすぐ職場に戻る予定なので——一週間以上会えないことを意識していた。歩きながら、彼は最新のニュースを話してくれた。『ニュー・レヴュー』誌のイアン・ハミルトンから返事が来たばかりだという。トムは『ほぼ確実な不倫』のクライマックスをわたしがメモで提案したとおりに書きなおして、話をする猿の物語といっしょに提出していた。手紙のなかでハミルトンは、『ほぼ確実な不倫』は彼の雑誌には採用できない、〝論理的な〟なんだかんだには彼は我慢できないし、ケンブリッジの首席一級合格者でもなければ、だれだってそうにちがいないと書いていた。他方、おしゃべりな猿の話は「悪くない」とした。それは採用されたという意味なのかどうか、トムは確信をもてなかった。年が明けたらハミルトンと会うので、そのときに確かめるつもりだということだった。

わたしたちは、広場を見下ろすジョージ王朝風の建物の二階にあるトム・マシュラーの堂々たるオフィスないし書斎に通された。その編集者がほとんど小走りに部屋に入ってきたとき、小説の原稿を渡したのはわたしだった。彼はそれを背後の机に放り投げ、わたしの両頬に湿っぽいキスをして、トムの手をにぎって勢いよく振り、おめでとうと言うと、椅子に坐るように指示して、尋問を開始した——ひとつの質問への答えをほとんど待とうともせずに次々に質問を浴びせかけた。あんたは何で生計を立てているのか、わたしたちはいつ結婚するのか、ラッセル・ホーバンを読んだことがあるか、あのなかなか捕まらないピンチョンが前の日にそのおなじ椅子に坐っていたのを想像できるか、キングズリーの息子のマーティンを知っているか、マドゥル・ジャーフリーに会いたくはないか等々。マシュラーはわたしにあるイタリア人のテニス・コーチを思い出させた。そのイタリア人は、あるとき高校にやってきて、午後いっぱいせっかちに陽気に指導して、わたしのバックハンドを矯正してくれたものだった。この編集者は細身で、日に焼けていて、やたらに情報を欲しがり、楽しげにそわそわしていて、たえずジョークか、さもなければ、ふとした言葉から浮かぶかもしれない革命的な新アイディアを待ちかまえているかのようだった。

　幸いなことに、わたしは無視されていたので、部屋の反対側までぶらぶら歩いていって、ベッドフォード・スクエアの冬木立を見下ろしたりした。トムが、わたしのトムが言っているのが聞こえた。彼は教職で生計を立てており、『百年の孤独』やジョナサン・ミラーのマクルーハンについての本はまだ読んでいないが、読むつもりでいる。いや、次の小説についてはまだはっきりしたアイディアはもっていない。結婚についての質問は飛ばしたが、ロスはたしかに天才で『ポートノイの不満』は傑作であり、ネルーダのソネットの英訳は特別にすぐれていることには同意した。トムも、わたし同様、スペイン語は知らなかったので、そんなことを判断できるはずもなかったが。その時点では、わたしたちはどちらもロスの小説は読んでいなかった。彼の答えは用心深く、通り一遍すぎるほどだったが、わたしは同情した――わたしたちは何も知らない田舎者で、マシュラーが引き合いに出すもろもろの範囲の広さとスピードに圧倒され、十分後に放免されても、それが当然のこととしか思えなかった。わたしたちは面白くなさすぎたのだ。マシュラーは階段の上までいっしょに出てきた。そして、別れの挨拶をするとき、じつは、シャーロット・ストリートのお気にいりのギリシャ・レストランでの昼食に招待しようかと思ったが、彼はランチは信用していないのだと言った。舗道に戻ったとき、わたしたちはちょっとぼうっとしていた。そして、歩きながら、この面会が〝うまくいった〟のかどうかについてかなり長いあいだ議論した。すべてを考慮に入れると、うまくいったのではないか、とトムは考え、わたしもそれに同意したが、じつはそうではないと思っていた。

だが、そんなことは問題ではなかった。小説は、あの恐ろしい小説は引き渡され、わたしたちはもうすぐ別れようとしていたのだから。いまはクリスマスで、お祝いをすべきときだった。わたしたちは南に向かって歩きだし、トラファルガー・スクエアに入って、ナショナル・ポートレート・ギャラリーの前を通りすぎたが、まるで三十年もいっしょにいるカップルみたいに、そこで初めて会ったときの思い出を語り合った――わたしたちはふたりとも一夜限りの関係だと思っていたのか、その後どういうことになるか想像できたのか？　それから、来た道を引き返して、シーキーに行き、なんとか予約なしでもぐり込んだ。わたしはお酒を警戒していた。家に戻って荷物を詰め、リヴァプール・ストリート駅から五時の列車に乗って、言いつけをよく守る娘に、保健・社会保障省で順調に昇進しつつある娘に戻らなければならなかったからである。

しかし、シタビラメが出るずっと前にアイス・バケットとシャンパンが出てきて、わたしたちはそれを飲み干した。二本目が来る前に、トムがテーブル越しに手を伸ばしてわたしの手をにぎり、告白したい秘密があると言った。別れる直前に心配させるようなことを言いたくはないが、言ってしまわなければ眠れないだろうという。それはこういうことだった。彼には次の小説のためのアイディアはなく、これっぽっちのアイディアもなく、この先もアイディアが湧くかどうかわからないというのである。『サマセット低地から』――わたしたちは『低地』と呼んでいた――はまぐれにすぎず、ほかのテーマで短篇を書いているときにたまたま思いついたにすぎない。この前、ブライトン・パビリオンの前を歩いているとき、なんの脈絡もなくスペンサーの詩が頭に浮かんだ――〈斑岩を入れれば、大理石が現れるだろう〉――ローマにいてその歴史を回想しているスペンサー。

だが、それはローマでなくてもかまわないはずだった。いつの間にか、トムはこの町と、何世紀にもわたるこの町と詩の関わりについての論文の構想を練りはじめていた。学術論文はすでに過去のものだったはずだし、かつては一度ならず論文のせいで絶望に追いやられたこともあったのに。それでも、懐かしさがこみ上げてきた――学問の静かな誠実さ、その厳密な約束事、そしてとりわけスペンサーの麗しい詩句への郷愁。彼はそれをとてもよく知っていた、その堅苦しい形式の下にある温もり――それこそ彼がそのなかで生きてもいいと思える世界だった。その論文のアイディアは独創的かつ大胆で、じつに刺激的だった。それはいくつかの異質な専門分野の境界をまたぐものだった。地質学、都市計画、考古学。しかも、彼の投稿を大歓迎するにちがいない専門誌の編集者がいた。二日前、ふと気づくと、トムはブリストル大学にあると聞いた教職について考えていた。国際関係科の修士号はわき道だった。フィクションもそうだったのかもしれない。彼の将来は教職と学問的研究にあるのかもしれない。たったいまベッドフォード・スクエアでの彼はなんと欺瞞的だったことか、会話をしているあいだじゅうなんと不自然だったことか。彼はほんとうに小説を、短篇でさえ、二度と書かないかもしれなかった。だが、マシュラーに、この町でもっとも尊敬されている編集者に、どうしてそんなことを白状できただろう？

あるいは、わたしに対しても。わたしは手を引っこめた。この日は数カ月ぶりに仕事から解放された月曜日だったが、わたしはスウィート・トゥース作戦の職務に復帰した。作家が労作を書きおえたとき空っぽになるというのはよく知られた事実だ、とわたしは言った。そして、あたかも自分が多少でも知っているかのように、ときおり学術的な論文を書くことと小説を書くことはすこしも両立できないことではないとつづけた。その証拠に、現にそうしている有名作家の名前を挙げようとしたが、ひとりも思いつけなかった。二本目のボトルが到着すると、わたしはトムの作品を称讃する儀式に取りかかった。彼の物語には一種独特な心理的傾向があり、奇妙な親密さが感じられるが、その一方で、東ベルリン暴動や大列車強盗事件に関する如才ない記事もある。彼が傑出しているのはそういう関心の幅広さであり、基金が彼との提携を誇らしく思っているのも、T・H・ヘイリーの名前が文学界で取り沙汰されたり、その世界でもっとも重要なふたり、ハミルトンとマシュラーから執筆を依頼されたのもそのためにほかならない。

　そんなふうにまくし立てているあいだ、トムはずっと寛大な懐疑のかすかな笑い——それはときにはわたしを憤激させた——を浮かべてわたしを見守っていた。

「教えながら同時に書くことはできない、とあなたは言った。でも、助講師の給料であなたは満足できるのかしら？　年収八百ポンドで？　それも、仕事が見つかったとしての話だけど」

「わたしがそのことを考えなかったとは思わないでほしい」

「このあいだの夜、ルーマニアの保安機関について『インデクス・オン・センサーシップ』誌に記事を書くかもしれないと言っていたわね。何という名前だったかしら？」

「DSS（国家保安部）だ。しかし、あれはじつは詩に関する話なんだ」

「拷問の話かと思ったわ」

「それもあるけど」

「ひょっとしたら短篇になるかもしれないって言っていたでしょう？」

　彼はちょっぴり明るい顔をした。「ひょっとしたらね。来週また詩人の友人、トライアンに会うことになっている。彼の許可がなければなにもできないから」

　わたしは言った。「スペンサーについてのエッセイも書いてはいけない理由はひとつもないわ。あなたは完全に自由なんだし、基金があなたに望むのは自由にやることなんだから。あなたはなんでも好きなことができるのよ」

そのあと、彼は興味を失ったらしく、話題を変えようとした。だから、わたしたちはだれもが話していることについて話した――大晦日にはじまることになっている政府のエネルギー節約のための週三日労働政策、きのう石油価格が倍に跳ね上がったこと、町中のパブや商店で何件かの爆発があり、IRA暫定派からの〝クリスマス・プレゼント〟とされていること。人々が妙にうれしそうにエネルギー節約に励んで、ロウソクの明かりでいろんなことをしたりして、まるで逆境によって生きる目的を取り戻したかのように見えること。少なくとも、二本目のボトルを片付けながら、そういうふうに考えるのはたやすいことだった。

レスター・スクエア地下鉄駅の外でさよならを言ったときには、ほとんど四時に近かった。地下鉄の階段から吹き上げる生暖かい風にくすぐられながら、わたしたちは抱擁してキスをした。それから、彼は頭をすっきりさせるためにヴィクトリア駅に向かって歩きだし、わたしは服と貧弱なクリスマス・プレゼントを詰めるためキャムデンに向かった。もう予定の列車には間に合わないことをぼんやりと意識しながら。わたしはクリスマス・イヴのディナーには、母が何日もかけて献身的に準備したディナーには間に合わないだろうし、母は喜ばないにちがいなかった。

六時三十分の列車に乗って、九時ちょっと前に到着し、駅から歩いた。川を渡って、明るい半月の下、川沿いのちょっと田舎じみた道をたどりながら、岸につながれた黒っぽいボートのそばを通り、シベリアから東アングリアを越えて吹いてくる冷たい澄んだ空気を吸った。その味がわたしに自分の思春期を、その退屈と憧れを、わたしたちのたくさんの小さな反抗を――教師たちをみごとなエッセイで喜ばしたいという欲求によって解消されたり抑えられたりした――たくさんの小さな反抗を思い出させた。ああ、大興奮と落胆がない交ぜになったAマイナス、北からの冷たい風みたいに骨に染みたものだった！　道は男子校のラグビーのピッチの下に沿って曲がり、クリーム色に照らし出された尖塔が、わが父の尖塔がその広がりの向こうにそそり立っていた。わたしは川から離れてピッチを横切り、かつては男の子たちの饐えた、うっとりする、もろもろの匂いを放っていると思った更衣室の横を通り抜けて、鍵がかかっていたことのない古いオークの扉から教会の構内に入った。うれしいことに、いまもやはり鍵はかかっておらず、依然として蝶番がきしる音を立てた。それは思いがけないことだった。そんなふうにはるかな過去のなかを歩くことになるなんて。ほんの四年か五年しか経っていないのに。三十歳以上の人たちは、この独特な重みのある凝縮された時間を、十代後半から二十代前半までの、名前を必要とする人生の一時期を、義務教育を終えたばかりのころから給料を取る職業人になるまでの、大学や恋愛や死やいろんな選択の詰まった時期を理解することはできないだろう。わたしはこども時代がどんなに最近のことだったかを、それがかつてはどんなに長く、いつまでも逃れられないように見えたかを忘れていた。そして、自分がどんなに大人になり、しかもどんなに変わっていないかも。

なぜ家に近づくと心臓の鼓動が激しくなったのかはわからなかった。近づくにつれて、わたしは歩調をゆるめた。わたしはそれがいかに広大だったかを忘れていた。かつてこの淡い赤レンガのアン女王様式の宮殿を当たり前だと思っていたというのが驚きだった。刈りこまれたバラの茂みと、ヨークストーンの石板で縁取られた地面から伸びている柘植《つげ》の垣根のあいだを進んでいった。ベルを鳴らすと、あるいは引っ張ると、驚いたことに、ほとんどすぐさまドアがあいて、そこに主教がいた。紫色の聖職服のシャツとカラーの上にグレイのジャケットを着ていた。あとで真夜中のミサを執り行うことになっているからだろう。わたしがベルを鳴らしたとき、廊下を横切るところだったにちがいない。というのは、父はドアベルに応えようとしたことなど一度もなかったからだ。父は大柄で、曖昧で、やさしげな顔をして、少年みたいだが真っ白な前髪をいつも手で払い除けていた。おっとりしたトラ猫に似ていると人々は言った。威厳のある物腰で五十代を練り歩くようになると、しだいに腹がせり上がったが、そのゆったりとした自己陶酔した雰囲気にはぴったりだった。妹とわたしは陰で彼を嘲笑し、ときには憎みさえしたが、それは父が嫌いだったからではなく——すこしもそんなことはなく——むしろ彼の注意を、けっして長くは、惹いておけないからだった。父にとって、わたしたちの生活は遠くにある、ばかげたものにすぎなかった。十代のころ、ときには、ルーシーとわたしは父をめぐって争ったこともあるのだが、本人はすこしも知らなかった。わたしたちは、たとえ書斎での十分だけにしても、父を独り占めしたかったし、たがいに相手のほうが父に気にいられていると思っていた。麻薬や妊娠や法律上のごたごたのせいで、ルーシーは何度となくそういう特権的な数分を認められた。電話でそのことを聞いたとき、妹のことをとても心配していたにもかかわらず、わたしは古い嫉妬の疼きを感じないではいられなかった。いつになったらわたしの番がまわってくるのだろう？

それがいまだった。

「セリーナ！」彼は、ほんのかすかに驚きを交えた、やさしい尻下がりの語調で、わたしの名前を言うと、わたしの体に腕をまわした。わたしはバッグを足下に落として、その腕のなかに身をまかせた。父のシャツに顔を押しつけると、嗅ぎ馴れたインペリアル・レザーの石けんと教会の——ラベンダー・ワックスの——匂いがして、わたしは泣きだした。なぜかはわからなかった。どこからともなく涙が湧き出して、ボロボロこぼれ落ちた。わたしは簡単には泣かない性質《たち》だったので、父とおなじくらい自分でも驚いた。しかし、どうすることもできなかった。疲れきったこどもが泣くときみたいな、大量の涙を流す、どうしようもない泣き方だった。たぶん父の声のせいだろう。わたしの名前を呼んだその呼び方。そのせいでどっと泣きだしたのだろう。

即座に、わたしを抱いたままだったが、父が体をこわばらせるのを感じた。「母さんを呼んでこようか？」と父はつぶやいた。

父が何を考えているかはわかっていた——こんどは姉の番で、妊娠したか、ほかの現代的災厄に見舞われたのだろうが、アイロンをかけたばかりの紫のシャツを濡らす女のごたごたが何であるにせよ、女にまかせるにしくはない。早いとこ問題をだれかに引き渡して、自分はそのまま書斎に入り、ディナーの前にクリスマスの日の説教に目を通しておく必要があるのだった。

しかし、父にはわたしを離さないでほしかった。わたしは彼にしがみついた。なにかしら犯罪を思いつけたら、それを赦すために魔術的な教会の力を呼び出してくれるように懇願したにちがいなかった。

わたしは言った。「いいえ、いいの。だいじょうぶよ、父さん。わたしはただ、とても幸せだっただけなのよ、帰ってこられたことが……ここにいられることが」

父の緊張がゆるむのがわかった。だが、それは事実ではなかった。幸せのせいなどではなかった。何だったのかを正確に言うことはできなかった。駅から歩いてきたことや、ロンドンでの生活から抜け出してきたことと関係があるのかもしれなかった。ほっとしたこともあるだろうが、もっとざらざらした、たとえば後悔とか、あるいは絶望というような要素が交じっていたような気がする。のちには、お昼時の酒がわたしを軟化させたのだろうと考えて納得した。

この玄関前でのひとときはせいぜい三十秒くらいしかつづかなかった。わたしは自分を取り戻して、バッグを持ってなかに入り、依然として警戒して見守っている主教にあやまった。父はわたしの肩を軽くたたいて、廊下を書斎に向かって歩きだし、わたしはクロークルーム——ゆうにわたしのキャムデンのアパートの広さがある——に入って、赤く腫れあがった目元に冷たい水をかけた。母に尋問されるのは避けたかったからだ。それから母に会いにいったが、かつてはわたしを窒息させたさまざまなものが、いまやほっとさせてくれることに気づいた——ローストされる肉の匂い、絨毯の敷かれた暖かさ、オークやマホガニー、銀やガラスのきらめき、葉のないハシバミやセイヨウミズキの枝を花瓶に挿して、ほんのすこし銀色のペンキをスプレーして淡い霜に擬した、控えめで趣味のいい母の生け花。ルーシーが十五歳で、わたしとおなじように、世馴れた大人になろうとしていたとき、ある年のクリスマスの夜、部屋に入ってくるなりその生け花を指差して、「まあ、なんてプロテスタント的なんでしょう！」と叫んだことがあった。

　そのおかげで、彼女は主教からかつて見たこともないほど嫌な顔をされた。彼は叱責するなどという下品なことはめったにしなかったが、このときは冷たく言い放ったものだった。「いま言ったことを言い直しなさい、お嬢さん、さもなければ自分の部屋に行くことだ」

　ルーシーが罪を悔い改めたかのように「母さん、この飾りつけはほんとうにすてきだわ」とかなんとか唱えるように言うのを聞くと、わたしはクスクス笑いだしそうになり、むしろ自分が部屋を出ていったほうがいいと思った。〝なんてプロテスタント的〟というのはその後わたしたちふたりの反抗の合い言葉になったが、いつも主教には絶対に聞こえないところでささやいたものだった。

　ディナーのテーブルに着いていたのは五人だった。ルーシーは町の反対側から長髪のアイルランド人のボーイフレンドといっしょに来ていた。身の丈六フィート五インチのルークは、市議会に雇われて公園の庭師として働いていて、最近結成された英軍撤退運動《トループス・アウト》の活動的なメンバーだという。そうと聞いたとたんに、わたしはけっして議論に巻きこまれまいと決意した。母音を引き延ばす贋物のアメリカ風アクセントにもかかわらず、気のいい面白い男だったので、それはけっこう簡単なことだった。その後、ディナーのあと、わたしたちは議論の共通基盤を見出した。それはロイヤリストの残虐行為——それについてはわたしも彼に負けないくらいたくさんの例を知っていたが——についての、憤懣やるかたない祝勝会みたいなものだった。食事中のあるとき、政治にはなんの関心もない主教が身を乗り出した。ルークの願いがかなって、軍隊が撤退したら、カトリックの少数派が虐殺されることを期待しているのか、と彼は穏やかな口調で質問した。それに対してルークは、北アイルランドではイギリス軍がカトリックのために役立ったことは一度もなく、カトリック教徒は自分で自分たちの面倒をみられるだろうと応じた。

「ああ」と、父は安心したふりをして答えた。「それじゃ、そこらじゅう血の海になるわけだ」

ルークは困惑した顔をした。からかわれているのかどうかわからなかったからである。実際には、からかわれていたわけではなかった。主教は単に社交辞令として訊いただけで、すぐにほかの話題に移っていった。彼は政治や神学の議論にさえ引きこまれることがなかったが、それは他人の意見には関心がなく、他人と意見を戦わせたり反論したりする欲求をもっていないからだった。

十時にロースト肉のディナーを出すという母のスケジュールにはちょうどよかったことがあきらかになり、母はわたしが帰宅したことを喜んでいた。彼女は依然としてわたしの仕事や、むかしから母がわたしに望んでいた独立した生活をわたしがしていることを誇りにしていた。母の質問に答えるために、わたしはあらためてもう一度、自分が働いているはずの省庁についての知識を詰めこんでおいた。すでにかなり前に発見したことだったが、職場の女の子のほとんど全員が、それ以上のディテールを問い質されることはないと踏んで、自分たちがだれの下で働いているかをそのまま両親に教えていた。わたしの場合には、しっかりと調べて、あまりにも手の込んだ作り話をでっち上げ、あまりにも多くの必要もない無害な嘘をつきすぎていて、いまさら引き返すことはできなかった。母が事実を知ったなら、彼女はルーシーに話すだろうし、そうしたら妹は二度とわたしに口をきかないかもしれなかった。それに、ルークにもわたしの仕事を知られたくはなかった。だから、自分でも退屈なのを我慢して、社会保障制度の改革に関するわが省の見解を数分にわたって解説しながら、はやく主教やルーシーとおなじくらい母もうんざりして、気の利いた質問を連発するのをやめてくれないかと念じていた。

わが家の生活でありがたかったのは、あるいは英国国教会では一般にそうなのかもしれないが、わたしたちは父が執り行う儀式を見たり聞いたりするために教会に行くことを期待されていないことだった。父はわたしたちが信徒席にいるかいないかにはまったく関心がなかった。わたしは十七歳以降教会に行ってなかったし、ルーシーは十二歳から行ってないはずだった。父にとっては、一年のうちでも忙しい時期だったので、彼はデザートの前にふいに立ち上がり、わたしたちに楽しいクリスマスを祈って、席を外した。わたしが坐っていた席から見るかぎり、わたしの涙は聖職服のシャツに染みをつけなかったようだった。五分後、父の法衣《カソック》の聞き慣れた衣擦れの音が、食堂の前を通って玄関に向かうのが聞こえた。わたしは父が毎日のお勤めをするのは当たり前だという環境のなかで育ったが、いま、しばらく留守にして家に戻ってくると、ロンドンでのもろもろの心配事から抜け出して戻ってくると、日常的に超自然と戯れている父がいることが、自宅の鍵をポケットに入れて、夜遅く美しい石造りの教会に仕事をしにいき、そこでわたしたちのために神に感謝したり、神を讃嘆したり、神に嘆願したりする父がいることがとても奇妙に感じられた。

母は、プレゼントを最終的にチェックするため、みんなが包装室と呼んでいる階上の小部屋に行き、そのあいだ、ルーシーとルークとわたしは食事の後片付けをして皿を洗った。ルーシーがキッチンのラジオをつけて、ジョン・ピールの番組に合わせ、プログレッシブ・ロックのようなもの

――わたしはケンブリッジ時代以来聞いていなかった――を聞きながら、せっせと仕事に精を出した。かつてはそれは解放された若者の仲間意識のコールサインであり、新しい世界を約束しているように思えたが、いまではたいていは失恋ときには大いなる旅に関する、ただの小唄になってしまったようだった。それはほかの大勢とおなじように、混雑する音楽シーンでなんとか上昇しようと必死に奮闘しているミュージシャンにすぎなかった。演奏のあいだのピールの消息通のおしゃべりも、そうであることを示唆していた。パブ・ロックの数曲にさえ、わたしはなにも感じなかった。母のベーキング・ディッシュの汚れをこそぎ落としながら、たぶん歳を取ったということなのだろう、とわたしは思った。次の誕生日には二十三になるのだから。それから、ルークといっしょに構内を散歩しにいかないか、と妹から聞かれた。煙草を吸いたいのだが、主教は家のなかでの喫煙は――少なくとも家族のそれは――認めなかったからである。当時としては、それはかなり変わった態度で、わたしたちは暴君的だと思っていたけれど。

月が高く昇っていて、芝生に軽くふわりと置いたように見える霜が、母のスプレー缶での作品よりも優雅だった。内側から照らされている教会は、座礁した外洋航路の汽船みたいに、場違いな場所に孤立しているように見えた。遠くから『神にはさかえ』の前奏の重々しいオルガンが聞こえ、つづいて会衆が勢いよくうたいだした。ずいぶん大勢集まっているようで、父のためにはよかったと思った。それにしても、大人たちが耳障りなユニゾンで皮肉でもなしに天使のことをうたっているなんて……心のなかでふいになにかがぐらりと揺れたような気がした。まるでいきなり崖っぷちから虚空を覗きこんだかのように。わたしはなにもたいして信じていなかった――クリスマスキャロルも、ロック・ミュージックでさえも。わたしたち三人は、構内のほかの立派な建物に沿って延びる細い道路を横一列に並んで歩いていった。事務弁護士のオフィスもあれば、一軒か二軒は美容歯科もあった。教会の敷地というのは世俗的な場所であり、教会は高い家賃を取っていた。

連れのふたりが吸いたがっていたのは煙草だけではなかった。ルークがコートから小さなクリスマスクラッカーのサイズと形をしたマリファナ煙草を取り出して、歩きながら火をつけた。それはかなり大げさでおごそかな儀式だった。件のものを両のこぶしのあいだに差しこみ、両手でカップをつくって、親指の隙間から大きな音を立てて空気を吸いこむと、これ見よがしに息を止めて、しゃべりながら煙を吸ったので、まるで腹話術師みたいに聞こえた――こういう空騒ぎやばかげた所業をわたしはすっかり忘れていた。なんと田舎じみて見えたことか！　六〇年代はもう終わっているのに！　しかし、ルークがそのクラッカーを差し出したとき――ちょっと威圧的な仕草だとわたしは感じたが――、ルーシーの姉はつまらない堅物だと思われたくなかったので、おしるし程度に二、三服吹かした。じつは、わたしはまさにそのとおりの堅物だったのだけれど。

ふたつのことが引っかかっていて、わたしはまだ落ち着かなかった。ひとつには、玄関でのひときの余波がまだ残っていた。あれは二日酔いというよりは働き過ぎのせいだったのだろうか？　父は二度とそれにふれようとしないだろうし、どういうことだったのかわたしに質すこともないだろう。それはわかっていた。わたしは憤慨して然るべきだったが、じつはほっとしていた。いずれにせよ、どう説明していいかわからなかったのだから。そして、もうひとつは、しばらく着ていなかったコートを着て構内を歩きだしたとき、ポケットに入っている紙片に気づいたことだった。指先でその縁を探ってみると、何だったのかはっきりとわかった。忘れていたが、隠れ家で見つけたあの新聞の切れ端だった。そのせいで、わたしはほかの多くのことを、混乱したまま放り出してあった精神的なゴミを思い出した――トニーの恥辱、シャーリーの失踪、わたしが採用されたのはトニーの正体が暴露されたからにすぎないという可能性、監視員がわたしの部屋を調べたらしいこと、そして、最悪だったのは、マックスとの喧嘩。彼がアパートに押しかけてきたあと、わたしたちはたがいに相手を避けていた。わたしはスウィート・トゥース作戦の報告書を提出しにいこうともしなかった。彼のことを考えるたびに、わたしは罪悪感を覚えたが、それはすぐに腹立たしい非難に取って代わられた。彼は婚約者のためにわたしを捨てておいて、そのあと、手遅れになってから、わたしのために婚約者を捨てた。彼は自分のことしか考えていなかったのだ。わたしのどこに非難されなければならないいわれがあるのか？　けれども、次に彼のことを考えたときにも、やはりおなじ罪悪感が戻ってきて、わたしはもう一度おなじ自己弁護を繰り返さなければならなかった。

　一片の紙片の背後に、そういうすべてが歪んだ凧の尻尾みたいにたなびいていた。わたしたちは教会の西端まで歩いていって、町のほうへ抜ける高い石造りの大門の深い影のなかに佇んで、妹とボーイフレンドはマリファナをまわし喫《の》みしていた。わたしはルークのアメリカ風アクセントの単調なおしゃべりの向こうに父の声が聞こえないかと耳を澄ましたが、教会堂はしんと静まりかえっていた。お祈りを捧げているにちがいなかった。わたしの運命の天秤のもう一方の皿には、わたしの昇進というささいな事実は別にするとしても、トムがいた。わたしはルーシーに彼のことを話したかった。姉妹同士の打ち明け話をしたかった。わたしたちはときおりなんとかそういう話をできることもあったが、いまはルークの巨体がわたしたちのあいだに立ち塞がって、大麻好きな男たちがやりがちな許しがたいことをやっていた。つまり、大麻について延々としゃべりつづけていた——タイの特別な村で穫れる有名な大麻とか、ある夜恐ろしいことに逮捕されかけたことだとか、大麻をやっているとき日暮れにある聖なる湖越しに見える風景だとか、バス・ターミナルでのじつに滑稽な誤解やそのほかのばかげたエピソード。わたしたちの世代はどこがおかしいのだろう？　両親の世代の人たちは戦争の話で人をうんざりさせたものだったが、わたしたちはこれである。

しばらくすると、ふたりの女は完全に黙りこんだが、ルークはますます勢いこんで大得意になり、自分の話が面白く、わたしたちが聞き惚れているという思い違いに深く入りこんでいった。と、ほとんど即座に、わたしには正反対の考えがひらめいた。脳裏にはっきりと浮かんだのだ。もちろん、そうだった。わたしにはふたりだけになりたくて、わたしが立ち去るのを待っているのだ。だから、わたしを追い払うために、わざと退屈な話をして、うんざりさせようとしているにちがいなかった。かわいそうに。彼は無理をしていたのだろうが、あまりうまくやっていたとは言えなかった。救いようのないほどやりすぎだ。実在の人物ならどんな人間でも、こんなに退屈なことはありえないだろう。しかし、彼は彼なりの遠回しなやり方で親切にしようとしていただけなのかもしれない。

というわけで、わたしは影のなかで背中を伸ばして、わざと声を出してあくびをすると、彼のそばに歩み寄って、なんの関連性もなく「ほんとうにあなたの言うとおりだわ。わたしは行かなくちゃ」と言って、その場を離れた。数秒もしないうちに、わたしは気分がよくなり、呼び止めるルーシーの声もなんの抵抗もなく無視できた。ルークのエピソードから解放されると、足早に元来た道を引き返し、それから、足の下で霜がサクサクいうのを小気味よく感じながら芝生を横切って、回廊のすぐそばに歩み寄った。半月の明かりから抜け出して、闇に近い暗がりのなかに突き出している石を見つけ、コートの襟を立てて腰をおろした。

内側から一定の調子で唱える声がかすかに聞こえたが、主教の声かどうかはわからなかった。今回のような場合には、彼は多人数のチームを取り仕切っているからだ。困難な瞬間には、自分がいちばんやりたいのは何か、どうすればそれができるかを自問するといいことがある。そして、それができない場合には、二番目にやりたいことに移るのだ。わたしはトムといっしょにいたかった。

彼とベッドに入るか、テーブル越しに向かい合うか、通りで手をつないでいたかった。それができなかったので、わたしは彼のことを考えようと思った。だから、クリスマス・イヴに半時間かけてわたしがやったのはそれだった。わたしは彼を崇拝し、いっしょに過ごした時間のことや、逞しいがこどもっぽい彼の体のこと、しだいに深まる好きだという気持ちや、彼の仕事、自分がどうやってそれを助けられるかについて考えた。彼から隠さなければならない秘密のことは頭から追い払った。その代わりに、自分が彼の人生にもたらした自由、『ほぼ確実な不倫』でどんなふうに彼を手伝ったか、これからもっとたくさんどうやって手伝っていくかについて考えた。じつにたくさんの考えが浮かんだ。わたしはそれを手紙に書いて、ロマンチックで情熱的な手紙を出すことに決めた。自分の家の玄関でどんなふうに自分がガラガラと崩壊し、父の胸にすがって泣いたかを話そうと思った。

気温が零下になるなかでじっと石に坐っているのはいい考えではなく、わたしはブルブル震えだした。そのとき、構内のどこかからふたたび妹が呼ぶ声が聞こえた。心配そうな声だった。それを聞いて、わたしは正気に返り、自分の行動がよそよそしく見えたにちがいないことに気づいた。クリスマスクラッカーから吹きだした空気に影響されていたのだろう。ルーシーとしばらく二人きりになりたいから意図的に退屈な話をするなんて、いまや、それがどんなにありそうにないことに思えたことか。自分自身の判断の誤りを理解するのは、その存在そのものが、すなわち理解しようとしている頭が、混乱しているときにはむずかしい。だが、いまでは、わたしの頭ははっきりしていた。芝生の月明かりのなかに出ていくと、百ヤード先の小道に妹とボーイフレンドの姿が見えた。わたしはともかくあやまりたくて、足早にふたりに近づいていった。

18

レコンフィールド・ハウスでは、サーモスタットが華氏六〇度に下げられた。ほかの官公庁より二度低い温度で、よい手本を示すためだった。わたしたちはコートに手袋といういでたちで、経済的にゆとりのある娘はスキー休暇のときのポンポン付きのニット帽までかぶっていた。床から立ち昇る冷気対策として、足下に敷く四角いフェルトのパッドが支給された。寒さから手を守る最良の方法はタイプしつづけることだった。炭鉱労働者を支援するため列車の運転士が超過勤務を拒否していたので、一月末には、国に金がなくなると同時に、発電所の石炭がなくなるだろうと言われていた。ウガンダでは、アミン大統領が募金を募って、窮地に陥ったかつての植民地支配者たちに、英国空軍が受け取りに来さえすれば、貨物車に満載した野菜を提供するということだった。

実家からキャムデンに戻ると、トムからの手紙がわたしを待っていた。彼は父親の車を借りてローラをブリストルまで送るつもりだと言っていた。それは簡単なことではなかった。ローラはこどもたちを連れていきたいと言いだして、クリスマスの七面鳥を囲んでどなり合いがあった。しかし、施設は大人しか受けいれないし、いつものごとく、ローラはこどもたちの面倒を見られる状態ではなかった。

トムはロンドンに来て、わたしといっしょに新年を祝うつもりでいた。けれども、三十日に、ブリストルから電報が来た。まだローラから離れられる状態ではなく、しばらく滞在して、彼女を落ち着かせる必要があるという。それで、わたしは三人のハウスメートといっしょにモーニントン・

クレセントのパーティで一九七四年を迎えた。その混雑したむさ苦しいアパートで、弁護士でないのはわたしだけだった。トレッスルテーブルみたいなものの前で、生ぬるい白ワインを使い古しの紙コップに注いでいると、だれかがわたしのお尻をほんとうに思いきりつねった。わたしはさっと振り向いて、猛烈に怒った顔をしたが、たぶん人違いだったのだろう。早めに引き揚げて、一時には家に戻ってベッドに入り、凍える闇のなかに仰向けに横たわって、みずからを憐れんだ。眠りに引きこまれる前に、ローラの施設では介護する人たちがどんなにすばらしいかをトムが言っていたことを思い出した。それなら、彼がブリストルに丸二日も残らなければならないのは、なんと奇妙なことだろう。しかし、それは重要なことではないような気がして、わたしはぐっすりと眠りこみ、四時ごろに酔っ払った弁護士の友人たちが戻ってきたことにもほとんど気づかなかった。

新年があけて、週三日労働がはじまったが、わたしたちは公的には必要不可欠な部門とされていたので、週五日フルに働いた。一月二日、わたしは三階のハリー・タップのオフィスでのミーティングに呼び出された。事前の通告もなければ、何のミーティングなのかも知らされていなかった。十時にそこに行くと、ベンジャミン・トレスコットが入口にいて、リストの名前をチェックしていた。驚いたことに、部屋のなかには二十人以上もいて、わたしたち新入り仲間もふたりいたが、わたしたちは下っ端すぎたので、タップの机のまわりにすぼめた馬蹄形に並べられたプラスチックの成形椅子に坐るほど図々しくはなかった。ピーター・ナッティングが入ってきて、部屋のなかを見まわすと、また出ていった。ハリー・タップが机から立ち上がって、彼につづいて外に出た。したがって、これはスウィート・トゥースに関するミーティングなのだろう、とわたしは考えた。みんなが煙草を吸って、低い声で話しながら待っていた。わたしはファイル・キャビネットと金庫のあいだの十八インチの隙間に体を押しこんだ。話しかける相手はいなかったが、以前とはちがって、べつに気にはならなかった。部屋の向こう側のヒラリーとベリンダに笑いかけると、ふたりは肩をすくめて、まったくたいした冗談だと言いたげに目を剝いて見せた。彼女たちもそれぞれスウィート・トゥースの作家を抱えているのはあきらかだった。基金のシリングには無抵抗の大学教師か物書きだろうが、T・H・ヘイリーほど輝きを放つ作家でないのは確かだった。

十分もすると、プラスチックの椅子が満席になった。マックスが入ってきて、まんなかの列に坐った。わたしは彼の後ろにいたので、彼は初めは気づかなかった。それから振り向いて、あたりを見まわしたが、わたしを探していたにちがいない。わたしたちはちらりと目を合わせただけで、彼は前に向きなおって、ペンを取り出した。はっきり見える角度ではなかったが、手が震えている、とわたしは思った。見覚えのある六階の人物が二、三人いたが、長官の姿は見えなかった――スウィート・トゥース作戦はそういう重要性からはほど遠かった。それから、タップとナッティングが背の低い筋骨逞しい男といっしょに入ってきた。男は角縁の眼鏡をかけ、灰色の髪を短く刈って、仕立てのいいブルーのスーツに、それより濃いブルーのポルカドットのシルク製ネクタイをしていた。タップは机に戻り、ほかのふたりはじっとわたしたちの前に立って、室内が落ち着くのを待った。

ナッティングが言った。「ピエールはロンドンに常駐しているんだが、彼の仕事がわれわれの活動とどんな関わりをもちうるかについて、少々話をすることを快く受けいれてくれた」

紹介のそっけなさとピエールのアクセントから、わたしたちは彼がCIAの人間だろうと推定した。フランス人ではないのは確かだった。声は抑揚の豊かなテノールで、ためらいがちなところが好ましかった。自分の発言に対する反証が挙げられれば、いつでも事実に即して見解を改めるつもりでいるかのようだった。だが、その謹厳そうな、まるで弁解しているような態度の裏に無限の自信がひそんでいることにわたしは気づいた。彼はわたしが初めて会った上流階級のアメリカ人で、あとで知ったのだが、ヴァーモント州の名家の出で、スパルタの覇権についての本があり、さらにアゲシラオス二世やペルシアにおけるティッサフェルネスの斬首についての本も書いていた。

わたしはこのピエールに好感を抱いた。彼はまずこんなふうにはじめた。これから「東西の冷戦のもっとも柔らかくてあまい部分、ほんとうに面白いただひとつの部分、思想の戦争」について話すつもりだが、まず、三枚の言葉によるスナップ写真を見てもらいたい。一枚目は、戦前のマンハッタンを想像してほしい、と言いながら——むかしトニーが読んでくれた、トムも大好きなことをわたしが知っている——オーデンの有名な詩の冒頭の一節を引用した。それはわたしにとっては有名ではなく、そのときまではなんとも思っていなかったのだが、イギリスの詩人の詩句がアメリカ人によって引用されるのを聞くと、わたしは心を動かされた。〈わたしは飲み屋に坐っている／五十二番街で／自信をもてずにびくびくしながら……〉。それは一九四〇年の十九歳のピエール自身で、これから大学に通うという見通しにうんざりして、ミッドタウンの叔父を訪ね、酒場で飲んだくれていたのだという。ただ、彼はオーデンほど自信がなかったわけではなく、自国がヨーロッパの戦争に参戦して、彼に果たすべき役割を与えてくれるのを待ち望んでいた。彼は兵士になりたかったのである。

次に、ピエールは一九五〇年のイメージを喚起した。ヨーロッパ大陸や日本や中国が荒廃して衰弱し、イギリスは長期にわたる英雄的な戦争で疲弊して、ソビエト・ロシアは何百万という死者をかぞえ、戦争によって経済が肥大して活気づけられたアメリカは、この地球上の人間の自由の主たる保護者になるという恐るべき新しい責任に目覚めつつあった。そう言いながら、彼は両手をひろげて、それを後悔しているか弁解しているかのようだった。そうはならずにすんだ可能性もあったかのように。

三枚目のスナップ写真もやはり一九五〇年のものだった。モロッコおよびチュニジア作戦、ノルマンディー上陸作戦とヒュルトゲンの森の戦い、ダッハウ強制収容所の解放を経験したピエールは、いまやブラウン大学のギリシャ語の准教授になり、アメリカの愛国主義者やカトリックの修道僧や右翼の変人たちから成る雑多なデモ参加者の群れの前を通って、パーク・アヴェニューのウォルドーフ・アストリア・ホテルの入口に向かって歩いていた。

「そこで」とピエールは、芝居がかった仕草で、ひらいた片手を高々と上げた。「わたしはわたしの人生を変える論戦を目撃したのです」

それはごくありふれた〈世界平和のための文化・科学会議〉という名の会議だった。名目的な主催者はアメリカ専門家会議だったが、じつはソビエト・コミンフォルムがイニシアティブをにぎっていた。世界中から集められた千人におよぶ代表は、公開裁判や独ソ不可侵条約、抑圧、粛清、拷問、虐殺、強制収容所にもかかわらず、いまだ共産主義的理想への信仰を打ち砕かれていない、少なくとも完全には打ち砕かれていない人々だった。ロシアの偉大な作曲家、ドミトリー・ショスタコーヴィチも、スターリンの命令で意に反して参加していた。アメリカ側からの参加者のなかにはアーサー・ミラー、レナード・バーンスタイン、クリフォード・オデッツがいた。こういう有名人は、かつての貴重な同盟国を危険な敵国扱いするように市民に求めているアメリカ政府に批判的で、信用していなかった。多くの人々は、事態がかなり厄介なことになっていたにもかかわらず、依然としてマルクス主義的分析が成り立つと信じていた。そういう事態の報道は、貪欲な企業家が所有するアメリカのマスコミによって歪められており、ソビエトの政策が敵対的、攻撃的に見え、国内の批判を多少抑圧しているのが事実だとしても、それは自己防衛の精神からであり、そもそもその発端からソビエトは西側の敵意と妨害行為に対抗しなければならなかったからだというのだった。

要するに、とピエールは説明した、この会議全体がクレムリンによる一大宣伝作戦だった。ソビエト政府は資本主義の中心地で——自由の、とは言わないまでも——平和と理性の声を代弁する国際的な舞台を準備して、しかも数多くの著名なアメリカ人を味方につけていた。

「しかし！」ピエールは片手を上げて、まっすぐに伸ばした人差し指で天井を指し、その芝居がかったポーズでわたしたちを数秒間釘付けにした。ホテルのはるか上の、十階には、豪華なスイートルームにその転覆を謀る軍団が、シドニー・フックという哲学教授によって招集された知識人の一団がいた、と彼は言った。それは大半が共産主義者ではない左翼、民主主義的な元共産主義者、ないしは元トロツキスト左派のグループで、この会議に対抗するため、ソビエト批判を狂信的な右翼の専売品にしておかないために立ち上がったのである。タイプライターや謄写版や設置されたばかりの複数の電話機の上にかがみ込んで、ふんだんに提供される軽食や酒のルームサービスに支えられ、彼らは夜通し作業をつづけた。会議中に、とりわけ芸術の自由についての、厄介な質問を提起したり、一連のプレス・リリースを発行したりして、階下の会議を混乱させる計画だった。こちら側にも、ソビエト側よりさらに堂々たる大物が支援を表明していた。メアリ・マッカーシー、ロバート・ローウェル、エリザベス・ハードウィック、さらに遠方からの国際的な支援者としてはT・S・エリオット、イーゴリ・ストラヴィンスキー、バートランド・ラッセルその他大勢がいた。

この反撃作戦は成功した。マスコミのニュースで取り上げられ、新聞の見出しになったのである。あらゆる正しい質問が会議で採り上げられるように仕向けられた。ショスタコーヴィチは、ストラヴィンスキーやヒンデミットやシェーンベルクを「退廃的なブルジョワ形式主義者」とする『プラウダ』の非難に同意するかどうか質問された。この偉大なロシアの作曲家はのろのろと立ち上がり、その記事に同意すると小さな声でつぶやいたが、ＫＧＢの広報担当者の不興を買うことや帰国時のスターリンの反応への恐怖と自分の良心のあいだで、みじめにも板挟みになっていることを見せつける結果になった。

会議の合間に、階上のスイートルームで、トイレのそばの片隅で自分の電話とタイプライターと格闘しているとき、ピエールは彼の人生を変えることになる連絡員と出会った。その後、その連絡員の勧めで、ピエールは教職を離れ、ＣＩＡと思想の戦いに人生を捧げることになった。というのも、もちろん、この会議の反対派の費用を払っていたのはＣＩＡだったからである。この会議の過程で、こういう戦いは一歩距離を置いて作家やアーティストや知識人——その多くは左翼だが、共産主義の誘惑と偽りの希望という苦い経験から自分独自の強烈な思想を引き出した人々だった——を通して戦うようにしたほうがはるかに効果的であることを、ＣＩＡは学んでいた。こういう人々に必要だったのは——たとえ本人たちは意識していなかったとしても——組織化すること、諸々の組織をまとめることであり、さらにとりわけそのための資金だったが、それはＣＩＡが提供できるものだった。これは作戦の舞台がやがてロンドンやパリやベルリンに移されたときにも、重要なポイントになった。「五〇年代初期にわれわれの助けになったのは、ヨーロッパではだれも一セントももっていないことだった」

というわけで、ピエールの説明によれば、彼は別種の兵士になり、解放されはしたが脅威にさらされていたヨーロッパで、多くの新しい作戦に参加することになった。彼はしばらくマイケル・ジョセルソンのアシスタントを務め、そのあとメルヴィン・ラスキの友人になったが、のちには彼とのあいだには亀裂が生じることになった。ピエールは〈文化自由会議〉に関わり、ＣＩＡから資金を提供されていた有名な雑誌『デア・モナート』にドイツ語で記事を書き、『エンカウンター』創刊のための舞台裏の仕事をした。彼は気むずかしい知識人の自尊心をくすぐる微妙な技術を身につけ、アメリカのバレエ団、オーケストラ、現代美術展のツアーや、彼の言う「政治と文学が出会うきわどい分野」での十数回におよぶ会議の実現に尽力した。一九六七年に『エンカウンター』へCIAが資金を提供していることが『ランパーツ・マガジン』によって暴露された際の空騒ぎや愚かさには驚かされた、と彼は言った。これは全体主義に対抗するため政府が採用すべき合理的かつ道義にかなった方法だったのではないか？ ここイギリスでは、外務省がBBCワールド・サービスに資金を提供しているからといって、だれも困惑しないし、この国際放送は高く評価されている。さらに、大騒ぎされて、驚いたり鼻をつまんだりするふりをされたにもかかわらず、『エンカウンター』はいまでも一目置かれている。外務省を引き合いに出したついでに、彼は情報調査局（IRD）の仕事も称讃した。とりわけこの調査局がオーウェルの仕事を奨励したことを褒めあげて、アンパサンドやベルマン・ブックスのようなある程度距離を置いた資金援助が気にいっていると付け加えた。

二十年近くこの仕事をやってきて、彼はどんな結論を引き出したのか？ ポイントがふたつある、と彼は言った。ひとつめは、これがもっとも重要なことだが、たとえ人々が何と言おうと、冷戦は終わっていないということである。したがって、文化的自由という大義はいまでもきわめて重要であり、今後も高貴な目標でありつづけるだろうということだった。いまではソビエト連邦のために松明を掲げる人間は多くはないが、それでもまだ凍りついた広大な知的僻地が残されており、怠惰にもいまだに中立的立場を取っている連中がいて、ソ連はアメリカより悪いわけではないなどと言っているが、そういう連中と対決する必要がある。さらに、第二のポイントとして、彼はCIAの旧友でのちにキャスターになったトム・ブレイデンの言葉を引用して、アメリカ合衆国は小さいほうがうまくいくものもあることを理解しない地球上唯一の国だという意味のことを言った。

会場を埋めた金欠病の局員たちから理解を示すつぶやきが洩れた。

「わたしたちのプロジェクトは大きくなりすぎました。件数も多すぎるし、多様すぎ、野心的すぎて、資金も多すぎる。慎重さがなくなり、長年のあいだにわたしたちの主張には新鮮さがなくなってしまった。わたしたちはいたるところに手を出し、高圧的になり、反感を買っている。こちらでは新しいものが進行していることを知っていますが、それがうまくいくことを祈っています。それにしても、諸君、真面目な話、それを小さいままに保つことです」

ピエールは、というのが彼の名前だとすればだが、質問は受け付けなかった。話を終えると、拍手に軽くうなずいて、ピーター・ナッティングを露払いにしてドアに向かった。

下っ端が自動的に後ろにまわって、人々が部屋から出ていきはじめると、わたしはいつマックスが振り返ってわたしの視線をとらえ、近づいてきて会う必要があると言いだすかとびくびくしていた。もちろん、職務上の理由からだが。しかし、彼の背中と大きな耳が群衆に交じってドアから出ていくのが見え、わたしは困惑とお馴染みの罪悪感が入り交じったものを感じた。彼はわたしに話しかけられないほど傷ついているのか。そう思うとぞっとしたが、わたしはいつもの自衛的な怒りを呼び出した。女は個人的な生活と仕事を切り離せないと言ったのは彼のほうなのだ。いまさら婚約者よりわたしのほうが好きになったとしても、わたしのせいだろうか？　コンクリートの階段――エレベーターで同僚と話さなければならなくなるのを避けて階段を使った――を下りていくあいだずっと、わたしは自分の立場を弁護したが、そのあとも一日中気になった。マックスがわたしから離れていったとき、わたしは大騒ぎをしただろうか、嘆願したり泣いたりしただろうか？　そんなことはしなかった。それなのに、なぜわたしがトムといっしょになってはいけないのか？　わたしには幸せになる資格がないのだろうか？

二日後、金曜日の夜のブライトン行きの列車に乗ったときはうれしかった。ほとんど二週間近くも会えなかったのだ。トムが駅まで迎えに来た。列車がスピードを落とすと、わたしたちはたがいに相手を見つけ、彼は車輌の横を走りながらなにか言ったが、何のことかわからなかった。列車を降りて彼の腕のなかに飛びこんだときほど甘美な、わくわくする気持ちを味わったことはかつてなかった。あまりにもきつく抱きしめられて息ができなかった。

彼はわたしの耳元でささやいた。「きみがどんなに特別な人か、いま、ちょうどわかりかけたところなんだ」

わたしはずっとこの瞬間を待っていたとささやき返した。わたしたちが体を離すと、彼がわたしのバッグを持った。

わたしは言った。「あなたは変わったみたいね」

「わたしは変わったんだ！」彼はほとんど叫ぶようにして言うと、激しく笑った。「驚くべきアイディアが湧いたんだよ」

「教えてもらえる？」

「じつに奇怪なアイディアなんだ、セリーナ」

「それじゃ、教えて」

「家に行こう。十一日というのは長すぎる！」

というわけで、わたしたちは、トムがロンドンのアスプレイで買ったアイスバケットのなかでシャブリが待っているクリフトン・ストリートへ行った。一月にアイスキューブというのは奇妙だった。ワインは冷蔵庫に入れたほうがよく冷えただろうが、そんなことはどうでもよかった。わたしたちはたがいの服を脱がせながらワインを飲んだ。もちろん、引き離されていたことでわたしたちは焚きつけられ、いつものようにシャブリがそれをあおったが、それだけではそのあとの時間を説明するには充分ではなかった。わたしたちはどうすべきかを正確に知っている他人同士だった。トムは熱を帯びたやさしさを漂わせており、それがわたしをとろけさせた。それはほとんど悲しみに似ていた。それがわたしのなかにあまりにも強烈な保護本能を掻き立てたので、ベッドに横たわり彼がわたしの胸にキスしているとき、そのうちピルをやめるべきかどうか彼に訊くことになるかもしれない、とわたしは思わず考えていた。しかし、わたしが欲しかったのは赤ちゃんではなくて、彼だった。そのお尻の小さな硬い丸みをつかんで、ギュッと自分のほうに押しつけたとき、彼はわたしのこどもになり、わたしはこの子を自分のものにして、慈しみ、けっして見失わないようにしたいと思った。それははるかむかしにケンブリッジでジェレミーに対して抱いたことのある感情だったが、あのときはわたしは騙されていた。いまや彼を封じこめ所有しているという感覚がほとんど痛いくらいに高まって、これまでに経験したすべての快感が耐えがたいほど鋭い一点に凝縮したかのようだった。

それは長く離れていたあとの、大声をあげて汗みどろになる愛の営みではなかった。通りがかった覗き魔がベッドルームのカーテンの隙間から覗いたとすれば、なんの冒険心もないカップルが正常位で、ほとんど音も立てずにいるのが見えただけだったろう。わたしたちの歓喜は息を凝らしていた。手放すことになるのが怖くて、わたしたちはほとんど動かなかった。この特別な感情、いまや彼は完全にわたしのものであり、彼が望むにせよ望まないにせよ、永遠にわたしのものなのだという感情。この感情には重さがなく、空っぽで、わたしはいつでもそれを否定できるような気がした。わたしはなにも怖くないと思った。彼はそっとわたしにキスをしながら、何度も何度もわたしの名前をささやいた。ひょっとすると、いまが告白すべきときなのかもしれない。彼が逃げ出せないこのときが。〈さあ、言ってしまえ〉とわたしはずっと考えていた。〈あなたがやっていることを告白してしまえ〉

しかし、わたしたちが夢のなかから抜け出して、外の世界がふたたび流れこみ、道路の音やブライトン駅に入ってくる列車の音が聞こえて、今夜これからの計画を考えだしたときには、自分がどんなに破滅に近づいていたかを悟った。

その夜はレストランには行かなかった。最近では、政府は胸を撫で下ろし、炭鉱労働者は苛立っていただろうが、寒さはかなり和らいでいた。トムはじっとしていられないようで、海岸の遊歩道に散歩に行きたがった。というわけで、わたしたちはウェスト・ストリートをくだって、人気のない広い遊歩道をホーヴに向かって歩きだした。歩いている途中で陸側に曲がってパブに寄り、別のところではフィッシュ・アンド・チップスを買った。海のすぐそばでも風がなかった。街灯はエネルギー節約のために薄暗かったが、それでも低く垂れこめる分厚い雲を胆汁みたいなオレンジ色に染めていた。トムのどこが変わったのか、はっきりとは言えなかった。彼はじつに愛情たっぷりで、それを強調するためにわたしの手をギュッとにぎったり、わたしに腕をまわして自分に引き寄せたりした。わたしたちは早足で歩きながら、早口でしゃべり、たがいのクリスマスのことを話して聞かせた。彼は姉とこどもたちの痛ましい別れの場面を描写した。義足を付けた幼い娘を彼女がどんなふうに車に引きずり込もうとしたか。ローラがブリストルへの道中どんなふうに泣きつづけ、家族、とりわけ両親についてどんなにひどいことを言ったか。わたしは主教がわたしを抱擁し、わたしが泣きだした瞬間のことを話した。トムはその場面を細部にわたって再現させた。彼はわたしの感情について詳しく知りたがった。駅から歩いているとき、わたしがどんな感情を抱いていたのか。こども時代に戻ったような気分だったのか、とても家が恋しかったことをふいに悟ったのか。平静を取り戻すのにどのくらい時間がかかったのか、そのあとなぜ父親に話しにいかなかったのか。わたしは泣いたから泣いただけで、なぜなのかは自分でもわからない、と彼に言った。

わたしたちは立ち止まり、彼がわたしにキスをして、きみは見込みのない患者だと言った。教会の構内を夜ルーシーとルークと散歩したときのことを話すと、トムは賛成できないという顔をした。そして、二度と大麻を吸わないと約束してほしいと言った。そんなピューリタン的なところがあることにわたしは驚き、約束するのは簡単なことだったにもかかわらず、黙って肩をすくめただけだった。わたしになにかを誓約させる権利は彼にはないだろうと思ったからだ。

新しいアイディアがどんなものか訊いてみたが、彼は曖昧なことしか言わなかった。その代わり、ベッドフォード・スクエアからのニュースを教えてくれた。マシュラーが『サマセット低地から』を気にいって、三月末に刊行する計画だという。これは出版界では記録的なスピードで、非常に有力な編集者だから可能なことらしかった。新しいもの好きのブッカー賞とおなじくらい誉れ高い、ジェイン・オースティン・フィクション賞の締め切りに間に合わせるためだった。最終候補作リストに割り込める可能性は微々たるものでしかないが、マシュラーはこの新人作家のことをあらゆる人に話しており、審査委員会に間に合わせるためにその作品が特急扱いで印刷にまわされたという事実がすでに新聞に取り上げられていた。そうやって本についての話題を盛り上げていくのだった。反資本主義的な中篇小説の作家にＭＩ５が資金を提供していることを知ったら、ピエールは何と言うだろう、とわたしは思った。小さいままに保つこと。わたしはなにも言わずに、トムの腕をギュッとにぎった。

わたしたちは市が設置したベンチに坐って、年老いた夫婦みたいに海のほうを向いていた。欠けていく半月がどこかに浮かんでいるはずだったが、濃いオレンジの重たい雲のふたを被せられては、顔を出せる見込みはなかった。トムの腕がわたしの肩にまわされ、イギリス海峡は油を流したように穏やかに静まりかえり、体を縮めて恋人に押しつけながら、わたしはここ数日で初めて安らかな気分になっていた。彼はケンブリッジの若手作家のための催しで朗読をするために招待されているという話をしていた。キングズリー・エイミスの息子のマーティンといっしょで、マーティンも処女作を朗読することになっているが、その作品も今年中にやはりマシュラーのところから刊行されるのだという。

「やりたいと思っていることがあるんだ」とトムは言った。「きみの許可があればの話だけれど」朗読会の翌日、彼はケンブリッジから列車でわたしのホームタウンに行って、わたしの妹と話をしたいという。「マージナルな生き方をしている登場人物を考えているんだ。かつかつの生活だが、それなりにうまくやっていて、タロットカードとか占星術とかそういうことを信じていて、麻薬が好きだが乱用はせず、かなりいろんな陰謀論——たとえば月面着陸はスタジオで撮影されたとか——を信じている。しかし、それと同時に、そのほかの部分では完璧に良識的で、幼い息子にはよい母親だし、ベトナム戦争反対のデモにも行き、信頼できる友人でもあるんだが」

「あまりルーシーらしくは聞こえないけど」とわたしは言ったが、すぐにきびしすぎる言い方だと感じて、訂正しようとした。「でも、彼女は実際とても親切だし、喜んで話をしてくれるでしょう。ひとつだけ条件があるとすれば、わたしのことは話さないでほしいということね」

「わかった」

「手紙を書いて、あなたはいい友だちだけど、文無しで、一晩泊まれる場所を必要としていると言ってやるわ」

わたしたちは歩きつづけた。トムはこれまで朗読会をひらいたことはなく、心配していた。彼は自作の最後の部分、父と娘が抱き合って死んでいくぞっとする場面を朗読するつもりだった。物語の筋を明かしてしまうのは残念だ、とわたしは言った。

「それは旧式な考え方だ」

「忘れないで、わたしは中級の読者なのよ」

「結末は初めからそこにある。セリーナ、この作品には筋書きはないんだ。これは瞑想なんだよ」

彼は儀礼的な慣習にも頭を悩ませていた。エイミスとヘイリーのどちらが先にやるべきなのか？どうやってそれを決めるのか？

「エイミスね。主役は最後に登場するものだから」

「ああ、神さま。夜中に目が覚めて、朗読会のことを考えだしたら、二度と眠れないだろう」

「じゃ、アルファベット順ではどうかしら？」

「いや、そういうことじゃなくて、群衆の前に立って、人々が自分でいくらでも読めるものを朗読するなんて、何の役に立つのかわからない。想像するだけで寝汗をかきそうだ」

トムが海に石を投げたいというので、わたしたちは海辺に下りた。彼は妙にエネルギーにあふれていた。神経質になっていたか、興奮を抑えきれずにいたのだろう。わたしは小石の土手に寄りかかり、彼は丸石を足の先でころがして、ちょうどいい重さと形の石を探した。それから、水際までちょっと走ったが、投げた小石は明るい靄のはるか彼方に呑みこまれ、音もなくしぶきをあげて、かすかな白い斑点ができた。十分もすると、彼は戻ってきた。息を切らせ汗をかいたまま、わたしの隣に坐った。彼のキスは塩味がした。キスはまもなくもっと本格的になり、わたしたちは自分たちがどこにいるのか忘れそうになった。

彼は両の手のひらでわたしの顔を挟んで、言った。「いいかい、たとえ何が起ころうと、わたしがきみといるのがどんなに好きかを忘れないでほしい」

わたしは不安になった。それこそ映画の主人公が、どこかに死にに行く前に自分の女に言うあまりにも感傷的な台詞だった。

わたしは言った。「たとえ何が起ころうと?」

彼はわたしをゴツゴツする小石の壁に押しつけながら、わたしの顔にキスをした。「たとえ何があっても、わたしの気持ちは変わらないということだ。きみはとてもとても特別な人なんだから」

わたしは安心することにした。わたしたちがいた場所は、手摺りつきの舗道から五十ヤードほど浜辺に入ったところで、どうやらわたしたちはセックスをすることになりそうだった。彼とおなじくらいわたしもしたかった。

わたしは言った。「ここではだめよ」

しかし、彼にはひとつの考えがあった。彼が仰向けに寝て、ズボンの前をあけ、わたしは靴を脱いで、タイツとパンティも脱いでコートのポケットに突っこんでから、スカートとコートをふわりとひろげたまま彼にまたがればよかった。わたしがほんのすこし前後に体を動かすたびに、彼はうめき声を洩らした。ホーヴの遊歩道を行く通行人にはなんの罪もないカップルに見えるだろう、とわたしたちは思った。

「ちょっとじっとしていて」と彼は早口で言った。「さもないと、終わってしまいそうだ」

首をのけぞらせて、髪が石の上にひろがり、彼はとてもきれいだった。わたしたちはたがいの目を見つめ合った。聞こえるのは海岸道路を行く車の音と、ほんのときおりさざ波が浜辺に打ち寄せる音だけだった。

しばらくあとで、彼が遠くから聞こえる単調な声で言った。「セリーナ、もうこれは止められない。避ける方法はない。わたしはきみに言わなくちゃならない。単純なことなんだ。わたしはきみを愛している」

わたしもおなじことを言おうとしたが、喉が締めつけられて、あえぎ声を洩らすことしかできなかった。彼の言葉がわたしたちを頂に到達させ、わたしたちの歓喜の叫びは通過する車の音に呑みこまれた。それはわたしたちがずっと避けていた言葉だった。それはあまりにも重大な、わたしたちが踏み越えることを警戒していた境界線であり、楽しい情事からもっと重たい、未知の、ほとんど重荷にさえ思えるものへ移行することを意味していた。いまはそんなふうには感じられなかったけれど。わたしは彼の顔を自分の顔に近づけ、キスをして、彼とおなじ言葉を繰り返した。それは簡単だった。それから彼から体を引き離し、小石の上にひざまずいて服を整えた。そうしながら、この愛が自然に発展していく前に、わたしは自分のことを彼に話さなければならないだろう、とわたしは考えていた。だが、そうすれば、愛は終わってしまうにちがいなかった。だから、彼に話すことはできない。けれども、話さなければならないだろう。

そのあと、わたしたちは腕を組んで横たわっていた。自分たちの秘密に、まんまとやり遂げたいたずらに、暗闇のなかでクスクス笑うこどもたちみたいに。わたしたちは自分たちが発した言葉の罪深さを笑った。ほかのだれもが規則に縛られているのに、わたしたちは自由だった。わたしたちは世界中いたるところで愛の営みをするだろうし、わたしたちの愛はいたるところに広まるだろう。わたしたちは起き上がって、一本の煙草を分け合った。それから、ふたりとも寒さで震えはじめたので、家に戻ることにした。

19

二月には、不況がＭＩ５のわたしのセクションを包みこんだ。雑談は禁止あるいは自粛された。オーバーコートはもちろんドレッシング・ガウンやカーディガンまで着込んで、失敗の罪滅ぼしをするかのように、わたしたちはお茶の時間や昼休みもぶっつづけに働いた。ふだんは陽気で落ち着きのあるデスク・オフィサーのチャズ・マウントが、ファイルを壁に投げつけ、わたしともうひとりの女の子が一時間も這いつくばって、書類をもとに戻さなければならなかった。わたしたちのグループは現場に送りこんだエージェント、スペードとヘリウムの失敗を自分たちの失敗だと見なしていた。彼らは隠れ蓑を維持するように強く言われすぎていたのかもしれないし、ただ単になにも知らなかったのかもしれない。いずれにせよ、マウントがいろんな言い方で何度も繰り返したように、こんなに華々しい残虐行為を目と鼻の先で見せつけられるなら、これほど危険で費用のかかる方策にどんな意味があるのかということになる。だが、マウントがすでに知っていることを指摘するのは、わたしたちのやるべきことではなかった。わたしたちが送りこんだのはたがいにその存在をすこしも知らない細胞なのに、わたしたちの敵は、『タイムズ』の社説によれば、「世界中でもっともよく組織された、もっとも情け容赦のないテロリスト集団」だったということだが。しかも、この当時でさえ、非常に激しい競争があった。ほかのときなら、マウントはロンドン警視庁や王立アルスター警察隊に対して低い声でお定まりの悪態をつくだけだったろう――局の人々のあいだでは、主の祈りとおなじくらいありふれたものである悪態を。情報収集のことは露ほども知らない鈍くさい密告者が多すぎるとか、分析が成り行きまかせだとか。たいていはもっと強い言い方をしたけれど。

今回の場合、わたしたちの目と鼻の先というのは高速道路M62号線のハダーズフィールドとリーズのあいだの区間だった。列車の運転士のストライキがなければ、その軍人一家は深夜バスには乗っていなかっただろう、と局のだれかが言っているのが耳に入った。だが、労働組合員が人を殺したわけではなかった。二十五ポンドの爆弾はバスの後部の貨物室に仕掛けられており、一瞬のうちに後部座席で眠っていた家族全員を皆殺しにした。軍人とその妻、五歳と二歳のふたりのこどもの体はバラバラになり、道路から二百ヤード吹きとばされて散らばっていた、とマウントが掲示板に張り出すように要求した切り抜きのひとつは言っていた。彼にも、ちょっと年上だったが、ふたりのこどもがあり、それもわたしたちのセクションがこの問題を個人的に受けとめざるをえなかった理由のひとつだった。それにしても、本国でのIRA暫定派のテロ行為の防止が主としてわたしたちの局の責任なのかどうかははっきりしなかった。もしもそうだったとすれば、こんなことはけっして起きなかっただろうというのがわたしたちの自負だった。

数日後、診断未確定の甲状腺の病気でむくんでいるうえ、ひどく苛立っており、あきらかに疲労困憊している首相が、テレビで国民に向かって即時選挙を実施すると宣言した。エドワード・ヒースはあらたな信任を必要としており、わたしたち全員に突きつけられている問題は——だれがイギリスを治めるのか？　それは選挙によって選ばれた代表者か、それとも、全国炭鉱労働者組合のほんのひとにぎりの過激派か？——ということだと言った。しかし、ほんとうの問題は、またもやヒースか、それともまたもやウィルソンかにすぎないことを国民は知っていた。いろんな事件に打ち砕かれた首相か、それとも、わたしたち女子の耳にさえ入っている噂によれば、精神疾患の兆候があるという野党第一党の党首かということだった。言うならば「不人気投票」みたいなものだ、と剽軽者が投書欄に書いていた。週三日労働は二カ月目に入っていた。民主主義的な説明責任について明晰に考えるには寒すぎ、暗すぎ、あまりにも希望がなさすぎた。

わたしの当面の問題はその週末にはブライトンに行けないことだった。トムがケンブリッジに行き、そのあとわたしの妹に会いに行くことになっていたからである。彼はわたしには朗読を聞きに来ないでほしいと言っていた。聴衆のなかにわたしがいることを意識すれば、彼は「がたがたになって」しまうにちがいないという。翌週の月曜日、彼から手紙が来た。わたしは「最愛の人へ」という書き出しをいつまでもぐずぐず眺めていた。わたしがその場にいなくてよかった、と彼は言っていた。イベントは惨憺たる結果だった。マーティン・エイミスは感じのいい男で、朗読の順番にはなんのこだわりもないというので、トムがあとから出る主役になって、マーティンに前座を務めさせることにしたが、それが間違いだった。エイミスは『レイチェル文書』と題する小説から朗読した。猥褻で、残酷で、非常に滑稽だった――あまりにも滑稽だったので、彼はときどき朗読を中断して、聴衆が静まるのを待たなければならなかった。彼が終わって、トムがステージに上がったとき、拍手がいつまでも鳴り止まないので、トムは一度舞台の袖の暗がりに引き返さなければならなかった。彼がようやく演壇にたどり着いて、「三千語にわたるペストや膿や死」の話をはじめたときにも、人々はまだうめいたり、涙を拭いたりしていた。彼が朗読しているあいだに、父と娘がまだ無意識のなかに落ちこまないうちに、聴衆の一部が帰りだした。最終列車に間に合わなくなるからかもしれなかったが、自信が揺らいで、トムの声は小さくなり、簡単な単語につまずいたり、一行読み飛ばして後戻りしたりすることになった。楽しい雰囲気を台無しにされて、会場全体に憤懣が渦巻いているような気がした。最後には聴衆は拍手をしたが、それは苦痛な時間が終わったことを喜んでいるからだった。そのあと、バーで、彼はエイミスの朗読を褒めて祝福したが、相手からは褒め言葉は返ってこなかった。その代わり、彼はトムにスコッチのトリプルをおごってくれた。いいニュースもあった。一月は実り豊かなひと月だった。迫害されているルーマニアの詩人たちに関する記事が『インデクス・オン・センサーシップ』に掲載され、スペンサーと都市計画に関する小論文の第一稿を書きあげた。わたしが協力した短篇『ほぼ確実な不倫』は、『ニュー・レヴュー』では不採用になったが、『バナーナズ』への掲載が決まった。そして、もちろん、新しい長篇小説があった。それはまだ秘密で、彼は内容を明かそうとはしなかったけれど。

総選挙の運動がはじまってから三日目に、わたしはマックスからの呼び出し状を受け取った。もはやこれ以上たがいを避けつづけているわけにはいかなかった。ピーター・ナッティングがスウィート・トゥースのすべてのケースに関する報告を要求していた。マックスはわたしと会わないでいることはできなかった。あの深夜の訪問以来、わたしたちはほとんど言葉を交わしていなかった。廊下ですれ違うときにはたがいに「おはよう」とつぶやくだけで、食堂では離れた席に坐るように気をつけていた。彼が言ったことについては、わたしはずいぶんと考えた。あの夜、彼はほんとうのことを言ったのかもしれなかった。この局が成績の悪いわたしを受けいれたのは、わたしがトニーを通じての志望者だったからかもしれないし、彼らはわたしをしばらく尾行して、そのあと興味を失ったのかもしれない。わたしを、無害なわたしを送りこむことによって、トニーは別れの挨拶として、元の雇用者たちに自分も無害であることを示したかったのだろうか？　それとも、わたしはこっちの考えのほうが気にいっているが、彼はお気にいりのわたしをこの局へプレゼントして、それで彼なりの償いをしたと考えていたのか？

マックスがフィアンセのもとに戻って、わたしたちは以前のようにつづけられればいいのだが、とわたしはずっと思っていたが、初めの十五分はそうなっているように思えた。わたしは彼の部屋に入って机の前に坐り、ヘイリーの中篇小説や、ルーマニアの詩人たち、『ニュー・レヴュー』、『バナーナズ』、スペンサーに関する小論文について報告した。

「彼は話題に上っているわ」とわたしは締めくくった。「前途有望な作家よ」

マックスはいやな顔をした。「きみたちのあいだはもう完全に終わっているのかと思っていたが」

わたしはなんとも言わなかった。

「彼はあちこち出歩いているそうじゃないか。プレイボーイ気取りで」

「マックス」とわたしは穏やかに言った。「仕事の話だけにしましょう」

「彼の長篇のことを話してくれ」

それで、わたしは出版社側の興奮や、オースティン賞の締め切りに間に合わせるために大急ぎで準備が進められているという新聞紙上のコメント、デイヴィド・ホックニーがカバーデザインを担当するという噂があることを伝えた。

「どんな小説なのかについてはなんの説明もないが」

彼もそうだったが、わたしもやはりおなじくらい階上からの讃辞を欲しがっていた。だが、それよりもっと、トムを侮辱したマックスを攻撃してやりたい気持ちが強かった。「こんなに悲しい物語は読んだことがなかったわ。核戦争のあと、文明は野蛮状態に逆戻りしていて、西部地方から父と娘が母親を探しにロンドンに向かうんだけど、結局は見つけられずに、ペストにかかって死んでしまう。とても美しい物語よ」

彼はわたしの顔をじっと見つめていた。「わたしの記憶では、それこそまさにナッティングが我慢できない種類の話だ。ああ、ところで、彼とタップがきみになにか用意しているようだが、連絡があったかね?」

「いいえ、連絡はないわ。でも、マックス、作家に口出しはできないというのがわたしたちの決まりよ」

「それじゃ、きみはどうしてそんなに喜んでいるんだ？」

「彼がすばらしい作家だからよ。わくわくしているわ」

もうすこしで、わたしたちは愛しあっているからだ、と付け加えるところだった。けれども、トムとわたしは秘密主義だった。この時代の精神にならって、わたしたちは自分たちをたがいの両親に紹介する予定はなかった。ブライトンとホーヴのあいだのどこかの小石の浜辺で、空に向かって宣言しただけだった。純粋にただそれだけだった。

マックスとのこの短時間のミーティングであきらかになったのは、なにかの傾きか位置が変わったことだった。クリスマス前のあの夜、彼は威厳とともに力を喪失した。彼がそれを意識していることをわたしは感じ、わたしがそれを知っていることを彼は知っていた。わたしは自分の生意気な口調を完全には抑えきれず、彼はときには卑屈になったかと思うと次の瞬間にはやけに強い口調になるのを止められなかった。わたしは彼に婚約者のことを、わたしのために拒絶した医師の女性のことを訊きたかった。彼女は彼が戻ってくるのを受けいれたのか、それともほかの相手へ移っていったのか？　どちらにしても、屈辱的にはちがいなく、たとえ有頂天になっているいまのような状態でも、そういう質問はしないほうがいいことはわかっていた。

沈黙が流れた。マックスはダークスーツを放棄して——わたしは数日前に食堂で気づいていたが——、ゴワゴワしたハリス・ツイードに逆戻りしていたが、げっと言いたくなる新機軸はニットの芥子色のネクタイとチェックのビエラ地のシャツだった。彼は机の上に手のひらを下にして伏せている自分の両手を見つめていた。そして、深く息を吸ったが、その拍子に鼻孔がヒューと鳴った。

「いまわたしが知っているのは、ヘイリーを含めて、現在十件のプロジェクトがあることだ。評判の高いジャーナリストや大学人で、具体的な名前は知らないが、彼らが仕事を休んでどんな本を書いているかは、ある程度わかっている。ひとつはイギリスとアメリカの植物学が第三世界の米作諸国でどんなふうに緑の革命を推し進めているかという物語、もうひとつはトマス・ペインの伝記、それからさらに東ベルリンの仮収容所、第三特別収容所に関する史上初めての報告書がある。これは戦後何年かのあいだにソビエトがナチスだけでなく社会民主主義者やこどもたちを殺すために利用した場所で、いまは東ドイツ当局によって拡大され、反体制分子やそのほかだれでも好きな者を収容して、心理的拷問にかけるのに使われている。それから、植民地独立後のアフリカの政治的大失敗についての本があり、アンナ・アフマートヴァの詩の新しい翻訳や十七世紀のヨーロッパのユートピアに関する調査もある。赤軍の首領としてのトロツキーについての論文もあるし、ほかにもまだいくつかあるが覚えていない」

彼はようやく自分の両手から目を上げたが、青ざめた硬い目つきだった。

「で、きみのT・H・ヘイリーとそのけちな幻想的世界が、わたしたちがすでに知っている、あるいは気にかけているもの全体にクソを追加することになったのはどういうわけなんだ？」

彼が悪態をつくのは聞いたことがなかったので、わたしは顔になにかを投げつけられたかのように、身をちぢめた。『サマセット低地から』は初めから好きではなかったが、この瞬間から好きになった。ふだんなら、わたしは用件が終わったと言われるのを待つのだが、このときはすぐに立ち上がって、椅子を机の下に押しこみ、体を斜めにして部屋を出ていこうとした。気のきいた捨て台詞を言いたかったが、頭のなかが空っぽだった。ドアからほとんど抜け出したとき、ちらりと後ろを振り返ると、彼は小部屋の頂点の机の後ろに背筋をぴんと伸ばして坐り、苦しいのか悲しいのか、仮面みたいに奇妙に歪んだ顔をしていた。そして、「セリーナ、おねがいだ、行かないでくれ」と低い声で言った。

またもや恐ろしいシーンが噴き出しそうになっていると感じたので、わたしはそのまま出ていくしかなかった。廊下を速歩で歩きだし、背後から呼び止める声が聞こえると、なおさら歩調を速めて、彼の混乱した感情からだけでなく、自分自身の不合理な罪悪感からも逃げだした。階下の机に戻るためギリギリ軋るエレベーターに乗っているとき、自分はもう別の男のものであり、愛されているのだから、マックスが何と言おうと心を動かされることはなく、彼にはどんな借りもないのだ、とわたしは自分に言い聞かせた。

数分後には、わたしはチャズ・マウントのオフィスの陰鬱で自虐的な雰囲気に浸って、デスク・オフィサーが命令系統を通じて送ってくる悲観的なメモの日付や事実を照合確認する仕事に没頭していた。

それはそれで悪いことではなかった。なぜなら、すでに金曜日の午後だったので、翌日の昼にはソーホーでトムと会えるはずだったからである。グリーク・ストリートの〈ピラーズ・オヴ・ハーキュリーズ〉でイアン・ハミルトンと会うために、彼はロンドンに出てくることになっていた。雑誌は四月に主として税金を使って——機密費ではなくアーツ・カウンシルを通した資金を利用して——刊行されることになっていた。ある新聞の言い方を借りれば、「われわれがすでに費用を払っているもの」に対して七十五ペンスという値段が提案されていることについて、マスコミでは早くも不満の声が上がっていた。しゃべる猿の物語に編集者が若干の修正を要求し、ようやくタイトルが決まっていた——『彼女の二作目の小説』。トムはこの編集者がスペンサーに関する小論文にも興味をもつか、なにかの批評を依頼されるかもしれないと思っていた。原稿料は支払われないが、この雑誌に掲載されることほど名誉なことはないという。トムとの約束では、わたしが一時間あとからその店に行って、いっしょに〈チップス指向のパブ・ランチ〉とでも言うべきものを食べることになっていた。

土曜日の朝、わたしは部屋を整頓して、コインランドリーに行き、翌週のための服にアイロンをかけて、髪を洗って乾かした。早くトムに会いたくてたまらなかったので、早めに家を出て、ほとんど一時間も早い時刻に地下鉄レスター・スクエア駅の階段をのぼっていた。チャリング・クロス・ロードの古本屋でも冷やかそう、とわたしは思ったが、気分が落ち着かなさすぎた。書棚の前に立っても、なにも目に入らず、次の店に入っても、やはりおなじことだった。ペーパーバックの新刊のなかからなにかトムにプレゼントでも、と漠然と考えながらフォイルズ書店に入ったが、気持ちを集中できなかった。トムに会いたくてたまらなかったのだ。フォイルズの北側のマネット・ストリートに出て、ピラーズ・オヴ・ハーキュリーズが左手にある建物の下をくぐり抜けた。この短いトンネル――おそらく古い馬車発着所の中庭の名残だろう――を通ると、グリーク・ストリートに出る。通りの角に重厚な木製の桟の付いた窓があって、覗くと、斜めからトムの姿が見えた。古い窓ガラスで歪められてはいたが、窓のすぐそばに坐って、わたしには見えないだれかのほうに身を乗り出して話していた。その窓に近づいて、ガラスをたたくこともできたけれど、大切な話をしている途中で邪魔をしたくはなかった。こんなに早く来たのがばかだったのだから。しばらくは近くをぶらついているべきだった。少なくとも、グリーク・ストリートの正面の入口から入れば、わたしの姿が見えただろうし、そうすればなにも目撃することはなかったのに。わたしはあとに戻って、建物をくぐる通路にある横手の入口から入っていった。

男性用トイレが発するペパーミントの香りのなかを通り抜けて、もうひとつのドアを押した。カウンターの手前の端に立っている男がいた。片手には煙草、もう一方の手にはスコッチを持っている。男は振り返ってわたしを見た。わたしは即座にそれがイアン・ハミルトンだと悟った。辛口の日誌風の記事に載っている写真を見たことがあったからだ。だが、彼はトムといっしょにいるはずではなかったか？　ハミルトンは漠然とした、ほとんど好意的と言えそうな顔で、唇に隙間のできない、傾いた笑みを浮かべて、わたしを見守っていた。まさにトムが言っていたとおり、がっしりした顎のむかしの映画スター、白黒の恋愛映画に出てくる心根のやさしい悪漢みたいだった。彼はわたしが近づいてくるのを待っているように見えた。わたしは青っぽく煙った光を透かして、窓際の一段高い席に目をやった。トムはこちらに背を向けている女といっしょに坐っていたが、女にはなんだか見覚えがあるような気がした。彼はテーブル越しに女の手をにぎり、相手の頭にくっつきそうなくらい頭を傾けて話を聞いていた。ありえないことだった。わたしはじっと見つめながら、その場面を常識的な、罪のないものとして解釈しようとした。しかし、マックスのばかげた、ありえない決まり文句がむくむくと頭をもたげた。〝プレイボーイ〟。それが寄生虫みたいにわたしの皮膚の下にもぐり込み、血のなかに神経毒を流しこんでいた。それがわたしの行動を変え、自分の目で見るようにわたしを早めにここに送りこんだのだろう。

ハミルトンが近づいてきて、わたしの横に立つと、わたしの視線の先を目で追った。

「彼女も作家なんだ。商業的なものだがね。実際、そんなに悪くない。彼のほうもそうだが。彼女は父親を亡くしたばかりなんだ」

わたしが信じるはずもないことをよく知っているような軽い口調だった。仲間意識なのだろう。男が男をかばおうとするのは。

わたしは言った。「ふたりは古い友だちみたいね」

「何を飲むかね？」

レモネードにすると言うと、彼は一瞬顔を引きつらせたようだった。彼はカウンターに行き、わたしはこのパブの特徴であるハーフ・スクリーン——客はその後ろに立って、人目につかずに話ができる——の背後に退いた。横手のドアから抜け出して、週末のあいだずっとトムの手を逃れ、わたしが自分の動揺のお守りをしているあいだ、彼を心配させてやりたかった。それにしても、こんなに露骨なやり方がありうるだろうか、実際に浮気をするにしても？　スクリーンの端から覗いてみたが、裏切りの構図は変わらなかった。女は依然としてしゃべりつづけ、彼は女の手をにぎって、彼女のほうに頭を傾けて親身に耳を傾けている。あきれ果てて、笑いたくなるくらいだった。わたしはなにも感じなかった。怒りもなければ、パニックも、悲しみもなく、麻痺した感覚さえなかった。ただ言えるのはあまりにもあきらかだということだけだった。

イアン・ハミルトンが飲みものを持ってきた。とても大きなグラスに入った麦藁色の白ワイン。まさにわたしが必要としているものだった。

「これを飲むがいい」

わたしが飲んでいるあいだ、彼は顔をしかめて心配そうに見守っていたが、それからわたしがどんな仕事をしているのかと訊いた。芸術基金の仕事をしていると答えると、彼は即座に退屈でまぶたが重くなったかのようだった。それでも、わたしの説明を最後まで聞いてから、なにか思いついたようだった。

「あんたは新しい雑誌に資金を投入しようとしているんだ。だから、ここに来たんだね。わたしにキャッシュを運んできたんだ」

基金は個人の芸術家しか対象にしていない、とわたしは言った。

「しかし、そうすれば、あんたは五十人の個人的な芸術家をバックアップすることになる」

わたしは言った。「それじゃ、事業計画を拝見させていただこうかしら」

「事業計画？」

それはわたしが偶然聞いたことのある言葉にすぎず、それを持ち出せばたぶん会話を終わらせられるだろうと思ったのだが、そのとおりだった。

ハミルトンはトムのほうに頭を傾けて見せた。「ほら、あんたの男だ」

わたしはスクリーンの陰から歩み出た。部屋の向こうの隅では、トムがすでに立ち上がり、女は隣の椅子のコートに手を伸ばしていた。それから、その女が立ち上がって、振り向いた。体重が四十ポンドは軽くなり、髪はストレートにして肩まで伸ばし、ぴっちりした黒のジーンズを膝下までのブーツにたくし込んで、顔も長く細くなり、実際きれいになっていたが、それがだれかは即座にわかった。シャーリー・シリング、わたしのむかしの友だちだった。わたしが彼女を見た瞬間、彼女もわたしの顔を見た。たがいの目が合った瞬間、彼女は片手を上げて挨拶しかけたが、すぐにどうしようもないと言いたげにその手を下ろした。説明すべきことが多すぎて、いまはその気になれないとでも言いたげに。そして、さっと正面の入口から出ていった。トムはおめでたい笑みを浮かべながら、わたしのほうにやってきた。わたしも、間抜けみたいに、無理をして笑みを浮かべた。横にいるハミルトンが、いまやもう一本の煙草に火をつけて、わたしたちを見守っているのを意識して。ハミルトンの態度にはどこか人に自制せざるをえないと思わせるところがあった。彼はクールなのだから、わたしたちもクールでなければならないとでもいうかのように。わたしはなにも気にしていないふりをせざるをえなかった。

その結果、わたしたち三人は飲みながら、長いあいだカウンターの前に立っていることになった。

男たちは本のこと作家のこと、とりわけハミルトンの友人で、頭がおかしくなっているのかもしれない、詩人のロバート・ローウェルについての噂話をした。それからフットボールの話になり、トムはこの話題には疎かったが、自分のほんのわずかな知識を巧みに活かした。だれも坐ろうとは言いださなかった。トムが飲みものといっしょにポークパイを注文したが、ハミルトンはそれには手をつけず、あとでまずその皿を、ついではパイそのものを灰皿代わりにした。トムも、わたし同様に、会話を終わらせるのを怖れているのだろう、とわたしは思いこんでいた。そのときには、わたしたちは喧嘩をしなければならないからだ。二杯目のグラスのあと、わたしはときおり口を挟んだが、ほとんどは黙って話を聞きながら、シャーリーのことを考えていた。なんという変身を遂げたことか！　彼女は作家になっていた。だから、ピラーズ・オヴ・ハーキュリーズでトムと会ったとしても不思議ではなかった——ここはすでに『ニュー・レヴュー』のオフィスの別室、待合室、食堂になっており、雑誌の発刊準備のために何十人もの作家が行き来している、とわたしは聞かされていた。彼女は脂肪といっしょに良識も脱ぎ捨て、わたしがここにいるのを見ても驚いた顔をしなかったが、それはわたしとトムの関係を知っていたからにちがいなかった。わたしが怒るべきときが来たら、彼女には応分以上の怒りをぶつけてやるつもりだった。ひどい目にあわせてやりたかった。

だが、そのときは、わたしはなにも感じていなかった。パブが閉まったので、わたしたちはハミルトンのあとについて、午後の薄暗さのなか、〈ミュリエルズ〉へ行った。それは小さな暗いドリンキング・クラブで、二重顎の酔った年配の男たちがカウンターのストゥールに留まって、国際問題について大声で意見を表明していた。

わたしたちが入っていったとき、ひとりが大声で言った。「中国だって？　消え失せるがいいんだ、中国なんか！」

わたしたちは店の片隅のビロードの肘掛け椅子に坐って、頭を寄せた。トムとイアンはかなり酔いがまわっているらしく、会話がささいなディテールの周辺を果てしなく巡回するようになっていた。彼らはフィリップ・ラーキンについて、トムがわたしに読ませた詩のひとつ、〈聖霊降臨日の結婚式〉の最後の数行について話していた。「目に見えないところから送り出され、どこかで雨になる、矢の驟雨みたいに」という詩句についてたがいの意見に異をとなえていたが、あまり熱心な口調ではなかった。ハミルトンはこの詩句の意味は完全にあきらかだと考えていた。列車の旅は終わり、結婚したばかりの幾組かのカップルは解き放たれて、ロンドンの市内に、別々の運命のなかに出発していくのだという。トムはそれほどはっきりとではなかったが、この数行には暗い不吉な予感があり、ネガティブな要素——落ちていく感覚、濡れた、失われた、どこか——があると言っていた。彼が「融解性」という言い方をすると、ハミルトンはそっけなく「融解性だって、ええ？」と言った。それから、ふたりはもう一度もとに戻って、おなじことを言うためのもっと巧みな方法を探すのだったが、この年長者はただトムの判断力や反論の敏捷性を試しているだけだったのかもしれない。わたしには、ハミルトンはどうでもいいと思っているようにしか見えなかった。

わたしはずっと聞いていたわけではなかった。男たちに無視されて、なんだか作家の情婦になったような、ちょっとばかな女になったような気分だった。頭のなかで、わたしはブライトンの彼のアパートにある自分の持ち物のリストを作っていた——もう二度とそこには行かないかもしれなかったからだ。ヘアドライヤー、下着、夏用のワンピースが二、三着と水着、なくてもほんとうに困るものはなかった。トムと別れれば正直に言わなければならないという重荷から自分を解放できる、とわたしは自分に言い聞かせていた。自分の秘密を秘密のままにしておけるのだ。そのとき、わたしたちはコーヒーといっしょにブランデーを飲んでいた。トムと別れたってかまやしない。すぐに忘れて、ほかのだれかを、もっといい人を見つければいいのだから。すこしも悪いことはない。わたしは自分の面倒をみられるし、自分の時間を有効に使って、仕事に専念し、ベッドの横に積んであるオリヴィア・マニングのバルカン三部作を読み、主教の二十ポンド札を使って、春には一週間の休暇を取り、地中海の小さなホテルで興味深いシングルの女になることもできるだろう。

六時に飲むのをやめて、通りに出ると、凍てつくような雨のなか、わたしたちはソーホー・スクエアの方角に歩きだした。ハミルトンは、その夜、アールズ・コートのポエトリー・ソサエティで朗読をすることになっており、トムの手をにぎって、わたしを抱擁した。それから、急ぎ足で遠ざかっていったが、その足取りには午後をそんなふうに過ごしたことをうかがわせる気配はすこしもなかった。ふたりきりになったわたしたちは、どこへ歩いていけばいいのかわからなかった。さあ、はじまるぞ、とわたしは思った。その瞬間、顔に当たる冷たい雨に生気を与えられ、自分の失ったものとトムの裏切りのほんとうの大きさを理解して、ふいに深い悲しみにとらえられ、わたしは動けなくなった。巨大な黒い重しにのしかかられて、足が重くなり、無感覚になった。広場の向こうのオックスフォード・ストリートに目をやると、タンバリンを持ったハレー・クリシュナ風の剃髪の信者たちが、行列して本部に入っていくところだった。神が降らせた雨を避けて。わたしはそのひとりひとりが嫌でたまらなかった。

「セリーナ、ダーリン、どうしたんだい？」

彼はふらふらしてわたしの前に立っていた。酔っ払っていたが、そのわりには演技が下手ではなく、大げさに心配そうな顔をして眉間にしわを寄せていた。

わたしには自分たちの姿がはっきりと見えた。三階の窓から見下ろしているみたいに、黒い雨滴で周辺部が歪んだガラス越しのイメージが。ソーホーの酔っ払いがふたり、汚れた滑りやすい舗道で、いまにも喧嘩をはじめそうにしているのだった。結果は見えすいていたので、そのまま立ち去るほうがいいと思ったが、依然として動けなかった。

立ち去る代わりに、わたしは喧嘩の口火を切った。「あなたが浮気をしている相手はわたしの友だちなのよ」と、うんざりしたため息交じりに言ったのである。

あまりにも哀れでこどもっぽい言い方だった。しかも間が抜けていた。まるでわたしの知らない相手となら浮気をしてもかまわないとでも言っているかのようだった。彼は驚いてわたしの顔をじっと見た。いかにも困惑した顔をして。わたしは殴ってやろうかと思った。

「それはどういう……？」それから、ふいにすばらしいことを思いついた男の不器用な物真似をした。

「シャーリー・シリングか！　なんてこった、セリーナ。本気でそう思っているのかい？　説明すべきだったが、彼女とはケンブリッジの朗読会で知り合ったんだ。マーティン・エイミスといっしょに来ていたんだよ。きょうまで、きみたちがむかしどこかの職場の同僚だったことは知らなかった。そのあとは、イアンと話しだしてしまって、すっかり忘れていたんだ。彼女は父親を亡くしたばかりで、ひどく打ちのめされていた。わたしたちといっしょに来てもよかったんだが、彼女は動揺しすぎていたから……」

彼はわたしの肩に手をかけたが、わたしはそれを振り払った。憐れまれるのはいやだった。彼の口のまわりに面白がっているような気配が見えたような気がした。

わたしは言った。「一目瞭然だったわ、トム。よくもあんなことできたわね！」

「彼女が書いているのはセンチメンタルな恋愛小説だが、わたしは好感をもった。ただそれだけのことなんだ。お父さんは家具店を経営していて、彼女は父親と仲がよく、その店で働いていた。わたしは彼女がとても気の毒だと思ったんだよ。ほんとうに、ダーリン」

わたしはなんだかひどく混乱していた。彼を信じるべきか憎むべきかわからずに、宙吊りになっていた。それから、自分の勘違いかもしれないと思いだしたが、強情に拗ねつづけるのが、意地になって、彼がシャーリーと寝たという破壊的な考えに固執することが快感になった。

「考えるとたまらないよ、かわいそうに、午後のあいだじゅうずっときみが苦しんでいたなんて。だからあんなに無口だったんだね。もちろん、きみはわたしが彼女の手をにぎるのを見たんだろう。ああ、わたしのかわいい人、ほんとうに悪かった。わたしはきみを愛している、きみだけを愛しているんだ。ほんとうにすまなかった……」

彼は延々と異議を申し立て、わたしを慰める言葉を並べつづけたが、わたしは頑なな表情をくずさなかった。彼を信じられるとしても、それで怒りが収まるわけではなかった。自分がばかになったみたいに感じさせられたこと、彼にひそかに笑われているかもしれないと思わされたこと、いつかこれが滑稽な物語に仕立てられるかもしれないことに、わたしは腹を立てていた。わたしを取り戻すために彼がどのくらい必死になるのか試してやろうという気になった。いまやわたしは彼を疑っているふりをしていることを自分でもはっきり意識している地点に差しかかっていた。それでも、とんでもない間抜けに見えるよりはマシだろうし、そもそも、その場をどう切り抜ければいいのか、どうすれば自分で掘った塹壕から抜け出して、もっともらしい顔をしていられるのかわからなかった。だから、わたしは黙っていた。けれども、彼に手を取られても、それを拒むことはしなかったし、彼に引き寄せられると、しぶしぶそれを受けいれて、頭のてっぺんにキスされるままにした。「びしょ濡れじゃないか。震えているよ」彼はわたしの耳元でささやいた。「家のなかに入らなくちゃ」

わたしはうなずいた。それがわたしの攻撃的な態度の、不信に満ちた態度の終わりを告げていた。グリーク・ストリートを数百ヤードも戻ればピラーズ・オヴ・ハーキュリーズがあったけれど、家のなかというのがわたしの部屋を指しているのはわかっていた。

彼はわたしをギュッと抱き寄せた。「いいかい。浜辺で言ったじゃないか。わたしたちは愛しあっている。それは単純なことなんだ」

わたしはふたたびうなずいた。そのときわたしに考えられたのは自分がどんなに凍えているか、どんなに酔っているかということだけだった。背後でタクシーの音がして、彼が振り向き、手を上げた気配が感じられた。車に乗りこんで、北に向かって走りだすと、トムはヒーターのスイッチを入れた。それは轟音を発して、ほんのすこし冷たい空気を吹きだした。運転手とのあいだのスクリーンに同種のタクシーの広告があったが、そのレタリングが上や横に漂いだしたので、わたしは吐くのかもしれないと心配になった。家に着くと、ハウスメートたちは外出していたので、ほっとした。トムがわたしのために風呂を沸かしてくれた。火傷するほど熱い湯からもくもくと湯気が立ち昇り、冷たい壁に凝縮してしたたり落ちて、花柄のリノリウムの床に水たまりをつくった。わたしたちは頭と足を互い違いにしていっしょにバスタブに入り、たがいの足をマッサージしながら、古いビートルズの唄をうたった。彼のほうがかなり先に出て、体を拭くと、わたしのためにタオルを探しに行った。彼も酔っていたにもかかわらず、わたしに手を貸してやさしく風呂から上がらせ、こどもみたいに体を拭いて、ベッドに連れていってくれた。それから、階下に行って、お茶のマグを持って戻ってくると、わたしの横にもぐり込んだ。そして、特別に念入りにわたしの世話を焼いてくれた。

数ヵ月後、さらには数年後、すべてが起こったあとにも、夜中に目を覚まして慰めを必要とするとき、わたしはその初冬の夜のことを、彼の腕のなかに横たわり、彼がわたしの顔にキスをして、何度も何度も、わたしがどんなにばかだったか、自分がどんなにすまなく思っているか、そして、どんなにわたしを愛しているかを繰り返したあの夜のことを思い浮かべたものだった。

20

二月末の選挙が間近に迫ったある日、オースティン賞審査委員会は最終候補作品のリストを発表した。お馴染みの大物たち——ボルヘス、マードック、ファレル、スパーク、ドラブル——の名前が並ぶなかに、T・H・ヘイリーとかいう聞いたこともない名前が挟まれていたが、だれもたいして注意をはらわなかった。この新聞発表はタイミングが悪かった。なぜなら、その日は、イーノック・パウエルがみずからの党の党首である首相を攻撃したことがもっぱらの話題になっていたからである。かわいそうな太っちょのテッド！　人々は炭鉱労働者や「だれが統治するのか？」について頭を煩わせるのはやめて、その代わり、二〇パーセントのインフレや経済破綻、パウエルの言うことを聞くべきかどうか、労働党に投票してヨーロッパを脱出すべきかどうかを心配しはじめた。国民に現代のフィクションについてじっくり考えることを要求するのにふさわしいときではなかった。なぜなら、週三日労働によって停電は回避され、この問題そのものがいまやガセネタだったと見なされていたし、結局、石炭の備蓄はそれほど少なくはなく、工業生産は大きな影響を受けなかったので、わたしたちは意味もなく、あるいは政治的な意図から、脅されただけであり、そういうすべてが初めからあるべきことではなかった、というのが一般に広まっていた印象だったからである。

そういうわけで、大方の予測に反して、エドワード・ヒースと、彼のピアノや楽譜や海景画がダウニング街から運び出され、労働党のハロルドとメアリのウィルソン夫妻が二期目の居を定めることになった。三月初旬、わたしは職場のテレビで新しい首相が十番地の外に立っているところを見たが、猫背で、弱々しそうで、ほとんどヒースとおなじくらいくたびれているように見えた。だれもが疲れていたが、レコンフィールド・ハウスでは、人々は疲れているだけでなく意気消沈していた。国民が間違った人物を選んだからである。

わたしはまたウィルソンに、あの左翼の狡猾な生き残りに投票したので、大半の人たちよりはいい気分になってもよかったはずだが、寝不足で疲れきっていた。最終候補作品リストのことを考えるのをやめられなかったからである。もちろん、わたしはトムに受賞してほしかった。わたしは本人以上にそれを望んでいた。しかし、ピーター・ナッティングから聞いたところによれば、彼やほかの人たちは『サマセット低地から』の校正刷りを読んだが、「薄っぺらでお粗末」であるばかりか、「いま流行の否定的な作品で退屈だ」と見なしているということだった――ある日の昼休みに、カーゾン・ストリートで呼び止められたとき、ナッティングにそう言われた。そう言い放つと、彼はわたしをその場に残して、たたんだ傘で舗道をたたきながら大股で遠ざかっていった。わたしが選んだ作家が疑わしいなら、わたしも疑わしいことになるのだと思い知れとでも言わんばかりに。

オースティン賞に対するマスコミの関心が徐々に高まって、リスト上ただひとつの新しい名前に注目が集まった。これまでは初めて候補入りした作品がオースティン賞を受賞したことはなかった。

過去百年の歴史のなかで、受賞したもっとも短い小説でも『低地から』の長さの二倍はあった。多くの報道記事が、中篇小説にはどこか卑怯な、不正直なところがあると言いたげだった。『サンデー・タイムズ』にトムの紹介記事が出て、パレス・ピアの正面で撮影された、うれしさを剥きだしにした、傷つきやすそうな彼の写真が掲載された。二、三の記事は、彼が基金から助成金を受け取っていることにふれていた。賞の締め切りに間に合わせるため、トムの本が大急ぎで印刷にまわされたこともあらためて指摘されていた。トム・マシュラーが戦術巧みに書評用の献本を遅らせていたので、ジャーナリストはまだ彼の小説を読んでいなかった。『デイリー・テレグラフ』は、いつになく温かい日誌風の記事のなかで、トム・ヘイリーはハンサムで、彼が微笑むと女の子たちは「ふらりとする」というもっぱらの噂だとした。それを読んだとき、わたしは嫉妬と所有欲で一瞬頭がくらりとした。どんな女の子たちなの？　トムはいまではアパートに電話をもっていて、わたしはキャムデン・ロードの悪臭のする電話ボックスからいつでも電話をかけられた。

「女の子なんていないよ」と彼は愉快そうに言った。「いるとすれば、新聞社のオフィスで、わたしの写真を見てふらふらしているんだろう」

彼は候補作品リストに残っていることに驚いていたが、マシュラーから電話があって、トムが候補にならなかったら、彼は怒り狂っていただろうと言ってきたという。「一目瞭然じゃないか」と彼は言ったようだった。「あんたは天才で、これは最高傑作だ。無視することなどできるわけがない」

しかし、あらたに発掘されたこの作家は、マスコミに困惑させられてはいたものの、オースティン賞の騒ぎに巻きこまれてはいなかった。『低地から』は彼にとってはすでに終わったものであり、いわば〝指の運動〟みたいなものだったのだという。審査員が結論を出さないうちは、どんなジャーナリストにもけっしてそんなことは言わないように、とわたしは警告した。そんなことはどうでもいい。自分にはいま書くべき小説があり、憑かれたような状態と新しい電動タイプライターがなければありえないスピードで、それが成長しつつある、と彼は言った。その本についてわたしが知っていたのは彼が書きおえたページ数だけだった。たいていの日は三千から四千語、ときには六千語、一度など午後から一晩中熱狂的に書き進めて一万語も書いたのだという。数字はわたしにはピンと来なかったが、受話器を通して聞こえる興奮したしゃがれ声から、それがどういうことかは察しがついた。

「一万語だよ、セリーナ。ひと月毎日それだけ書けたら、『アンナ・カレーニナ』が書けるんだぞ！」

そんなものが書けるわけがないことは、わたしですら知っていた。わたしは彼を護らなければならないと感じた。書評が出たら、彼はこき下ろされるだろうし、自分がどんなに落胆するかを知って驚くことになるのが心配だった。いまのところ、彼の唯一の心配は、スコットランドに調査旅行に出かけたせいで、集中力が断ち切られたことだった。

「あなたは休む必要があるのよ」とわたしはキャムデン・ロードから言った。「週末にわたしを行かせて」

「わかった。しかし、わたしは書きつづけなければならない」

「トム、おねがい、ほんのすこしでいいから、どんなものか教えて」

「ほかのだれよりも先にきみに見せるよ。それは約束する」

最終候補作品の発表があった翌日、いつもの呼び出しの代わりに、マックスが直接わたしのところにやってきた。彼はまずチャズ・マウントの机のそばに立って、おしゃべりをした。マウントは内部報告書の第一稿を書きあげたところで、それは王立アルスター警察隊（RUC）とさらに軍も関わりをもつ過去の出来事の総括だった。この問題をマウントは苦々しげに〝膿が出ている腫れ物〟と言っていたが、要するに、裁判なしの抑留のことだった。一九七一年に多数の間違った人々が逮捕されたが、それはRUC公安部の容疑者リストが古すぎて使いものにならなかったからだった。ロイヤリスト側の殺人者やアルスター義勇軍のメンバーはひとりも逮捕されなかった。抑留者はきちんと隔離されていない不適切な収容施設に入れられたうえ、あらゆる正当な手続き、法律上の義務が放棄された――敵側のプロパガンダに贈り物をしたようなものだった。チャズはアデンで軍務に就いた経験があり、軍やRUCが抑留中に使う尋問手法――黒いフード、隔離、食事制限、白色雑音《ホワイトノイズ》、長時間の直立姿勢――にはかねがね懐疑的だった。彼は躍起になってMI5が比較的手を汚していないことを証明しようとしており、わたしたちオフィスの女性陣は言われるままにそうだろうと信じていた。この嘆かわしい事件は欧州人権裁判所で取り上げられようとしており、少なくとも彼の説明では、RUCはわたしたちを道づれにしようとしていて、軍もそれに味方しているのだという。RUCは彼がまとめた報告書をまったく喜ばなかった。わたしたちの側のマウントより上級のだれかがその報告書案を送り返してよこし、すべての関係者が満足するものに書きなおすことを要求していた。これは結局のところ内部報告書にすぎず、すぐにファイルされて忘れられてしまうものなのだからと。

その結果、マウントはさらに多くのファイルを要求し、わたしたちは記録課を出たり入ったりして、挿入部分をタイプするのに忙しかった。マックスがチャズ・マウントのそばをうろついて、雑談しようとするには最悪のタイミングだった。厳密な保安規定からすれば、こういう書類がひらかれているときには、彼はわたしたちのオフィスに入ってくるべきではなかった。けれども、チャズは礼儀正しく気立てがよかったので、そうは言えなかった。それでも、そっけない返事しかしなかったので、マックスはまもなくわたしのところにやってきた。彼は手に小さい茶封筒を持っていて、それをこれ見よがしにわたしの机に置き、みんなに聞こえる声で言った。「時間が空きしだい、これに目を通してくれないか」そう言うと、彼は立ち去った。

かなり長いあいだ、たぶん一時間くらいは、時間が空いていないことにした。わたしがいちばん怖れていたのは、事務用便箋に心からの宣言が書かれていることだった。しかし、わたしが目にしたのは〝部外秘〟〝スウィート・トゥース〟〝MGからSFへ〟と銘打たれた、きちんとタイプされたメモで、回覧リストが付いており、ナッティング、タップ、そのほかわたしが知らないふたりの名前のイニシャルが記されていた。マックスが記録に残すために書いたにちがいないそのメモは「親愛なるミス・フルームへ」という書き出しで、わたしが「すでに考慮しているだろうと思われる」ことについての助言が記されていた。スウィート・トゥースの対象者のひとりがマスコミの注目を浴びており、今後さらに注目度が高まる可能性がある。「スタッフは写真を撮影されたり、新聞の記事にされたりするのは避けることが望ましい。あなたはオースティン賞のレセプションへの出席を職務のひとつと見なしているかもしれないが、それは避けたほうが賢明である」

非常に良識的ではあったが、わたしはどんなに恨んだことか。実際、わたしはトムといっしょに出席するつもりでいた。賞を取れるにしても逃すにしても、彼にはわたしが必要だった。それにしても、わたしに一言言えばいいものを、なぜこんな回覧文書にしたのだろう？　わたしとふたりきりで話すのはマックスには苦痛すぎるというのだろうか？　いや、むしろ、わたしになんらかの官僚的な罠を仕掛けようとしているのではないか。だとすれば、問題はマックスに反抗すべきか、それとも彼に近づかないようにすべきかということだった。後者にしたほうがやり方としては正当であり、安全だと思えたが、そうするとなるとわたしは不機嫌になり、その夜、家に帰る途中でマックスとその企み——それが何であるにせよ——に腹が立ち、怒りを感じた。そのうえ、不愉快だったのはトムに対してわたしが欠席する適当な理由を考え出さなければならないことだった。家族の病気？　わたし自身のインフルエンザ？　職場での緊急事態？　わたしは有毒なカビの生えた間食——急な発病、完全な無能状態、すみやかな快復——に決めたが、この欺瞞が当然ながらむかしからの問題をあらためてわたしに突きつけた。いままで一度も彼に打ち明けるのに適当な機会はなかった。もしも彼をスウィート・トゥースには不採用にして、そのあとで関係をもったのだとしたら、あるいは、彼と関係をもったとき、わたしがMI5を辞めていたら、あるいは、初めて会ったとき、わたしが彼に打ち明けていたとしたら……いや、そのどれもが意味をなさなかった。初めはわたしたちがどんな関係になるかわからなかったのだし、それがわかったときには、危険にさらすには貴重すぎる関係になっていた。彼に打ち明けてから辞職するか、辞職してから打ち明けることもできなくはなかったが、それでも彼を失うリスクがあった。考えられるのは永久に打ち明けないことだけだが、わたしは平気でいられるだろうか？　まあ、いままでは平気でいられたのだが。

騒々しい年下のいとこのブッカー賞とはちがって、オースティン賞には豪華な晩餐会はなく、審査委員会に最高の大物がそろっているわけでもなかった。トムの説明によれば、ドーチェスター・ホテルで地味なカクテルパーティがあり、著名な文学者の短いスピーチがあるだけだという。審査員は大半が文学関係者で、大学教授や批評家、ときおり哲学者や歴史家が起用されるくらいだった。賞金はかつてはかなりの金額——一八七五年には、二千ポンドは相当に遣い出があった——だったが、いまではブッカー賞とは比べものにならず、オースティン賞はただ名誉になるだけだった。ドーチェスターでの審査過程をテレビで放映するという話があったようだが、年配の審査員が慎重で、むしろブッカー賞のほうがいつかテレビに進出する可能性が大きいとトムは言う。

パーティは翌日の夜の六時からだった。五時に、わたしはメイフェア郵便局からドーチェスター・ホテル気付でトム宛に電報を打った。〈ビョウキ。クサッタサンドイッチ。ココロハアナタトトモニ。アトデ、キャムデンニキテ。アイシテル。S〉わたしは自分自身と自分の置かれている状況を呪いながら、肩を落としてオフィスに戻った。むかしは、トニーならどうしたろうと考えたものだったが、いまでは、そんなことをしても無駄だった。暗い気分を病気のせいにするのは簡単で、マウントは早退を認めてくれた。家に着いたのは六時、ちょうどドーチェスター・ホテルの玄関をトムの腕にすがって通っていたはずの時刻だった。八時ごろになると、彼が早めに現れた場合にそなえて、それらしくしておいたほうがいいだろうと思った。気分が悪いのだと自分に思いこませるのは簡単だった。パジャマにドレッシング・ガウンをまとって、不機嫌と自己憐憫の靄に包まれてベッドに入った。しばらく本を読んでみたが、それから一、二時間眠りこんだらしく、ドアベルにも目を覚まさなかった。

同居人のひとりがドアをあけてトムを入れたにちがいなかった。目をあけると、小切手の角をつまんで宙に掲げ、もう一方の手にはできあがった小説を持って、トムがベッドの横に立っていた。彼はばかみたいににやにやしていた。腐ったサンドイッチのことは忘れて、わたしは跳ね起きて彼に抱きついた。わたしたちは歓声を上げて跳ねまわり、あまりにも大騒ぎしたので、トリシアがドアをたたいて、大丈夫かと訊いた。彼女に大丈夫だと請け合って、それからわたしたちはセックスをして(彼はひどく飢えているかのようだった)、そのすぐあとタクシーで〈ホワイト・タワー〉へ直行した。

初めてのデートのとき以来行っていなかったので、言わば一種の記念日みたいなものだった。わたしは『サマセット低地から』を持っていくと言い張った。テーブル越しにそれをやりとりしながら、その一四一ページの本をめくって、活字に感嘆したり、著者の写真や表紙――粒子感のあるモノクロ写真で、一九四五年のベルリンかドレスデンらしい、都市の廃墟が示されている――に大喜びしたりした。保安上の意味についての考えは抑えつけて、〈セリーナへ〉という献辞に歓声をあげ、立ち上がってキスをした。それから、その夜について彼が話すのを聞いた。ウィリアム・ゴールディングの剽軽なスピーチや、審査委員長のカーディフ大学教授による訳のわからない挨拶。自分の名前が発表されたとき、トムは興奮のあまり、前に出ようとしてカーペットの端につまずき、椅子の背で手首を痛めたという。わたしはその手首にやさしくキスをした。授賞式のあと、彼は四つの短いインタビューをこなしたが、だれも彼の本を読んでいなかったので、彼の発言の内容はどうでもいいようで、なんだか人々を騙しているような気分だった、と彼は言った。わたしはシャンパンのグラスをふたつ注文して、オースティン賞で唯一初めての候補作で受賞した作家を祝福した。あまりにもすばらしい一晩だったので、わたしたちは酔っ払おうとさえしなかった。わたしは病人のはずだったことを思い出して、気をつけて食事をした。

トム・マシュラーは月面着陸の精密さで、あるいは、あたかもオースティン賞の決定権が彼自身にあるかのように、出版を計画していた。最終候補作品リスト、作者紹介、受賞者の発表で焦らすように期待感をあおり、それを一気に満たすように週末にかけて、最初の書評が現れると同時に、本屋に本を並べた。わたしたちの週末の計画は単純だった。トムは書きつづけ、わたしは下りの列車で書評を読むことになっていた。金曜日の夜、わたしは七つの書評を膝に載せてブライトンに向かった。世間の大半はわたしの恋人に好意的だった。『テレグラフ』では、「残されたただひとつの希望は父と娘を結びつける絆（現代小説のどんなものにも劣らぬやさしさをたたえた筆致で描き出された愛）だが、この荒涼たる傑作では、その絆が断ち切られる運命にあることを読者はかなり早い段階で知ることになる。胸が切り裂かれるような結末はほとんど耐えがたいものになっている」とされていた。『タイムズ文芸付録』では、「ヘイリー氏の文章には不思議なほてり、不気味な地下からの光があふれており、それが読者の内側の目に幻覚作用を引き起こし、その結果、破滅的な終末期の世界が過酷な抗いがたい美の領域へと変貌する」。『リスナー』では、「彼の文章は容赦しない。彼は精神病質者の乾いた、なにごとにも動じない目をもっており、その登場人物、精神的には慎ましく肉体的には愛らしい人物たちは、神のいない世界における最悪の運命から逃れることはできない」。『タイムズ』では、「ヘイリー氏が犬どもをけしかけて、飢えて死んでいく浮浪者の内臓を引き裂かせるとき、わたしたちは現代の美学のるつぼに投げこまれ、反感を抱くか、少なくとも驚きの目をみはることを強いられる。大部分の作家の手にかかれば、この場面は苦痛の上っ面を撫でるだけになりかねず、許しがたいものになるところだが、ヘイリーの精神は強靭であると同時に透明である。冒頭の一節から、読者は彼の手の内に収められ、作者は自分がやっていることを知悉し、信頼できることを知っている。この小さな本は天才の可能性と重荷を併せ持っている」。

　列車はすでにヘイワーズ・ヒースを通過していた。わたしは本を、わたしの本をバッグから取り出して、偶然ひらいたページを読んでみたが、もちろん、違った目で見るようになっていた。この確信に満ちた多数意見のパワーは強大で、『低地から』はまったく別物に、文体も結末も力強さにあふれ、人を誘いこむリズムをもつ作品に思えてきた。しかも、作者は物事を知り抜いているように思えた。それは〈アドルストロップ〉に負けないくらい精緻で、はらはらさせる荘厳な詩になったかのようだった。列車の弱強格の（こんな言葉をわたしはだれから教わったのか？）騒音越しに、トムが自分の文章を朗唱する声が聞こえた。わたしに何がわかっただろう？　わずか二、三年前には、ジェイン・オースティンに対してジャクリーン・スーザンを擁護するただの事務員に過ぎなかったのに？　だが、多くの書評の一致した意見を信用してもいいのだろうか？　わたしは『ニュー・ステイツマン』を取り上げた。トムが説明してくれたところによれば、この雑誌の〝後ろ半分〟は文学の世界では重要なのだという。目次で告げられているとおり、アート・ディレクター本人が要になる書評のなかで判決を下していた。「たしかに、沈着冷静さが、人類に対する嫌悪感の大波を引き起こす怜悧な描写力が見られる瞬間もあるが、全体的には不自然な作りものの印象を免れない。やや常套的であり、読者の感情を操ろうとしており、全体的には実質がない。わたしたちみんなが置かれている窮状について、彼は意味深いことを言っていると信じこんでいる（が、読者は騙されないだろう）。この作品に欠けているのはスケールであり、野心であり、飾ることのない知性である。とはいえ、この作家はまだこれからなにかを物にするかもしれないが」。それから、『イヴニング・スタンダード』紙のロンドン日誌のなかの小さな一項目。「委員会によるこれまでで最悪の決定のひとつだろう……本年度のオースティン賞審査委員会は、賞の経済的な役割への目配りがあるのかもしれないが、この賞の流通価値を下げる決定をした。未熟な暗黒郷の物語、無秩序と獣性を称揚する青臭い作品――ありがたいことに、短篇小説よりたいして長いわけではないが――を受賞作に選んだのである」

トムは書評は見たくないと言っていたので、その夜アパートで、わたしは好意的な批評のいちばんいい部分だけを読み上げ、否定的な記事はごく穏やかなかたちに要約した。もちろん、彼は賛辞を喜んだが、気持ちがすでに先に進んでいるのはあきらかだった。わたしが〝傑作〟という言葉を含む一節を読んでいるときでさえ、彼はタイプされた原稿にちらちら目をやっていた。そして、読みおえるやいなやまた書きはじめ、徹夜で仕事をつづけるつもりらしかった。わたしはフィッシュ・アンド・チップスを買いにいったが、彼はタイプライターの前で、最高の書評のひとつが掲載されていた昨日付の『イヴニング・アーガス』紙のページからじかに食べた。

わたしは本を読み、ほとんど一言も口をきかずにベッドに入った。一時間後、彼がわたしの横に入ってきたとき、わたしはまだ目を覚ましていた。彼はまたもや、まるで一年もセックスをしていなかったみたいに、新しい、飢えているようなやり方でわたしを抱いた。そして、わたしでさえ発したことのないくらい騒々しい声を出した。わたしはそれを〝餌箱の豚モード〟と呼んで、彼をからかった。

翌朝、わたしは静かな新しいタイプライターの音で目を覚ました。彼のそばを通るとき、頭のてっぺんにキスをして、土曜日の市場に出かけた。そこで買い物をして、新聞を何紙か買い集め、それを持っていつものコーヒーショップに入った。窓際のテーブルでカプチーノとアーモンド・クロワッサン。完璧だった。しかも、『フィナンシャル・タイムズ』にすばらしい書評が出ていた。「T・H・ヘイリーを読むのは猛スピードで急カーブに突っこむようなものである。だが、心配はご無用。この最新型の車が道路から外れることはない」。わたしは早くこれを彼に読み聞かせたくてたまらなかった。新聞の山の次にあったのは『ガーディアン』で、トムの名前とドーチェスターでの写真が一面に掲載されていた。けっこう。彼についての記事がある。そのページをひろげ、見出しを見て――わたしは凍りついた。〝オースティン賞受賞作家、MI5が資金提供〟

わたしはその場で吐きそうになった。まず初めに頭に浮かんだのは、彼はこの記事を永久に見ないかもしれないという考えだった。「信頼できる筋」が同紙に認めたところによれば、自由国際基金は、それとは知らずにかもしれないが、「保安機関が間接的に資金援助しているある組織によって資金の一部が提供されている別の団体からの資金を受け取っていた」。わたしはパニックに襲われ、猛スピードで記事全体にざっと目を通した。スウィート・トゥースについての言及はなく、ほかの作家の名前も挙がっていなかった。毎月の助成金の正確な金額や、トムが最初の資金を受け取ってから教職のポストを放棄した経緯が要約され、それから、それほど有害ではないが、文化自由会議やそれとCIAとの結びつきについてふれられていた。さらに、かつての『エンカウンター』の事件が蒸し返され、そのあとで、ふたたびこの特ダネに戻っていた。その記事によれば、T・H・ヘイリーはこれまで、

東ベルリン暴動について、ベルリンの壁に関する西ドイツ作家の沈黙について、さらにルーマニアの詩人に対する国家的迫害について熱烈な記事を書いてきた。これこそまさにわが国の保安機関が国内で繁殖することを願っている彼らの同族人種であり、文筆業者に多い左翼的傾向への懐疑を雄弁に語る右翼的作家そのものだろう。しかし、こうしたレベルでの秘密裏の干渉は、冷戦構造のただなかにおける開放性や芸術的自由という問題を引き起こさずには済まないだろう。いまのところ、オースティン賞審査委員が清廉潔白であることを疑う者はいないが、ヘイリーの名前が発表されたとき、理事たちは造詣の深い委員会がいったいどんな受賞者を選んだのか、ロンドンのどこかのオフィスでひそかにシャンパンの栓が抜かれたのかどうか疑念を抱いたかもしれない。

わたしはその記事をもう一度読みなおした。それから、口をつけていないコーヒーが冷めていくのを余所に、二十分間そこにじっと坐っていた。いまや、あきらかに思われた。これは起こるべく

して起こったのだ。わたしが打ち明けなければ、だれかほかの人間が告げ口するにちがいなかったのだから。これはわたしの臆病さに対する罰なのだ。打ち明けることを強いられて、正直に聞こえるように努め、自分の立場を弁明しようとするわたしはどんなに忌まわしく、滑稽に見えるだろう。最愛の人よ、わたしが打ち明けなかったのはあなたを愛しているからなのだ。あなたを失うのが怖かったからなのだ。ああ、完璧な組み合わせではないか。わたしの沈黙と彼の恥辱。そこからまっすぐ駅に向かって、次のロンドン行きの列車に乗り、彼の人生から消え去ってしまおうかと思った。そう、彼にひとりで嵐に立ち向かわせればいい。臆病さの上塗りをして。しかし、いずれにしても、彼はわたしをそばに置きたがらないだろう。そんなふうに、頭のなかでいろんな考えがグルグル渦巻いた。たとえ逃げ道はないとしても、わたしは彼と向き合わなければならなかった。わたしはアパートに行って、この記事を彼に見せなければならない。

チキンと野菜と新聞をまとめ、口をつけなかった朝食の代金を払って、わたしは彼の通りへの坂道をゆっくり歩きだした。階段をのぼっていくと、彼がタイプしている音が聞こえた。ああ、それもまもなく止まることになるだろう。わたしはなかに入って、彼が顔を上げるまで待った。

彼はわたしに気づいて、ちらりと笑みを浮かべると、そのままつづけようとしたが、わたしが言った。「これを見たほうがいいわ。書評じゃないから」

『ガーディアン』はたたんで、問題のページを出してあった。彼はそれを受け取ると、わたしに背を向けて読みだした。わたしは麻痺した頭で考えていた。そのときになったら、自分は荷物を詰めるべきか、それともただそのまま出ていくべきか。ベッドの下に小さなスーツケースを置いてあった。ヘアドライヤーを忘れないようにしなくては。でも、そんな余裕はないかもしれない。彼はすぐさまわたしを追い出すかもしれない。

しばらくしてようやく顔を上げると、彼は曖昧な口調で言った。「これはひどい」

「そうね」

「どう言ったらいいか？」

「トム、わたしは……」

「いや、この金の流れのことだ。聞いてくれ。基金なんとかかんとかは『保安機関が間接的に資金援助しているある組織によって資金の一部が提供されている別の団体からの資金を受け取っていた』」

「悪かったわ、トム」

「資金の一部？　間接的に？　三つの組織を経由して？　どうしてわたしたちにそんなことがわかるというんだ？」

「わからないわ」〝わたしたち〟と言ったのが聞こえたが、わたしはそれをほんとうには理解してはいなかった。

彼は言った。「わたしは彼らのオフィスに行ったんだ。彼らのやっていることをすべて見た。完全に公明正大だった」

「もちろんそうよ」

「彼らの帳簿を徹底的に検査すべきだったというんだろう。くそったれ会計士みたいに！」

いまや彼は憤激していた。「まったく意味がわからない。政府が一定の見解を受けいれさせたいと思うなら、どうして秘密裏にやらなきゃならないんだ？」

「そのとおりね」

「政府に友好的なジャーナリストがいるじゃないか。芸術審議会《アーツ・カウンシル》、奨学金、ＢＢＣ、情報局、王立団体。ほかにもどんなものがあるか知れやしない。教育制度全体を牛耳っているじゃないか！　どうしてＭＩ５を使うんだ？」

「正気じゃないわね、トム」

「狂気そのものだ。そういう秘密機関はそうやって生き延びようとしているんだ。どこかの下っ端の若造がボスたちのために計画を夢想するんだろう。しかし、それが何のためか、どういう意味があるのか、だれも知りはしないし、だれひとりそれを質そうとすらしない。まさにカフカの小説そのものじゃないか」

　彼はふいに立ち上がって、わたしに歩み寄った。

「いいかい、セリーナ。わたしはだれにも何を書くべきか指示されたことはない。投獄されているルーマニアの詩人のために声をあげたからといって、わたしが右翼になるわけじゃないし、ベルリンの壁を糞の山と呼んでも、それを無視している西ドイツの作家を臆病者呼ばわりしても、だからといってわたしがＭＩ５の手先になるわけじゃない」

「もちろん、そんなことはないわ」

「しかし、彼らが仄めかしているのはそういうことだ。くそ忌々しい同族人種だと！　みんながそう考えることになるだろう」

　ほんとうにそんなに単純なことなのだろうか？　彼がわたしをとても愛しているから、わたしにとても愛されていると感じているから、わたしを疑おうとはしないのか？　彼はそんなに単純な男なのだろうか？　わたしは彼が狭い屋根裏部屋を行きつ戻りつしはじめるのを見守っていた。床がキイキイやかましい音を立て、梁から吊されているランプがかすかに揺れた。いまこそそのときにちがいなかった。すでに半分はあきらかになっているのだから。いまこそ真実を打ち明けるときにちがいなかった。しかし、わたしは自分がこの執行猶予を返上できないことを知っていた。

彼はふたたび激しい怒りに震えていた。なぜ彼なのか？　不当ではないか？　あまりにもえげつないやり方ではないか？　作家として慎ましいスタートを切ったばかりだというのに。

それから、彼は立ち止まって言った。「月曜日に銀行に行って、今後いっさい助成金の受け取りを拒否するように指示するつもりだ」

「いい考えね」

「しばらくは賞の賞金で暮らせるだろう」

「そうね」

「しかし、セリーナ……」彼はわたしに歩み寄って、手を取った。わたしたちは見つめ合い、それからキスをした。

「セリーナ、わたしはこれからどうすべきなんだろう？」

しばらくして、ようやく出せた声はまったく無表情だった。「あなたは声明を出す必要があると思うわ。なにか書いて、それを電話でプレス・アソシエーション（ＰＡ）に伝えるのよ」

「それを書くためにはきみの助けが必要だ」

「そうね。あなたはなにも知らず、憤激していて、送金をストップするつもりだという必要があるわ」

「きみはすばらしい人だ。愛しているよ」

彼は散らばっていた新しい本の原稿を引き出しにしまって、鍵をかけた。それから、わたしがタイプライターの前に坐って、新しい用紙を差しこみ、いっしょに文章を考えた。電動タイプの感度のいいキーに慣れるのに数分かかった。タイプを終えて、わたしがそれを読み返すと、彼が言った。

「それから『はっきりさせておきたいのは、わたしはこれまで一度もＭＩ５のメンバーと連絡を取ったり、接触したことがないことである』と付け加えてもいいな」

わたしは膝から力が抜けるのを感じた。「その必要はないでしょう。すでに言ったことからあきらかなんだから。大げさに抗議しすぎているように聞こえるわ」

「そうかな。はっきりさせたほうがいいんじゃないか？」

「はっきりしているわ、トム。ほんとうに。それは必要ないわよ」

わたしたちはふたたび目を合わせた。極度の疲労で、目のふちが赤かった。それを除けば、信頼以外のなにもなかった。

わたしはそのページを彼に渡すと、隣の部屋に行ってベッドに横になり、そのあいだに、彼は交換手からＰＡの番号を聞き出して、声明書を電話で送った。驚いたことに、わたしたちが追加しないことに決めたばかりの一文を、少なくともそれと似たような一文を口述しているのが聞こえた。「それから、これははっきりさせておきたい。わたしはこれまで一度もＭＩ５のメンバーと接触したことはない」

わたしは起き上がって、彼に声をかけようとしたが、いまさらなにもできなかったので、ふたたび枕のあいだに沈みこんだ。ずっとおなじことばかり考えているのが嫌になっていた。〈言ってしまいなさい。片付けてしまうのよ。だめ！　そんなことをしてはだめよ〉事態はわたしの手ではコントロールできなくなり、自分がどうすべきなのかまったくわからなかった。彼が受話器を下ろして、机に歩み寄る音がした。数分しないうちに、彼はふたたびタイプしはじめた。なんと驚くべきこと、なんとすばらしいことだろう。そんな集中力をもっているなんて、こんなときに想像の世界に没入できるなんて。わたしはそのまま乱れたベッドに横たわり、何をする気力もなく、来たるべき週は惨憺たる結果になるにちがいないという確信に打ちひしがれていた。たとえ『ガーディアン』の記事に続報がないとしても、職場では非常に面倒なことになるにちがいなかった。しかし、それは避けられないし、もっと悪くなる可能性があるだけだった。わたしはマックスの言うことを聞くべきだった。記事を書いた記者はすでに書いたことしか知らないのかもしれない。しかし、それだけではなくて、わたしの正体が暴露されることになれば……そうならば、新聞で報道される前にわたしからトムに言うべきだろう。またもやそれだった。わたしは動こうとしなかった。動けなかった。

　四十分すると、タイプライターの音が止まった。その五分後、床がきしる音がして、上着を着たトムが入ってくると、かたわらに腰をおろして、わたしにキスをした。落ち着かないんだ、と彼は言った。もう三日もアパートから外に出ていないという。いっしょに海岸通りに行く気はないか、ホイーラーズでお昼をおごらせてくれないか？　それは慰めだった。わたしはたちまちすべてを忘れた。わたしがコートに袖を通す時間しかかけずに、わたしたちは家の外に出た。そして腕を組んで坂道をイギリス海峡に向かって歩きだしていた。あたかもこの週末もいつもとおなじなんの気苦労もない週末にすぎないかのように。彼との現在に没入しているかぎり、わたしは守られているような気がしていた。トムの溌剌とした雰囲気が助けになった。マスコミに声明を送ったことで問題は解決した、と彼は考えているようだった。海岸に出ると、わたしたちは東に向かって歩きだした。強烈な北風に鞭打たれて、ざわめき波立つ灰緑色の海原を右手に見て。ケンプ・タウンを通りすぎ、マリーナの建設計画に抗議するプラカードを掲げたデモ隊のなかを通り抜けた。わたしたちはふたりともどちらでもいいという意見だった。二十分後におなじ場所に戻ったときには、デモは解散していた。

そのときだった。「あとをつけられていると思う」とトムが言ったのは。

一瞬、恐怖が胃の底からこみ上げたとすれば、それはひょっとすると彼がすべてを知っていて、わたしをからかっているのではないかと思ったからだ。けれども、彼は本気だった。わたしは後ろを振り返った。冷たい強風が吹きすさぶ日で、散歩する人は多くはなく、目に見える範囲にはひとつの人影しかなかった。たぶん二百ヤードかそれ以上離れていただろう。

「あの人?」

「革のコートを着ている。アパートを出たときにもいたのは確かだ」

それで、わたしたちは立ち止まって、その男が自分たちに追いつくのを待った。一分もしないうちに、男は道路を渡って、海岸通りとは反対方向の横道に入っていった。その時点では、ランチのサービスが終わる前にレストランに着けるかどうかのほうが心配だったので、わたしたちは急いでザ・レインズのほうに――わたしたちのテーブルと〝いつものやつ〟に、それからシャブリとエイのひれのグリルに、そして、最後には濃厚なシラバブのポットに――戻っていった。

ホイーラーズを出るとき、トムが「ほら、あそこにいる」と言って指差したが、わたしにはだれもいない曲がり角しか見えなかった。彼はさっとわたしから離れて、その場所まで走っていったが、両手を腰に当てて突っ立ったところを見れば、だれもいないようだった。

こんどはわたしたちが優先したのは、さっきよりもっと切迫していたのは、アパートに戻ってセックスをすることだった。彼はいつにも増して熱狂的で、無我夢中で、あまりにもそうだったので、からかうのも憚られるくらいだった。いずれにしても、わたしはからかいたい気分ではなかったけれど。わたしはすでに来たるべき週の冷たさを感じていた。あした、わたしは午後の列車で家に戻り、髪を洗って、服を用意し、月曜日には職場で自分の立場を上司に釈明し、朝の新聞に立ち向かい、遅かれ早かれトムと向き合わなければならないだろう。わたしたちのうちどちらが運命を、より悪い運命を定められているのか——そんな言い方に意味があるとしてだが——わからなかった。わたしたちのどちらが辱めを受けるのか？　トムがベッドを出て、椅子から服を取り、裸で部屋を横切ってバスルームへ行くのを見守りながら、辱めを受けるのはわたしたちふたりではなく、どうかわたしだけであってほしいと思った。彼は何が待ちかまえているか知らなかったし、そんな扱いを受けるようなことはなにもしていなかった。ただ運悪く、わたしと出会ってしまっただけなのだ。そんなふうに思いながら、いままでしばしばそうしたように、わたしはタイプライターの音を聞きながら眠りに落ちた。忘却だけが無理のないただひとつの選択肢だと思われた。わたしは夢も見ずに昏々と眠った。何時ごろだったか、まだ夜が浅いうちに、彼がそっとベッドルームに戻ってきて、わたしのわきに滑りこみ、またもやわたしを抱いた。彼は驚くべき男だった。

21

日曜日にセント・オーガスティンズ・ロードに戻ると、わたしはもう一晩眠れない夜を過ごした。本を読むには動揺しすぎていた。カーテンの隙間から栗の木の枝越しに街灯の明かりが射しこんで、天井に歪んだ棒状の明るみを投げかけ、わたしは仰向けに寝てそれを見つめていた。いまや事態は抜き差しならぬ状態になっていたが、どうすればそうならずに済んだのかはわからなかった。MI5に入らなければ、わたしはトムには会えなかっただろう。初めて彼に会ったとき、自分がだれのために働いているか打ち明けていたら——赤の他人になぜ打ち明ける必要があるのか？——、彼はわたしを追い出していただろう。わたしは彼が好きになり、それから愛するようになったが、これまでのどの時点でも、彼に真実を告白するのはますますむずかしくなり、危険になるばかりだった。同時に、そうすることがますます重要になっていたとも言えるけれど。わたしは罠にはまっていたが、じつは初めからそうだったのだ。もしも充分なお金とひとつのことしか考えない心をもっていて、いきなりなんの言いわけもせずにここを出て、どこか遠くの、単純できれいな場所に、たとえばバルト海のクムリンゲ島みたいなところに行ったらどうだろう、とわたしは長いあいだ空想した。淡い陽光を浴びながら、あらゆる義務やつながりから解き放たれ、入江の砂浜の細い道を荷物ももたずに歩いていくわたし。ハマカンザシ、ハリエニシダ、一本松。道は上り坂になって岬へとつづき、質素な白い教会の小さい墓地には新しい墓石と管理人がジャムの瓶に挿して置いていったイトシャジン。わたしは彼の墓の土饅頭のかたわらの芝生に坐って、トニーのことを考える。あのひと夏のあいだ、わたしたちがどんなに甘い恋人同士だったたか。わたしは彼が祖国を裏切ったことを赦すだろう。それは善意から産み出された束の間の愚かさであり、だれにも実害はなかったのだから。わたしは彼を赦すことができる。なぜなら、空気も光も澄みきっているクムリンゲでは、すべてが解決できるからだ。ベリー・セント・エドマンズ近くの木こり小屋でのあの週末、年配の男がわたしを熱愛し、わたしのために料理をして、わたしを導いてくれたあの週末、わたしの人生でそれよりいいものがあっただろうか？

いままさにこのとき、朝の四時三十分、この国の至るところで、トムの写真を掲載した新聞が列車からワゴン車からプラットホームや舗道に投げ出されているだろう。そのすべてにプレス・アソシエーションの否定声明が載っているはずだった。それから、火曜日には彼はマスコミの餌食にされるだろう。わたしは明かりをつけて、ドレッシング・ガウンをはおり、自分の椅子に坐った。T・H・ヘイリー、MI5の先棒かつぎ、まだ出発してもいないうちに彼の清廉潔白さは吹きとばされ、しかも彼を破滅させたのはこのわたし、いや、わたしたち、セリーナ・フルームとわたしの雇い主たちなのだ。ルーマニアの検閲制度について何を書いたとしても、機密費からの資金を受け取っていたということになれば、だれが信用するだろう？　スウィート・トゥースの秘蔵っ子が台無しだった。ほかにも九人の作家が、たぶんもっと大物の、もっと有用な、まだ疑われていない作家がいる。六階が言うのが聞こえるような気がした——〈このプロジェクトは生き残れるだろう〉。イアン・ハミルトンは何と言うだろう。熱っぽい不眠のせいで、網膜の上にいろんな幻影が動きまわっていた。暗闇のなかにぼんやりと笑みが浮かび、肩をすくめて後ろを向くのが見えた。〈それじゃ、別のだれかを見つけなきゃならない。残念だな。あの若者は優秀だったのに〉。わたしは誇張しているのかもしれなかった。スティーヴン・スペンダーは『エンカウンター』のスキャンダルを生き延びたし、『エンカウンター』そのものも生き延びた。しかし、スペンダーはそれほど傷つきやすくはなかったのだ。トムは嘘つきと見なされることになるだろう。

一時間眠ると、目覚ましが鳴った。顔を洗って、朦朧としたまま服を着た。あまりにも疲れすぎていて、これからの一日のことは考えられなかった。けれども、漠然とだが、感覚が麻痺するような恐怖は感じていた。朝のその時刻には家のなかは湿っぽくて寒かったが、キッチンには活気があふれていた。ブリジェットが九時に大切な試験を受けるということで、トリシアとポーリーンがフライド・ブレックファストで送り出そうとしているところだった。女の子のひとりがわたしに紅茶のマグを渡してくれ、わたしは片側に坐って、それで両手を温めながら、わたしも不動産関係の事務弁護士の資格を取ればいいのにとかいう冗談を聞いていた。どうしてそんなに陰気な顔をしているのかとポーリーンに聞かれ、一晩中すこしも眠れなかったのだと正直に答えた。わたしがそう言うと、ポンと肩をたたかれて、目玉焼きとベーコン・サンドイッチが目の前に置かれた。そんなふうにやさしくされると、わたしはほとんど涙ぐみそうになった。ほかの人たちが出かける支度をしているあいだ、わたしは自分から皿洗いを買って出た。お湯や泡や湯気を立てているきれいな洗いたての皿といった家庭的なものたちが心の慰めになった。

家を出たのはわたしが最後だった。玄関に近付いたとき、リノリウムの床に散らばっていたどうでもいい郵便物のあいだに、わたし宛の絵葉書を見つけた。写真はアンティグアのビーチで、花の籠を頭にのせた女性が写っていた。ジェレミー・モットからだった。

やあ、セリーナ。エディンバラの長い冬から脱出した。ついにオーバーコートを脱ぎ捨てられて、なんとうれしいことか。先週すてきな謎めいたランデブーがあって、おおいにきみのことが話題になった！ そのうち会いにくるがいい。

×××　ジェレミー

ランデブー？ わたしは謎解きをする気分ではなかった。葉書をバッグに入れて、家を出た。速歩で地下鉄キャムデン駅に向かって歩きだすと、すこし気分がよくなった。わたしは勇気を出し、宿命を受けいれようとした。これは局所的な嵐であり、資金援助の問題にすぎないが、わたしにできることはなにもなかった。わたしは恋人と仕事を失うかもしれないが、べつにだれも実際に死ぬわけではない。

職場のだれかに新聞の山を抱えているところを見られたくはなかったので、キャムデンで新聞に目を通しておくつもりだった。だから、出札所のある二重ドアのホールから吹き上げてくる冷たい突風のなかに立って、数紙の新聞をバタバタいわせながらなんとか読もうとした。どこの一面にもトムの記事は出ていなかったが、大判の新聞『デイリー・メール』や『エクスプレス』は内側で、別々の写真を掲げて取り上げていた。すべて『ガーディアン』の記事の繰り返しで、PAへ送ったトムの声明の一部が付け加えられていた。MI5の人間はひとりも知らないという彼の主張をどの記事も取り上げていた。いいことではなかったが、もっと悪かったかもしれないのだ。新しい情報がなければ、この話は自然に消滅するかもしれない。そう思ったので、二十分後、カーゾン・ストリートを歩くわたしの足取りにはバネが入っているように見えたかもしれない。その五分後、オフィスに着いて、机から内部通知の封筒を取り上げたときにも、わたしの脈はほとんど変わらなかった。予想どおり、タップのオフィスからの午前九時のミーティングへの招集状だった。わたしはコートを掛けてから、エレベーターに乗りこんだ。

彼らはわたしを待っていた――タップ、ナッティング、六階の灰色がかった髪の縮んだような紳士、それにマックス。わたしは沈黙のなかに侵入したような感じがした。彼らはコーヒーを飲んでいたが、タップがひらいた手で空いている唯一の椅子を示しただけで、コーヒーをどうかとは訊かれなかった。目の前の低いテーブルには、新聞の切り抜きの山があった。その横にトムの小説が置かれていた。タップがその本を取り上げ、ページをめくって〝セリーナへ〟と読み上げると、新聞の切り抜きの山の上に放り出した。

「それでは、ミス・フルーム。なぜわれわれのことがあらゆる新聞に出ているのかね?」

「わたしが洩らしたわけではありません」

ちょっと間があいて、かすかな、疑うような咳払いをしてから、タップが曖昧な言い方で言った。

「そうかね」それから、「あんたはこの男と……会っているんだろう？」

なんだか猥褻な響きのある言い方だった。わたしは黙ってうなずいた。周囲を見まわすと、マックスと目が合った。彼はこんどはわたしの目を避けなかったが、わたしはむりやりじっと見つめ返し、タップがふたたび口をきくまで目をそらさなかった。

「いつからだね？」

「十月です」

「ロンドンで会っているのかね？」

「たいていはブライトンです。週末に。いいですか、彼はなにも知らないんですよ。わたしを疑ってはいないんです」

「そうかね」彼はおなじ平板な口調で言った。

「たとえ彼が疑っていたとしても、マスコミに通報しようとは考えないでしょう」

彼らはわたしを見守っていた。わたしがもっとなにか言うのを待っていた。わたしは自分が——彼らがわたしのことをそう思っているくらい——ばかになったような気がしはじめた。

タップが言った。「あんたは深刻なトラブルに巻きこまれていることを理解しているのかね？」

それは適切な質問だったので、わたしはうなずいた。

「では、どうしてそう思うのか説明してくれたまえ」

「なぜなら、わたしは口を閉じていられない女だとあなたたちが思っているからです」

タップは言った。「われわれはあんたのプロ意識に懸念を抱いていると言っておこうか」

ピーター・ナッティングが膝の上のフォルダーをひらいた。「あんたは、彼を採用するように勧める報告書をマックス宛に書いた」

「そうです」

「それを書いたとき、すでにヘイリーの愛人だったのかね？」

「もちろん違います」

「しかし、彼に惚れてはいた」

「いいえ。それはもっとあとのことです」

ナッティングは顔をそらして、わたしに横顔を見せながら、わたしが自分個人の利益を優先しているように見えるもっと別の言い方を探しているようだった。やがて、ようやく彼は言った。「われわれはあんたの主張に基づいてこの男をスウィート・トゥースに採用したんだ」

わたしの記憶では、彼らがわたしにヘイリーを紹介し、わたしに書類を持たせて彼のところに送りこんだのだが。わたしは言った。「わたしがまだヘイリーと会う前に、マックスからブライトンに行ってサインをもらってくるように言われたんです。たしかスケジュールが遅れているということで」。その遅れの原因をつくったのはタップとナッティングだったと付け加えることもできたのだが。ちょっと間を置いてから、わたしは言った。「でも、わたしに任せられたとしても、もちろん彼を選んだでしょう」

マックスが身じろぎした。「実際、それはそのとおりです。書類上は充分有望だと思えましたが、あきらかに間違っていたようです。わたしたちは小説家を採り入れる必要があったんです。しかし、わたしの印象では、彼女は初めから彼に狙いをつけていたようです」

マックスから自分のことをそんなふうに三人称で言われるのは苛立たしかった。だが、わたしもたったいまおなじことをしたばかりだった。

「そんなことはありません」とわたしは言った。「わたしは彼の作品が気にいったんです。彼と会ったとき、それが彼という人を好きになるのを容易にしてくれましたが」

ナッティングが言った。「たいした違いはないように聞こえるが」

わたしは弁解がましく聞こえないようにしながら言った。「彼はすばらしい作家です。わたしたちが彼への支援を誇りにできない理由がわかりません。たとえ公にしたかたちでも」

「わかりきったことだが、われわれは彼との関係を断つことになる」とタップは言った。「選択の余地はない。リスト上の全員が面倒なことになりかねないからな。それから、あの小説だが、コーンウォールなんとかいう――」

「完全なたわごとだ」とピーター・ナッティングが呆れたように首を振りながら言った。「資本主義の内部矛盾によって崩壊した文明。じつになんともすばらしい」

「わたしも大嫌いだと言わなければなりません」と、教室の密告者の熱心さで、マックスが言った。

「賞を受賞したなんて信じられません」

「彼は別の小説を書いています」とわたしは言った。「非常にいい作品になりそうですが」

「いや、けっこうだ」とタップが言った。「彼はもう問題外だ」

縮んだ男が唐突に立ち上がり、焦れったそうにため息を洩らしながら、ドアに向かった。「もうこれ以上新聞記事は見たくない。今夜、『ガーディアン』の編集長と会うつもりだ。あとの残りは諸君に始末してもらいたい。昼までにわたしの机に報告書を届けるように」

彼が行ってしまうやいなや、ナッティングが言った。「諸君というのはあんたのことだぞ、マックス。われわれにも報告書のコピーを届けるのを忘れないように。すぐにはじめるがいい。ハリー、編集者はいつものやり方で分担しよう」

「D通告（報道自粛通告）かね？」

「それには手遅れだし、われわれがばかに見えるだろう。さて……」

この「さて」というのはわたしを意味していたが、わたしたちはまずマックスが部屋を出ていくのを待った。彼はドアを出る間際に後ろを向いて、わざとらしくわたしと目を合わせた。無表情な顔の裏に勝ち誇った気分を隠しているように見えたが、わたしの気のせいかもしれなかった。

彼の足音が廊下を遠ざかっていくのを聞いてから、ナッティングが言った。「噂では、間違っていたら訂正してもらってけっこうだが、彼の婚約が破談になったのはあんたが原因だそうだな。一般に、きれいな子はその価値以上にトラブルを引き起こすものだというが」

わたしはなにも言うべきことを思いつけなかった。会議のあいだずっとチェーンスモーキングをしていたタップは、また新しい煙草に火をつけた。「女性を採用しろという圧力といま流行の議論のせいでわれわれは譲歩したんだが、結果はほぼ予想したとおりだった」

そのころには、わたしはクビになるものと覚悟していたので、もはや失うものはなにもなかった。わたしは言った。「なぜわたしを採用したんですか？」

「わたしもずっとそれを自問しているところだ」とタップは愉快そうに言った。

「トニー・キャニングのせいですか？」

「ああ、そうだ。哀れなトニー。彼が島に行く前に、われわれは何日か彼を隠れ家に缶詰にした。二度と会えないことを知っていたから、曖昧な部分を残さないようにしたかったからだ。悲しい仕事だがね。熱波に襲われた時期で、彼はほとんどずっと鼻血を出していた。結論としては、彼は無害だということになったが」

ナッティングはつづけた。「参考までに、動機にも探りを入れてみた。彼は勢力の均衡がどうとかいろんなたわごとを並べたが、われわれはすでにブエノスアイレスから情報を入手していた。彼は脅迫されていたんだ。一九五〇年、最初の結婚をしてまだ三カ月のときに、モスクワ本部がたまらなく魅力的な女を彼に差し向けていた」

「彼は若い女が好きだったんだ」とタップが言った。「そう言えば、これをあんたに渡してほしいと言われていたんだが」

彼は開封された封筒を差し出した。「何カ月か前に渡してもよかったんだが、地下の技術者連中が暗号が組みこまれているかもしれないと考えたものだから」

わたしは平然とした顔をくずさないように努めながら、封筒を受け取ってハンドバッグに押しこんだ。けれども、その筆跡が目に入ると、体が震えた。

タップがそれに気づいて、つづけた。「マックスの話では、小さな紙片のせいで、あんたはずいぶん興奮していたそうだが、あれはたぶんわたしが書いたものだ。彼の島の名前を書きつけたんだ。トニーから絶好のブラウントラウトの釣り場だと聞いたものだからね」

この本筋とは無関係な事実が消えていくまで、しばらく間があいた。

それから、ナッティングがふたたびはじめた。「しかし、あんたの言ったとおりだ。彼に関する判断が間違っていた場合にそなえて、われわれはあんたを採用したんだ。監視するためだった。結局、あきらかになったのは、あんたの危険性はもっと月並みな種類のものだったということだが」

「それじゃ、わたしはクビになるんですね」

ナッティングがタップの顔を見ると、タップがシガレット・ケースを渡した。ナッティングは煙草を吸いながら言った。「いや、そうじゃない。あんたは保護観察下に置かれるが、トラブルに巻きこまれずにいられれば、われわれをトラブルに巻きこまずにいられれば、なんとか切り抜けられるかもしれない。あしたブライトンに行って、ヘイリーに助成金リストから外されたと言うんだ。

もちろん、基金の隠れ蓑はそのままにして。どんなふうにやるかは、あんたの問題だ。あのひどい小説についてほんとうのことを言っても、われわれはべつにかまわない。それから、彼との関係は清算するんだな。それも、どんなふうにするかはあんたの自由だが。彼に関するかぎり、あんたはどこへともなく姿を消すことだ。彼があんたを探しにきても、断固として追い返さなくてはならない。ほかのだれかを見つけたとでも言うんだな。もう終わりだと。わかったかね？」

彼らは待っていた。ときどき、主教の書斎に呼びつけられて、わたしの十代の発達について訊かれたときみたいな気分になることがあったが、このときもそうだった。自分がなんだかいけない恥ずかしい子になったような気分だった。

わたしは黙ってうなずいた。

「はっきりした答えが聞きたいね」

「わたしにどうしてほしいと思っているかはわかりました」

「ふん。それで？」

「そのとおりにします」

「もう一度。もっと大きな声で」

「はい。そうします」

ナッティングは坐ったままだったが、タップが立ち上がって、黄ばんだ手で慇懃にドアを指し示した。

わたしは一階だけ階段を下りて、廊下づたいにカーゾン・ストリートを見下ろせる踊り場に出た。肩越しにちらりと振り返ってから、バッグから封筒を取り出した。一枚だけの便箋は何人もの手にかかったらしく薄汚れていた。

一九七二年九月二十八日

親愛なるひとへ、

きみが先週採用されたことをきょう知った。おめでとう。きみのことながら、わたしも興奮している。この仕事はやりがいのある、楽しいものになるだろうし、きみがうまくやっていくだろうことはわかっている。

ナッティングがこの手紙をきみに渡してくれると約束してくれたが、わたしはこういうものがどういうふうに進行するか知っているので、実際にきみの手に渡るのはかなり時間が経ってからではないかと思う。それまでにはきみは最悪の知らせを聞いているだろう。なぜわたしが去らなければならなかったか、なぜひとりにならなければならなかったか、なぜわたしが全力できみを遠ざけたか知っているだろう。パーキングエリアにきみを置き去りにして走り去るなんて、あんな卑劣なことをしたことは一度もなかった。しかし、もしもわたしが真実を話せば、きみがクムリンゲに付いてくるのを思い止まらせることはできなかったろう。きみは行動力のあるひとだから。だめだと言っても聞かなかったろう。自分がしだいに衰えていく姿をきみに見せるのはどうしても避けたかった。きみはとてつもない悲哀の縦穴に吸いこまれたにちがいない。この病気は容赦ないものであり、きみはそれにはまだ若すぎる。わたしは高貴な、無私の殉教者になろうとしているわけではない。これにはひとりで立ち向かうべきだと確信しているだけだ。

わたしがこれを書いているのは、ロンドンのある家で、わたしはここに二、三日泊まって古い友人と会っている。いまは夜中の十二時で、あした、わたしは出発する。わたしは悲しみにくれてではなく感謝しながら、もはや後戻りできないことがわかっていた時期にわたしの人生に歓びをもたらしてくれたことに感謝しながら、きみに別れを告げたい。きみと関係をもったのはわたしが弱かったからであり、利己的で冷酷でさえあったからだが、赦してほしい。きみもある程度は幸せを見つけ、ひょっとすると一生の仕事を見つけたかもしれないと思いたい。きみのこれからの人生のすべてに幸運を祈っている。きみの記憶の片隅にあの夏の数週間を、あの森でのすばらしいピクニックを、死んでいく男の心にやさしさと愛を届けてくれた数週間をどうか留めておいてほしい。

ありがとう、ありがとう、わたしの最愛のひと。

トニー

わたしは廊下に立ち尽くし、窓の外を眺めているふりをして、しばらく泣いた。幸いなことに、だれも通りかからなかった。それから、女子トイレで顔を洗い、階下に下りて、仕事に没頭しようとした。アイルランド部門のわたしたちのセクションは無言の大騒ぎになっていた。わたしが入っていくやいなや、チャズ・マウントがその朝書いた重複した三通のメモを付き合わせてタイプするように指示してきた。ひとつにまとめる必要があるのだという。問題はヘリウムが行方不明になっていることだった。確証のない噂によれば、彼は正体が暴露されて、殺害されたということだったが、昨夜遅く、それが事実ではないことが判明した。ベルファストの現地オフィサーのひとりからの報告では、ヘリウムは手筈どおりミーティングにやってきたが、その場に二分いただけで、自分はこの仕事を降りて脱出する、どちら側にもうんざりだとオフィサーに言った。そう言うと、こちらから圧力や誘いをかける暇もなく、ヘリウムは出ていったという。その理由はわかっているとマウントは確信していた。彼のメモは六階に対する激しい抗議の文案だった。

秘密の協力者がもはや役に立たないと見なされた場合、彼は情け容赦なく見放される可能性がある。約束どおり彼の面倒をみて、本人と家族のために新しい身分と場所を用意し資金を提供するよりも、敵に殺害させるほうが、あるいは少なくともそう見せかけるほうが、保安機関にとって好都合な場合がある。そのほうが安全で、後腐れがなく、金もかからないし、なによりも確実だからである。少なくとも、そういう噂が流れており、市民的自由のための全国協議会（ＮＣＣＬ）に自分の立場を打ち明けた情報提供者、ケネス・レノンのケースもそれを助長する結果になった。彼は雇い主のロンドン警視庁公安部と、探りを入れている相手のＩＲＡ暫定派のあいだで板挟みになっていた。そして、公安部が手を引くと聞いたので、相手側に秘密情報を提供したものの、イングランドで彼らに追いかけられているという。彼は暫定派に捕まらなければ、公安部に捕まるだろう。いずれにしても自分は長くは生きられないだろう、と彼はＮＣＣＬに語っていた。その二日後、サリー州で彼の死体が発見されたが、頭部を三発撃ち抜かれていた。

「胸の張り裂けるような思いだ」と、わたしが草稿を手渡したとき、チャズが言った。「こういう連中はすべてを危険にさらしているのに、わたしたちは簡単に関係を断ち切り、その噂が流れる。そうしておいて、なぜほかの人間と契約を結べないんだろうなどと首をかしげているんだ」

昼休みに、わたしはパーク・レーンの電話ボックスまで行って、トムに電話をかけた。翌日、わたしが行くことを知らせておきたかったからである。返事はなかったが、そのときには、わたしはなんとも思わなかった。わたしたちは夜の七時にはマスコミの反応について話し合う予定だったから、そのときに言えばいいと思った。食欲はなかったし、屋内に戻りたくもなかったので、沈んだ心を抱えてハイド・パークを歩きまわった。三月だったが、まだ冬のように寒々として、水仙の花がひらく兆しはなかった。木々の裸の骨組みが白っぽい空をバックにくっきりと浮かび上がっていた。わたしはマックスとここに来たころのことを、そこにある木のすぐそばで彼にキスさせたことを思い出した。もしかするとナッティングの言うとおりで、わたしは自分の価値以上にトラブルを引き起こしてきたのかもしれない。ある建物の入口で立ち止まると、トニーの手紙を取り出して、もう一度読み、それについて考えようとしてみたが、また泣きだしただけだった。それから、わたしは仕事に戻った。

　午後中ずっと、マウントのメモの草稿に手を入れる仕事をつづけた。昼休みのあいだに、彼は攻撃をトーンダウンさせることに決めていた。六階は下からの批判を喜ばないにちがいないし、仕返しをするかもしれないと悟ったのだろう。新しい草稿には「ある観点から見れば」とか「とはいえ……このシステムはわれわれには有用だったということができる」といった言い方が含まれていた。最終草稿では、ヘリウムについての言及は削られ——つまり、秘密エージェントの死についてはまったくふれずに——、補充を容易にするために、任務が終了したときには適切な別名を与え、彼らの待遇を改善すべきだと主張するだけに留まった。ようやく六時近くになって、わたしはぐらつくエレベーターで階下に下り、最近ようやくわたしが通るたびにいやな顔をすることがなくなった、入口の無口な男たちに大声でおやすみを言った。

　わたしはトムを捕まえる必要があり、トニーの手紙をもう一度読む必要があった。頭のなかにさまざまな思いが渦巻いて、まともに考えることはできなかった。レコンフィールド・ハウスを出て、地下鉄グリーン・パーク駅に向かって歩きだしたとき、通りの向こうのナイトクラブの戸口に立っている人影が目に入った。コートの襟を立てて、幅広い縁の帽子をかぶっていたが、だれかははっきりとわかった。縁石のそばで車の流れが途切れるのを待ってから、わたしは道路越しに声をかけた。「シャーリー、わたしを待っていたの？」

彼女は急いで通りを渡ってきた。「三十分も待っていたのよ。いったいなかで何をやっていたの？　いいえ、いいわ、それは言わなくても」

彼女はわたしの両頬にキスをした――それが彼女の新しいボヘミアン風のスタイルなのだろう。帽子はやわらかい茶色のフェルトで、コートは最近細くなったウェストにギュッとベルトを締めていた。顔は細長く、かわいらしいソバカスを散らした繊細な顔立ちで、頬骨の下には優雅なくぼみがあった。なんという変貌だろう。いまの彼女を見ていると、自分の嫉妬の発作を思い出し、トムとはなにもなかったと納得してはいたものの、警戒心を抱かずにはいられなかった。

彼女はわたしの腕を取って、通りを歩きだした。「すくなくとも、いまはまだあいているわ。行きましょう。あなたに話さなきゃならないことが山ほどあるんだから」

カーゾン・ストリートから横道に入ると、小さなパブがあった。ビロードと真鍮のいかにも落ち着いた雰囲気で、むかしの彼女なら〝気障な〟店だと言って相手にもしなかったにちがいない。わたしたちが半パイントのビールの後ろに落ち着くと、彼女は言った。「まず最初にあやまらなくちゃならないわ。あのときピラーズでは話をすることができなかったの。わたしはあそこを出ていかずにはいられなかった。グループのなかに入ると、わたしは全然だめなのよ」

「お父さんのことはお気の毒だったわね」

彼女はほんのかすかに喉元を震わせて、わたしの同情によって解き放たれた感情を抑えつけた。

「家族にとっては大変なことだったわ。ほんとうにショックだった」

「何があったの？」

「道路に出ていったとき、なぜか間違った方向を見ていて、オートバイに撥ねられたのよ。店の真ん前で。ひとつだけ不幸中の幸いだったのは即死だったことで、本人にはなにもわからなかったということね」

わたしは哀悼の意を表し、彼女はしばらくのあいだ、母親が緊張病になったことや、葬式の手配や、遺言書がなかったので、店をどうするかをめぐって仲がよかった家族がバラバラになりかけたことを話した。サッカー選手の兄が店を自分の友だちに売りたがったのだという。しかし、いままでは、シャーリーが切り盛りして店は再開され、母親はベッドから出て話ができるようになったようだった。シャーリーはカウンターにお代わりを注文しにいったが、戻ってくると、元気のいい口調になっていて、その話はそこまでになった。

「トム・ヘイリーに関する記事を見たわ。まったくぶち壊しね。なにかあなたと関係があるんじゃないかと思ったけど」

わたしはうなずきさえしなかった。

「わたしが担当していたらと思うわ。どんなに間違った選択か教えてやったのに」

わたしは肩をすくめて、ビールを飲んだ。そうやって、なにか言うべきことを思いつくまで、グラスの後ろに隠れていようとしたのである。

「べつにいいのよ。わたしは探りを入れるつもりはないんだから。ただ、いますぐ返事をする必要はないけれど、こういう考えも頭に入れておいてほしいと言いたかっただけなの。あなたはわたしが先走りしすぎると思うかもしれないけど、けさあの記事を読んでわたしが思ったのは、あなたはクビになるんじゃないかってことだった。そうでなければ、それはすばらしいことだけど。でも、もしもわたしの言うとおりになったら、そしてあなたが困ったら、わたしの店で、あるいはわたしといっしょに、働けばいいと思う。陽光あふれるイルフォードを知るのも悪くないし、いっしょに楽しくやれるわ。いまの給料の倍は出せると思うし。ベッドについてのすべてを学ぶの。いまは商売にはあまりいい時期じゃないけど、人はいつだって寝る場所が必要だから」

わたしは彼女の両手の上に手を置いた。「ほんとうにありがとう、シャーリー。必要になったら、よく考えてみるわ」

「これは慈善じゃないのよ。あなたが仕事を覚えてくれれば、わたしは書くことにもっと時間を使えるだろうということなんだから。じつは、わたしの小説がオークションにかけられて、ものすごい金額が払われたの。しかもこんどはだれかが映画化権を買って、ジュリー・クリスティーが出演したいと言っているらしいわ」

「シャーリー！　おめでとう！　タイトルは何というの？」

「『水責め椅子《ダッキング・ストゥール》』よ」

そう、そうなのよ。魔女の話なの。溺れれば無罪だけど、生き残れば有罪で、火炙りの刑を宣告されるというあの話。ある若い娘の人生をそれに喩えたというわけ。わたしは理想的な愛読者になるだろうと言った。わたしたちはその本についてしばらく話し、それから次の作品のことも話した。イギリスの貴族と彼に胸の張り裂ける思いをさせる貧民街生まれの女優のあいだの、十八世紀の恋物語。

それから、シャーリーが言った。「じゃ、あなたは実際にトムと会っているのね。驚きだわ。運のいい人！　彼のほうも幸運だと思うけど。わたしのはパルプ・フィクションにすぎないけど、彼は最高の作家のひとりだから。彼が賞を取ったのはうれしいけど、あのおかしな小説はどうかしら。それに、いまはかなりきびしい状況ね。でも、セリーナ、彼が助成金の出所を知っていたと考えている人はいないと思うわ」

「あなたがそう思ってくれてうれしいわ」。わたしはシャーリーの頭越しに、カウンターの上方の時計をずっと見張っていた。トムとの約束は七時だった。あと五分以内にここを出て、静かな場所にある電話を見つけなければならなかったが、不躾でなくそうするだけのエネルギーがなかった。ベッドの話をしたことで、また疲労感がよみがえってしまっていた。

「そろそろ行かなくちゃ」とわたしはビールに向かってつぶやいた。

「その前に、これがどうしてマスコミに洩れたのかについて、わたしの説を聞く必要があるわ」

わたしは立ち上がって、コートに手を伸ばした。「こんど聞くわ」

「なぜわたしがクビになったのか、あなたは知りたくないの？　あれこれ質問されると思っていたのに」。彼女はわたしのすぐそばに立ち、テーブルの後ろから出ようとするわたしの行く手をさえぎった。

「いまは駄目なのよ、シャーリー。電話をかけなきゃならないから」

「たぶんそのうち、彼らがなぜあなたに監視員をつけたのか、教えてくれるでしょう。わたしは友だちのことを密告するつもりはなかった。言われるままにあんなことをしたのはほんとうに恥ずかしいと思っているわ。でも、彼らがわたしをクビにしたのはそれが理由じゃなかった。彼らには人に思い知らせるやり方があるのよ。わたしの誇大妄想だとは思わないで。わたしは高校もよくなかったし、大学もよくなかったし、アクセントもよくなかったし、態度もよくなかった。つまり、全面的に不適任だったの」

彼女はわたしを引き寄せて抱擁すると、またもや両頬にキスをした。それから、わたしの手のなかに名刺を押しつけた。

「あなたのためにベッドを温めておくわ。考えてみてね。マネージャーになって、チェーン店をはじめて、一大帝国を築くのよ！　でも、さあ、行って、ダーリン。ここを出て左に行けば、通りの外れに電話ボックスがあるわ。わたしからも彼によろしく」

わたしは五分遅れて電話にたどり着いたが、返事はなかった。受話器を戻して、三十かぞえてからまた試した。地下鉄グリーン・パーク駅からも電話してみたし、キャムデンからもかけてみた。家に戻ると、わたしはコートのままベッドに坐って、もう一度トニーの手紙を読みなおした。トムのことが心配でなかったら、そこに多少の慰めの糸口を見つけられたかもしれない。古い悲しみがかすかに心を軽くしてくれたかもしれない。そろそろまたキャムデン・ロードの電話ボックスに行ってもいいだろうと思えるまで、わたしはただ時間が流れるのを待った。その夜、わたしは四回行きつ戻りつを繰り返した。最後に行ったのは十一時四十五分で、そのときには回線に故障がないかどうか交換手に尋ねた。セント・オーガスティンズ・ロードに戻って寝る支度をしているとき、もうすこしでまた服を着て、最後にもう一度出かけそうになった。けれども、そうはせずに、暗闇のなかに横たわって、考えられるありとあらゆる無害な理由を思い浮かべ、あえて考えたくはない理由から気をそらそうとした。すぐにブライトンに行こうかとも考えた。たしか牛乳列車とかいうものがあるのではなかったか？　そんなものがほんとうにあるのだろうか？　だとしても、それは早朝にロンドンに入ってくる列車で、出ていく列車ではないだろう。それから、わたしはポアソン分布のことを思い出して、最悪の可能性から考えをそらそうとした。彼が電話に出ない回数が多ければ多いほど、次に電話に出る可能性は低くなる。しかし、もちろん、ヒューマン・ファクターがそれをぶち壊しにする。なぜなら、彼はいつかの時点で家に帰ってこざるをえないからだ——しかし、そのときにはわたしは前夜からの疲労に打ち負かされていて、六時四十五分に目覚ましが鳴るまでなにもわからなかった。

　翌朝、地下鉄キャムデン駅まで歩いてから、トムのアパートの鍵を持たずに出てきたことに気づいた。それで、駅からあらためて電話して、彼が眠っている場合を考えて一分以上ベルを鳴らしてから、陰鬱な気分でセント・オーガスティンズ・ロードまで引き返した。少なくとも、わたしには荷物はなかった。だが、もしも彼がいないのなら、ブライトンまで行っても何になるだろう？　とはいっても、わたしには選択の余地はなかった。自分の目で確かめなければならなかった。もし彼がいなければ、彼の捜索はそのアパートからはじまることになるだろう。ハンドバッグのなかに鍵を見つけて、わたしはふたたび出発した。

　半時間後、南からの郊外列車から吐き出される通勤者の群れに逆らって、わたしはヴィクトリア駅のコンコースを横切っていた。たまたま右側に目をやると、ちょうど群衆の切れ目から、ひどく滑稽なものが見えた。一瞬、ちらりと自分自身の顔が見えて、すぐに隙間が埋まって、見えなくなったのだ。わたしは右手に折れて、群衆を押しのけ、道を切りひらいて、最後の数ヤードを小走りに走ってスミスのニューススタンドの店先に立った。そこに、新聞のラックの上に、自分がいたのである。『デイリー・エクスプレス』だった。わたしはトムと腕を組み、ふたりとも愛おしげに首をかしげて、カメラに向かって歩いており、背後にはピントのぼけたホイーラーズのレストランが写っていた。写真の上には、醜い太字の大文字が〝ヘイリーのセクシーなスパイ〟と絶叫していた。わたしは一部を取って、ふたつに折り、それを買うために列に並んだ。自分の写真と並んでいるところを見られたくはなかったので、その新聞を公衆便所に持っていって、個室に入って鍵をかけ、かなり長時間坐っていたので、予定の列車に乗り遅れた。内側のページには、もう二枚写真があった。一枚はトムとわたしが家から、わたしたちの〝愛の巣〟から出てくるところ、もう一枚は海岸通りでキスをしているところだった。

息もつけないほど興奮し、憤激している調子だったにもかかわらず、その記事には真実の要素を含まない言葉はほとんどひとつもなかった。わたしはＭＩ５の〝秘密エージェント〟だとされ、ケンブリッジ卒の数学の〝専門家〟で、ロンドンをベースに活動しており、豊富な助成金の給付を促進するため、トムと連絡を保つ任務を与えられていると説明されていた。金の流れは漠然とだが正確に指摘され、〈自由国際基金〉だけでなく、〈ワード・アンペンド〉の名前も引き合いに出されていた。保安機関のメンバーとはいっさい関係ももったことがないというトムの声明が太字で強調されていた。内務大臣、ロイ・ジェンキンズのスポークスマンによれば、大臣はこの問題に「重大な関心」を抱いており、きょうじゅうに関係する職員の会合をひらく予定だということだった。野党側については、エドワード・ヒース自身が、もしも事実だとすれば、これは政府がすでに「道に迷っている」ことを示していると言っていた。しかし、なかでももっとも重要だったのは、トムが記者に対して「この件についてはなにも言いたくない」と発言していることだった。

これはきのうのはずだった。そのあと、彼は身を隠したにちがいなかった。彼の沈黙をほかにどう説明できるだろう？　わたしはトイレの個室から出て、新聞をごみ箱に捨て、なんとか次の列車をつかまえた。このところブライトンに行ったのはいつも金曜日の夜で、あたりは暗かった。いちばんいい衣装をまとってトムの面接をするため大学に向かったとき以来、サセックス・ウィールドを真っ昼間に通過したことはなかった。いま、それを見ていると、低木の列や裸の木々が春の息吹に目覚めかけているうっとりする風景を眺めていると、自分は間違った人生を歩んでいるのではないかという考えが浮かび、それとともに、あらためて漠然としたやるせなさと満たされない思いを感じた。わたしはこれを自分で選んだわけではなかった。すべては偶然の巡り合わせにすぎなかった。もしもジェレミーと、したがってトニーと出会わなかったら、わたしはこんな収拾のつかない状態に陥って、正面から見据える勇気もない大惨事に高速で向かっていはしなかっただろう。ただひとつの慰めはトニーの別れの挨拶だった。大きな悲しみにもかかわらず、彼とのことはいまでは安らかな思い出になり、わたしは形見を手に入れた。あの夏の数週間はわたしひとりの空想ではなく、ふたりで分かち持ったものだった。それはわたしにとおなじくらい彼にとっても大切なものだった。彼が死にかけていただけに、よけいそうだったのだ。わたしはわたしたちのあいだで起こったことの証拠をもっていた。わたしはそれなりに彼を慰めることができたのだ。

トムとの関係を断ち切れというナッティングやタップの命令には、初めから従うつもりはなかった。この関係を終わらせることのできる特権はトムだけにある。きょうの新聞の見出しは、MI5でのわたしの仕事が終わったことを意味していた。わたしはもはや命令にそむく必要さえなかった。その見出しはまた、トムがわたしを追い払うしかないことも意味していた。彼がアパートにいないことを、最後の対決を容赦されることをわたしはほとんど願ってさえいた。しかし、そうならば、わたしはひどく苦しむだろうし、それは耐えがたいことだろう。そう思ったので、わたしは自分の問題やわずかな慰めの切れ端のことは考えずに、列車がガクンと揺れて、ブライトン駅の格子状の鋼鉄の洞窟のなかに停まるまで、ただぼうっとしているだけだった。

駅の裏の坂道をのぼっていくとき、セグロカモメのカアカアキイキイ鳴く声がやけに尻下がりに聞こえ、賛美歌の型どおりの終わり方みたいに、いつもよりはっきりとした終止形《カデンツ》になっている気がした。空気には潮の香と交通の排気ガスと揚げ物の匂いが入り交じり、なんの屈託もなかった週末が懐かしかった。たぶんここにはもう二度と戻ってくることはないだろう。トムが住んでいる建物の外にジャーナリストがいるのではないかと思ったので、クリフトン・ストリートに入ると足取りをゆるめたが、舗道にはだれもいなかった。わたしは建物に入って、屋根裏への階段をのぼりはじめ、三階のポップミュージックの音や調理された朝食の匂いのなかを通り抜けた。踊り場でちょっとためらってから、悪魔を退散させるため、なにも知らない人みたいに元気よくドアをノックした。しばらく待って、ごそごそと鍵を取り出し、初めは間違った向きにまわして、低く悪態をついてから、ドアを大きくあけ放った。

最初に目に入ったのは彼の靴だった。すり減った茶色い穴飾り付き《ブローグ》の靴で、爪先がやや内側を向き、かかとの横に木の葉が張りついていて、靴紐がだらりと床に垂れていた。キッチンのテーブルの下に置かれていたが、そのほかは部屋中がいつになくこぎれいだった。鍋や食器類はすっかり片付けられ、本はきちんと山に積まれていた。わたしはバスルームへ行った。聞き慣れた床板のきしみが、別の時代の古い唄みたいに聞こえた。わたしの映画の自殺シーンの数少ない在庫目録には、気配りよろしくバスタブ越しに倒れかかり、首に血だらけのタオルを巻きつけた死体があった。幸いなことに、ドアはあいていて、なかに入らなくても彼がそこにいないことがわかった。残るはベッドルームだけだった。

ドアはしまっていたので、またもやばかみたいにノックをして、しばらく待った。声が聞こえたと思ったからだ。しばらくすると、また声が聞こえた。それは下の通りか、階下のアパートのどこかのラジオだった。自分の心臓がドキドキ脈打つ音も聞こえた。ノブをまわしてドアをあけたが、怖くて入っていけず、じっとその場に留まっていた。ベッドが見えた。すっかり見えたのだが、きちんと整えられていて、インド風プリントのベッドスプレッドもしわひとつなく掛けられていた。いつもは床に丸まっているのに。部屋はとても小さかったので、ほかにはどこにも隠れる場所はなかった。

気分が悪くなり喉も渇いていたので、水を一杯飲もうとしてキッチンに引き返した。シンクから離れたときに初めて、キッチン・テーブルの上のものが目に入った。靴に気を取られていたせいだろう。茶色い紙で包んで紐をかけた包みがあり、その上に彼の筆跡でわたしの名前を書きつけた白い封筒が置かれていた。わたしはまず水を飲んでから、テーブルの前に腰をおろし、封筒をあけて、この二日間で二通目の手紙を読みはじめた。

22

親愛なるセリーナ、

きみはこれをロンドンに戻る列車のなかで読んでいるかもしれないが、わたしの勘では、キッチンのテーブルに坐っているような気がする。もしもそうならば、まずアパートの状態についてあやまっておきたい。ガラクタを片付けて床を洗いはじめたとき、わたしはきみのためにそうしていると信じていた——先週付けでここの契約者をきみの名前にしておいたので、このアパートがなにかしらきみの役に立つかもしれないと思ったからだ。しかし、掃除が終わったいま、あたりを見まわすと、きみはここを不毛な場所だと、すくなくとも見馴れない場所だと感じるかもしれないと思う。ここでのふたりでの生活がすっかり剝ぎとられ、楽しかった時間が完全に拭い去られてしまったからだ。シャブリの空き瓶が詰めこまれた段ボール箱やベッドでいっしょに読んだ新聞の山がなくなって、きみは寂しいとは思わないだろうか？　たぶん、わたしが片付けたのは自分のためだったのだろう。わたしはこの物語を終わらせようとしているが、きちんと片付けることにはいつもある程度の忘却が含まれる。一種の隔離だと見なしてもらってもいいだろう。それに、この手紙を書くためには机を整理しなければならなかったし、たぶん（わたしにあえてこれをきみに言う勇気があるか？）これを書くことによって、わたしはきみを消し去ろうと、これまでのきみという人間を消し去ろうとしているのだと思う。

電話に出なかったことについてもあやまっておきたい。わたしはジャーナリストを避けていたし、きみを避けていた。なぜなら、いまは話をするのに適切なときではないと思ったからだ。いままではわたしはきみをよく知っているし、きみはあしたここに来るにちがいないと信じている。きみの衣類は一箇所にまとめて、洋服ダンスのなかに入れてある。きみの服をたたんだときの心理状態を説明するつもりはないが、まるで古いアルバムを整理するみたいに、いつまでもぐずぐずしてしまった。わたしはじつにさまざまないでたちのきみを覚えている。タンスの底に黒いスエードのジャケットが丸まっているのを見つけた。ホイーラーズで、きみがモンティ・ホール問題を説明してくれた夜に着ていたやつだ。それをたたむ前に、全部のボタンを掛けたとき、まるでなにかを閉じこめているような、鍵をかけているような感じがした。確率論はいまだによく理解できないけれど。同様に、ベッドの下には、ナショナル・ポートレート・ギャラリーで会ったときにきみが穿いていたオレンジ色の短いプリーツ・スカートがあった。このスカートのおかげで、少なくともわたしに関するかぎり、すべてをはじめる決心がついたのだった。わたしはスカートをたたんだことはなかったから、これをたたむのは簡単ではなかった。

〝たたむ〟という単語をタイプしたとき気づいたのは、わたしがすべてを語り終える前に、悲しみか怒りか罪悪感に駆られて、きみはいつなんどきこの手紙をたたんで封筒に戻してしまうかしれないということだった。だが、どうかそうはしないでほしい。これは延々ときみを非難する手紙ではないし、約束するが、少なくともある意味では、いい終わり方をするはずなのだから。だから、このまま読みつづけてほしい。きみがここに留まる気になるように、暖房は付けたままにしておいた。もしも疲れたら、いつでもベッドを使えばいい。シーツは洗濯済みで、かつてのわたしたちの痕跡はすべて駅の向かい側のコインランドリーで消去された。店員に洗濯を頼むサービスを利用したのだが、親切な女性で一ポンド余分に払うことでアイロンがけまで引き受けてくれた。アイロンがけされたシーツ、こども時代のことさら称揚されることもない特権。しかし、それは同時に白紙のページを思い出させる。大きくて官能的な白紙のページ。そのページは、クリスマス前、わたしが二度とフィクションは書けないと信じこんでいた時期には、わたしの頭のなかでたしかに大きな場所を占めていた。きみといっしょに『低地から』をトム・マシュラーに渡しにいったあと、わたしは自分がなにも書けなくなっていることを打ち明けた。きみは親切に（無駄にでもあったが）励ましてくれたが、いまではきみにはそうする立派な職業上の理由があったことをわたしは知っている。わたしは十二月の大半を白紙を見つめながら過ごした。自分は恋に落ちかけているとは思ったが、役に立ちそうな考えはひとつも浮かばなかった。そのとき、思いもしないことが起こった。ある人物がわたしに会いにきたのだ。

それはクリスマスのあとで、わたしが姉をブリストルの療養所に送っていったときのことだった。ローラとさんざん感情的な大騒ぎをしたあと、わたしは虚脱状態で、セブノークスへの単調な帰りのドライブが待ち遠しいわけではなかった。たぶん、いつもより無抵抗な状態になっていたのだろう。車に乗りこもうとするわたしに見知らぬ男が近付いてきたとき、わたしの警戒心はゆるんでいた。反射的に物乞いか詐欺師にちがいないと考えることはしなかった。男はわたしの名前を知っていて、きみに関する重要な話があると言った。害はなさそうだったし、好奇心に駆られたこともあって、わたしはいっしょにコーヒーを飲むことを受けいれた。もうわかっているだろうが、それはマックス・グレートレクスだった。ケントから、もしかするとその前から、ブライトンからずっとわたしを尾行してきたにちがいなかったが、わたしはあえて質そうとはしなかった。じつは、自分の動きについて、きみに嘘をついたことを白状する。わたしはローラに付き添うためにブリストルに留まったわけではなかった。その午後、きみの同僚の話を二、三時間聞いたあと、二晩ホテルに泊まったのだ。

というわけで、わたしたちは公衆便所みたいな、タイル張りの、薄暗い、悪臭のする五〇年代の遺産のなかに坐って、かつて味わったことがないほどまずいコーヒーを飲んだ。グレートレクスは話のごく一部を語っただけにちがいない。まず最初に、彼はきみと彼がどこで働いているのかを暴露した。証拠があるかと訊くと、彼はさまざまな内部文書を取りだした。きみの名前が出ているものや、レターヘッド付きの用紙にきみの筆跡で書かれたメモ、きみの写真も二枚あった。そういう書類を大きな危険を冒してオフィスから持ち出したのだ、と彼は言った。それから、スウィート・トゥース作戦について説明したが、ほかの作家の名前は明かさなかった。計画に小説家を加えるというのはあとからの気まぐれな思いつきだったということだった。彼は熱烈な文学愛好家で、わたしの短篇や報道記事を知っているし、好きなのだが、わたしの名前がリストに挙がっていることを知ったとき、もともと個人的には原則として反対だったこのプロジェクトに対する反撥が確固たるものになったという。わたしが保安機関から資金援助を受けていることがまんいち明るみに出れば、その恥辱は永遠にそそげないにちがいなく、彼はそれを心配しているのだと言った。そのときにはわたしが知るはずもなかったが、動機については、彼はすこしも正直だったとは言えないだろう。

それから、彼はきみのことについて話した。きみは美人で、頭もいい――彼が使ったのは〝抜け目がない〟という言葉だった――ので、ブライトンに行ってわたしと契約を結ぶ仕事には理想的だと思われた。〝色仕掛け〟というような低俗な言い方は彼のスタイルではないが、じつはまさにそれだったのだという。わたしは憤激して、一瞬伝令を撃ち殺せという気分になり、あやうく鼻っ柱に一発喰らわせてやるところだった。しかし、わたしは彼に敬意を表さなければならなかった――彼は自分が言っていることを楽しんでいるような顔は見せないように気をつけていたからだ。心を痛めているような口調だった。そして、他人の浅ましい情事について話したりするよりも、自分の短い休暇を楽しんだほうがどんなによかったと思っているかを、穏やかな口調で伝えた。こんなふうに守秘義務に違反することで、彼は自分の将来を、仕事を、自由をさえ危険にさらしている。けれども、オープンであることや文学や良識を大切にしたいと思っている。だから、言うのだと言った。

彼はきみの隠れ蓑について、基金や正確な助成金の金額やそのほかのすべてを――ひとつには、自分の話の補強証拠としてだろうが――説明した。そのころには、わたしはもはや疑いを抱いてはいなかった。わたしはひどく興奮し、頭に血が上り、動揺して、外に出ていかずにはいられなかった。何分か、わたしは通りを行きつ戻りつした。それはもはや怒りというようなものではなかった。新しい暗澹たる憎悪――きみに対する、自分自身に対する、グレートレクスに対する、ブリストル大空襲に対する、戦後開発者たちが被爆地に積み上げたぞっとする安っぽい悪趣味な建築群に対する憎悪――の域に達していた。たった一日でも、きみがあからさまな、あるいは暗黙裏の嘘をつかなかったことがあるのだろうか、とわたしは思った。わたしはシャッターを下ろした店の戸口にもたれかかって吐こうとしたが、吐けなかった。わたしの内臓からきみの後味をぬぐい取ってしまいたかった。それから、わたしはクイック＝スナックスの店内に戻って、つづきを聞いた。

腰をおろしたときには前より気分が落ち着いていて、密告者の話に耳を傾けることができた。彼はわたしと同い年だが、自信たっぷりな育ちのいい物腰、人当たりのいい公僕の雰囲気を身につけていた。わたしをみくびった話しぶりだったような気もするが、わたしは気にしなかった。肉か骨が盛り上がった上に耳が付いているのが、ちょっと宇宙人みたいな感じだった。骨張った男で、首が細く、シャツの襟のサイズが大きすぎた。きみがかつてこの男を愛していたとは驚きだった。しかも、完全に彼に取り憑いて、そのせいで彼が婚約者に見捨てられるほどだったとは。まさかこんな男がきみのタイプだったとは想像もできなかった。苦い思いをさせられたことが、わたしにすべてをぶちまけることにした動機かと訊くと、彼はそれを否定した。結婚はいずれにせよ完全な失敗に終わっただろうから、ある意味では、きみに感謝しているということだった。

わたしたちはあらためてスウィート・トゥース作戦について話した。保安機関が文化を奨励し、正しい種類の知識人の育成に努めるのはすこしもめずらしいことではない、と彼は言った。ロシアはそうしているのに、なぜわたしたちがしてはいけないのか？　これはソフトな冷戦なのだという。わたしは土曜日にきみに言ったことを彼にも言った。なぜお金をオープンに、どこかほかの省庁を通じて提供しないのか？　なぜ秘密作戦にする必要があるのか？　グレートレクスはため息をつき、憐れむように首を振ってわたしを見た。彼によれば、どんな機関や組織も結局は自治領みたいなものになる。自己完結した、競争意識をもつ、自分だけの論理で動き、みずからの生き残りと縄張りの拡張に熱心な組織になる。それは決して変えられない、盲目的な、化学反応のようなものなのだ。MI6が外務省の秘密部門の支配権をにぎり、MI5も独自のプロジェクトを欲しがっている。どちらもアメリカ人の、CIAの——CIAは長年にわたってヨーロッパにおける文化の振興にほかのだれよりも多額の資金を提供している——鼻を明かしたいと思っているのだという。

彼はわたしを車のところまで送ってきたが、そのころには雨が土砂降りになっていた。わたしたちは名残を惜しみはしなかった。握手をする前に、彼はわたしに自宅の電話番号を渡した。そして、こんな知らせをもたらすことになったのは残念だと思っていると言った。裏切りは醜いことであり、だれもそんなものに対処させられるべきではない。わたしがなんとかこれを切り抜けられることを祈っていると。彼が行ってしまったあと、わたしは車のなかに坐っていたが、キーを手からだらりとぶら下げたままだった。雨がまるで世界の終わりが来たかのように降りそそいでいた。そんな話を聞かされたあと車を運転する気にはなれなかった。両親に会ったり、クリフトン・ストリートに戻る気にもなれなかった。きみといっしょに新年を迎えることもできなかった。雨が汚い通りを洗い流すのを見つめる以外、なにをする気にもなれなかった。一時間もそうしていたあと、郵便局へ行って、きみに電報を打った。それから、ホテルを、そんなに悪くないホテルを探した。どうせならうさん臭い資金の残りを贅沢につかってしまったほうがいいと考えたのだ。哀れな自分を甘やかしたくなって、ルームオーダーでスコッチのボトルを注文した。一インチのスコッチを同量の水で割って飲んだだけで、自分は——少なくとも午後の五時には——酔っ払いたくはないと思いなおした。だからといって、素面《しらふ》でいたくもなかった。わたしはどんな状態でもいたくはなかった。忘れ去ることさえしたくなかった。

しかし、存在と忘却の向こう側にわたしがいられる第三の場所があるわけではなかった。だから、わたしは肌ざわりのいいベッドに横たわって、きみのことを考えた。そして、いろんな場面を思い出し、さらに気分が悪くなった。わたしたちの真剣でぎごちなかった最初のセックス。すばらしかった二回目。詩、魚、アイスバケット、物語、政治、金曜の夜の再会、ふざけあい、いっしょに入った風呂、いっしょに眠ったこと、キスや愛撫や舌のふれあい——きみはなんと完璧に見かけ以上のなにものでもない、きみ自身以外のなにものでもないふりをして見せたことか。苦々しさと冷笑をたたえながら、わたしはきみが彗星のごとく昇進していくことを祈ったものだった。いや、それだけではなかった。あのとき、もしもきみの愛らしい真っ白な喉がわたしの膝の上に上向きに現れて、わたしの手にナイフが押しつけられたとしたら、わたしは考えもせずに仕事をやり終えていたにちがいない。罪、赦しがたい罪だ、わが魂よ。しかし、わたしとはちがって、オセロは血を流すことを望まなかった。オセロは軟弱な男だったのだ。

ここで投げ出さないでくれ、セリーナ。読みつづけてほしい。こんな瞬間は長くはつづかないのだから。わたしは一晩中きみを憎み、まんまと騙された自分を呪った。現金の湧き出る泉をもらっても当然であり、ブライトンの海岸通りを歩くとき、自分の腕にすがる美しい女がいるのも当たり前だとあっさりと信じこんだ、うぬぼれの強い間抜けを呪った。

オースティン賞もおなじことで、わたしはたいして驚きもせず、自分がもらって当然であるかのように受け取ったのだ。

そう、わたしは四柱式のキングサイズのベッドに、中世の狩猟をモティーフにした絹のベッドスプレッドの上に大の字に寝て、記憶が藪のなかから噴き出させるかぎりのあらゆる苦痛や侮辱を追いかけた。あのホイーラーズでの長時間のディナー、高く掲げて乾杯したグラス、文学、こども時代、確率論——そういうすべてがひとつの肉の塊に凝縮して、美味しい串焼き肉《スピット・ロースト》みたいにゆっくりと回転していた。わたしはクリスマスの前のことを思い出していた。わたしたちは会話のなかで、初めて自分たちの将来のことを仄めかすのを許したのではなかったか？　しかし、自分が何者かを明かさずに、わたしたちにどんな未来がありえたというのか？　もちろん、きみは死ぬまでずっと秘密にしておくつもりはなかったのだろう。その夜八時に飲んだスコッチは五時のスコッチよりはいい味がした。わたしは生《き》のまま三杯目を飲み干してから、電話でボルドーのボトルとハムサンドを注文した。そして、ルームサービスがやってくるまでの四十五分間、さらにスコッチを飲みつづけた。けれども、べろべろに酔ったわけではなく、部屋を汚したり、獣みたいに吼えたり、きみへの悪態を吐きまくったりもしなかった。その代わり、わたしはホテルの便箋にきみ宛の残忍な手紙を書き、切手を見つけて、封筒に宛名を書いて、それをコートのポケットに入れた。最後にもう一杯ワインを飲んで、もう一度サンドイッチを注文し、もはやなにもまともには考えられなくなって、十時にはおとなしく寝入っていた。

数時間後、完全な暗闇のなかで——部屋のカーテンは分厚かった——目を覚ましたとき、わたしは束の間なにものにも煩わされない完全な忘却のなかに漂っていた。快適なベッドのまんなかにいるのはわかったが、自分がだれで、そこがどこなのかは理解できなかった。しかし、そんなふうに純粋な存在でいられたのは、精神的に白紙ページの状態でいられたのはほんの数秒だった。当然のことながら、物語がじわじわ滲みだした。まず初めはごく近いディテールから——部屋、ホテル、町、グレートレクス、きみ。それから、もっと大きな人生の事実——わたしの名前、置かれている状況。そのときだった。体を起こしてベッドサイドの明かりのスイッチを手探りしているときだった。スウィート・トゥース事件全体がまったく異なるかたちで見えたのは。これは痛ましい裏切り行為、個人的な大災難ではなかった。あるいは、それだけではなかった。わたしはその辱めを受けるのに忙しくて、それをありのままに見ること、ひとつのチャンスとして、天から与えられたものとして見ることができなかった。わたしは小説のアイディアをもたない小説家だったが、いまや目の前に美味しそうな骨が、物語に役立ちそうな粗筋が投げこまれていた。わたしのベッドのなかにスパイがいて、その頭がわたしの枕にのせられ、唇がわたしの耳に押しつけられていたのだ。彼女はほんとうの目的を隠していたが、きわめて重要なのは、わたしが知っていることを彼女が知らないことだった。わたしは彼女には教えないつもりだった。だから、わたしはきみと対決することなく、非難することも、決定的な大喧嘩をすることも、袂を分かつこともないはずだった。まだいますぐには。その代わり、沈黙、慎重な行動、忍耐強い観察、そして書くことがあるはずだった。ストーリーは事の成り行きしだいで決まっていくだろう。登場人物はすでにできている。だから、わたしはなにもひねり出さずに、ただ記録すればいいはずだった。わたしは仕事をしているきみを観察する。わたしもスパイになれるのだ。

ベッドのなかでまっすぐに体を起こし、わたしは部屋の向こう側をじっと見つめた。自分の父親の幽霊が壁を抜け出してくるのを見つめる男みたいに。わたしにはこれから書こうとしている小説が見えた。と同時に、その危険性も見えた。どこから出ているかを充分に知りながら、わたしは金を受け取りつづけることになるのだから。グレートレクスはわたしが知っていることを知っていた。それはわたしの弱みになり、彼がわたしを左右する力をもつことになる。この小説を思いついたのは復讐心からだろうか？　いや、そうではなかった。きみは実際わたしを自由にしてくれた。きみはわたしにスウィート・トゥースに加わりたいかどうか訊いたわけではなかったし、わたしはきみにわたしの物語に登場したいかどうか尋ねたわけでもなかった。あるとき、イアン・ハミルトンが、結婚生活の私的なディテールを小説に採り入れた友人作家のことを話してくれたことがある。奥さんは夫婦のセックス・ライフやベッドでの会話がつぶさに再現されているのを読んで激昂した。その結果、彼は離婚され、彼女が大金持ちだっただけに、永久に後悔することになったという。わたしの場合には、そういう問題はなかった。わたしは自分の好きなようにすることができるだろう。だが、口をあんぐりとあけたまま、そこにいつまでも坐っているわけにはいかなかった。わたしは急いで服を着ると、自分の手帳を見つけて、二時間でそれをいっぱいにした。自分の目に映ったままを語るだけでよかったからだ。きみが大学のオフィスにやって来たときから、わたしがグレートレクスと会ったときまで——そして、さらにその後のことも。

翌朝、わたしはやる気満々で、朝食の前に外に出て、愛想のいい新聞売り場の男からノートを三冊買ってきた。ブリストルは結局のところそんなに悪くない場所なのだ。部屋に戻るとコーヒーを注文してから、仕事に取りかかり、メモをつくったり、物語の流れを決めたり、試しに一段落かそこら書いてみたりした。わたしは冒頭の一章のほとんど半分近くまで書いたが、午後のなかごろには、なんだか落ち着かない気分になっていた。二時間後、原稿を読み返すと、わたしは大声をあげてペンを投げだし、いきなり立ち上がって、椅子を背後にひっくり返した。くそ！　すこしも面白くない、完全に死んでいる。わたしは数をかぞえるみたいに楽々と四十ページも書いていた。なんの抵抗も、むずかしさも、弾みもなく、驚きもなければ、豊かなところも奇妙なところもなかった。ブンブンうなってもいなければ、まわりだしそうな気配もない。その代わり、わたしが見たり、聞いたり、言ったり、したりしたことが、豆粒を並べたように並んでいるだけだった。それは単なる表面的な不器用さではなかった。構想の奥底に欠陥があった。いや、欠陥という言葉でさえまだ親切すぎた。要するに、なんの面白味もなかったのである。

わたしは貴重な贈り物を無駄にしている自分に嫌気がさした。夕暮れの薄闇のなか、町へ散歩に出かけ、結局のところ、あの手紙をきみに出すべきではないかと自問した。問題は自分自身なのだと思った。考えもせずに、わたしは自分をイギリスの滑稽小説の典型的な登場人物——不器用で、頭はそこそこいいのだが、人の言いなりで、真面目で、説明しすぎで、しつこいくらいに面白くない――みたいに描き出していた。〈そのときわたしは、自分の仕事に夢中になって、十六世紀の詩のことを考えていたのだが、いきなり、信じられるだろうか、この美しい女がわたしのオフィスに入ってきて、奨励金をくれると言ったのである〉。この茶番劇の化粧板でわたしは何を守ろうとしていたのだろうか？　まだわたしがふれてもいない、大いなる胸の痛みを、だろうと思う。

わたしはクリフトン・サスペンション・ブリッジまで歩いていった。そこではときおり自殺の下調べに来て、落下する様子を想像している志願者の姿を見かけることがあるという。わたしは真ん中まで渡って立ち止まり、峡谷の暗がりを見下ろした。わたしはまたもやわたしたちが二度目にセックスをしたときのことを考えていた。きみの部屋で、〈ホワイト・タワー〉の翌朝。覚えているだろうか？　わたしは枕に仰向けになって――なんという贅沢――、きみはわたしの上で揺れていた。至福のダンス。そのときわたしが見たかぎりでは、わたしを見下ろすきみの顔には快楽と本物の愛情のきざししか読み取れなかった。いまでは、きみが何を知っていたか、何を隠さなければならなかったかを知っている。そして、きみになったところを想像してみる。同時にふたつの場所にいるきみ。愛しながら……報告してもいるきみ。どうすればそこへ割りこんで、わたしも報告できるだろう？　そうか、そうなのだ。わかったぞ。非常に単純なことなのだ。この物語はわたしが語るべきものではなく、きみが語るべきなのだ。きみの仕事はわたしに報告することなのだ。わたしは自分のなかから抜け出して、きみのなかに入りこむ必要がある。わたしは翻訳されて、女装者になり、きみのスカートとハイヒールのなかに、きみのパンティのなかに入りこんで、あの光沢のある白いハンドバッグのショルダーストラップを肩にかける必要があるのだ。わたしの肩に。それから、語りはじめればいい、きみとして。わたしはきみを充分によく知っているだろうか？　あきらかにそんなことはない。わたしは充分に巧みな腹話術師になれるだろうか？　それを知る方法はひとつしかない。やってみることだ。わたしはポケットから手紙を取り出して、ずたずたに引き裂き、その切れ端がエイヴォン峡谷の暗がりに舞い落ちていくのを見送った。それから、急いで橋を渡りきり、結局はタクシーを停めて、あの年の大晦日と翌日の一部をホテルで、きみの声を真似ながら、もう一冊のノートを埋めていくことで過ごした。それから、遅い時刻にホテルをチェックアウトして、車を運転して心配している両親のところへ戻った。

クリスマスのあと初めて会ったときのことを覚えているだろうか？　たしか一月三日か四日で、いつもとおなじわたしたちの金曜日の夜だった。わたしがわざときみの列車を迎えにいったことに気づいただろうか？　もしかすると、いつもとは違う、ときみはちらりと思ったかもしれない。わたしはひどい大根役者なので、きみといっしょにいて自然に振る舞うことはできないだろうし、たちまち魂胆を見抜かれてしまうだろう、わたしが知っていることがばれてしまうだろう、と思っていた。だから、アパートの静寂のなかでではなく、混雑したホームで会うほうが簡単だった。しかし、きみの列車が入ってきて、きみが乗っている車輛が通りすぎ、きみがあまりにもきれいな身ごなしで座席の上のバッグに手を伸ばすのを見たとき、そして、数秒後、わたしたちがあの強烈な抱擁に身をゆだねたとき、わたしはきみが欲しくてたまらなくなり、もはやふりをする必要はすこしもなかった。わたしたちがキスをしたとき、これはとても簡単なことだ、とわたしは思った。わたしはきみを欲しながら、きみを観察することができる。そのふたつは相容れないわけではない。というより、一方が他方を煽り立てるのだから。一時間後にセックスをしたとき、きみはあまりにもかわいらしく、創意にあふれ、独占欲を剝きだしにしたので、たとえいつもどおり仮面をかぶっているにしても——できるだけ単純な言い方をするが——わたしはひどく興奮した。ほとんど気が遠くなりかけたほどだった。というわけで、それははじまった。きみが親切にも〝餌箱の豚モード〟と名づけてくれたものが。あとでタイプライターの前に引き下がって、きみの目を通してその瞬間を描写できるのだと思うと、わたしの快感は倍増した。二重性のあるきみの目——恋人としてのわたしとスウィート・トゥースの対象作家としてのわたしを、きみがどう見て、どう解釈しているかを含む——を通して。わたしの仕事はきみの意識のプリズムを通して自分を再構成することだった。もしもわたしがマスコミで好評を博したとすれば、それはきみがわたしについて言ってくれたすてきな言葉のせいなのだ。そんなふうに再帰的に推敲していくことで、わたしの任務はきみのそれより面白いものになった。きみのボスたちは、きみがわたしの目を通すとどんなふうに見えるのかをチェックすることは要求しなかった。わたしはきみがやっていることをやる術を学んで、それにもう一枚欺瞞の織物を重ねて改良しようとした。わたしは嬉々としてその作業に取りかかったものだった。

　それから、数時間後、わたしたちはブライトンの浜辺——厳密に言えば、ホーヴの浜辺だが、愛《ラヴ》となかば韻を踏むにもかかわらず、この名前はあまりロマンチックな響きではない——にいた。そこで、わたしたちの関係では二度目でしかなかったが、わたしは仰向けに寝て、尾骶骨に湿った小石の冷たさを感じた。遊歩道を巡査が通りかかったら、わたしたちは公然猥褻罪で捕まっていたにちがいない。わたしたちふたりが自分たちのまわりに紡ぎ出しているこの並行世界《パラレルワールド》を巡査にどう説明できただろう？　ひとつの軌道にふたつの欺瞞が——わたしにとっては新奇だったが、きみにとっては常習的な、ひょっとすると中毒性の、おそらく致命的な欺瞞が——まわり、もうひとつの軌道には陶酔のうちに爆発して愛に至ろうとしているわたしたちの愛情がまわっていたのだから。わたしたちはついに輝くばかりの絶頂に達し、たがいに秘密を胸にひめながら〈愛している〉と言い交わした。わたしにわかったのは、わたしたちにはそれができること、密封された区画をふたつ並べて、一方の湿っぽい悪臭がもう一方の心地よさにけっして侵入しないようにしながら、生きることができるのだということだった。グレートレクスと会ったあと、わたしたちのセックスがどんなに強烈な快感になったかを言えば、きみはたぶん『獣の交わり《ボーングラフィ》』（いまやこの駄洒落じみたタイトルをどんなに後悔していたことか）を思い出すだろう。自分のものを盗んだ妻に欲情する愚かな亭主。彼の快感は妻の欺瞞をひそかに知っていることによって研ぎ澄まされるのだ。わかっている。彼女はわたしがきみの存在を知る前の、きみのためのリハーサルだった。そして、共通根がわたしであることを否定するつもりはない。しかし、わたしの頭にあるのはもうひとつの物語、自分を破滅させる女を愛してしまう牧師の弟の話だった。きみは初めからこの物語が好きだった。あるいは、類人猿の愛人の亡霊に嗾《けしか》けられて二作目の小説を書きだす作家はどうか？　それとも、実際には想像ででっちあげたにすぎず、模造品、複製、贋物にすぎないにもかかわらず、それを本物の愛人だと信じこんだ愚か者の物語はどうだろう？

　それでも、キッチンから出ていかないでほしい。わたしといっしょにいて、わたしにこの苦々しさを追い払わせてほしい。調査についての話をしよう。あの金曜日、きみがブライトンにやってきたとき、わたしは二度目に、サリー州エガムの彼の家で、マックス・グレートレクスと会っていた。あの当時でさえ、わたしは彼があまりにもオープンなことに驚いていた。彼はスウィート・トゥース作戦のミーティングについて、公園や彼のオフィスでのきみたちのさまざまな出逢いについて、セント・オーガスティンズ・ロードへの深夜の訪問について、さらにきみたちの職場全般について語った。話を聞けば聞くほど、彼は自己破壊的なやり方で第四の男になりたがっているのではないか、トニー・キャニングと性的に競おうとしているのではないか、とわたしは思った。スウィート・トゥースはごく低レベルの作戦であり、ほとんどどうでもいいようなものなのだ、と彼はわたしに請け合った。彼はすでにMI5をやめて、ほかのことをする決心をしているのではないかというのがわたしが受けた印象だった。いまでは、彼がブリストルでわたしに会ったのはわたしたちの関係を破綻させるためだったことを、シャーリー・シリングから聞いて知っている。きみを破滅させることしか頭になくて、無思慮になっていたのだろう。わたしがもう一度会いたいと言ってやると、彼はわたしが怒りに取り憑かれていると思ったらしく、喜んでそれを煽ろうとした。のちに、わたしが依然としてきみと会っていることを知ると、彼は驚き、きみがドーチェスターでのオースティン賞の授賞式に出るつもりだと聞くと、激昂した。それで、わざわざ関係筋に電話して、わたしたちをマスコミの餌食にしたのだ。この一年で、わたしは彼に三回会った。彼はわたしにじつに多くを提供してくれたし、非常に協力的だった。にもかかわらず、気の毒なことに、わたしは彼が大嫌いだ。彼はキャニングのことを話してくれた。キャニングがバルト海に死にに行く前、最後に会ったときのこと、彼が鼻血を出して、マットレスが台無しになったが、それがきみたちに恐ろしい想像をさせる結果になったこと。彼はそれをひどく面白がっていた。

最後に会ったとき、彼はきみの古い友人のシャーリー・シリングの住所を教えてくれた。彼女のことは新聞で読んで知っていた。頭のいいエージェントが出版社を五社並べて彼女の処女作を競争入札にかけたとか、ロスでは映画化権を求める行列ができているとか。ケンブリッジでの朗読会のとき、彼女はマーティン・エイミスと腕を組んでいた。わたしは彼女が気にいり、彼女はきみが大好きだった。彼女はきみといっしょにロンドンでパブ・ロックを聴いて歩いたことを話してくれた。わたしがきみの仕事を知っていると言うと、彼女はいっしょに清掃婦として派遣されたことや、きみのことをこっそり調べるように頼まれたことを打ち明けてくれた。きみのむかしの友人、ジェレミーのことも教えてくれたので、ケンブリッジにいるあいだに、彼の大学に行って、エディンバラの転居先を教えてもらった。わたしはミセス・キャニングも訪問した。旦那の学生だったことにして。夫人はていねいに迎え入れてくれたが、たいして新しいことはわからなかった。彼女がきみのことはなにも知らなかったと聞けば、きみは喜ぶかもしれないが。シャーリーはサフォークのキャニングの別荘まで車で連れていってくれた（彼女はスピード狂みたいな運転をする）。わたしたちは庭を覗きこみ、森のなかをぶらついた。そこを立ち去るころには、わたしはきみたちの秘密の情事やきみのひそかな徒弟修業の場面を充分再構成できるだけのものを手に入れていた。

ケンブリッジから、覚えているだろうが、わたしはきみの妹とボーイフレンドのルークに会いにいった。きみも知っているとおり、わたしは麻薬に酔うのは好きでない。精神がひどく圧迫される感じがするからだ。あの針で刺されたような電撃的な自意識はわたしには合わないし、ただ薬の作用で喜びもなくやたらに甘いものが食べたくなるのも好きになれない。しかし、ルーシーと親しくなって話をするためには、そうする以外に方法はなかった。わたしたち三人はアパートを薄暗くして、床のクッションの上に坐り、手製の陶のポットから香の煙が立ち昇っていて、頭上には目に見えないスピーカーからシタールのラーガが流れ出していた。わたしたちは心身を清めるお茶を飲んだ。彼女はきみを尊崇していて、かわいそうに、お姉さんによく思われようと必死だったが、めったに褒められることはないらしかった。あるとき、きみのほうが自分より頭がよくてしかもきれいなのはフェアじゃない、と彼女は寂しそうに言った。わたしは目的のもの――きみのこども時代や十代のころの様子――を手に入れたが、マリファナの靄に紛れて大半を忘れてしまったかもしれない。夕食にカリフラワー・チーズと玄米を食べたことはよく覚えているけれど。

日曜日に教会に行って、きみの父親の説教を聞くために、その夜は泊まることにした。手紙のなかで、きみが玄関で父親の腕のなかで泣きくずれたという話を聞いていたので、わたしは興味津々だった。いざそこに現れた彼はよそよそしい光輝あふれる存在だったが、その日は一言も言葉を発しなかった。出席者の少なさにも動じることのない、それなりの威厳をそなえた下役たちが、揺るがぬ信仰に支えられて精力的に礼拝を執り行なっていた。説教をしたのは鼻声の男で、よきサマリア人の寓話の足が地に着いた解釈をした。教会から出るとき、わたしはきみの父親と握手をした。彼は興味深そうにわたしの顔を見て、また戻ってくるつもりかと愛想よく尋ねた。どうしてほんとうのことを言えただろう？

わたしはジェレミーに手紙を書いて、きみの親しい友人だと自己紹介し、旅の途中でエディンバラに寄るが、きみから連絡してみたらと言われていると書いてやった。ひとつくらい嘘をついてもきみが気にしないことはわかっていたが、自分が危険を冒していることを意識していないわけではなかった。彼がきみにわたしの話をすれば、わたしの正体はばれてしまうにちがいなかったのだから。こんどは、ほんとうに先に進むためには酔っ払わなければならなかった。さもなければ、どうやってきみが『¿クイス?』に記事を書くようになったかというような話を聞き出せただろう？彼のわかりにくいオーガズム、独特な恥骨の形やたたんだタオルのことを話してくれたのはきみだった。ジェレミーとわたしには十六世紀の歴史と文学という共通項があり、トニー・キャニングが裏切り者だったことやきみと関係をもっていたことを教えると、彼はショックを受けていた。というわけで、わたしたちの一夜はたちまちのうちに過ぎ去り、オールド・ウェイヴァリ・ホテルで勘定書を手にしたとき、金をつかっただけのことはあったと思った。

それにしても、なぜわたしの調査のこんなディテールできみを煩わせる必要があるのか？　それはまず第一に、わたしが本気で取り組んでいることをきみに知ってもらうためだ。そして第二に、なんといっても、わたしの主要な情報源はきみだったことをはっきりさせるためでもある。もちろん、わたしが自分の目で見たものもたくさんあるし、一月中にわたしがそのあいだを歩きまわった少数の登場人物たちがいる。だが、残りの部分は、全体のかなりの部分がきみ自身から来ている。いろんな考えを抱いているきみ、ときには自分自身にも見えないきみからだ。この部分では、わたしは外挿したり発明したりしなければならなかったけれど。

たとえば、ひとつ例を挙げよう。わたしのオフィスで初めて会ったときのことは、わたしたちのどちらもけっして忘れないだろう。きみがドアから入ってきて、わたしが自分の座っている場所から、あの古典的なすべすべしたピンクの肌と夏の青空色《サマー・ブルー》の瞳を認めたとき、わたしは自分の人生がたったいま変わろうとしているのかもしれないと思った。わたしはその瞬間に至るまで数分間のきみを想像した。ファーマー駅から、のちにきみが表明した新大学という考えに対する俗物的な嫌悪感を抱きながら、サセックスのキャンパスに近づいてくるきみを。ファッショナブルな金髪のきみが長髪に裸足の若者たちのあいだをさっそうと歩いてくる。きみが自己紹介して、作りごとを語りだしたときにも、その軽蔑の表情はきみの顔から完全に消えてはいなかった。きみはきみのケンブリッジ時代について不満を洩らし、知的にはなんの役にも立たなかったと言ったが、あくまでも自分の立場は完全に守り、わたしの立場を見下していた。だが、ほんとうかどうかはともかくとして、もう一度考えてみてほしい。騒々しい音楽に騙されないでほしいのだ。わたしは自分がいた場所のほうがきみのそれより野心的で、本格的で、しかも楽しめるものだったと考えている。わたしはエイザ・ブリッグズの〝新しい学びの地図〟の申し子として、探求者として言っているのだ。個別指導ではかなりの努力が要求される。毎週エッセイを二本ずつ三年間つづけ、まったく気をゆるめる暇はない。さらにあらゆる一般的な文学研究があり、そのうえ新入生には歴史記述の方法論が必修で、さらにわたしの場合には、選択科目として宇宙論、美術、国際関係、ウェルギリウス、ダンテ、ダーウィン、オルテガ・イ・ガセット等々があった。サセックスではきみみたいにだらけたり、数学以外のなにも学ばずにいることは許されなかっただろう。なぜわたしはわざわざこんなことをきみに言っているのだろうか？　きみが言うのが聞こえるような気がする。彼は嫉妬しているのだと。自分たちの総ガラス張りの学習デパートが不満で、わたしみたいにビリヤードテーブル色の芝生や蜂蜜色の石灰岩のなかにいられなかったことに嫉妬しているのだと。しかし、それはきみの思い違いだ。わたしはただきみに気づいてほしかったのだ。わたしがなぜジェスロ・タルのサウンドの下を通り抜けるきみの唇を歪ませたのか、実際に見たわけでもない皮肉な笑みを付け加えたのか。それこそ情報に基づく推定、すなわち外挿法なのだ。

調査についてはそれくらいにしておこう。わたしは材料を、金の延べ板をもっており、それをたたき上げて作品にまとめ上げたいという欲求に駆られていた。わたしは熱狂的に仕事に取りかかり、わずか三カ月で十万語以上をものにした。オースティン賞は、大きな騒ぎになり注目を集めたにもかかわらず、巨大な気晴らしとしか思えなかった。わたしは一日千五百語を週七日書きつづけるという目標を設定した。ときおり、インスピレーションが枯渇すると、それはほとんど不可能に思われたが、ほかのときにはじつにたやすいことだった。というのも、自分たちの会話を数分後にそのまま書き写すだけでいいこともあり、実際の出来事だけでいくつもの段落が書けてしまうこともあったからだ。

最近の例を挙げるなら、たとえば先週の土曜日、きみが買い物からアパートに戻ってきて、『ガーディアン』の記事をわたしに見せたときのことがある。それを見てわたしが悟ったのは、グレートレクスがギヤを一段上げ、事態が急速に展開しようとしていることだった。わたしは騙し合いを、きみとわたし自身の騙し合いをリングサイドから見物しているようなものだった。きみは正体がばれて非難されるのを覚悟しているようだった。しかし、わたしはきみを愛しすぎているので疑おうとしないふりをした——そのふりをするのは簡単だった。きみがプレス・アソシエーションへ声明を送ることを提案したとき、わたしは無意味だと思ったが、そうしてはいけない理由もなかった。物語はひとりでに書かれつつあった。それに、基金からの資金を放棄すべき潮時だった。わたしが保安機関の人間はだれも知らないと主張するのをきみが思い止まらせようとしてくれたのはうれしかった。きみはわたしがどんなに危うい立場にあるか、自分がわたしをどんなに危うい立場に追いこんだかを知っていて、わたしを守ろうとして苦しんでいた。にもかかわらず、なぜわたしは結局あの一文を付け加えたのか？　話をもっと面白くしたかったからだ！　わたしはその誘惑に逆らえなかった。それに、きみの目にはなにも知らない男に見せかけたかったということもある。自分がひどく傷つくことになるのはわかっていた。けれども、そんなことはどうでもよかった。わたしはなんの手心を加えようともせず、ただひとつのことだけを考えていた。どういう結果になるのか見届けたいだけだった。いよいよ終盤《エンドゲーム》に突入するぞ、とわたしは思ったが、事実そのとおりになった。きみがディレンマを抱えて考えこむためベッドに横になりにいったとき、わたしはきみが市場の近くのカフェで新聞を読む場面や、そのあとのわたしたちのやりとりを、まだ新鮮なうちに描写しはじめた。ホイーラーズでの昼食のあと、わたしたちはセックスをした。それからきみは眠りこんだが、わたしは仕事をつづけ、最近の数時間をタイプして校閲した。夕方にわたしがベッドルームに入っていって、きみを起こしてふたたびセックスをしたとき、きみはわたしのペニスを手に取って自分のなかに導き入れながら、「あなたは驚くべき人ね」とささやいた。気分を害さないでほしいが、それも使わせてもらった。

現実を直視するんだ、セリーナ、この腐りかけた情事にはすでに白昼の光が当たっているばかりか、月明かりや星明かりも当たっている。きょうの午後——きみにとってはきのうだと思いたいが——、ドアベルが鳴った。階下に下りてみると、舗道に『デイリー・エクスプレス』の女が立っていた。感じのいい、歯に衣を着せない人で、翌日の新聞にどんな記事が出るか、わたしがどんな嘘つきの、強欲な、ペテン師として紹介されることになっているかを教えてくれ、彼女が書いた記事の一部を読み上げてくれさえした。掲載される写真についても説明してくれ、なにかコメントをいただけないかとていねいに言われた。わたしにはなにも言うべきことはなかった。彼女が帰ってしまうやいなや、わたしはメモを取った。あした『エクスプレス』を買いにいくことはできないだろうが、それはべつにかまわなかった。きょうの午後、彼女が言ったことを採り入れて、その記事をきみが列車内で読むことにすればいいのだから。そう、すべては終わりだ。その記者によれば、彼女の新聞社はすでにエドワード・ヒースとロイ・ジェンキンズからコメントを取っているという。わたしは、いや、わたしたち全員が、いまや公然たる恥辱にさらされようとしている。当然ながら、わたしはプレス・アソシエーションへの声明のなかで嘘をついたことや、不適切な相手から資金を受け取っていたこと、思想の独立性を売り渡したことを非難されるだろう。きみのボスたちは愚かにもふさわしくない場所に手を出して、自分たちの上に立つ政治家にバツの悪い思いをさせることになった。スウィート・トゥースの助成金をもらっているほかの人間たちのリストが暴露されるまでにそんなに長くはかからないだろう。嘲笑や赤面はもちろん、仕事をクビになるケースもあるかもしれない。きみについて言えば、きみはあしたの新聞報道を生き延びられないだろう。写真のなかのきみははっとするほどきれいだと聞いているが、すぐに職探しをしなければならないだろう。

きみにはもうすぐ重要な決断をしてくれるように頼むつもりだが、その前に、わたしの好きなスパイ事件を紹介させてほしい。MI5も、MI6も一枚嚙んだ話である。ときは一九四三年。当時は、この両者のあいだの争いはいまよりも激しく、しかももっと重大な意味をもっていた。その年の十二月、英国海軍将校の腐乱しかけた死体がアンダルシアの海岸に打ち上げられた。死体の手首にはブリーフケースが鎖で結びつけられており、なかにはギリシャおよびサルデーニャ経由での南欧侵攻作戦に関する書類が入っていた。地元の当局はイギリス大使館に連絡したが、初めは、大使館側はこの死体あるいは荷物にはあまり興味を示さなかった。その後、考えを変えたとみえて、必死になってこの両者を取り戻そうとしたが、すでに手遅れだった。スペインは戦争には中立の立場を取っていたが、全体的にはむしろナチ側に好意的だった。ドイツの諜報機関がこのことを知り、ブリーフケースの文書はベルリンに運ばれた。ドイツ最高司令部はこのブリーフケースの中身を調査検討して、連合国の意図を知り、防衛方針を変更した。しかし、おそらくきみも『ある死体の冒険』という小説で知っているとおり、この死体と計画書は贋物で、イギリスの諜報機関がでっちあげたものだった。その将校というのは実際にはウェールズ人の浮浪者で、死体置き場から回収された遺体に、細部まで綿密な注意をはらって架空の人物の衣装を着せ、ラブレターからロンドンのショーの入場券まで持たせたのだった。連合国側の南欧侵攻は、もっと明白なシチリア経由で行なわれ、ここの防備は手薄になった。少なくともヒトラーの師団の一部が見当違いの方面を防衛していたからである。

このミンスミート作戦は戦時中の数ある偽装作戦のなかのひとつだが、それが特別に華々しい大成功を収めたのはその発端に秘密がある、というのがわたしの説だ。そのもともとのアイディアは一九三七年に刊行された『帽子屋の帽子の謎』という小説に由来する。この物語に注目したのがのちに小説家として名を馳せる若い海軍中佐、イアン・フレミングで、彼はこのアイディアをほかの計略といっしょにメモしておいた。それが探偵小説を書いていたあるオックスフォードの教師が委員長を務める秘密委員会に提出されたのだ。死体に身許や経歴やまことしやかな人生を付与する作業は、小説家的な直感で進められた。スペインで溺死した将校を収容するお膳立てをした海軍武官もやはり小説家だった。詩はなにも起こすことができないと言ったのはだれだったか？　ミンスミート作戦が成功したのは創意と想像力が知性を動かす原動力になったからだ。それと比較するのも哀れだが、スウィート・トゥース――甘党《スウィート・トゥース》は虫歯（腐蝕）の前兆だが――作戦ではそれを逆転させ、知性が創意に干渉した。だから、失敗したのである。われわれの国が華々しい成功を収めたのは三十年前だった。その後は衰退して、われわれは巨人の陰で生きている。きみやきみの同僚たちはこのプロジェクトがどうしようもないこと、初めから失敗の刻印を押されていたことを知っていたにちがいない。けれども、きみたちを動かしているのは官僚機構であり、上からの命令があれば動きつづけるのだろう。ピーター・ナッティングはアーツ・カウンシルの理事長、アンガス・ウィルソンの意見に、戦時中の諜報活動とも関わりのあったこのもうひとりの小説家の意見に耳を傾けるべきだったのである。

すでに言ったように、きみの目の前にある包みのなかのページをわたしが書きはじめたのは怒りからではなかった。だが、いつだって売り言葉に買い言葉という要素がないわけではない。わたしたちはふたりとも報告をしていた。きみはわたしに嘘をつき、わたしはきみをスパイした。それはじつに楽しい経験で、そういうことになったのはきみのせいだとわたしは考えていた。すべてをそっくり一冊の本にまとめて、きみについて書くことできみを自分のなかから吐き出し、さよならを言うことができると本気で信じていた。だが、わたしはプロセスの論理を考えに入れていなかった。わたしはケンブリッジに行ってきみのお粗末な学位を取り、サフォークの別荘で老いたヒキガエルと抱き合い、キャムデンのワンルームのアパートに住み、恋人に先立たれた苦しみを味わい、きみの髪を洗い、仕事のためにスカートにアイロンをかけ、朝の地下鉄通勤の不快さに耐え、きみを両親に結びつけている絆や独立への欲求を感じて、きみを父親の胸にすがって泣かせなければならなかった。わたしはきみの孤独を味わい、きみの心許なさのなかにもぐり込み、上司からの褒め言葉を熱望する気持ちや、姉らしい気持ちのなさ、ちょっとしたスノビズム、無知と虚栄心、社会的良心の乏しさ、ときおりの自己憐憫の瞬間、ほとんどの問題におけるきみの正統派的信念を体感しなければならなかった。しかも、きみの賢明さ、美しさ、やさしさ、セックスや楽しいことが好きなところ、きみの皮肉っぽいユーモアや温かい母性本能を無視することなく、そういうすべてをやらなければならなかった。きみをページの上に再創造するために、わたしはきみになり、きみを理解しなければならなかった（小説がそれを要求するのだ）が、そうしているうちに、そう、避けがたいことが起こった。自分自身をきみの皮膚の内側にそそぎ込んだとき、わたしはそれがどんな結果に結びつくかを考えるべきだった。わたしは依然としてきみを愛している。いや、それは正確じゃない。わたしは以前よりもっときみを愛している。

　わたしたちはあまりにも欺瞞にまみれすぎている、ときみは思っているかもしれない。わたしたちはたがいにすでに一生分よりも多くの嘘をついており、欺き欺かれた屈辱はわたしたちが袂を分かつべき理由を倍増させたと思っているかもしれない。しかし、わたしはむしろそれはたがいに相殺されたと考えたい。わたしたちはたがいに相手を監視するためにしっかりと絡み合いすぎており、もはや離れられないのだと。わたしはこれからはきみを見守る仕事をしたいと思っている。きみもわたしに対しておなじことをしたいとは思わないだろうか？　わたしは愛の告白とプロポーズへの道を進もうとしている。かつてきみは自分の古臭い考えを打ち明けなかっただろうか？　小説はこんなふうに、つまり「結婚してください」という台詞で終わるべきだと言わなかっただろうか？　きみの許可をえて、わたしはいつかこのキッチン・テーブルの上の本を出版したいと考えている。これはすこしも弁明の書《アポロギア》ではなく、むしろわたしたちふたりを告発する物語であり、わたしたちをさらに強く結びつけずにはおかないだろう。しかし、それにはいくつかの障害がある。きみやシャーリーはもちろん、ミスター・グレートレクスでさえ、女王陛下の計らいで鉄格子の背後で惨めに暮らすことになってほしいとは思わない。だから、公職秘密法上の問題がクリアされる二十一世紀なかばまで待たなければならないだろう。二、三十年もあれば、きみの孤独に関するわたしの推測を訂正してもらったり、きみの秘密の仕事の残りの部分や、きみとマックスのあいだで実際には何があったのかを教えてもらって、過去を振り返るかたちでそれを挿入する時間はたっぷりあるだろう――当時はとか、そのむかしはとか、そういう時代もあったとか……。それとも、「いまでは鏡はそうは言わないから、わたしはそう言って平然としていられるのだが、わたしはほんとうにきれいだった」というのはどうだろう？　残酷すぎるだろうか？　なにも心配することはない。きみの許可がないかぎり、わたしはなにひとつ付け加えるつもりはない。印刷を急いでいるわけではないのだから。

　わたしは自分が永久に公衆から軽蔑されつづけるとは思っていないが、ある程度時間はかかるだろう。少なくとも、いまわたしが世間と同意見なのは、自分には独立した収入源が必要だということだ。ユニヴァーシティ・カレッジ・ロンドンで仕事の口がありそうだ。スペンサーの専門家を探しているので、わたしにもある程度チャンスがありそうだと聞いている。教職はかならずしも書くことの妨げにはならないだろう、とわたしは以前よりすこし自信をもつようになった。それから、シャーリーの話では、もしもきみに興味があるなら、ロンドンでなにか仕事があるかもしれないということだ。

今夜、わたしはパリ行きの飛行機に乗っているだろう。学生時代の古い友人が、何日か部屋を提供してくれると言っているからだ。この騒ぎが収まって、わたしの名前が新聞の見出しから消えたら、わたしはまっすぐここに戻ってくる。きみの返事が致命的なノーだった場合には、そうだな、コピーは取っていないので、これが唯一の原稿だから、火のなかに投げこんでくれればいい。きみがもしまだわたしを愛していて、答えがイエスなら、そこからわたしたちの共同作業がはじまるだろうし、きみが同意してくれればだが、この手紙がスウィート・トゥースの最終章になるだろう。

最愛のセリーナ、どうするかはきみしだいだ。

謝辞

フランセス・ストーナー・ソーンダーズの *Who Paid the Piper? The CIA and the Cultural Cold War* には特段の感謝を捧げなければならない。また、ポール・ラシュマーとジェームズ・オリヴァーの *Britain's Secret Propaganda War: 1948–1977*、ヒュー・ウィルフォードの *The CIA, the British Left and the Cold War: Calling the Tune?* に対しても同様である。さらに、以下に掲げる各書もきわめて有用だった。キャロル・ブライトマンの *Writing Dangerously: Mary McCarthy and Her World*、R・N・ケアリ・ハントの *The Theory and Practice of Communism*、ベン・マッキンタイアの *Operation Mincemeat*（『ナチを欺いた死体―英国の奇策・ミンスミート作戦の真実』小林朋則訳　中央公論新社）、ジェフリー・ロバートソンの *Reluctant Judas*、ステラ・リミントンの *Open Secret: The Autobiography of the Former Director-General of MI5*、クリストファー・アンドルーの *The Defence of the Realm: The Authorized History of MI5*、トマス・ヘネシーとクレア・トマスの *Spooks: The Unofficial History of MI5*、ピーター・ライトの *Spy Catcher: The Candid Autobiography of a Senior Intelligence Officer*（『スパイキャッチャー』久保田誠一監訳　朝日新聞社）、ドミニク・サンドブルックの *State of Emergency: The Way We Were: Britain, 1970–1974*、アンディ・ベケットの *When the Lights Went Out: Britain in the Seventies*、アルウィン・W・ター

ナーの *Crisis? What Crisis? Britain in the 1970s*、そして、フランシス・ホイーンの *Strange Days Indeed*。
ティム・ガートン・アッシュには思慮深いコメントに対して、デイヴィッド・コーンウェルには引きこまれずにはいられない思い出話に、グレイム・ミチソンとカール・フリストンにはモンティ・ホール問題の要点を抜き出してくれたことに対して、そして、アレックス・ボウラーと、いつものように、アナリーナ・マカフィーにも感謝の意を表したい。

訳者あとがき

これは一九七〇年代初め、まだ東西の冷戦が世界の空気を支配していた時代の物語である。冷戦は、ある意味では、情報戦だったとも言えるが、本書のなかでも、ある登場人物が「東西の冷戦のもっとも柔らかくてあまい部分、ほんとうに面白いただひとつの部分」が思想の戦争だったと言っている。たとえば、当時さかんに宣伝された考え方にいわゆる〝ドミノ理論〟というのがあったが、これはアジアの一角が共産化されれば、それが将棋倒しのように次々と伝搬して、やがて世界は悪しき全体主義者に支配されてしまうとするもので、これを根拠にアメリカはベトナム戦争に突入していったのである。もちろん、両陣営のあいだを飛び交っていたのはこういう公的なプロパガンダばかりではなく、双方がそれぞれの思惑からさまざまな文化活動をひそかに支援したりもしていた。のちにあきらかになったことだが、CIAはイギリスの中道左派寄りの文芸誌『エンカウンター』に長年資金を提供していたし、イギリス外務省情報局は、ジョージ・オーウェルの『動物農場』や『一九八四年』を世界に広めるために、翻訳権を買い取って無償で海外の出版社に提供したりしていたという。本書の原題は『スウィート・トゥース』だが、これはMI5が独自に立案したとされる、反共的傾向の作家の支援作戦に付けられたコードネームである。

セリーナ・フルームは、美人であることを除けば、ごくふつうのどこにでもいそうな女の子だった。イギリス国教会主教の娘としてなんの変哲もない少女時代を送り、ごく若いころわずかに見せた数学の才能ゆえに、母親からむりやりケンブリッジの数学科に送りこまれるが、入学後まもなく、自分が本格的な数学者になるほどの頭脳も野心も持ち合わせていないことを悟る。しかし、当時はほかの学科へ移ることも許されず、いやいや授業に通うはめになり、大学生活の最大の楽しみは、大衆小説を手当たり次第に読みあさり、その主人公のなかに入り込んで、人生の疑似体験をすることだった。

彼女が大学に通い出したこの時代は東西の冷戦の真っ最中で、イギリス経済は破綻、アイルランド系のテロが勃発して、イギリス社会には暗雲が垂れこめていた。だが、その一方、六〇年代の性の解放やヒッピー文化、ロックの流行に象徴される解放的な空気がまだいくらか漂ってもいて、妹のルーシーは遅ればせながらヒッピーの世界に入りこみ、大学を中退したり、ハシッシュの所持で捕まったり、望まない子を中絶したり、それなりに自由を謳歌する生き方をしていた。だが、セリーナはいつまでも〝よい子〟から脱却できず、小説の乱読をするほかは、せいぜい次々とボーイフレンドのあいだを渡り歩くくらいだった。ところが、あるとき、ボーイフレンドのひとりを介して知り合った大学教授と深い仲になり、それが彼女の人生を大きく変えることになる。

サフォーク州の森のなか、人里離れたコテージでの、知的な中年男とのひと夏の情事。森の散策やキノコ狩り、新聞や歴史書を読むことを教えてくれる男。それはのちには彼女が自分の

〝黄金時代〟として回想する、屈託のない、牧歌的な、とても幸せな時間だった。それがいつまでもつづくわけではないのはわかっていたが、終わりはあまりにも突然やってくる。男がふいに彼女には不可解な難癖をつけ、一方的に別れを告げて姿を消してしまうのだ。あとに残されたセリーナは茫然自失状態で、ほかにすべきことも見つけられず、そのまま男に勧められていたＭＩ５の面接試験を受けて採用される。だが、諜報機関に採用されたからといって、スパイとしての華々しい活躍が待っていたわけではなく、現実には古い埃っぽいビルのワンフロアで、書類の整理やタイピングをする下級事務職員の仕事に明け暮れるだけだった。しかも、給料は一般の民間企業よりはるかに安く、わずかな楽しみは同僚のシャーリーとキャムデンあたりにパブ・ロックを聴きにいくことと、相変わらず手当たり次第に小説を読みちらかすことだけだった。

しかし、何が幸いするかはわからない。ありとあらゆる現代の作家にやたら詳しかったセリーナは、やがて反共的作家の支援作戦に抜擢される。彼女が担当させられるのはトマス・ヘイリーという少壮作家だったが、セリーナはたちまち彼の作品に魅了され、まもなくこの作家を愛するようになる。しかし、もちろん、当然ながら、それは愛する男に自分の正体を告白できないというジレンマの始まりでもあった。美人スパイが工作の対象である男を愛してしまうというのはありがちなストーリーだが、ごく大衆的な読者のひとりであるセリーナが、作家の個人的生活の内側に入りこむことで、読者には彼女の目を通してフィクションを書くという営みを至近距離から観察する楽しみが与えられることになる。

やがてヘイリーの処女中篇小説が評判になり、マスコミでも取り上げられるようになるが、それはＭＩ５の目論見とは裏腹な内容で、しかも、ある日、彼女がずっと怖れていたことが現実になる……。

すぐれた作品には読者の数だけの読み方があるとはよく言われることだが、本書にもじつにさまざまな顔がある。これは美人スパイを主人公とするスパイ小説であり、同時に、かなりユニークな恋愛小説でもある。七〇年代前半のイギリス社会の時代的雰囲気をみごとに描き出した小説でもあり、実在の小説家や編集者が実名で登場する出版界の内側を覗き見る楽しみを与えてくれる小説でもある。さらに、読者はセリーナの目を通して、若い作家の暮らしぶりや、彼が何に悩み、どんなふうに作品を産み出していくのかを目の当たりにすることになる。本書にはヘイリーの作品としていくつかの短篇の要約が挿入されているが、そのなかにはマキューアン自身の若いころの既刊および未刊の短篇をもとにしたものもあり、また、ヘイリーがマキューアンの出身校サセックス大学で教えているなど、自伝的要素も少なからず投影されているようだ。短篇のなかには、たとえば、デパートのマネキン人形に恋をして、彼女を自宅に連れ帰り、激しい愛の営みをするが、やがて、相手の心変わりに気づいて、ズタズタに引き裂いてしまう男の物語や、双子の弟の牧師の代わりにみごとな説教をした無神論者の兄が、その説教に感激した精神の不安定な女につきまとわれ、結局は自分の人生を破壊されて、その女の囲われ者のような存在に堕していく話があり、要約だけでなく、作品そのものを読んでみたくなる。

そういうさまざまな楽しみを提供しながらも、本書が手練れの作家のファン・サービスに終わらないのは、これがすぐれたメタフィクションになっているからだろう。小説家が他人の意識のなかに入りこんで、それを内側から描こうとすると、どういうことが起こるのか。作家が男でその他人が女の場合、それはどういうことになるのか。作家の人生経験や生活のなかの出来事は、どんなふうに作品に昇華されていくのか。批評や文学賞は作家にとってどんな意味をもっているのか。本書では、フィクションを書くということにまつわる、じつにさまざまなことが語られており、作品の最後のどんでん返しもその一環だと言えるかもしれない。「トリックは好きではない。わたしが好きなのは自分の知っている人生がそのままページに再現されているような作品だ」とセリーナは言うが、それに対して作家のヘイリーは「トリックなしに人生をページに再現することは不可能だ」と答えている。

ちなみに、最近、マキューアンは、「すべての小説はスパイ小説であり、すべての作家はスパイである」とも発言しているらしい。

二〇一四年七月

村松　潔

Sweet Tooth

Ian McEwan

甘美《かんび》なる作戦《さくせん》

著 者

イアン・マキューアン

訳 者

村松 潔

発 行

2014年9月30日

2 刷

2015年8月20日

発行者 佐藤隆信

発行所 株式会社新潮社

〒162-8711 東京都新宿区矢来町71

電話 編集部 03-3266-5411

読者係 03-3266-5111

http://www.shinchosha.co.jp

印刷所

株式会社精興社

製本所

大口製本印刷株式会社

ISBN978-4-10-590111-0 C0397

ソーラー

Solar
Ian McEwan

イアン・マキューアン
村松潔訳

狡猾で好色な物理学者と、彼を取り巻く女たち。
移り気なマスメディア。欺瞞に満ちたエネルギー業界——。
現代社会の矛盾と滑稽さを容赦なく描き切る、
イギリスの名匠による痛快でやがて悲しい傑作長篇。

CREST BOOKS

初夜

On Chesil Beach
Ian McEwan

イアン・マキューアン
村松潔訳
一九六二年英国。結婚式を終えたばかりの二人は、まだベッドを共にしたことがなかった——。遠い日の愛の手触りを、心理・会話・記憶・身体・風景の描写で浮き彫りにする、異色の恋愛小説。

CREST BOOKS

土曜日

Saturday
Ian McEwan

イアン・マキューアン
小山太一訳

安息の日曜日に至るはずのその日は、だが危機の予兆に満ちていた。ちょっとした誤解、ささいな行き違い、何が起こっても不思議ではない緊張――そのゆきつく先は。名匠が優美極まる手つきで鮮やかに切り取る現代の一日。

CREST BOOKS

いにしえの光

Ancient Light
John Banville

ジョン・バンヴィル
村松潔訳
若い人気女優と後を追う初老の俳優の、奇妙な逃避行。
男の脳裏によみがえる、少年時代の禁断の恋と、
命を絶った娘への思い。いくつかの曖昧な記憶は、
思いがけず新しい像を結ぶ――。ブッカー賞作家の最新作。

CREST BOOKS

無限

The Infinities
John Banville

ジョン・バンヴィル
村松潔訳

ああ、人間どもというものは！
全知全能の「神」から見た、不完全で愛すべき人間たちの姿。
深遠にして奇想天外。慈愛と思索とユーモアに満ちた、
ブッカー賞・カフカ賞受賞作家の新たなる代表作。

CREST BOOKS